Le Secret du Graal

du même auteur
au **cherche midi**

Le Livre des morts, traduit de l'anglais (États-Unis) par Carine Chichereau, 2010.

Le Livre des âmes, traduit de l'anglais (États-Unis) par Carine Chichereau, 2011.

Le Testament des Templiers, traduit de l'anglais (États-Unis) par Danièle Mazingarbe, 2012.

Le Livre des prophéties, traduit de l'anglais (États-Unis) par Caroline Nicolas, 2013.

Glenn Cooper

Le Secret du Graal

Traduit de l'anglais (États-Unis)
par **Bérénice Paupert**

COLLECTION **THRILLERS**

cherche **midi**

Vous aimez les thrillers ? Inscrivez-vous à notre newsletter pour suivre en avant-première toutes nos actualités :
www.cherche-midi.com

DIRECTION ÉDITORIALE : ARNAUD HOFMARCHER
COORDINATION ÉDITORIALE : MARIE MISANDEAU

Titre original : *The Resurrection Maker*
Éditeur original : HarperCollins

23, rue du Cherche-Midi
75006 Paris

Personne ne sait ce qui existait avant le temps zéro. Peut-être qu'on ne le saura jamais ; peut-être que c'est inconcevable, au-delà de la capacité de l'esprit humain à en comprendre l'abstraction.

Car, avant un moment bien particulier, il y a quelque quatorze milliards d'années de cela, notre Univers n'existait tout simplement pas. Il n'y avait pas de temps, pas d'espace, pas de matière, pas de gravité, pas d'énergie.

Mais à cet instant précis du temps zéro, tout ce qui se trouve actuellement dans l'Univers était condensé en un point unique, une force d'une densité et d'une chaleur infinies.

À l'instant du temps zéro, au moment le plus chaud, de la matière et de l'énergie jaillirent du point unique.

Le big bang.

Pendant un milliardième d'un milliardième d'un milliardième de dix millionièmes de seconde du big bang, l'espace et le temps furent créés ainsi que toute la matière et l'énergie dans l'Univers. La température était de cent millions de milliards de milliards de degrés.

En un milliardième de milliardième de milliardième de seconde, l'Univers s'était étendu à la taille de la Terre.

En une centaine de millièmes de seconde, l'Univers s'était refroidi à un milliard de degrés et les forces les plus élémentaires de la nature avaient fait leur apparition : la gravité, la force qui fait se tenir ensemble les noyaux des atomes, les forces faibles et électromagnétiques.

Pendant une seconde, après le big bang, de la matière ordinaire se forma en particules subatomiques fondamentales, comprenant les quarks, les électrons, les photons et les neutrinos. Les protons et les neutrons suivirent. Et c'est peut-être pendant cette seconde qu'une autre forme de matière mystérieuse fut aussi créée : l'antimatière, un matériau tellement insaisissable que bien que les physiciens soient absolument certains qu'elle existe, ils ne parviennent pas à se figurer précisément en quoi elle peut consister.

L'antimatière devint le matériau principal de fabrication de l'Univers. Cette relique omniprésente du big bang était invisible et ne produisait pas de lumière, mais elle exerçait tout de même de la gravité, tout comme la matière ordinaire. Elle imprégnait l'Univers. Partout où existait la matière ordinaire, il y avait aussi de l'antimatière. Lorsque les galaxies se formèrent, pour chaque particule de matière ordinaire, il y avait six particules d'antimatière invisible.

Durant les premiers millions d'années, des milliards et des milliards d'étoiles se formèrent, ainsi que des centaines de milliards de trous noirs gigantesques, un au centre de chacune des galaxies.

Et c'est là que l'histoire commence.

Quelque huit cents millions d'années après le big bang, au centre de notre Galaxie, la Voie lactée, une immense étoile devint une supernova en s'éteignant et produisit un énorme nuage d'antimatière et de radiations.

L'antimatière entra en collision avec l'hydrogène et l'hélium provenant de la nébuleuse juste au moment où un immense trou noir commençait à se former. La rencontre de la matière avec l'antimatière fut à l'origine de la plus grosse explosion que la Galaxie ne connaîtrait jamais, ce qui pulvérisa violemment la poussière et le gaz présents dans les limites avoisinantes de l'espace.

Tandis que la Galaxie se refroidissait, des morceaux pulvérisés de matière ordinaire et d'antimatière fusionnèrent. Quasiment tous les blocs fusionnés furent aspirés par le trou noir, mais quelques-uns furent rejetés hors de ses frontières gravitationnelles.

Ainsi commença au sein de la vaste Voie lactée le périple de treize milliards d'années d'un bloc errant, un énorme et rare hybride d'antimatière et de matière ordinaire.

Il y a un milliard d'années, lorsque la Terre avait 3,5 milliards d'années, ce bloc de matière entra dans l'atmosphère de la planète et tomba sous la forme d'une météorite de feu sur une région qui, des millénaires plus tard, allait devenir l'Égypte.

Cette pierre de feu resta ensevelie une éternité, tandis que la Terre devenait une planète vivante qui respirait et faisait éclore une vie abondante.

Avec le passage du temps et l'érosion du sol désertique, le bloc allait se frayer un chemin jusqu'à la surface et être découvert en l'an 31 par un alchimiste, Néhor, fils de Jébédée, qui avait l'œil pour les minéraux rares. Il s'émerveilla des propriétés extraordinaires de cette pierre de la taille d'un melon. Il allait fendre cette pierre de feu et employer ses talents à en faire un calice. Puis il étudierait comment exploiter son étrange pouvoir.

Deux ans plus tard, le calice de Néhor serait placé entre les mains d'un prédicateur itinérant du nom de Jésus de Nazareth tandis qu'il se tenait au milieu de ses disciples à Jérusalem au cours du dîner de la Pâque qui précédait son exécution.

Et Jésus mourrait sur la croix et il serait ressuscité. Et certains en viendraient à dire que le calice avait joué un rôle dans cet acte divin.

Peu de temps après la résurrection, le calice se perdit.

Des générations rechercheraient ardemment le Saint-Graal, sentant que son pouvoir n'était pas seulement symbolique ; elles pensaient qu'il apporterait peut-être les réponses les plus importantes aux questions les plus importantes.

Et jusqu'à ce jour, la quête du Saint-Graal a continué sans relâche.

1

JÉRUSALEM, AN 30

Une tempête de sable giflait la terre sèche comme un balai géant. Une heure après son passage, l'air était encore toxique et teinté de jaune.

Judas, le fils de Simon l'Iscariote, défit l'écharpe qu'il avait enroulée autour de son visage et toussa à quelques reprises pour s'éclaircir les poumons. Ses yeux et sa gorge le piquaient à cause de la poussière. Un peu d'eau fraîche lui aurait fait du bien, mais il avait oublié son outre en peau de mouton, et ici, dans l'allée derrière les écuries, il n'y avait personne pour lui en donner.

Le soleil était parfaitement à la verticale. Il le regarda en plissant les yeux à travers ses doigts tendus. La tempête avait teinté l'air de rose. Il baissa la main et se mit à aller et venir dans l'allée. Au bout d'un moment, il s'assit par terre et enleva ses sandales usées pour s'essuyer les pieds. Il était tellement absorbé dans cette tâche que la voix de l'homme le fit sursauter.

«Je suis désolé d'être en retard. C'est la tempête qui m'a retardé.» L'homme parlait araméen avec un accent égyptien guttural.

Judas se releva et lui demanda :

« As-tu de l'eau ? »

Néhor, plus grand que Judas, faisait dix ans de plus avec sa longue barbe et ses cheveux, raides et teintés de gris, qui lui arrivaient aux épaules. Il portait deux sangles en bandoulière, l'une maintenant un sac de toile, l'autre une peau. Il détacha la peau et la tendit à Judas, qui enleva le bouchon et prit une pleine gorgée.

« Personne ne sait que tu es ici », dit Néhor.

Bien que ce fût une question, il la formula sur le ton d'un constat.

« Je ne l'ai dit à personne.

– Très bien.

– Je ne voudrais pas qu'ils sachent que j'ai quoi que ce soit à voir avec toi.

– Alors pourquoi es-tu venu ? » demanda Néhor en reprenant son outre.

Ils connaissaient tous les deux la réponse. Néhor était fort, Judas était faible. Souvent, par le passé, lorsque Néhor lui avait donné des ordres, Judas avait obéi.

« Ton homme a dit que c'était urgent, répondit Judas. Une question de vie ou de mort.

– En effet. De vie ou de mort.

– La vie de qui ? Et la mort de qui ?

– Aux deux questions, la même réponse : celle de Jésus. »

Judas grimaça avec dédain.

« Il t'a rejeté. Il refuse désormais que tu te mêles de ses affaires.

– Cela ne veut pas dire que j'ai cessé de l'aimer. »

Judas secoua la tête.

« Je t'en prie. Tu t'es conduit de manière répugnante. Faire ce que tu as fait ne montre que du mépris pour ses enseignements. De la haine. »

Néhor haussa les épaules.

« Moi seul, je sais ce qu'il y a dans mon cœur.

– Alors, tu veux me parler de sa vie et de sa mort. Dis-moi, tu veux le tuer ou l'épargner ?

– Les deux. »

Judas fit un signe de mépris et se tourna pour partir.

« Ne fais pas l'idiot, dit Néhor. Tout le monde sait bien que les anciens du Temple réclament son sang. Ils ont envoyé une pétition à Ponce Pilate pour qu'il le fasse arrêter. Les gardes prétoriens le recherchent en ce moment même. Tu sais ce qu'ils feront quand ils le trouveront. Il est rare que les Romains fassent preuve de clémence. »

Judas s'arrêta et se retourna.

« Je lui dirai de s'enfuir. Il pourrait retourner en Galilée.

– Il ne s'enfuira pas.

– Tu as raison, dit Judas tristement. Il ne le fera pas.

– Il veut être martyr. »

Judas essuya une larme.

« Je ne veux pas qu'il nous quitte. Personne d'entre nous ne le veut.

– C'est pour ça qu'il faut que tu m'écoutes ! J'ai un moyen pour lui permettre d'accomplir la destinée qu'il a choisie, et aussi pour que ses disciples puissent rester avec lui pour toujours. »

Judas avait toujours eu du mal à regarder Néhor dans les yeux, ses yeux profonds et magnétiques, de peur qu'ils n'aspirent son âme hors de son corps. Mais à ce moment-là, il ne put résister.

« De quelle manière ?

– Quand le reverras-tu pour la prochaine fois ?

– Ce soir. Nous devons partager le pain avec lui pour le dîner de la Pâque.

– Où ça ? »

Judas, comme si les yeux de Néhor le lui intimaient, regarda en direction de la montagne de Sion, où habitaient les hommes riches de Jérusalem.

« Dans une grande maison. La maison d'un disciple. Sur la colline. »

Néhor chercha dans son sac de toile et en sortit un bol. Il était de la taille de deux mains de femme réunies et couleur de nuit, parfaitement lisse et poli. Il le tint au creux de l'une de ses mains.

Judas se rapprocha peu à peu, incapable de quitter l'objet des yeux. Le bol en lui-même n'avait rien de remarquable, mais le mince halo qui l'entourait était fascinant : semblable à une brume opalescente, il était si lumineux qu'il obscurcissait tout ce qui se trouvait derrière.

« Qu'est-ce que c'est ?

– Un bol. Un calice.

– Ce n'est pas un bol ordinaire. »

Néhor hocha la tête.

« Si tu aimes Jésus, il faut le faire boire dedans ce soir, au dîner. Lui seul. Plus tard, il faudra que tu le suives où qu'il aille. Les soldats vont venir l'arrêter. Fais en sorte qu'ils sachent bien que c'est lui.

– Le trahir ? s'exclama Judas, les yeux toujours rivés sur le bol.

– Non, lui faire un don. Le plus grand don que tu puisses lui faire. N'aie aucun doute, Judas, si ce n'est pas toi qui le soumets à son destin, ce sera un autre. Il vaut mieux que ce soit quelqu'un qui le chérit.

– Les autres sauront que je l'ai trahi. Que pourrai-je dire pour me défendre ? »

Néhor avait une petite pochette en cuir dans son sac. Il la sortit et l'accrocha à la ceinture de Judas.

« Tu leur diras que tu l'as fait pour de l'argent. Maintenant, prends le bol. »

Néhor le plaça entre les mains tremblantes de Judas. Il était chaud, comme un front brûlant de fièvre.

« Qu'est-ce qui va lui arriver ? demanda Judas.

– Quelque chose de glorieux, répondit Néhor. Quelque chose qui va changer le monde. »

2

ANGLETERRE, DE NOS JOURS

Il faisait particulièrement chaud pour un début de mois de mars. Sur le petit trajet qui le menait du parking à son bureau, Arthur Malory sentit les riches effluves organiques qui émanaient de la terre humide et tourna suffisamment longtemps le visage vers le soleil pour sentir sa peau picoter. Pour la première fois depuis la fin de l'hiver, il avait laissé son manteau accroché chez lui et n'avait pris qu'une mince veste de sport. Sans son manteau rembourré, son bonnet de laine et ses gants, il se sentait aussi libre que les crocus qui transperçaient la terre. Il balançait joyeusement son attaché-case à son côté. C'était décidément une très bonne manière de démarrer la semaine.

Les locaux administratifs et commerciaux de la société Harp se trouvaient à Basingstoke. La seule usine de fabrication de Harp au Royaume-Uni était au nord de Durham. L'entreprise avait dispersé ses usines aux quatre vents en suivant à la trace la main-d'œuvre bon marché, pour la plus grosse partie en Asie, désormais. Arthur adorait faire le tour des usines, rencontrer les ingénieurs et les travailleurs à la chaîne, manger la même chose qu'eux, s'imprégner de leur culture, faire des excursions dans les sites historiques. Il disait à ses supérieurs, pour se justifier, qu'il ne pouvait pas vendre correctement les produits Harp s'il ne s'immergeait pas dans tous les aspects du cycle de développement du produit. Mais c'était maintenant l'âge de Skype et des vidéoconférences, et, à son grand désespoir, on lui avait progressivement coupé les ailes.

Dans l'entrée, la réceptionniste, une femme au physique ordinaire, le salua d'un sourire particulièrement large.

« Bonjour, beau gosse.

– Eh oui, je sais bien, mais à moins que tu n'aies eu une grave dispute conjugale ce week-end, tu es toujours mariée, mon chou.

– C'est pas moi qui le dis, répondit-elle en agitant un tas de bulletins d'information de la compagnie, c'est écrit là.

– Oh, mon Dieu, fais voir. Je n'aurais jamais dû accepter. »

En allant à son bureau, il dut endurer les moqueries bon enfant de ses collègues, auxquels il échappa par des « Attention à toi » ou « Ton heure viendra, mon pote », mais lorsqu'il ferma sa porte, il était sûr que ses joues étaient en feu. Il s'assit et commença à lire la première page, sur laquelle s'étalait une grande photo de lui, assis sur un coin de bureau, fixant l'appareil de son regard bleu et sincère.

Le profil du lundi : Arthur Malory
– un directeur commercial qui vaut de l'or
Par Susan Brent

Quand vous demandez à ses collègues de décrire Arthur Malory, directeur commercial, vous pouvez être sûr que vous allez entendre des mots comme : « dévoué », « brillant », « bel homme », « plein de considération et de respect ». Tout le monde au QG de Basingstoke sait qu'il vaut de l'or en termes d'organisation, mais peu d'entre eux savent qu'il est par ailleurs réellement chercheur de trésors !
Arthur est entré chez Harp Industries il y a huit ans, juste après sa licence de chimie à l'université de Bristol. Que fait un chimiste dans une compagnie de physique ?
Un article qu'il a écrit pour le journal étudiant sur la difficulté de la vulgarisation des sciences complexes a retenu l'attention de Martin Ash, directeur commercial chez Harp. « Je voyais bien que ce jeune homme avait du talent pour la communication et pour distiller des messages importants à partir d'un mélange complexe d'informations. Il n'en avait pas conscience lui-même à l'époque, mais Arthur est né pour être commercial. Quand je l'ai appelé, il a cru à une blague de ses copains, et le reste, comme on dit, c'est de l'histoire. »
Arthur a gravi les échelons et il est maintenant responsable des débouchés commerciaux pour nos aimants au néodyme. Mais combien d'employés savent que, dans ses moments libres, Arthur est un vrai chasseur de trésors ? Armé de son fidèle détecteur de métaux, Arthur préfère passer ses week-ends

à sillonner la campagne à la recherche de secrets enfouis plutôt que d'aller au pub ou en boîte. Et ce n'est pas seulement pour se maintenir en forme maintenant qu'il ne fait plus de rugby. Il a amassé un trésor constitué de pièces anciennes, dont certaines datent de l'époque romaine, de bijoux victoriens et même d'une montre ancienne précieuse.

À quoi attribue-t-il sa fascination pour le passé ?

« Je ne suis pas sûr que ce soit entièrement vrai, mais le folklore familial et un peu de généalogie veulent que nous soyons les descendants de sir Thomas Malory, l'auteur au XVe siècle du Morte d'Arthur. *D'où mon prénom, qui a été donné à maints de mes prédécesseurs ! Lorsque j'étais enfant, j'adorais tout ce qui avait à voir avec le roi Arthur, et je suppose que c'est comme ça que j'ai commencé à m'intéresser à l'histoire. »*

Quand je lui ai demandé si c'était toujours vrai, il m'a assuré que oui, et quand je lui ai ensuite demandé s'il avait jamais cherché des trésors de la légende arthurienne, il m'a confirmé que c'était bien le cas.

« J'adorerais trouver Camelot. J'adorerais trouver Excalibur, et, par-dessus tout, j'aimerais trouver le Saint-Graal. »

Est-ce qu'il sait où chercher le Saint-Graal ?

« J'ai ma petite idée, dit-il en riant. Mais si je vous le disais, il faudrait que je vous tue. Honnêtement, je pense que si j'avais un mois entier de libre pour voyager, je ferais de gros progrès. »

On frappa à la porte d'Arthur et il reposa le bulletin d'information.

« Entrez. »

C'était Susan Brent, des RH.

« Tu le trouves bien ?

– À vrai dire, ça me met un peu mal à l'aise. »

Elle lui adressa un sourire plein de sous-entendus. Elle était célibataire. Lui aussi. Mais comme elle était responsable de la politique sur le harcèlement sexuel de la boîte, elle l'avait, fort heureusement de son point de vue, laissé tranquille, mises à part quelques allusions ici et là.

« Ne fais pas le modeste. Tout le monde dit que c'est super, se rengorgea-t-elle. Et puis peut-être que ça t'aidera à rencontrer des gens qui partagent tes goûts au sein de l'organisation. Il y a deux mille employés, ici. On ne sait jamais qui on peut rencontrer. »

À la fin de la matinée, Arthur en eut assez de s'occuper des mails et des coups de téléphone de collègues éloignés qui plaisantaient au sujet de l'article, il faillit donc ignorer la sonnerie de son téléphone fixe. Mais, du coin de l'œil, il aperçut le numéro de celui qui l'appelait. C'était Andrew Holmes, et il répondit avec enthousiasme.

« Bonjour, Andrew, dit-il en mettant le haut-parleur. Quelle surprise ! Comment ça va ? »

Holmes était l'un des professeurs les plus appréciés d'Oxford ; son cours magistral, « Introduction à la Grande-Bretagne médiévale », était depuis longtemps suivi par de nombreux étudiants de première année. Parmi les nombreuses choses qui les attiraient, on pouvait citer sa très grande excentricité, marquée par sa manière quasi edouardienne de s'habiller, et son registre de langue si élevé qu'il en devenait grotesque. Il ne réservait pas son registre soutenu à ses cours. Arthur eut droit à sa ration de mots ampoulés à travers le haut-parleur.

« Bonjour, Arthur ! Je suis très heureux de pouvoir te joindre. Cela me pèse terriblement sur le moral lorsqu'il faut laisser l'un de ces messages vocaux sur le répondeur.

– À ton service.

– Fort bien, fort bien. Écoute, Arthur, tu sais que j'ai tendance à être égalitaire lorsqu'il s'agit de tenir au courant les Fondus de l'apparition de nouveaux éléments, mais là, j'ai pensé t'informer avant les autres d'une découverte récente. »

C'était une première. Bien que lui et Holmes fussent proches, Arthur n'avait jamais, à sa connaissance, eu des informations avant les autres membres de leur groupe, qu'ils appelaient les Fondus du Graal. C'était un groupe pouvant compter jusqu'à dix personnes certains soirs, et qui se rassemblait plusieurs fois par an à Oxford, dans le pub préféré de Holmes, pour échanger des théories souvent un peu folles sur le Saint-Graal, et surtout pour boire. Si c'était, comme ils le disaient parfois en plaisantant, une Table ronde moderne, alors Holmes était le roi Arthur ; il n'était pas le plus vieux mais bien le plus sage, et c'était aussi lui qui avait laissé l'empreinte universitaire la plus profonde. Personne dans son domaine n'aurait remis en question le fait qu'il était le spécialiste arthurien le plus reconnu d'Angleterre.

Arthur s'était fait enrôler quelque huit ans auparavant par l'une de leurs connaissances communes, Tony Ferro. Tony et Arthur s'étaient rencontrés à Bristol. À l'époque, Tony était en thèse et donnait un cours pour le module qu'Arthur suivait afin de diversifier son parcours majoritairement scientifique. Dès que Tony s'aperçut qu'Arthur était un descendant probable de Thomas Malory, il se mit à s'intéresser au jeune homme, et ils devinrent rapidement amis. Tony enseignait à présent l'histoire médiévale à l'University College de Londres et avait récemment ajouté à son programme un cours intitulé : « Le roi Arthur, mythe ou réalité », qu'Arthur espérait pouvoir suivre un jour.

Holmes avait toujours sélectionné soigneusement les personnes qu'il autorisait dans son cercle intime du Graal. Il ne tolérait absolument pas les adeptes du New Age et des boules de cristal ni les zélotes religieux. Chacun de ses Fondus devait apporter quelque chose de concret autour de la table, la plupart étaient donc des spécialistes confirmés dans un domaine ou dans un autre. Mais, s'ils ne possédaient pas l'« esprit » requis, une notion insaisissable, il faut bien le reconnaître, ils se faisaient refouler par Holmes. Arthur avait marqué un but dès leur première pinte de bière. Sa réponse à la première question de Holmes avait scellé l'affaire.

« Pourquoi est-ce que je m'intéresse à la quête du Graal ? avait répété Arthur pour se donner le temps de rassembler ses esprits. Eh bien, écoutez, je crois que le monde moderne nous détourne de nos aspirations nobles. Nous sommes bloqués par le fait que nous pouvons satisfaire la plupart de nos besoins. On a faim ? Il y a les fast-foods. Besoin d'informations sur quoi que ce soit ? On a Google. On se sent seul ? Il y a les sites de rencontre. On se sent triste ? Il y a des médicaments pour ça. Mais on ne peut pas satisfaire une quête spirituelle, si ? Cela demande du travail et de l'engagement. À la fin d'une journée, on peut avoir atteint un certain sentiment d'accomplissement, mais pas toujours. Je vois la quête du Graal comme l'incarnation de cette quête spirituelle. Elle ne date pas d'hier, mais je ne vois pas pourquoi elle ne pourrait pas être encore d'actualité. Et si elle n'était pas seulement métaphorique ? Si le Graal existait réellement ? Ça doit être absolument génial de tenir cette beauté entre ses mains. »

En entendant cela, Arthur décrocha le combiné et désactiva le haut-parleur.

« Je suis tout ouïe, Andrew. Qu'est-ce que tu as trouvé ?

– Eh bien, je suis un peu sous le choc. Personne ne devrait être autorisé à avoir tellement de chance. Ou peut-être est-ce un talent ? Je me le demande bien.

– Est-ce que ça a à voir avec la lettre dont tu as parlé au groupe il y a deux mois ? Celle de Montserrat ?

– Eh bien, non. Il y a d'autres détails de la lettre que je ne vais pas tarder à publier, mais ce n'est pas pour cela que j'appelle. C'est une autre trouvaille, bien plus importante, un document qui provoquera un vrai séisme. Cela te concerne, mon vieux.

– Moi ?

– Oui, un certain Arthur Malory, résident de Wokingham, en Angleterre, pro du marketing le jour, chasseur de Graal la nuit. Je l'ai trouvé au cours de menues recherches, ce dont je suis assez fier. Il y avait assez peu de chances pour que ça donne quelque chose, c'est pour ça que je suis particulièrement content. C'est spectaculaire !

– Mon Dieu, Andrew, tu ne veux pas cracher le morceau ? »

Après une de ces pauses dont Holmes avait le secret, Arthur entendit :

« Ça te dirait de trouver le Graal, fiston ? Je veux dire, de vraiment le trouver ? »

Arthur se surprit à sourire.

« Tu sais bien que oui.

– Tant mieux. Parce que si je ne me trompe pas, c'est toi qui es le mieux placé pour ça. Je pense que c'est vraiment possible, mais je vais avoir besoin de ton aide.

– N'hésite pas, Andrew. Tu sais que je suis toujours partant. Occupé, mais partant.

– Oui, moi aussi je suis relativement débordé. En plus de m'immerger dans ce que j'ai eu la chance de trouver, j'ai une grosse charge d'enseignement, et il faut que je m'occupe d'un abruti qui est entré par effraction dans les locaux du département et a mis à sac plusieurs bureaux, dont le mien. Je ne crois pas qu'il ait volé quoi que ce soit, mais il y a quand même un inventaire à faire. Heureusement que je laisse mes documents importants chez moi. Arthur, à nous deux, nous allons peut-être réussir à percer ce magnifique mystère. Est-ce que tu peux venir mardi soir ? C'est l'anniversaire d'Anne, et nous aimerions que tu viennes dîner avec nous. Nous avons une réservation dans son restaurant préféré. Je te dirai tout à ce moment-là.

– D'accord. Je serai là.

– Juste une chose avant que je te laisse retourner à ton travail, qui consiste à inciter des gens à acheter des choses dont ils ont peut-être, ou peut-être pas, besoin. Tu n'aurais pas une côte surnuméraire, par hasard ? »

Arthur fit une grimace de surprise en entendant la question.

« Eh bien, en fait si, Andrew. Mais comment diable peux-tu bien le savoir ? »

3

Quand il entendit la sonnette, Andrew Holmes prit son porte-documents et dévala les escaliers. Il voulut le jeter négligemment sur le canapé, mais il visa trop loin et il se retrouva derrière le meuble. Il jura, mais le laissa là où il était et alla plutôt ouvrir la porte. Il le prendrait après le dîner, ou, mieux, il laisserait Arthur le récupérer, puisqu'il était plus jeune et plus souple. Il n'avait pas encore décidé s'il allait lui parler des nouvelles lettres avant de les lui montrer, ou s'il les lui ferait lire directement, sans préparation. Dans les deux cas, ça allait être mémorable.

Arthur se tenait à la porte avec un large sourire et un cadeau pour Anne.

« Ah, pile à l'heure, dit Holmes. Je ne te dis pas à quel point je me réjouis de ce moment. Sers-toi à boire pendant que je vais chercher mes clés et que j'essaie de presser un peu Anne. »

Holmes cherchait désespérément ses clés de voiture. Il marmonna qu'elles étaient dans la maison, puisqu'il était rentré en voiture de la faculté deux heures auparavant.

« Je ne suis pas assez vieux pour être sénile à ce point, meugla-t-il d'une voix si forte qu'Anne fit la grimace.

– Tu cherches tes clés, c'est ça ? demanda sa femme depuis le haut des escaliers.

– Oui, nom de Dieu.

– À côté de la bouilloire, là où tu les as mises. »

Anne apparut, vêtue d'une jolie robe verte, parfaite pour une soirée de printemps. Elle entra dans la cuisine tandis que Holmes mettait les clés dans sa poche et lui fit un joyeux signe de la main, mais il vit tout de suite qu'elle n'était pas en forme. Elle tenait mal sur ses jambes et s'aidait plus de sa canne qu'elle ne le faisait d'habitude. Et il lui semblait qu'elle avait perdu du poids depuis la dernière fois.

« Je ne sais pas pourquoi je les ai mises là, dit Holmes d'un air absent.

– Si tu les posais directement dans l'entrée dès que tu rentres, imagine le temps que ça te laisserait pour faire d'autres choses. Si tu additionnes tous ces moments, ça représente probablement un jour entier de ta vie de gagné.

– Très amusant.

– Je regrette de te mêler à notre vie domestique, dit Anne à Arthur.

– Mais non, répondit celui-ci en lui donnant son cadeau, je suis tout simplement content d'être là pour ton anniversaire.

– Oh, tu n'aurais pas dû, dit-elle en déposant le cadeau sur la table de la cuisine. Je te ferais bien la bise, mais je crois que j'ai attrapé quelque chose.

– Quelque chose ? demanda Holmes. Est-ce qu'une microbiologiste ne peut pas être un peu plus précise ?

– D'accord, soupira-t-elle. Un entérovirus. »

Holmes grogna.

« Tu es sûre que ce n'est pas Eloïse ? »

Elle était en congé maladie de son poste au laboratoire de recherche de l'université à cause d'une rechute de sa sclérose en plaques, qui affaiblissait l'une de ses jambes et lui donnait des vertiges. C'était le genre de femme optimiste qui ne pouvait pas se résoudre à appeler sa maladie par son nom. Alors elle lui avait donné un sobriquet amusant.

« Non, ce n'est pas Eloïse », dit-elle.

Holmes hocha la tête et examina son cadeau.

« On dirait un livre.

– C'est bien ça », confirma Arthur.

C'était un ouvrage photographique sur les jardins anglais, un sujet qui intéressait Anne.

« Tu peux l'ouvrir maintenant, ou attendre plus tard.

– Plus tard, dit-elle. Après le dîner. J'aime bien faire durer le plaisir. »

Holmes secoua les clés pour donner le signal du départ.

« Toi aussi, tu vas devoir attendre, Arthur. Je te montrerai ma découverte à notre retour du dîner. Pour le plaisir. »

Holmes se concentra de nouveau sur Anne, la fixant au-dessus de ses minces lunettes d'un air soucieux.

« Tu es de la même couleur que ta robe. Tu es sûre que tu veux sortir ?

– C'est mon anniversaire. Je ne veux rien manquer. Ce n'est pas tous les jours que j'arrive à t'avoir avec moi pour dîner. »

Ils partirent au crépuscule, et la nuit tombait vite. Cinq minutes après leur départ, un homme sortit d'une voiture garée un peu plus loin. Griggs se rapprocha de leur maison et ouvrit le portail arrière de leur jardin aussi naturellement que s'il rentrait du travail. Il était grand et costaud, les cheveux coupés très court. Sa veste en cuir moulante soulignait son ventre plat. Il avait des traits marqués, une tête de bagarreur, mais il était assez beau pour plaire au genre de femmes qui l'attirait. Il n'y avait pas d'alarme contre les cambriolages. Il le savait pour avoir déjà effectué un tour de reconnaissance. Le jardin, à l'arrière, était bien isolé des voisins. Il ramassa un caillou dans une plate-bande et le tapota contre une vitre de la porte de derrière jusqu'à ce qu'elle cède dans un tintement musical. Il passa alors sa main gantée dans l'ouverture pour atteindre la clé.

Le faisceau lumineux d'une lampe torche semblerait plus suspect à un passant qu'une lumière allumée, il n'utilisa donc que celles dont il avait besoin. Les pièces du bas ne cachaient rien d'intéressant : un salon, une salle à manger, une cuisine. Cela prit quelques minutes pour les mettre à sac. Il le fit de manière brouillonne, renversa quelques lampes, vida quelques tiroirs, cassa sans faire trop de bruit un peu de vaisselle. Puis il monta à l'étage et tomba immédiatement sur ce qu'il cherchait.

Arthur était assis à l'arrière de la voiture de Holmes, et il avait l'impression de regarder les acteurs d'une pièce de théâtre. Sa femme et lui avaient l'air d'être en train de jouer une scène semi-comique sur la vie domestique de deux vieux ringards.

« Tu es obligé de prendre les virages aussi sec ? demanda-t-elle. Ça ne fait pas tellement de bien à mon ventre, tu sais.

– Ils devraient redresser la route.

– Mais oui, bien sûr. Quelle drôle d'idée. »

Le GPS sur son tableau de bord annonçait un virage. Anne désigna l'appareil du doigt et remarqua :

« Ça ne fait que vingt ans que nous vivons ici, et nous avons à peine dû aller à ce restaurant plusieurs dizaines de fois. Comment se fait-il que tu aies encore besoin de ce petit boîtier pour y aller ?

– Ce n'est pas pour mon sens de l'orientation que tu m'as épousé, dit Holmes. Mais il est vrai que je regrette l'époque révolue où tu étais là avec ta carte pliable, à m'invectiver comme un oiseau qui piaille.

– Je pense que j'étais un meilleur navigateur que ce Tom.

– Il me semble que son nom complet est Tom-Tom. »

Anne s'agrippa soudain le ventre et se mit à gémir doucement.

« Je crois que ça ne va pas être possible, si ? Je suis désolé, mais je vais demander à Tom-Tom de nous ramener à la maison. »

Holmes avait un grand bureau, qu'il avait obtenu en abattant la cloison qui séparait deux chambres. Comme la pièce donnait sur l'avant de la maison et qu'elle était bien au-dessus du niveau des haies, il tira les rideaux avant d'allumer une lampe. Il regarda sa montre. Vu les kilomètres d'étagères, le foisonnement d'armoires de rangement et les livres et les feuilles volantes partout, il se pouvait que le travail soit pire que de chercher une aiguille dans une botte de foin. Il s'intéressa d'abord au bureau et débrancha un ordinateur portable de son chargeur. En fouillant rapidement, il tomba tout de suite sur l'une des choses qu'il recherchait, un gros classeur sur lequel était écrit, de l'écriture calligraphique de Holmes, *Abbaye de Montserrat – Los 3 amigos.* Le dossier contenait des notes manuscrites, un tapuscrit intitulé « Brouillon » et plusieurs photographies. Griggs fit la moue et se dit intérieurement : *Un de moins, plus qu'un à trouver.*

Griggs avait du mal à accomplir sa tâche. Il vida les tiroirs du bureau comme un cambrioleur l'aurait fait.

Il empocha également une enveloppe bourrée d'euros et d'autres devises internationales qui provenaient des voyages à l'étranger de Holmes. Il ne savait pas trop si l'autre chose qu'il cherchait était dans un dossier, un cahier, ou si c'étaient des feuilles volantes, mais, quoi qu'il en soit, ce n'était ni sur le bureau ni à l'intérieur. Il attaqua les armoires de rangement, en espérant que Holmes et sa compagnie prendraient bien leur temps pour dîner tranquillement. Mais, soudain, il entendit une portière claquer et, avant qu'il ait le temps de refermer les rideaux, une clé tourner dans la serrure de la porte d'entrée. Il ne se laissa pas gagner par l'affolement. Ce n'était pas dans sa nature. Mais il pesta parce que le plan tournait mal. Il y avait un plan B. Avec Griggs, il y avait toujours un plan B. Il l'activa mentalement pendant que la porte s'ouvrait.

Arthur fut le dernier rentré. Il entendit Anne s'exclamer :

« Oh, mon Dieu ! On a été cambriolés ! »

Ils regardèrent tous les trois la pièce principale, qui était dévastée.

« Allons-nous-en, dit Arthur. Ils pourraient encore être à l'intérieur. Je vais appeler la police depuis la voiture. »

Mais avant qu'ils aient eu le temps de faire un mouvement, Griggs apparut en haut des escaliers, tirant tranquillement de sa ceinture un pistolet, un Bersa 40, une petite machine de mort argentine qui était son arme de poing de prédilection. Il descendit lentement en le pointant sur Anne, pour un maximum d'effet psychologique.

« Vous tous, au salon. Tout de suite. »

Arthur fut immédiatement frappé par l'impression que cet homme n'était pas un cambrioleur. Il était trop calme, trop sûr de lui. Les cambrioleurs ne faisaient pas les fanfarons. Ils avaient peur. Comme il était protégé par Anne et Andrew, Arthur pensa tenter de filer prestement par la porte, mais l'homme risquait de tirer. Alors il s'exécuta et passa dans la pièce d'à côté, l'intrus derrière lui. Holmes respirait bruyamment, et apparemment la violence le mettait dans tous ses états.

« Ma femme ne se sent pas bien. Il faut qu'elle s'asseye.

– Eh bien, asseyez-vous, dit Griggs à Anne.

– Prenez ce que vous voulez. Et partez, je vous en prie », supplia Anne.

Griggs l'ignora et pointa le pistolet vers Arthur.

« C'est vous, Arthur Malory. »

Cette assertion fit chanceler Arthur.

« Comment le savez-vous ?

– Je sais beaucoup de choses sur vous. »

Il le désigna tranquillement de la pointe de son arme avant de diriger celle-ci vers Holmes.

« Sur vous aussi.

– Qui êtes-vous ? demanda Arthur.

– Cela n'a pas d'importance. »

Holmes remarqua que l'homme tenait, de sa main libre, son ordinateur et son dossier « Amigos » et demanda :

« Qu'est-ce que vous voulez faire de ça ? »

Griggs ignora la question.

« Il me manque encore quelque chose dont j'ai besoin. Soit vous me le donnez et je m'en vais sans faire d'histoire. Soit vous refusez et les choses risquent de mal tourner.

– Quoi ? De quoi s'agit-il ? demanda Holmes d'un ton brusque.

– Je veux tout ce que vous avez sur Malory et sur le Graal. Les documents, les notes, tout ce que vous avez trouvé récemment. »

Une expression d'incrédulité totale se peignit sur le visage de Holmes, mais il ne dit rien.

Arthur avait très bien entendu, mais il voulait le faire répéter.

« Qu'est-ce que vous avez dit ?

– Nous avons écouté votre appel téléphonique. Pas la peine de nier.

– Nous ? demanda Holmes. Qui ça, "nous" ?

– Les parties intéressées. »

L'idée même était incongrue. C'étaient les universitaires qui s'intéressaient au Graal. Les lecteurs. Les gens normaux. Pas ceux qui avaient des armes, plaçaient les téléphones sur écoute et entraient par effraction dans les maisons.

« Qui sont ces parties ? demanda Arthur. Et pourquoi s'intéressent-elles au Graal ? Et à moi ?

– Ne me faites pas perdre mon temps. Où sont les nouveaux documents ?

– Ils ne sont pas ici, dit Holmes.

– Vous mentez. »

Il pointa le pistolet vers Arthur.

« Il vous les a déjà montrés, n'est-ce pas ? »

Arthur, en colère, se contenta de le regarder fixement et refusa de répondre.

« Ne les lui donne pas, Andrew ! dit Anne. Maintenant que nous connaissons son visage, il va nous tuer si nous les lui donnons. »

Holmes la regarda d'un air désespéré et triste.

« Je crois que, de toute façon, on est fichus. »

Griggs secoua la tête d'un air menaçant.

« Je ne vais pas vous laisser tout votre temps. Alors soyez gentil et donnez-les.

– Partez, je vous en prie, dit Holmes d'un ton las. Nous n'appellerons pas la police. Ce n'est pas si grave. C'est juste une vieille relique, qui finira au musée si jamais on la retrouve un jour. Ça ne vaut pas la peine de nous faire du mal.

– Au contraire. Ça en vaut vraiment la peine», répondit Griggs.

Il posa l'ordinateur et le dossier sur le coin d'une table, puis prit un coussin sur le canapé.

«C'est votre dernière chance. Vous me dites où ils sont ?»

Holmes le regarda d'un air de défi.

«Non ! Allez-vous-en !»

Griggs mit le coussin devant le canon de son pistolet et tira immédiatement un coup de feu assourdi. Pendant un instant, personne ne bougea. Puis Arthur vit Anne prendre un air perplexe tandis que le corsage de sa robe verte virait au rouge.

Holmes s'accroupit à côté d'elle, et à ce moment-là Arthur agit davantage par instinct que par intention préméditée. Il avait été bon au rugby en son temps, et il se rua sur l'homme, projetant de lui bloquer les bras le long du corps avant qu'il tire de nouveau, puis de le plaquer au sol.

Mais les choses ne se déroulèrent pas comme prévu.

Avant qu'il puisse le toucher, il entendit une détonation, vit l'éclat bref du canon et ressentit une forte douleur au côté. Mais il continua de charger et poussa l'homme contre le mur, ce qui décrocha un tableau. Il ignora la douleur et essaya de faire tomber l'intrus, mais on aurait dit qu'il était collé au mur et que rien ne pourrait jamais le faire basculer.

Il savait qu'il n'avait que quelques secondes avant qu'on lui tire de nouveau dessus, alors il se recula suffisamment pour pouvoir empoigner le visage de l'homme et essayer de lui enfoncer ses pouces dans les yeux.

Lorsque Griggs écrasa la crosse du pistolet sur le crâne d'Arthur, la douleur fut si vive qu'elle court-circuita son système nerveux. Ses bras se ramollirent et il ne vit plus rien, juste une lumière si intense et éblouissante qu'il avait l'impression qu'on l'obligeait à regarder le soleil en face.

Le coup de feu sembla ne pas lui faire mal du tout. Il eut à peine le temps de comprendre ce qui se passait et vit le soleil se coucher brusquement tandis qu'il perdait connaissance.

4

Il y avait quelque chose qui n'allait pas, mais alors pas du tout.

La lumière était terne, artificielle, atténuée, et il n'y avait que des bruits de machine : des bruits de tuyaux et de sonnettes.

Arthur avait mal à la tête, et aussi à son côté gauche. Il avait mal à la gorge et peinait à respirer. Il cligna des yeux, et les contours du plafond se dessinèrent. Des tuiles acoustiques blanc cassé. Sous ses doigts, il sentit du tissu rêche.

Il était allongé dans un lit, sur le dos.

Il essaya de s'asseoir et découvrit que ses bras étaient fixés à un rail, et, peu de temps après, une femme apparut dans son champ de vision, une jeune infirmière qui avait l'air sympathique.

« Monsieur Malory. Vous êtes réveillé. Je vais chercher le médecin. »

Un médecin ? Pour quoi faire ? Que s'était-il passé ?

L'infirmière revint, enleva les attaches et éleva le lit. Elle lui proposa du jus de fruit avec une paille. Il avait la bouche extrêmement sèche, et il l'aspira avidement. Sa poitrine se serra et il eut un accès de toux.

« Allez-y doucement.

– Où suis-je ?

– Vous êtes à l'hôpital John Radcliffe. Dans l'unité de soins intensifs de neurochirurgie.

– Depuis combien de temps ?

– Trois jours.

– Que s'est-il passé ?

– C'est votre médecin, M. Singh, qui va vous répondre. Il arrive. »

M. Singh était un homme de petite taille en blouse bleue, pas très souriant et visiblement pressé. Avant qu'Arthur ait eu le temps d'ouvrir la bouche, il vit une petite lampe dans la main du médecin, et il sentit une lumière bleue lui piquer les yeux. Après un bref examen neurologique pour vérifier la force de ses membres et ses sensations, le neurochirurgien commença à parler.

« Vous avez une fracture du crâne et un hématome sous-dural que j'ai retiré. Nous allons laisser les pansements jusqu'à demain ou après-demain. Vous avez aussi reçu une balle, qui a fracturé l'une de vos côtes.

– J'ai horriblement mal au côté.

– Saviez-vous que vous aviez une paire de côtes en plus ?

– Oui.

– Eh bien, celle de gauche vous a sans doute sauvé la vie. La balle a ricoché dessus. Sinon, elle aurait pu toucher votre rate et vous seriez mort d'une hémorragie.

– La balle ?

– Vous ne vous souvenez pas de ce qui s'est passé ?

– Non.

– L'amnésie posttraumatique, c'est fréquent. Les souvenirs peuvent revenir, ou non. Il n'y a aucun moyen de le savoir.

– Dites-moi ce qui s'est passé.

– Je préfère que ce soit la police qui le fasse. Ils n'attendent qu'une chose, c'est de pouvoir vous interroger. Je vais les tenir à distance aussi longtemps que je le pourrai. Vous avez aussi inhalé de la fumée, ce qui a nécessité une aide respiratoire et des sédatifs jusqu'à ce matin. Mais à présent, il semblerait que vous ayez assez bien récupéré. On va pouvoir vous sortir de réanimation plus tard dans la journée. »

Arthur passa les quelques heures suivantes à se creuser la tête, à essayer de se rappeler ce qui lui était arrivé. Il se souvenait d'être allé voir Andrew Holmes en voiture, être arrivé, avoir donné son cadeau à Anne, être parti au restaurant et être rentré plus tôt que prévu. À partir de ce moment-là, il rencontrait un rideau noir qui refusait de s'ouvrir pour révéler quoi que ce soit d'autre.

Son infirmière le prépara afin qu'il change de service et lui dit que plusieurs de ses amis avaient essayé de lui rendre visite ces derniers jours, mais qu'on leur avait refusé l'entrée. Elle ne se souvenait pas bien de leur nom.

« Est-ce que l'un d'entre eux était Andrew Holmes ? »

L'infirmière regarda le sol et répondit :

« Non, ce n'était pas lui. Quelqu'un d'autre. L'un d'entre eux avait une barbe.

– Tony Ferro ?

– Oui, je crois que c'est ça. Il était accompagné d'une femme. Grande et élégante.

– Sandy Marina ?

– Oui, j'en suis sûre, maintenant. Ils reviendront ce soir, ont-ils dit. »

Au moment où l'on roulait son lit dans l'ascenseur pour le changer de service, un souvenir lui revint soudain. L'infirmière sembla remarquer l'expression de surprise sur son visage et lui demanda si tout allait bien. Il acquiesça. Mais une bribe lui était revenue.

Anne avait ouvert la porte de leur maison. Ils avaient commencé à entrer. Le salon était en désordre. Ils s'étaient fait cambrioler.

Mais ensuite ?

Le rideau noir se refermait.

Pendant l'après-midi, on l'installa dans une chambre avec un voisin âgé qui passait l'essentiel de son temps à dormir et à remplir sa poche d'urine. La télévision ne marchait pas. Il n'y avait pas de livres ni de magazines. Il demanda à une infirmière du service s'il pouvait récupérer son téléphone et son portefeuille, mais on lui dit qu'il n'avait aucun effet personnel sur lui lorsqu'on l'avait admis. Il demanda une ligne téléphonique et attendit qu'elle soit activée. Livré à lui-même, il essaya sans succès d'écarter davantage le rideau noir.

Un thérapeute respiratoire vint s'occuper de lui pour l'aider à expectorer le mucus de ses poumons irrités. Alors qu'il soufflait vigoureusement dans un tube pour essayer de faire monter une rangée de balles flottantes jusqu'en haut de leur colonne, une série de souvenirs lui revint en un éclair.

Un homme de haute taille en haut d'un escalier.

Un pistolet.

Des questions sur le Graal.

Impatient, Arthur congédia le thérapeute et essaya désespérément de repousser les limites de sa mémoire. Qu'était-il arrivé à Holmes et à Anne ? Comment avait-il été blessé ?

Et plus tard, pendant le dîner, alors qu'il mangeait son dessert, tout le reste le submergea comme si un barrage s'était ouvert, provoquant une inondation d'images dérangeantes.

Un coup de feu. Anne en sang. Charger l'intrus. Un autre coup de feu. Une douleur au côté, une lutte échevelée et primaire pour la survie, une douleur terrible à la tête.

Et puis ça s'arrêtait là. Peut-être qu'il se souviendrait de plus de choses, mais il n'y croyait pas trop. Il sentait que le souvenir était revenu. Il ne savait toujours pas si Anne avait survécu à sa blessure. Il ne savait pas ce qui était arrivé à Holmes, mais la façon dont l'infirmière des soins intensifs avait évité son regard lorsqu'il avait prononcé son nom le perturbait.

Il eut rapidement les réponses aux questions qu'il se posait.

Tony Ferro et Sandy Marina lui rendirent visite pendant les heures autorisées, l'air à la fois triste et soucieux. Arthur ne les avait pas revus depuis la dernière réunion des Fondus du Graal au Bear Inn, à Oxford. Sandy était professeur d'études religieuses à Cambridge ; c'était une rousse imposante d'une quarantaine d'années, qui avait beaucoup d'esprit et un rire en cascade. Tony ressemblait à un ours avec sa grosse barbe et sa bedaine qui débordait du gilet qu'il portait constamment. Il n'avait pas encore 50 ans, mais ses cheveux blancs le vieillissaient. Sandy et lui s'approchèrent du lit, mal à l'aise, ayant l'air de ne pas trop savoir que dire ni que faire.

Arthur leur demanda de tirer le paravent le séparant de son voisin de chambre et leur dit de s'installer sur des chaises. Il comprit à leur visage et aux larmes de Sandy que Holmes était mort. Il tendit la main et Sandy la prit dans la sienne.

« On nous a dit qu'il se pouvait que tu ne te souviennes de rien, dit-elle.

– C'était le cas, mais plus maintenant. Je me souviens de tout, à présent. Mais personne ne m'a dit ce qui était arrivé à Andrew et à Anne. S'il vous plaît. »

Sandy et Tony échangèrent un regard lourd de sous-entendus avant que Tony acquiesce et éclaircisse sa gorge serrée.

« Celui ou celle qui a fait ça a mis le feu à la maison. Sans doute avec de l'essence qu'il y avait dans la remise d'Andrew. Un voisin a vu les flammes et a réussi à ouvrir la porte. Il t'a retrouvé près de l'entrée et a réussi à te porter dehors. Il n'a rien pu faire pour eux. L'équipe des pompiers a retrouvé leurs corps seulement après avoir réussi à éteindre le feu. Les journaux disent qu'ils étaient déjà tous les deux morts par balles, et qu'ils l'étaient sans doute avant que l'incendie détruise la maison. Ils sont morts, Arthur, tous les deux. »

Ils pleurèrent tous les trois en silence pendant plusieurs minutes, jusqu'à ce que Arthur se mette à tousser bruyamment et que Sandy insiste pour qu'ils sortent et le laissent se remettre. Mais il les rappela alors qu'ils étaient dans le couloir pour demander si l'intrus avait été arrêté.

« Non, dit Sandy. On nous a dit que la police n'a pas de suspects. Ils recherchent un ou plusieurs cambrioleurs.

– Des cambrioleurs ? s'exclama Arthur. Ce n'était pas un cambrioleur.

– Mais qui, alors ?

– Il était tout seul. Ce n'était pas un cambrioleur. Il était à la recherche du Graal.

– Que veux-tu dire ? demanda Sandy, de nouveau l'air très inquiet.

– Il est entré pendant que nous étions sortis dîner. Nous sommes rentrés plus tôt que prévu parce que Anne ne se sentait pas bien. Nous l'avons surpris et il a sorti un pistolet. Il avait l'ordinateur portable de Holmes et l'un de ses dossiers de recherche qu'il garde dans son bureau. Il a dit qu'il voulait les documents qu'il avait découverts récemment.

– Quels documents ? demanda Tony.

– Holmes m'a appelé il y a quelques jours pour me dire qu'il avait trouvé quelque chose de nouveau, quelque chose d'important. Quelque chose qui avait à voir avec moi, aussi surprenant que cela puisse paraître. Il m'a dit qu'il pensait qu'on pouvait réellement retrouver le Graal et qu'il avait besoin de mon aide.

– Comment se fait-il que cet homme ait été au courant ? demanda Sandy.

– Il a dit que les parties intéressées, c'est comme ça qu'il l'a formulé, les parties intéressées avaient mis nos téléphones sur écoute.

– Mais qui donc peut bien s'intéresser au Graal à ce point-là ? demanda Tony. Ce n'est qu'un objet historique dont on ne sait même pas s'il existe ! C'est une distraction pour nous, un superbe exercice de recherche, peut-être aussi une grande quête métaphorique.

– S'il existe vraiment et qu'on le retrouve, interrompit Sandy, il aurait certainement une valeur monétaire conséquente. »

Tony acquiesça.

« Mais tout de même. Être prêt à aller jusqu'au meurtre alors qu'on n'a aucune idée de l'endroit où il se trouve ? Pour moi, ça n'a pas de sens.

– Je ne fais que répéter ce que l'homme a dit.

– Holmes t'a-t-il révélé ce qu'il avait trouvé ? » demanda Sandy.

Arthur secoua la tête.

« Il allait me le dire après le dîner. Il n'a pas pu le faire.

– Tout a brûlé, dit Sandy. Tout. Sa splendide bibliothèque, tous ses papiers. On ne saura peut-être jamais ce qu'il a découvert. C'est une petite tragédie qui s'ajoute à une autre, bien plus grande.

Quelqu'un frappa à la porte ouverte, et deux hommes en costume entrèrent dans la chambre.

« Excusez-nous de l'interruption, dit l'un d'eux, je suis l'inspecteur Hobbs, de la police de la Thames Valley, et voici le sergent Melton. Nous aimerions dire un mot à M. Malory, si possible. »

Sandy se pencha pour embrasser Arthur, et Tony lui tapota l'épaule.

« Prends soin de toi, dit Tony. On se voit dès que possible au Bear pour reprendre notre petite conversation. »

Après leur départ, l'inspecteur Hobbs et le sergent Melton s'approchèrent du lit d'Arthur.

Hobbs, qui était le plus âgé des deux et avait l'allure d'un croquemort, dit :

« Nous savons que vous venez de traverser une épreuve terrible, monsieur Malory, et qu'on vient seulement de vous retirer l'aide respiratoire hier soir. Du fait de votre blessure à la tête, nous ne nous attendons pas à ce que vous vous souveniez précisément de ce qui s'est passé, mais nous aimerions savoir si vous vous souvenez de quelque chose, quoi que ce soit. »

Melton, qui était plus jeune et enthousiaste, ajouta :

« C'est le point de départ d'un dialogue, monsieur Malory. Avec le temps, les victimes ont tendance à avoir de plus en plus de souvenirs qui reviennent, et il est important que vous nous teniez au courant, parce que... »

Arthur l'interrompit au milieu de sa phrase.

« Je me souviens de tout.

– Ah oui ? demanda Hobbs.

– Je ne sais pas comment ça se fait ; c'est peut-être inhabituel, mais je me suis souvenu de tout au bout de quelques heures seulement. »

Melton sortit un carnet et un stylo.

« C'est formidable, monsieur Malory. Reprenons tout du début et racontez-moi tout ce dont vous vous souvenez de la soirée en question. »

Arthur raconta méthodiquement son histoire, seulement interrompu par des quintes de toux qui le forçaient à appuyer sur son ventre pour juguler la douleur. Tout en parlant, il regardait attentivement la réaction des policiers, aussi ne fut-il pas surpris le moins du monde lorsqu'il eut terminé que ces derniers lui opposent un barrage de questions qui trahissaient leur scepticisme.

« Donc ce gars, dans la maison, demanda Hobbs, cet homme blanc, vous dites que ce n'était pas un cambrioleur lambda ?

– C'est le moins qu'on puisse dire.

– Malgré le fait que votre portefeuille, votre ordinateur portable et votre montre aient été volés, malgré le fait que lorsque vous êtes revenus, la maison ait été mise à sac, malgré le fait que le sac à main de Mme Holmes, le portefeuille et la montre du professeur Holmes aient également disparu.

– C'est bien cela, oui, dit Arthur.

– Cette histoire de Graal, demanda Melton, ce ne serait pas le même que celui des *Monty Pythons, Sacré Graal* ?

– Vous plaisantez ? demanda Arthur, de plus en plus déprimé.

– Non, pas du tout, répliqua Melton sans conviction. C'est juste que je ne connais pas très bien le Graal et tous ces trucs-là.

– Cela fait deux mille ans que c'est un objet de fascination et d'inspiration pour les universitaires, les dramaturges et les romanciers. Moi-même, cela fait un certain temps que je m'intéresse à la question, en tant que profane, bien sûr, et c'est comme ça que j'ai rencontré Andrew Holmes.

– Est-ce qu'on sait si le Graal existe vraiment ? demanda Melton.

– Bien sûr que non.

– Je vois », dit le jeune homme avec un sourire narquois.

Hobbs demanda :

« Vous dites que cet homme a prétendu avoir écouté l'un de vos échanges téléphoniques récents avec le professeur Holmes ?

– Il a dit que c'étaient les parties intéressées qui en étaient responsables.

– Et de qui pourrait-il s'agir ?

– Je n'en ai aucune idée. Il n'a pas voulu le dire.

– Des gens qui seraient prêts à commettre des crimes graves, à aller jusqu'au meurtre, pour un objet qui n'existe peut-être même pas ? Ça vous semble plausible, monsieur Malory ? »

Arthur secoua la tête.

« Non. Mais c'est ce qu'il a dit et, surtout, c'est ce qu'il a fait.

– Les blessures à la tête, ça peut vous jouer des tours, monsieur Malory. D'après la grande expérience que j'en ai, les souvenirs sont souvent radicalement modifiés par ce genre de traumatisme. Et dans votre cas, il y a en plus la blessure par balle et l'inhalation de fumée. J'imagine qu'en plus vous êtes actuellement sous traitement contre la douleur, non ? »

Arthur acquiesça, mécontent de la tournure que prenait l'entretien.

« J'en ai discuté avec des spécialistes, dit Hobbs. L'esprit peut vous jouer des tours. Vous êtes allé voir le professeur Holmes pour qu'il vous parle d'une histoire de Graal. C'est ce que vous aviez en tête. On peut comprendre que vous

vous souveniez des choses à travers ce prisme-là, vous ne croyez pas ?

– Je me souviens très bien de ce qui s'est passé, martela Arthur avant de succomber à une terrible quinte de toux.

– Bon, on va aller chercher l'infirmière, dit Hobbs. Et demain, on vous enverra un artiste de la police pour faire un portrait-robot de l'agresseur. Je vous laisse ma carte de visite sur la table au cas où vous voudriez modifier votre déclaration. Et nous reviendrons dans un ou deux jours pour voir si vos souvenirs de cette soirée n'ont pas changé, d'accord, monsieur Malory ? »

5

Arthur fut réveillé par le gazouillis plaisant des oiseaux qui lui parvenait à travers sa fenêtre, et il descendit, encore un peu sonné, pour mettre la machine à café en marche. Puis il sortit par la porte arrière pour voir comment la nature évoluait. Il y avait une bruine légère et le jardin était plein de vie, en pleine éclosion.

Tandis que ses fractures au crâne et à la côte et ses poumons irrités se remettaient doucement, il avait peu à peu repris une activité physique. Il avait toujours été sportif : il faisait du jogging, du vélo, battait la campagne avec son détecteur de métaux, et son manque d'activité physique récent n'avait pas tellement entamé sa forme. Avec la bénédiction de son médecin, il s'était remis à courir un peu, en faisant attention à sa cage thoracique.

Il avait une maison confortable de trois étages située dans une rue relativement vivante de Wokingham. Il n'avait jamais été gêné par le bruit de la rue, qui ne commençait en semaine qu'après son réveil, mais, depuis un mois qu'il était immobilisé chez lui, il commençait à se demander s'il n'allait pas chercher un endroit un peu plus calme.

C'était la première maison qu'il avait achetée, et elle lui convenait bien, dans le genre Boucle d'Or : elle n'était ni trop petite ni trop grande. Il utilisait la plus petite chambre comme bureau, et avait meublé le rez-de-chaussée avec des meubles dont il avait hérité. Ses parents étaient tous les deux décédés vers la soixantaine, son père, Arthur Senior, d'une maladie cardiaque, et sa mère d'un cancer. Maintenant qu'ils étaient morts, et comme il n'avait ni frère ni sœur avec qui partager ses souvenirs, il aimait bien retrouver le salon et la salle à manger dans lesquels il avait grandi. Il avait rempli les étagères de volumes que son père avait amassés : histoire, géologie, archéologie, ainsi que des livres de voyage, et une collection non négligeable de livres sur la légende arthurienne, à laquelle Arthur faisait périodiquement des ajouts personnels.

Il partageait de temps en temps sa maison avec une petite amie, mais seulement jusqu'à un certain point. Il n'avait jamais été fiancé, n'avait jamais véritablement cohabité avec qui que ce soit, et, comme le soulignaient ses amis, il n'était pas très chaud dès qu'il s'agissait de s'engager. Sa dernière amie en date avait été encore plus brutale, le jour de leur rupture.

« Tu es complètement narcissique, mon pauvre Arthur, tu es au courant ? s'était-elle plainte.

– C'est narcissique de me passionner pour mon travail et mes passe-temps ? avait-il répondu.

– Oui ! Si ça prend le pas sur tout ce dont moi j'ai envie !

– Désolé de ne pas avoir envie de faire une croisière dans les Caraïbes. Ce n'est pas trop mon truc, pour tout te dire.

– Tout ce qui n'est pas trop ton truc ne t'intéresse pas. Je suis désolée, mais creuser des trous dans un champ plein de boue à la recherche d'un trésor et écouter tes amis raconter des histoires ennuyeuses sur le roi Arthur, c'est pas trop mon truc. »

Arthur l'avait considérée d'un œil froid, et il avait donné une réponse qu'il avait regrettée par la suite :

« Peut-être que ça aurait été différent si j'avais été amoureux de toi. »

Elle avait mal réagi, comme il se doit, et lui avait répondu de manière encore plus désagréable.

Depuis le jardin, Arthur entendit qu'on sonnait à sa porte. Il essuya ses chaussures et retraversa la maison, saisissant au passage une batte de cricket qu'il avait mise près de la porte, puis la reposa après avoir regardé à travers le judas qu'il venait de faire installer. C'était l'inspecteur Hobbs, égal à lui-même.

« Vous avez un moment, monsieur Malory ?

– Entrez. Vous voulez du café ? Il est prêt.

– Non, merci. »

Ils passèrent au salon. Hobbs garda son imperméable et jeta un coup d'œil autour de lui.

« Vous êtes bien installé, dites donc.

– Merci. »

Le policier remarqua une lampe à kérosène rosée sur le buffet et la souleva.

« C'est joli. Elle est ancienne ?

– Non. Elle est moderne, en fait. C'est pratique en cas de coupure de courant. Comment puis-je vous être utile ? »

Hobbs reposa la lampe.

« Nous enquêtons sur une série de cambriolages à Oxford et dans les environs, et nous voudrions vous montrer une série de photos de suspects potentiels pour voir si l'un d'entre eux pourrait être votre agresseur. »

Arthur reposa sa tasse à café en secouant la tête.

«Je ne sais pas sur quel ton vous le dire. Ce n'était pas un cambriolage.

– Je sais que c'est ce que vous pensez, et nous en avons pris note dans les déclarations officielles. Cependant, nous devons nous baser sur les faits. Après expertise, nous sommes à présent convaincus que la maison du professeur Holmes a été l'objet d'un cambriolage. Il y a eu d'autres effractions à l'université. Notre théorie, c'est que c'est votre agresseur qui est responsable du premier cambriolage qui a eu lieu à son bureau universitaire, et que c'est par ce biais qu'il a eu accès à son adresse privée.

– Écoutez, je... commença Arthur, mais Hobbs l'interrompit.

– De plus, un antiquaire de Reading a reçu des objets en argent de provenance suspecte, et il a appelé la police. Manifestement, ils appartenaient au professeur Holmes. Nous avons identifié l'homme qui a essayé de les lui vendre, un toxicomane qui se trouvait dans une clinique de désintoxication la nuit du meurtre. Il les a eus par un délinquant qui les a lui-même eus par un autre délinquant. Cette chaîne de paumés ne nous a pour le moment menés nulle part, mais cela renforce notre conviction qu'il s'agit, au départ, d'un cambriolage.

– Vous refusez de prendre en compte l'histoire du Graal », dit Arthur.

Il semblait plus las qu'exaspéré.

« Franchement, l'idée que ce crime odieux soit lié à la recherche du Graal me semble, disons, farfelue. Ce n'est peut-être pas ce que vous voulez entendre, mais c'est la vérité. Bon, voulez-vous bien regarder ces photos de suspects ? Il y a parmi eux le toxicomane en question. »

Arthur soupira et jeta un coup d'œil aux photos. Sans surprise, il ne vit pas son agresseur.

« Vous voyez quand même bien qu'aucun d'entre eux ne ressemble de près ou de loin au portrait-robot, dit Arthur.

– Oui, je sais bien. Nous l'avons pourtant fait diffuser par les journaux, comme vous le savez, mais cela n'a rien donné.

– Donc, ce que vous me dites, c'est que vous n'accordez aucun crédit à mes souvenirs de cette nuit-là ?

– Je continue simplement à dire que vous avez reçu un sacré coup sur la tête.

– Avez-vous au moins cherché à vérifier si mon téléphone ou celui d'Andrew Holmes avaient été mis sur écoute ?

– Oui, nous l'avons fait. Rien.

– Bon, très bien, dit Arthur sèchement. Si vous me permettez, j'ai des choses à faire. »

Hobbs se dirigea vers la porte mais s'arrêta en chemin pour regarder la batte de cricket.

« Vous pensez que vous êtes encore surveillé, monsieur Malory ?

– À quoi bon vous dire ce que je pense ?

– Bon, très bien. Si vous voulez me parler, vous avez ma carte. »

Après une journée de jardinage, Arthur décida de profiter de l'énergie qu'il lui restait. Il enfila sa tenue de jogging et sortit dans la fraîcheur du soir. Il y avait peu de voitures qui passaient dans sa rue, mais il s'en tenait aux trottoirs, par précaution excessive. Son endroit préféré du moment pour courir sans trop se fatiguer était le terrain de jeu de Langborough Road, qui n'était pas loin. Son côté le faisait souffrir à chaque fois qu'il posait le pied gauche, mais il essayait de ne pas en tenir compte et de se concentrer sur la douceur de l'air nocturne. En tournant pour prendre Fairview Road, il eut vaguement conscience d'une voiture qui approchait derrière lui, il fit alors bien attention à rester sur le trottoir. Il lui fallait traverser la rue pour arriver au terrain de jeu, ce qui ne posait aucun problème, même pendant la journée, car c'était une rue peu passante. Il n'y avait pas de voitures devant lui, et celle qui était derrière semblait avoir disparu. Mais, alors qu'il était au milieu de la chaussée, il entendit un bruit de moteur et fut ébloui par une lumière de phares. Une grosse voiture s'approchait rapidement de lui, et elle ne freinait pas. Il jeta un coup d'œil par-dessus son épaule, mais il ne vit que les phares, tels les yeux brillants d'un prédateur nocturne.

Il eut juste le temps de prendre appui sur son pied droit et se jeta en travers de la route. Il s'entendit crier.

La voiture passa à un cheveu de lui. Il fit un roulé-boulé vers la droite et atterrit sur l'herbe, à la limite du terrain de jeu. La voiture passa en trombe sans dévier de sa route, tourna à gauche dans Gipsy Lane et disparut tandis que le bruit du moteur s'éloignait. Sa côte fracturée lui faisait tellement mal qu'il en avait le souffle coupé. Il roula sur le dos, grimaçant vers les étoiles.

Une femme sortit en courant du numéro 7.

« Ça va ? demanda-t-elle à distance.

– Je crois que oui.

– Je vous ai entendu crier, dit-elle en resserrant sa robe de chambre. Que s'est-il passé ? »

Arthur se releva péniblement en position assise.

« Une voiture. Elle a failli me renverser.

– Il y a trop d'abrutis qui se baladent en liberté, dit-elle. Vous avez pu relever son numéro d'immatriculation ?

– Non.

– Voulez-vous que j'appelle la police ? Avez-vous besoin d'une ambulance ?

– Non, ça va, je n'ai rien. »

Il se releva en appuyant fort du plat de la main sur la douleur vive qu'il ressentait au côté.

« J'habite à Crescent Road, juste à côté. Ça va aller. Est-ce qu'il y a des caméras de surveillance dans la rue ?

– Il devrait y en avoir, avec tous les enfants qui jouent sur le terrain, mais le conseil municipal s'embrouille dans ses priorités. Vous êtes sûr que tout va bien ? Je peux appeler la police sans problème.

– Non. Ce serait une perte de temps, je le crains. Mais merci, vous avez été très aimable. »

La femme rentra chez elle, et Arthur se mit en route vers chez lui en regardant partout et en s'efforçant d'entendre si une voiture venait dans sa direction.

Il imagina ce à quoi le conducteur pouvait ressembler, et, dans son esprit, il vit le grand homme au visage brutal et aux cheveux rasés qui hantait ses rêves.

Entrer dans le Bear Inn, c'était comme arriver à une veillée mortuaire. Tony Ferro remarqua immédiatement Arthur, et le temps qu'il se fraie un chemin jusqu'au bar bondé, une pinte l'y attendait déjà.

Le Bear était le bar préféré de Holmes, non pas parce que la bière y était meilleure qu'ailleurs, mais parce que c'était le pub le plus ancien d'Oxford, ce qui était important pour un historien. Par ailleurs, il se trouvait tout près de son université, Corpus Christi. Invariablement, lorsque les Fondus du Graal se retrouvaient, c'était dans cet endroit-là, et ce soir ne faisait pas exception – mis à part le fait douloureux et évident que Holmes n'était plus là.

Quelqu'un avait placé une photo de Holmes sur le comptoir du bar. Elle restituait parfaitement son charme un peu gauche, avec son menton volontaire, sa chevelure fournie et désordonnée, son nœud papillon en soie, sa veste de costume à cinq boutons, et la canne à pommeau d'ivoire qu'il avait beaucoup utilisée récemment pour que sa femme se sente moins gênée d'avoir la sienne. Mystérieusement, sa canne était l'un de ses rares biens à avoir survécu à l'incendie. Un voisin, peut-être le même héros qui avait tiré Arthur du feu, l'avait retrouvée sur le trottoir, au milieu de débris noircis. Les pompiers l'avaient posée là en vidant les pièces de l'avant de la maison qui étaient en train de s'effondrer. À présent, pauvre objet délaissé, elle reposait sur la table d'une des alcôves.

Arthur essaya, sans succès, de réprimer un sanglot lorsqu'il vit la photo de Holmes. Il avait toujours aimé être assis en face d'Arthur au pub afin de pouvoir facilement lui parler.

Au cours de l'une des réunions des Fondus, Holmes avait lancé à la cantonade :

« Avec quatre pintes dans le nez et en plissant un peu les yeux, regarder Arthur, c'est comme se retrouver devant sir Thomas Malory, cette vieille fripouille, en chair et en os ! »

Une autre fois, il avait dit :

« Si jamais je réussis à finir le livre que je suis en train d'écrire sur sir Thomas, je te ferai écrire l'avant-propos.

– Qu'est-ce que je dirais ? avait demandé Arthur.

– Je ne sais pas, avait répondu Holmes en pouffant, peut-être la raison pour laquelle la fascination pour le roi Arthur semble être un héritage génétique. »

Tony mena la charge pour accéder à l'alcôve que les Fondus du Graal avaient choisie. Aaron Cosgrove se leva et serra Arthur dans ses bras avec la délicatesse d'un ours, ce qui raviva sa douleur à la côte. Il était australien, il enseignait la linguistique à Reading et avait un penchant pour les mauvaises plaisanteries.

« Pousse-toi, Sandy, dit-il à Sandy Marina. Fais de la place à Arthurus Rex. »

Sandy déplaça des sous-verres et des verres pour dégager une place de plus sur le banc, donna une tape amicale à Arthur sur la cuisse et dit :

« Ça fait du bien de voir que tu es remis sur pied. »

Arthur ne pouvait détacher les yeux de la canne de Holmes. Les petits yeux en rubis du dragon facétieux qui l'ornait étaient devenus ternes à cause de la suie.

Sandy suivit son regard et toucha la canne.

«J'ai demandé au tenancier si on pouvait la laisser ici.»

Il n'y avait pas besoin de plus d'explications. Cette simple phrase voulait tout dire. Leur groupe continuerait à se rencontrer, et Holmes vivrait encore dans leur cœur.

«À Andrew et Anne, dit Tony en levant son verre.

– À Andrew et Anne», répétèrent les autres à l'unisson.

Arthur avala la moitié de sa bière en une seule gorgée. Il avait du mal à se faire à l'idée que Holmes, cette force de la nature, n'était plus. Sa bière forte lui fit du bien.

Arthur fut gentiment questionné sur sa santé et son état d'esprit. La plupart ne connaissaient que la version officielle; à savoir qu'ils avaient tous les trois surpris un cambrioleur et que le chaos s'était ensuivi. Arthur répondit d'un ton morne, surtout par monosyllabes, et dit à tout le monde qu'il retournerait bientôt travailler. Il avait le sentiment que cette soirée devait être consacrée à Andrew et à Anne, pas à lui.

Tony essuya une larme qui alla se perdre dans sa moustache. Le gilet qu'il portait en toute occasion était gonflé par sa bedaine, et, en l'honneur des disparus, il portait la cravate de Corpus Christi que Holmes lui avait offerte un Noël pour plaisanter, lui qui était à Cambridge. Holmes lui avait dit:

«Je t'offre cette cravate exprès pour t'embêter, Tony, puisque je connais ton amour sans limites pour Oxford. J'attends de toi que tu la remises au fond d'un placard et que tu ne la sortes que dans l'éventualité où il faudrait m'enterrer.»

Aaron remarqua la cravate et désigna les murs du pub où s'alignaient de vieilles cravates d'universités, demandant si ce spécimen devrait aller les rejoindre sous verre.

« Non, je crois que je préfère la garder », dit Tony.

Il y eut des murmures sur ces horribles événements, la perte dramatique de deux personnes d'exception, après quoi, Dennis Lange, un vieil auteur arthurien, lança :

« Tous ses livres et ses papiers ! C'est si désolant ! »

Quelqu'un répondit :

« Je m'en fiche comme de l'an quarante, de ses livres pourris. C'est Holmes que je veux retrouver.

– Dennis a raison de regretter les livres, dit Arthur. C'est aussi ce qu'Andrew aurait pensé. Les gens meurent, mais les livres, d'une certaine façon, continuent de vivre. »

Dennis finit sa pinte et lui adressa un petit sourire de remerciement pour son soutien.

« Donc, on ne connaîtra jamais les conclusions que Holmes allait tirer à propos du Graal et de Montserrat, dit Aaron, reprenant au point où ils en étaient restés lors de leur dernière réunion de Fondus. Je suppose que son manuscrit s'est perdu dans les cendres ou dans un disque dur fondu.

– Peut-être que le Graal ne veut pas qu'on le retrouve, suggéra Sandy.

– Nous sommes tous tellement occupés, dit Aaron. Mais il faudrait que, un jour, l'un d'entre nous aille à Montserrat et retrouve la lettre de Holmes. Pour voir s'il y a du feu derrière la fumée. »

Il se rendit compte de la gaffe qui lui avait échappé, s'excusa en bafouillant et proposa de payer la tournée suivante.

En se levant pour aider Aaron à porter les boissons, Sandy s'adressa à eux tous :

« Tout ce que nous faisons, c'est rester assis autour de notre petite table à boire et à parler *ad nauseam*. Ce qu'il nous faut, c'est un chevalier qui monte sur son destrier et parte réellement à la recherche du Graal. Un Galaad moderne. »

Arthur eut pleinement conscience qu'elle l'avait regardé directement en disant cela.

Tony se leva pour aller aux toilettes et Arthur le suivit. Lorsqu'il eut fini, Arthur le persuada de sortir par l'arrière avec lui pour discuter un peu plus tranquillement.

« Tony, tu comprends bien que je ne veux pas communiquer tous les détails de ce qui s'est passé ce soir-là au groupe tout entier.

– Bien sûr. Sandy et moi n'en avons parlé à personne.

– J'ai bien réfléchi.

– J'imagine.

– La police ne croit rien de ce que je lui ai raconté. Ils pensent que c'est le fait d'un esprit dérangé. Pour eux, c'était un cambriolage lambda. »

Tony soupira :

« C'est scandaleux.

– Je n'y comprends toujours rien, pas plus aujourd'hui que le jour où c'est arrivé. Même en me creusant la tête, je ne vois aucune raison d'aller jusqu'à de telles extrémités pour retrouver le Graal.

– À moins d'être convaincu, plus que nous encore, qu'il existe réellement. »

Arthur acquiesça.

« Et à moins qu'ils pensent que c'est extrêmement important. Tony, je crois que quelqu'un est en train d'essayer de me tuer. »

Tony eut l'air paniqué.

« Tu es sûr ? Tu l'as vu ?

– Au départ, c'était simplement l'impression qu'on m'observait pendant que j'étais en train de conduire, ou dans le parking du supermarché, ce genre de choses. Mais il y a quelques jours, une voiture a failli m'écraser pendant que je faisais mon jogging.

– Tu as prévenu la police ?

– Ça n'aurait servi à rien. Je n'ai pas pu noter la plaque d'immatriculation, il n'y avait pas de témoins et il n'y a pas de caméras de surveillance dans le quartier. Ils me prennent déjà pour un cinglé.

– Alors qu'est-ce que tu vas faire ?

– C'est bien ce que je me demande. Je représente un risque. Pourquoi le meurtrier ne reviendrait-il pas pour finir le travail qu'il a commencé ? Je suis le seul témoin d'un double meurtre.

– La police peut certainement le comprendre.

– Oui, ça, ils le comprennent, mais ils sont absolument convaincus que c'était un cambriolage qui a mal tourné et que c'est moi qui suis obsédé par le Graal. Ils m'ont dit qu'ils me fourniraient une protection uniquement si l'on me menaçait directement, mais ils pensent qu'un cambrioleur drogué, même coupable de meurtre, ne s'en prendrait sans doute pas à un témoin. Écoute, Tony, si je pensais que l'homme de ce soir-là était simplement un cambrioleur, je l'accepterais et je passerais à autre chose. Mais ce n'est pas que ça. Là, ça avait à voir avec le Graal. J'ai failli en mourir. Maintenant, je pense que c'est la seule chose qui puisse me sauver.

– Mais enfin, qu'est-ce que tu veux dire ?

– Holmes a fait une découverte capitale. C'est cela que cet homme cherchait. À un moment, il m'a demandé si Holmes m'avait déjà dit de quoi il s'agissait. D'après ce qu'ils savent, Holmes m'a effectivement dit ce que c'était. Alors, je me suis dit que ça pouvait peut-être me protéger, d'une certaine façon. Mais après, j'ai failli me faire écraser.

Il va recommencer et, au bout d'un moment, il va y arriver. Je le sais.

– Mon Dieu, Arthur !

– Je sais que c'est risqué, mais je pense que le seul moyen d'être en sécurité, c'est d'essayer de retrouver le Graal, et si j'y arrive, d'annoncer sa découverte publiquement et en fanfare. Ces "parties intéressées" dont a parlé l'agresseur ; à mon avis, c'est la seule manière de les neutraliser. Il faut que je retrouve le Graal et que je confonde le meurtrier. Sinon, les Fondus boiront aussi à mon enterrement.

– Mais enfin, Arthur, on n'est même pas sûrs qu'il existe !

– Certains ont l'air de penser que si.

– Que puis-je faire pour t'aider ?

– Je ne suis qu'un amateur, Tony. J'aurai peut-être besoin d'un véritable spécialiste pour m'aider. Mais il faut rester prudent. Je ne veux pas que tu te retrouves mêlé à tout ça.

– Bien sûr. Je ferai tout mon possible.

– Est-ce que tu sais si Holmes notait ses rendez-vous quelque part ?

– Je n'en ai aucune idée. Tu peux demander à la secrétaire de son département. Elle s'appelle Madeleine ; il l'appelait Maddie. Je te donnerai son numéro.

– Merci.

– Et sois prudent, Arthur, je t'en conjure. Je n'ai pas envie de perdre un autre ami. »

La faculté d'histoire d'Oxford était située en retrait de George Street, dans un bâtiment que l'on reconnaissait à ses mansardes et qui était, au XIXe siècle, le lycée de garçons d'Oxford, l'école qu'avait fréquentée T. E. Lawrence, le célèbre Lawrence d'Arabie.

Arthur y était déjà allé pour voir Holmes, mais il n'avait jamais rencontré Maddie. Cette femme au visage rond, vêtue d'un pull trop grand, le reçut dans un petit local et lui offrit une tasse de thé qu'elle fit chauffer avec sa propre bouilloire électrique.

Le fait de parler de Holmes lui fit monter les larmes aux yeux, et Arthur comprit rapidement que c'était le professeur qu'elle préférait.

« Et vous, comment allez-vous, monsieur Malory ? demanda-t-elle. Le professeur vous tenait en haute estime.

– Je commence à me remettre, merci. Je retourne travailler lundi.

– Je suis sûre que cela va vous aider à vous changer les idées... »

Elle hésita, et il vint à son secours.

« J'en suis sûr aussi. »

Arthur alla droit au but. Il lui dit que Holmes avait l'intention de lui parler d'une découverte récente qu'il avait faite au sujet du Graal. Avait-elle une idée de ce que cela pouvait être ?

« Non, je regrette, dit-elle. Nous parlions surtout de ce qui concernait le département, pas de sujets universitaires. De temps en temps, il me faisait taper un manuscrit, mais pas récemment.

– Est-ce qu'il avait un agenda pour ses rendez-vous ou ses déplacements ?

– Il en avait un petit qu'il gardait toujours sur lui. C'était lui qui s'occupait de ses déplacements et prenait ses rendez-vous. Généralement, je ne me mêle pas de cela avec les universitaires. Ce que je sais, c'est que la police a posé des questions sur l'existence d'un agenda il y a quelque temps et a fouillé son bureau, sans résultat, donc je suppose qu'il le gardait soit sur lui, soit chez lui.

– Il ne gardait pas d'autre trace de son emploi du temps ? »

Elle but quelques gorgées de thé.

« Il a un calendrier comme sous-main et j'imagine qu'il y a gribouillé quelques dates.

– Pourrais-je le voir ?

– Je n'ai pas vraiment l'autorisation de vous le montrer, dit-elle. Le directeur du département n'a pas encore décidé ce qu'il allait advenir de son bureau. »

Arthur lui sourit aussi chaleureusement que possible et ses objections furent balayées.

« Venez par ici. Je ne vois pas le mal que ça peut faire. La police a dit qu'ils n'en avaient plus besoin. »

Son bureau était bien rangé et organisé, avec des étiquettes calligraphiées sur les dossiers et les classeurs. Le sous-main n'avait pas beaucoup été utilisé, et il n'y avait dessus que quelques notes. Celle qui attira tout d'abord l'œil d'Arthur lui fut douloureuse, puisqu'elle datait du jour de sa mort.

Anniv Anne – dîner ac Arthur

Il regarda rapidement les semaines précédentes. Il y avait surtout des références à des réunions avec ses collègues et des rendez-vous avec ses étudiants. Seulement une entrée présentait un intérêt. Le 12 mars, il y avait une note alléchante.

Absent du bureau. QG!

« Savez-vous où il est allé, ce jour-là ? demanda Arthur à Maddie en désignant la petite case.

– Je n’en ai aucune idée.

– Comment pourrait-on en savoir plus ? »

Elle secoua la tête.

« La seule autre personne qui puisse le savoir à part le professeur lui-même serait Mme Holmes, et on ne peut pas le lui demander, n’est-ce pas ?

– S’il avait pris le train quelque part, ou peut-être l’avion, est-ce qu’il se serait chargé lui-même de l’organisation ?

– Certainement pas. Ce genre de choses n’était pas son fort. C’est moi qui l’aurais fait pour lui. Mais ce n’est pas le cas.

– Alors il y serait allé en voiture.

– On peut le supposer.

– Savez-vous qui QG peut bien être ?

– Je crains bien que non. Je ne connais personne parmi les membres de la faculté ou les collègues dont le nom de famille commence par G. »

Arthur soupira et lui fit une autre requête, d’un ton si plaintif qu’elle acquiesça. Elle lui accorda dix minutes et referma la porte derrière elle, le laissant seul dans la pièce. Il se mit immédiatement à chercher dans les tiroirs du bureau et dans les placards de classement, aidé par les étiquettes soigneusement calligraphiées de Holmes. Mais lorsque Maddie revint, un peu plus tard que prévu, il n’avait toujours rien trouvé sur la lettre de Montserrat, et encore moins sur ce dont Holmes avait l’intention de discuter avec lui.

Après avoir fait un tour dans la cour de l’université Corpus Christi pour se changer les idées, il retourna au parking. Alors qu’il s’apprêtait à grimper dans sa Land Rover, il eut de nouveau l’impression désagréable qu’on l’observait, et, après s’être retourné pour jeter un coup d'œil aux alentours, il s'assit derrière le volant et se mit en route, mal à l'aise, pour rentrer à Wokingham.

Son retour à Harp Industries fut plus difficile que ce à quoi il s'attendait. Il avait l'impression d'être parti depuis bien plus longtemps que ça n'avait été le cas. Des gens qu'il connaissait à peine lui jetaient des coups d'œil furtifs qui le mettaient mal à l'aise, et ses amis ou collègues plus proches lui prêtaient une attention exagérée. Le temps de regagner son bureau, il en avait déjà assez de répondre de la même manière aux mêmes questions.

Son assistante administrative, Pam, fut plus discrète sur son retour, mais cela faisait déjà deux semaines qu'elle l'avait recontacté régulièrement pour lui soumettre des questions de travail et des ordres du jour de réunions.

« Un café ? proposa-t-elle.

– Oui, s'il vous plaît, dit-il, mais curieusement je me suis mis à le prendre avec du sucre. Ça doit être le coup à la tête.

– Très bien, sucré, alors. Martin arrive. Il voulait que je le prévienne dès que vous seriez revenu. »

Martin Ash fut bientôt sur le seuil, un large sourire aux lèvres et des enveloppes à la main. Il avait une petite soixantaine d'années et un style typique de cadre, capable de faire l'ahuri aussi bien que le directeur d'école. Aujourd'hui, il était plein de chaleur et d'empathie.

« Nous sommes tellement heureux que vous soyez de retour parmi nous, Arthur, dit-il en s'asseyant.

– C'est gentil d'être passé me voir à l'hôpital. J'ai cru comprendre que je passais un scanner, ce jour-là.

– Nous nous sommes fait un sang d'encre. Je vous ai apporté une carte pour fêter votre retour, elle a été signée par tous les membres de la division des aimants. »

Arthur la parcourut puis la reposa.

«Je suis prêt à me remettre au travail, Martin. Je me rends bien compte que c'est la saison budgétaire, donc je sais qu'il faut que je m'y plonge vraiment pour respecter les délais.

– Écoutez, on ne veut pas que vous vous tuiez à la tâche. Vous avez traversé une épreuve difficile. J'ai donné à Stu Gelfand du travail en plus pendant votre absence. Je crois qu'il a commencé à avancer avec vos collaborateurs sur la question des chiffres.»

Stu Gelfand dirigeait la sous-division des consommateurs des aimants. Arthur, lui, s'occupait du versant industriel de l'affaire. Il y avait entre eux une rivalité assumée pour savoir qui prendrait la place d'Ash lorsque celui-ci quitterait la boîte, et Arthur n'était pas particulièrement ravi que Stu mette le nez dans son département.

«J'offrirai à Stu une corbeille de fruits, dit Arthur.

– Autre chose. J'ai reçu un télégramme de la part du docteur Harp, avec une lettre qu'il tenait à ce que je vous remette personnellement. La voici.

– Je ne pensais pas qu'il savait qui j'étais.

– Arthur, je crois que tout le monde sait qui vous êtes, maintenant.»

6

La Land Rover carrée d'Arthur tanguait sous le vent latéral tandis qu'il roulait vers le nord, sur l'A12, en direction du Suffolk. Il était parti bien avant l'heure de pointe du vendredi afin de pouvoir arriver à temps pour son invitation à dîner. La campagne était détrempée par la pluie, et les champs qui s'étendaient derrière les haies étaient prêts à être ensemencés. Il conduisait avec la fenêtre légèrement ouverte pour laisser les odeurs de la terre imprégner le véhicule.

Il n'avait jamais personnellement rencontré Jeremy Harp ; il avait parfois fait partie du public à l'époque où Harp se rendait en grande pompe à Basingstoke pour faire un de ses discours d'encouragement. Ce qu'il savait de lui, il le tenait principalement de ce qu'il avait lu sur le site de la compagnie : Harp était diplômé en physique appliquée à Manchester et il avait ensuite participé aux premiers travaux les plus importants sur les aimants au néodyme. La légende disait que, sans lui, les lecteurs de disque, les machines IRM, les servomoteurs et les appareils sans fil n'auraient pas existé. Il avait été un scientifique respecté au début de sa carrière, mais maintenant que sa compagnie avait pris de l'importance, il s'était retiré des affaires pour se concentrer sur d'autres activités, comme sa collection d'art.

Le GPS indiqua à Arthur où il fallait qu'il sorte. Binford se trouvait à l'est de Bildeston. C'était un tout petit village composé d'une poignée de cottages pastel à toit de chaume, d'un pub et d'un bureau de poste qui servait aussi d'épicerie. L'entrée de Binford, la sortie de Binford, pensa Arthur lorsqu'il traversa le village. Binford Hall se trouvait derrière une étroite portion de la route départementale. S'il avait croisé une autre voiture, il aurait été obligé de s'arrêter au bord de la route. L'entrée de la propriété était on ne peut plus discrète, c'était une modeste allée de graviers indiquée par un petit panneau en bois portant la mention « Propriété privée ». Apparemment, les très riches n'aimaient pas la publicité.

Au détour d'un grand virage dans l'allée, on apercevait un pavillon d'entrée. Il y avait un haut portail en fer forgé et une épaisse clôture sur laquelle des panneaux signalaient un danger d'électrocution. Lorsque Arthur s'arrêta devant, un jeune homme aux courts cheveux blonds, vêtu d'un blazer bleu, sortit de la maison avec une tablette électronique à la main.

« Bonjour, monsieur Malory », dit-il d'un ton sec avec un accent afrikaner.

Il ôta ses lunettes et inspecta l'intérieur de la voiture. Il semblait examiner le contenu du véhicule et, lorsqu'il eut fini son inspection, il remit ses lunettes et dit :

« Je vais vous annoncer. »

L'allée de graviers de l'autre côté du portail était sinueuse et parsemée de cailloux immaculés. En passant le virage, Arthur murmura « Oh, mon Dieu » en voyant sur quoi elle débouchait.

La bâtisse était magnifique, un chef-d'œuvre de briques rouges en forme de E avec des tourelles et des pignons, au milieu d'un immense parc. Il allait bientôt apprendre qu'elle datait du début de la période Tudor, autour de 1490, même si elle avait été continuellement embellie et améliorée au cours des siècles. Arthur estima qu'elle comptait une quarantaine de pièces, mais il y en avait en réalité vingt de plus. En s'approchant, il ralentit la voiture comme on ralentit un bateau lorsqu'on s'approche du rivage, de peur de déplacer un seul des précieux cailloux de l'allée.

Arthur se gara dans la cour de devant. Lorsqu'il sortit, il se demanda s'il allait pouvoir trouver une sonnette sur les portes de chêne massif, mais celles-ci s'ouvrirent d'un coup pour laisser passer un petit homme énergique qui lui faisait de la main des signes enthousiastes de bienvenue.

« Bonjour, bonjour ! s'exclama Harp. Bienvenue à Binford Hall. Vous avez fait bonne route, Arthur ? »

Tandis qu'ils échangeaient les politesses de circonstance, Arthur enregistrait ses premières impressions sur son hôte. Harp avait le teint rougeaud et un nez cramoisi de buveur, qui, vu de plus près, se révélait être une éruption cutanée grumeleuse. Une fois rentré, Arthur fit une recherche sur Internet et comprit que c'était de la couperose, une affection difficile à traiter dont même un milliardaire ne pouvait, apparemment, venir à bout. À vrai dire, durant le week-end, il ne vit pas Harp boire tant que ça. On ne pouvait pas en dire autant de Mme Harp, qui semblait avoir constamment un verre à la main.

Harp avait une frange blanche de cheveux assez longs, et ses yeux pétillaient d'intelligence. Son embonpoint aurait pu donner l'air enrobé à n'importe qui, mais ses habits étaient si impeccablement coupés et repassés qu'il avait simplement l'air prospère. Arthur se dit que, chaque fois que ce petit gabarit retirait l'une de ses tenues, ses vêtements devaient être immédiatement envoyés au pressing, et même ses mocassins beiges impeccables, bien qu'ils fussent mis à rude épreuve par les graviers de l'allée, étaient sûrement ressemelés.

Harp le fit entrer.

« Venez donc. Laissez votre sac. Je vous le ferai apporter dans votre chambre. Rafraîchissez-vous rapidement, et ensuite je vous ferai faire un tour pendant qu'il fait encore jour. C'est formidable que vous soyez là. Absolument formidable. Vous rencontrerez ma femme tout à l'heure. »

Le hall d'entrée gigantesque et décoré de boiseries s'élevait sur deux étages, ce qui donnait aux visiteurs l'impression d'être minuscules. Un grand escalier formait une courbe gracieuse et menait à une galerie avec rambarde. Sur les murs étaient alignés des portraits et des paysages richement encadrés, et dans l'escalier Arthur aurait pu jurer qu'il distinguait la signature de Rembrandt sur un portrait aux tons ambrés représentant un paysan aux joues rondes.

Harp avait dû suivre son regard car il déclara :

« Oui, c'est bien ça. C'est un Rembrandt. On peut être induit en erreur par la manière dont c'est orthographié : Rembrant, sans le d. C'est ainsi qu'il écrivait son nom avant 1633. J'ai aussi acheté un de Gelder et un Hals à la même vente aux enchères, il y a dix ans. J'aurais dû en acheter davantage quand j'en avais l'occasion. Les maîtres hollandais ne cessent apparemment jamais de monter. »

Arthur se retint de lui demander combien il valait, bien qu'il fût à peu près certain que Harp se serait fait un plaisir de le lui dire.

Arrivé en haut des marches, Harp lui indiqua un long couloir.

« Cinquième porte sur la droite, celle qui est ouverte. C'est la vôtre. Quand vous serez prêt, redescendez, faites-nous signe et nous ferons notre petite visite guidée. Ça vous va ?

– C'est parfait », répondit Arthur, abasourdi par la magnificence des lieux.

Sa chambre était une vaste suite bien arrangée avec une grande baignoire sur pieds et une douche à vapeur séparée. Il y avait même une télévision à écran plat disposée à la hauteur de la baignoire.

Un domestique lui apporta son sac et revint peu de temps après avec un chariot de boissons : eau minérale, sherry, spiritueux de luxe. Il hésita à boire quelque chose, mais il voulait avoir l'esprit complètement clair avec le P-DG. Il prit donc son manteau et descendit pour la visite.

Malgré ses petites jambes, Harp avançait d'un pas rapide dans ses bottes en caoutchouc, forçant Arthur à accélérer pour pouvoir suivre son rythme. Il le fit déambuler dans la propriété tout en débitant des informations sur les précédents propriétaires de Binford Hall, en lui faisant remarquer les particularités architecturales, paysagères et horticoles, et en énumérant avec une facilité déconcertante les noms latins des plantations. Selon Harp, aucun de ses prédécesseurs à Binford n'avait été très doué pour quoi que ce soit d'autre que toucher des héritages. Pas un seul d'entre eux n'était connaisseur dans le domaine des arts, des sciences, de la politique ou du commerce. Mais lui si, bien sûr, c'est ce que semblait laisser entendre son discours. Il avait acheté la demeure dans les années 1990 à un bon à rien ruiné dont les ancêtres remontaient au XVIe siècle. Selon Harp, le bougre avait ramassé l'argent de la vente et avait décampé en Espagne, où il n'avait pas tardé à se tuer dans un accident de la route.

« Il a laissé Binford dans un état lamentable et catastrophique, mais l'endroit avait du potentiel. Je l'ai vu dès ma première visite. Combien pensez-vous qu'il m'a fallu pour remettre cet endroit en état ? demanda Harp.

– Des millions, j'imagine.

– Dix fois plus ! continua Harp en bombant le torse. Je n'ai pas regardé à la dépense. Aujourd'hui, je dirais que c'est l'un des plus beaux domaines de la campagne anglaise. Et il n'y a pas que la maison et les terrains. Nous avons presque quatre cents hectares des meilleures terres agricoles du Suffolk, de ce côté, derrière les écuries. J'ai dû faire mettre en œuvre toutes les nouvelles méthodes pour pouvoir en tirer profit. Je n'ai toujours pas eu le prix Nobel de physique, vous savez ; même s'il est vrai qu'il y a des rumeurs qui circulent sur la sélection de cette année. Si par malheur je ne l'ai pas en physique, on devrait me le décerner en agriculture. Mon gestionnaire agricole donne des séminaires un peu partout sur la façon dont nous avons transformé tout ça. Nous avons, sans aucun doute, l'exploitation la plus moderne de tout le pays. »

La nuit tombait, mais Arthur distinguait au loin une grande étendue dans les tons fauves.

« C'est là que vous irez prospecter demain, précisa Harp. Il devrait faire beau, normalement.

– Je m'en réjouis par avance », répondit Arthur.

« Nous nous habillons pour le dîner. »

Voilà ce que dit Harp à Arthur en le raccompagnant à sa chambre. Si le concept de s'habiller pour dîner pouvait se réduire à une veste de sport et une cravate à rayures, Arthur n'aurait pas de problème.

La salle à manger était extraordinaire : c'était une grande salle de réception de la période Tudor, avec une galerie pour les musiciens, des bannières héraldiques et un plafond à caissons très élaboré. La longue table, parfaitement centrée au milieu de la pièce gigantesque, avait été dressée à un bout pour trois personnes, avec Harp qui présidait.

Celui-ci portait un costume sombre et une cravate soyeuse couleur lavande, sa femme une robe élégante. Mme Harp commença la soirée avec l'air pincé de quelqu'un qui s'oblige à recevoir, mais elle se dérida en voyant Arthur et lui fit des compliments sur ses yeux bleus et sa chevelure abondante, ce qui sembla agacer Harp.

« J'ai bien sûr entendu parler de votre mésaventure tragique, et j'en ai parlé avec Martin Ash, dit Harp lorsque le serveur eut débarrassé l'entrée. J'ai hésité à vous faire signe plus tôt, mais je voulais m'assurer que vous étiez complètement remis. Vous allez bien, maintenant ?

– Presque comme si de rien n'était. Je suis retourné au travail et je me sens plutôt en forme, merci.

– Je vous plains d'avoir traversé une telle épreuve. Où va ce pays ? Les cambriolages sauvages deviennent monnaie courante. »

Arthur hocha la tête. Il n'avait aucune raison de vouloir le détromper.

« Vous savez, je trouve que le bulletin d'information de notre compagnie est très utile, dit Harp pour changer de sujet. Sans cela, comment aurais-je pu apprendre que quelqu'un d'aussi intéressant que vous travaillait pour moi ?

– Je ne suis pas si intéressant que cela, protesta Arthur.

– Pas de fausse modestie entre nous ! insista Harp. Vous êtes un brillant diplômé en chimie de Bristol, vous êtes fichtrement bon en marketing, d'après ce que dit Martin Ash, vous êtes un descendant de l'homme qui a fait connaître le roi Arthur au monde entier, vous étudiez l'histoire et vous avez une âme d'explorateur. Tout cela fait penser à l'esprit d'un homme de la Renaissance, et j'aime cet esprit. Je le partage également.

– Merci, monsieur.

– Ne me donnez pas du “monsieur”, voyons. Pour vous, c’est Jeremy. Alors, vous vous passionnez pour le Graal, c’est ça ?

– Oui, c’est vrai. C’est un sujet qui me fascine.

– Moi aussi, je m’y intéresse, dit Harp en tendant la main vers son verre de vin.

– Ah oui, c’est vrai ? demanda Arthur avec enthousiasme. Et d’où vous vient cet intérêt ?

– On ne peut pas tout miser sur le travail, dans la vie. Même lorsque je faisais de la physique à longueur de journée, j’avais d’autres centres d’intérêt. Celui-ci m’est probablement venu après avoir lu *Le Morte d’Arthur*, l’œuvre de votre ancêtre, lorsque j’étais à l’école. La quête du Graal arthurienne est complètement fascinante, n’est-ce pas ? C’est une métaphore de toutes sortes de quêtes existentielles. Je me suis penché sur la question à diverses reprises, même si je pense bien que je ne vous arrive pas à la cheville là-dessus.

– Quoi qu’il en soit, je suis tout à fait d’accord avec vous sur le fait que c’est un sujet fascinant, dit Arthur, et certains diraient même que cette quête n’est pas seulement métaphorique.

– En faites-vous partie ? » demanda Harp en se servant dans le plat de viande que lui tendait un domestique.

Arthur esquiva la question.

« Comme vous le savez sans doute, l’Église catholique a indirectement reconnu l’authenticité du calice qui est conservé à la cathédrale de Valence comme étant le véritable Graal, on peut donc penser qu’il existe bien un véritable objet qui a été retrouvé. »

Harp rit.

« Mais ce n'est pas votre avis, je me trompe ? Je le vois à votre expression.

– Effectivement, je n'y crois pas une seule seconde, dit Arthur. Évidemment, c'est un objet intéressant. Je veux dire, le calice de Valence date du Ier siècle, et il est indéniablement en agate du Moyen-Orient, mais aucun des chercheurs sérieux sur le Graal ne pense qu'il s'agit de l'objet véritable. Je pourrais continuer pendant des heures... »

Il regarda Mme Harp et se ravisa.

« Mais cela risque de devenir un peu ennuyeux pour votre femme.

– Pas du tout ! s'exclama Harp. C'est bien plus amusant que de parler du temps qu'il fait ou des aimants au néodyme ! Tu es d'accord, n'est-ce pas, Lillian ? »

Mme Harp se resservit du vin et sourit poliment.

« Vous faites une déclaration provocante dans votre article, continua Harp. Vous dites que vous avez une idée du lieu où le Graal pourrait se trouver.

– C'est vrai.

– Dites-m'en plus.

– Eh bien, ce n'est pas moi qui travaille là-dessus, mais je fais partie d'un groupe informel qui cherche le Graal, des universitaires pour la plupart, qui se retrouvent de temps à autre pour échanger des idées. »

Arthur s'interrompit pour essuyer une larme involontaire qui s'était soudain formée au coin de son œil.

« Tout va bien ? demanda Harp.

– Excusez-moi, se hâta de répondre Arthur. C'est simplement que c'est le fondateur du groupe et sa femme qui ont été tués.

– Je comprends. Quelle horreur, quelle horreur, répéta Harp automatiquement, imité par sa femme.

– Andrew Holmes était le doyen de l'université d'histoire de Cambridge. Il avait récemment beaucoup avancé grâce à la découverte d'un document médiéval remarquable.

– Ah oui ? demanda Harp en reposant ses couverts sur la table.

– Je ne devrais pas tellement en dire plus parce qu'il n'avait pas encore publié ce qu'il avait trouvé. Je ne pense pas qu'il aurait voulu qu'on en parle de manière prématurée.

– Vous pouvez me faire confiance, Arthur, dit Harp. De toute façon, à qui pourrais-je bien en parler ? Vous avez ma parole d'honneur, en tant que gentleman et en tant que patron. »

Arthur jeta un coup d'œil à Mme Harp, qui déclara :

« Ne vous faites aucun souci. J'écoute à peine ce que vous dites.

– Allez-y, insista Harp.

– Malheureusement, je ne suis pas sûr que l'on sache jamais ce qu'il a trouvé exactement, parce que tous ses papiers ont brûlé dans l'incendie de sa maison. Mais voici ce qu'on m'a dit. Comme vous le savez, la quête du Graal a été popularisée par la littérature arthurienne. Thomas Malory a effectivement popularisé le sujet au XVe siècle avec *Le Morte*, mais il est de notoriété publique qu'il s'appuyait sur des écrits antérieurs. »

Harp intervint comme par automatisme.

« *Le Conte du Graal*, de Chrétien de Troyes, *La Grant Estoire dou Graal*, de Robert de Boron, et le *Parzival*, de Wolfram von Eschenbach. »

Arthur fut estomaqué, et, lorsqu'il fut remis, remarqua :

« Vous vous y connaissez quand même un peu, alors.

– Pas tant que ça, je vous assure. J'ai la chance, ou peut-être la malchance, d'avoir une mémoire photographique. Une fois que je vois quelque chose, je ne l'oublie pas.

– Ça, on peut le dire, intervint sa femme sans une once d'humour.

– Eh bien, vous avez cité la troïka des textes du XIIe siècle dont je parlais, deux français et un allemand, dit Arthur. Et il existait bien entendu d'autres versions qui ont été produites au cours des siècles avant l'œuvre de Malory sous sa forme définitive. Mais la véritable question, c'est pourquoi les trois manuscrits originaux sont-ils apparus à quelques décennies d'intervalle à peine ? S'agit-il d'une coïncidence ? Est-ce que le plus ancien, celui de Chrétien de Troyes, a donné lieu à des imitations ? Ou y a-t-il une autre explication ?

– Des imitations ? demanda Harp.

– Ce n'est peut-être pas le terme qui convient, puisque chaque œuvre présente une version très différente de l'histoire du Graal.

– Vous avez une autre explication à avancer, n'est-ce pas ?

– Absolument. Bon, comme vous le savez certainement, outre la cathédrale de Valence, il y a une foule d'autres lieux où le Graal pourrait avoir été conservé.

– Mise à part la théorie qui est proposée dans le *Da Vinci Code* ? demanda Harp pour plaisanter.

– Ridicule, dit Arthur en riant. Donc, outre Valence, ceux qui sont le plus souvent cités sont la chapelle de Rosslyn en Écosse, Glastonbury Tor dans le Somerset, Oak Island en Nouvelle-Écosse et le monastère de Montserrat en Espagne. Montserrat semble, ou semblait, tout particulièrement convaincant du fait que les moines se sont longtemps targués qu'il est le Munsalvaesche dont von Eschenbach parle dans *Parzival* comme étant le château du Graal. Bien que Montserrat ait été fouillé de fond en comble par les chercheurs du Graal, Andrew Holmes a toujours eu une préférence pour ce lieu-là pour toutes sortes de raisons historiques. Il y a plusieurs mois, les moines de Montserrat ont permis à Andrew d'accéder de manière assez exceptionnelle à la collection médiévale qui y est conservée. Dans un in-folio qui n'avait probablement pas été touché depuis neuf cents ans, il a trouvé une lettre écrite en 1175 à l'abbé de Montserrat pour le remercier de son hospitalité au cours d'un pèlerinage. Elle était signée par trois hommes : Chrétien de Troyes, Robert de Boron et Wolfram von Eschenbach. »

Harp prit une inspiration :

« Tous les trois au même endroit, au même moment ? C'est incroyable. Y avait-il autre chose dans la lettre que ces remerciements ? Le Graal était-il mentionné ?

– Je ne sais pas. Holmes n'avait pas encore partagé son contenu avec le groupe. Il voulait en garder un peu sous le coude. Je pense qu'il attendait de faire une révélation fracassante lorsqu'il aurait fini son papier. Mais on voyait bien à la manière dont il en parlait qu'il était plus que jamais convaincu par l'hypothèse de Montserrat.

– Avait-il une copie de la lettre ?

– Je crois que les moines l'ont laissé en faire une photographie. Mais elle est introuvable. J'aimerais un jour retracer son chemin et essayer de retrouver la lettre. Peut-être que je le ferai si Martin Ash me permet de prendre un long congé.

– Et ce Holmes, alors ? Il ne vous a rien dit de plus à propos de ses recherches récentes sur le Graal ? »

Arthur fut surpris par cette question.

« À vrai dire, il venait de faire une découverte qui le surexcitait. Il allait m'en parler le soir où il a été tué. Je crains bien qu'il n'ait emporté son secret dans la tombe.

– Quel dommage, dit Harp. Peut-être qu'on le redécouvrira un jour. Il me semble que...

– Jeremy, supplia sa femme, tout ça peut attendre demain, tu ne crois pas ? »

Harp acquiesça.

« Elle a raison, bien sûr. Prenons le dessert et parlons de quelque chose qui intéresse tout le monde. Arthur et moi pouvons en reparler demain à l'heure du thé. À quelle heure voulez-vous commencer la prospection ?

– Le plus tôt possible. Cent soixante hectares, c'est un grand terrain à parcourir.

– Qu'espérez-vous trouver ? demanda Mme Harp.

– Si je trouve quoi que ce soit de plus qu'une boîte de conserve rouillée, je serai déjà content, répondit Arthur. Pas loin d'ici, à Hoxne, en 1992, un amateur a trouvé avec son détecteur de métaux près de quinze mille pièces romaines en or, en argent et en bronze, dans un champ. Le British Museum lui a payé deux millions de livres pour les acquérir. Si je tombe sur quelque chose de ce genre, je ne dis pas non.

– J'aimerais pouvoir me joindre à vous, dit Harp. Mais j'ai une fichue réunion agricole à laquelle il faut que je participe. Le gardien s'appelle Hengst. Il sera là si vous avez besoin de quoi que ce soit. Allons boire un digestif, d'accord ?

– Volontiers. »

Harp leva les yeux vers la galerie des musiciens comme s'il écoutait les mélodies entrelacées d'un quatuor à cordes invisible.

« Nous boirons à la mémoire de vos amis. »

Arthur balayait son détecteur de métaux au-dessus de la terre épaisse et pierreuse. Il faisait beau et frais, à tel point que lorsqu'il avait commencé ses recherches à 8 heures du matin, sa respiration faisait de la buée. Ses bottes s'enfonçaient dans une terre riche et pleine de promesses: la promesse d'une récolte d'automne abondante de blé d'hiver, la promesse d'un trésor.

Bien qu'il n'ait rien trouvé de mieux qu'un vieux fer à cheval de la matinée, Arthur était satisfait. C'était sa première sortie à la campagne depuis son hospitalisation, et c'était merveilleux de sentir le vent souffler sur son visage et d'entendre les oiseaux chanter. Comme un golfeur qui ne se soucie guère du score mais qui apprécie de passer du temps en plein air, il traversait gaiement les champs d'est en ouest puis d'ouest en est, s'efforçant de ne pas passer deux fois au même endroit.

Par-dessus ses écouteurs, il entendit le bruit assourdi d'un moteur. Il leva les yeux et vit un véhicule tout-terrain s'approcher depuis la maison. Il s'arrêta à une centaine de mètres. Le gardien du pavillon d'entrée approcha des jumelles de son visage. Arthur ne se soucia pas d'être espionné. Il se dit que le gars devait être content d'avoir quelque chose à faire en ce samedi morne.

À midi, il plongea sa truelle dans la terre pour marquer où il en était et retourna tranquillement à la voiture pour chercher le casse-croûte que le personnel de cuisine de Harp avait emballé pour lui.

Au fur et à mesure que l'après-midi passait, Arthur sentait que son bras et son épaule se mettaient à le brûler douloureusement à force de balayer d'avant en arrière. Le soleil descendait dans le ciel. Le gardien était venu et reparti, mais il était de retour et il l'observait depuis son véhicule qui avançait au ralenti. Arthur avait progressivement augmenté le réglage d'identification du fer de son détecteur pour réduire le nombre de cibles inutiles, et cela faisait plus d'une heure qu'il n'avait pas entendu de tonalité descendante dans ses écouteurs. Il était perdu dans ses pensées qui se fixaient sur des petites choses, comme le vol de canards au-dessus de lui, lorsqu'un signal sonore le ramena sur terre. C'était une tonalité claire, de niveau moyen et relativement faible. Son écran indiquait 64, un bon chiffre, un chiffre qui incluait les métaux précieux. La profondeur était d'environ un mètre. Il déplaça la tête du détecteur un peu plus loin et obtint clairement un double signal, également avec un chiffre de 64. Il y avait deux objets.

Il décrivit un arc juste au nord du double signal, et il y eut soudain une symphonie de bips.

Jamais auparavant il n'avait entendu la terre l'appeler de cette manière.

Il se retint de tomber à genoux et de commencer à creuser avec sa truelle et essaya de délimiter précisément la zone d'où provenaient les signaux. Lorsque cela fut fait, il planta sa truelle en plein milieu, laissa là son détecteur de métaux et se hâta vers la Land Rover pour y chercher sa bêche.

Il commença par enlever la couche supérieure en vérifiant de temps en temps les signaux, jusqu'à ce qu'il ait dégagé une zone d'environ deux mètres sur trois. Il avait mal au flanc, mais il ne comptait pas se laisser retarder par la douleur. Chacune de ses pelletées de terre était de la taille d'un livre. Il avait été volontaire sur des chantiers archéologiques et il savait à quel point les professionnels travaillaient de manière soigneuse et méthodique. Lorsqu'il eut accumulé un petit monticule de terre, il passa le détecteur de métaux au-dessus pour vérifier qu'il n'y avait pas de métal. Il descendit dans le trou superficiel qu'il avait creusé et passa la tête du détecteur dedans. La symphonie se fit entendre plus fort.

Le trou s'agrandissait et le monticule de terre qu'il rejetait grossissait. Arthur décida de tout ramener au même niveau plutôt que de creuser un trou au milieu. Il ne voulait pas se retrouver mal à l'aise à cause de sa technique d'amateur au cas où l'on appellerait un véritable archéologue. Il creusa la tranchée de pratiquement un mètre, et, lorsqu'il passa le détecteur au-dessus, les bips dans ses oreilles furent si forts qu'il dut baisser le volume.

Maintenant, je peux passer à la truelle, pensa-t-il.

Il se mit à racler de petites couches de terre en enlevant les débris à la main et en inspectant chaque poignée, avant de les mettre sur le reste de la pile. La truelle butait périodiquement sur quelque chose de dur mais, à chaque fois, c'était un bout de pierre.

Sa truelle heurta de nouveau quelque chose mais, cette fois, ce ne fut pas une pierre qui sortit du sol. Il tâtonna pour sentir si l'obstacle était un plus gros caillou qu'il devait enlever, mais il n'en avait pas l'impression. Ce n'était pas aussi lisse que la surface d'une pierre, ni aussi dur qu'une matrice calcaire. Et lorsqu'il passa le doigt dessus, il vit un éclat d'une couleur inimitable.

De l'or!

Il utilisa un stylo-bille pour racler la terre afin de ne pas abîmer la surface de l'objet avec la truelle. Lorsque le stylo ne faisait pas l'affaire, il prenait le relais avec ses ongles. Très vite, un objet aplati en or de la taille de sa main apparut dans la lumière pâle de l'après-midi. Il cracha dessus et essuya la terre qui était restée collée pour pouvoir bien voir ce qui y était délicatement gravé, et ce qu'il vit lui coupa le souffle : une ménagerie de figures animales stylisées émergeait de la surface dorée.

On aurait dit la plaque d'un casque, anglo-saxon, peut-être.

Il la dégagea énergiquement de la terre et un autre objet apparut. Une minute plus tard, Arthur avait exhumé un imposant bracelet en or tressé de très belle facture.

À en croire la cacophonie que produisait le détecteur de métaux, il y en avait encore. Et beaucoup.

Il se releva et regarda le véhicule tout-terrain au loin, et agita les bras pour que Hengst, le gardien, s'approche.

Lorsque Jeremy Harp arriva enfin, il fit descendre Hengst au fond du trou pour qu'il l'aide à y descendre à son tour. Ils étaient un peu serrés, tous les trois, Hengst ressortit donc pour leur permettre d'avoir plus de place. Arthur s'accroupit à côté de Harp et lui montra la plaque et le bracelet.

« C'est extraordinaire ! » s'exclama Harp en touchant du bout de son doigt potelé la surface fraîche et dorée de la plaque.

Puis Arthur l'amena à l'autre bout de l'ovale où, en attendant que Harp arrive, il avait sorti une autre pièce extraordinaire, une croix pectorale en or avec un grenat au centre, qui était un peu entortillée à la manière d'un bretzel.

« De quelle époque datent-ils ? demanda Harp.

– Du VIIe ou du VIIIe siècle, quelque chose comme ça, j'imagine. Je ne suis pas un expert, mais je pense que c'est anglo-saxon. Ils ont sans doute été enterrés dans des protections faites de sacs de toile ou de cuir qui se sont décomposés depuis longtemps.

– C'est tout ? Est-ce qu'il en reste encore ?

– Oui, c'est certain. Il y en a partout, jusqu'au bord. Il se pourrait qu'il y ait des dizaines, peut-être même des centaines de pièces.

– Eh bien, creusez tant qu'il fait encore jour. Voyons tout ce que j'ai. »

Arthur nota le premier signe de problèmes : « tout ce que *j'ai* ». Il choisit ses mots avec précaution :

« À vrai dire, Jeremy, on ne devrait pas continuer à creuser. Il faut que nous appelions des professionnels. »

Arthur vit qu'il se raidissait. Bien qu'il lui ait demandé de l'appeler par son prénom, il semblait qu'il aurait mieux valu lui donner du docteur Harp. Et Harp n'avait pas l'air content que ses directives soient remises en cause.

« Des professionnels ? Mais qui diable voulez-vous dire ? demanda-t-il d'un ton bourru.

– Il doit y avoir un service archéologique du Suffolk. Il y en a dans tous les comtés. Ils enverront une équipe pour procéder à une évaluation. Pour quelque chose de cet acabit, je ne serais pas surpris qu'ils viennent dès demain matin. Je vais voir s'ils ont un numéro où on peut les joindre le week-end. »

Harp se fit aider par le gardien pour sortir du trou, et, une fois debout sur le bord, il regarda dedans d'un air impérieux.

« Ici, c'est ma terre, et je fais ce que je veux sur ma terre. Je ne veux pas d'étrangers sur ma propriété. »

Arthur sentit le feu lui monter aux joues.

« Écoutez, docteur Harp, je crains qu'il n'y ait certaines procédures à suivre, même sur un terrain privé. Comme je suis un habitué de ce type de recherches, je suis assez au courant de ce genre de choses. La loi sur les trésors de 1996 prescrit que toute découverte potentielle d'objets anciens et précieux, que ce soit sur un terrain public ou privé, soit déclarée au coroner local pour déterminer s'il s'agit effectivement d'un trésor ou non. Et il est d'usage d'en appeler aux archéologues avant toute procédure.

– Et quelle est la définition d'un trésor ?

– Tout objet datant de plus de trois cents ans et qui contient plus de dix pour cent d'or ou d'argent. Je suis à peu près sûr que notre découverte correspond à cette définition.

– Et si je vous demande de ne pas appeler les archéologues ni le coroner ? »

Arthur prit une longue inspiration.

« Je suis obligé de signaler la découverte, monsieur. »

Harp semblait sur le point d'exploser.

« Et si le coroner et ses sbires lancent une enquête, que se passe-t-il lorsqu'ils ont fini ?

– Le trésor est déterré et catalogué par le service archéologique de la région, et sa valeur est estimée par le comité d'évaluation des trésors, à Londres.

– Combien peut-il valoir ?

– Assez cher, je pense. Je ne veux pas spéculer, mais comme je vous le disais hier soir, certains trésors ont été estimés à plusieurs millions.

– Et cela me reviendrait, à moi ? »

Arthur décida de ne pas se laisser impressionner.

« Eh bien, à vrai dire, cela nous reviendrait à nous, monsieur. Comme c'est moi qui ai cherché le trésor avec la permission du propriétaire, j'ai droit à la moitié de sa valeur. »

Harp commença à s'éloigner d'un pas furieux mais il se retourna, le temps de dire :

« Faites ce que vous avez à faire, Malory. Ma femme et moi sommes déjà pris, ce soir. On vous fera porter un repas dans votre chambre. Le mieux serait que vous partiez au plus tôt demain matin. »

7

Les deux semaines suivantes passèrent à la vitesse d'un éclair, laissant Arthur sans aucun repère. Le tourbillon commença, comme la plupart des grandes choses, par un petit rien : une conversation d'une minute avec un journaliste.

Mais rétrospectivement, la réaction en chaîne avait débuté dans le Suffolk, à la minute où il avait entendu le bruit du détecteur de métaux. Arthur sentait que, dans le meilleur des cas, il se trouvait simplement au cœur d'événements qui se succédaient en cascade. Dans le pire des cas, cela ne faisait que commencer.

Une équipe de l'unité d'archéologie du Suffolk était arrivée, comme il l'avait pressenti, tôt le dimanche matin, avant son départ. Hengst avait essayé de les chasser, mais la menace de l'intervention de la police avait aidé à ouvrir les portes. Hengst avait observé, de loin, les membres de l'équipe faire leur enquête préliminaire et montrer avec enthousiasme à Arthur chacune de leur nouvelle découverte. Harp était invisible, ce matin-là.

Les objets ensevelis étaient en effet anglo-saxons, c'étaient des pièces militaires et des bijoux. Peter Saunders, le directeur du département d'archéologie du Suffolk, un homme érudit et dégingandé, avait deviné à la densité des objets dans le sol qu'il y en aurait plusieurs centaines au final. Il avait raison. Il y eut quatre jours de fouilles, et, tous les soirs, Saunders avait gentiment envoyé à Arthur un e-mail avec des photos des objets nettoyés. Il y avait en tout six cent soixante-trois pièces en or : des pommeaux et des poignées d'épées, des boucles, des morceaux de casques et d'équipement, des lanières, des boutons, des broches, des croix et des bagues. Certaines des pièces, les broches, surtout, étaient des représentations magnifiques d'oiseaux, de serpents et de lézards. Du fait de la grande concentration d'objets, Saunders avait conclu qu'un seigneur d'Est-Anglie, ou peut-être quelqu'un qui l'avait pillé, avait enterré deux sacs de butin dans une forêt au VIIIe siècle dans l'intention de retourner les chercher, ce qu'il n'avait finalement pas pu faire.

Arthur se doutait bien que le trésor avait une grande valeur, mais l'estimation préliminaire à quatre millions de livres le stupéfia. Le conseil du comté de Suffolk essaya de ne pas ébruiter la découverte jusqu'à ce qu'une date convenable pour une conférence de presse puisse être fixée, mais la nouvelle fuita comme de l'eau à travers une passoire, et, un jour, Arthur reçut un appel d'un journaliste, un certain Laurence Cole, du *Daily Mail*, qui était au courant de tout ce qu'il y avait à savoir. Au téléphone, celui-ci semblait essoufflé comme s'il était en pleine course contre la montre.

« Alors, monsieur Malory, qu'est-ce que cela vous fait d'avoir découvert un trésor aussi exceptionnel ?

– Eh bien, j'ai du mal à y croire, vraiment. Cela faisait des années que je prospectais, sans grand résultat. Je suis très heureux.

– Est-ce que je me trompe, ou êtes-vous bien le même Arthur Malory qui s'est retrouvé mêlé à cette histoire sordide dans l'Oxfordshire en mars dernier ?

– Non, c'était bien moi.

– Décidément, il vous en arrive des choses, non ?

– Malheureusement, oui.

– Eh bien, il semble que ça va mieux, maintenant. Donc, vous travaillez pour le docteur Jeremy Harp.

– Oui. Je suis commercial à Harp Industries.

– Je suis tombé sur un bulletin d'information qui parle de vous. Il paraît que vous descendez du type qui a écrit *Le Morte d'Arthur.*

– C'est ce que dit la légende familiale. J'ai fait un peu de généalogie, mais rien de très concluant.

– Donc, un descendant de l'homme qui a rendu le roi Arthur célèbre a trouvé un trésor qui pourrait dater de l'époque d'Arthur.

– En fait, je crois que la plupart des experts pensent que le roi Arthur a vécu quelques siècles avant l'époque du trésor de Binford.

– Enfin, c'est tout de même assez proche, non ? Pour nous, ça fait une bonne histoire. Alors, l'archéologue, ce Saunders. Il m'a dit que le British Museum essayait de vous racheter le trésor. Est-ce que vous vous rendez compte que votre part s'élèverait à deux millions de livres ? Est-ce que ça vous fait voir la vie en rose ? »

Arthur se souvint précisément de ce qu'il avait ressenti quand il avait pris sa décision. Il avait agi en toute conscience et n'avait jamais regretté son choix. Il aurait simplement préféré ne pas s'être retrouvé dans un tel pétrin.

« Je ne peux en aucun cas accepter un seul centime. Ce genre de trésor appartient au pays tout entier. C'est notre héritage collectif. Même si la loi m'autorise à toucher de l'argent, je ferai don de ma part au British Museum. »

Pendant le silence qui suivit, Arthur entendit que le journaliste tapait fiévreusement sur son clavier.

« Et que pensez-vous du fait que lorsque j'ai informé le docteur Harp de l'offre du British Museum, il m'a répondu, et je cite : "Plus il y en a, mieux c'est. J'en ferai bon usage sur ma propriété" ? »

À ce moment-là, Arthur sentit qu'il allait se retrouver dans une situation épineuse, mais il refusait de revenir sur ce qu'il avait dit. Il lui fallut un moment pour trouver une réponse diplomatique.

« Je pense que chacun doit faire ce que bon lui semble dans de telles circonstances.

– Mais vous n'êtes pas milliardaire comme le docteur Harp, si ?

– Bien sûr que non.

– Vous n'êtes même pas riche du tout ?

– Pas vraiment, non.

– Et vous êtes quand même prêt à faire à votre pays un don de plusieurs millions de livres ?

– Écoutez, est-ce que je peux encore vous être utile ?

– Non, monsieur Malory. Je crois que j'ai tout ce qu'il faut. Passez une bonne journée. J'imagine que vous allez être très occupé dans les jours à venir. »

L'article de Laurence Cole donna lieu à d'autres articles, qui donnèrent lieu à des sujets télé et radio, qui donnèrent lieu à une multitude de blogs, de commentaires et de tweets, à tel point qu'Arthur, son rétablissement courageux après une attaque horrible, son trésor et son altruisme devinrent le principal sujet de conversation dans toutes les îles Britanniques.

De son côté, Jeremy Harp, une fois mis au courant par la presse de l'intention d'Arthur de faire don de sa part, avait changé prestement d'avis, et il annonça que lui aussi allait faire don de la sienne. Mais le mal était fait. Un milliardaire qui fait un don après coup, ça n'intéresse pas les gens. Un homme lambda comme Arthur qui fait don de millions de livres, c'est autre chose.

Au début, Arthur s'était simplement senti intimidé d'être l'objet d'autant d'intérêt, mais, au fur et à mesure que le phénomène prenait de l'ampleur, sa timidité se changea en gêne et enfin en agacement lorsqu'il lui apparut qu'il avait de plus en plus de mal à vaquer à ses occupations au quotidien. Il recevait sans cesse des appels téléphoniques chez lui et à son bureau, et, sans qu'il sache comment, son numéro de portable et son adresse mail avaient aussi été trouvés.

Et à son grand étonnement, il était devenu la cible d'une meute de paparazzis qui le suivaient à la trace et essayaient de prendre de bons clichés du séduisant jeune homme. Le fait que sa maison fut située sur une rue passante constituait un avantage. À cause du manque de places de parking, la police faisait circuler les paparazzis, mais ils se regroupaient dans les rues adjacentes, faisaient les cent pas sur les trottoirs devant sa maison en brandissant des téléobjectifs et l'appelaient par son nom pour qu'il pointe le nez hors de chez lui.

Et une pensée désagréable l'assaillait : est-ce que leur présence ne facilitait pas la tâche de l'homme armé, qui pourrait se mêler à eux pour l'approcher ?

Stu Gelfand apparut sur le seuil du bureau d'Arthur, l'interrompant alors qu'il travaillait sur un tableur au budget de son département.

Stu regarda le dessus du bureau encombré et dit :

« Ah, on dirait que tu es dedans jusqu'au cou. Ça va ? »

Arthur fut heurté, comme toujours, par le don qu'avait Stu de se mêler de ce qui ne le regardait pas.

« Ça va bien, Stu, et surtout, c'est le plus important, mes projections aussi. L'année prochaine devrait être exceptionnelle.

– Je n'en doute pas. En tout cas, s'il y a quoi que ce soit que je puisse faire, n'hésite pas à me faire signe. Ma présentation est dans la boîte, donc j'ai du temps libre à ne savoir qu'en faire.

– C'est très gentil à toi. »

Gelfand lui adressa un large sourire.

« C'est la moindre des choses envers un vrai héros national. »

Jeremy Harp avait bu la plus grande partie d'une bouteille d'armagnac. Binford Hall était si vaste que sa femme et lui se donnaient habituellement rendez-vous pour se retrouver. Mais ils tombèrent l'un sur l'autre sans le faire exprès dans la cuisine, lui parce qu'il venait voir s'il y avait des restes, et elle parce qu'elle était venue se faire une tisane avant d'aller se coucher.

Elle le vit enlever le plastique qui emballait un rôti d'agneau et dit :

« Veux-tu que je demande à Marie de le réchauffer ? Elle est probablement encore debout.

– Mais enfin, je suis physicien, Lillian. Je sais tout de même faire marcher un four à micro-ondes. »

Elle le regarda avec dédain tandis qu'il essayait en vain de régler le minuteur et le poussa du coude pour le faire à sa place.

« Tu es un physicien soûl, j'ai l'impression. »

Il s'assit lourdement sur une chaise et grommela :

« Maintenant, tu sais ce que ça fait de vivre avec toi, ma chérie. »

Elle se referma comme une huître, et, lorsque le micro-ondes s'arrêta, elle posa sans ménagement son assiette de viande chaude devant lui. Avant de se retirer dans sa chambre avec sa tasse, elle lui dit :

«Je sais que tu viens de traverser une période d'impopularité rare, Jeremy, mais je trouve que c'est très mesquin de ta part de me le faire payer.»

Lui qui préférait rester dans l'ombre, il se retrouvait sous le feu d'attaques incessantes de la part de caricaturistes, de bloggeurs et de présentateurs de télévision, qui le décrivaient comme un homme hautain et coupé de la réalité de son pays, l'incarnation même de tout ce qui n'allait pas avec l'élite fortunée. Il ne pensait pas une seconde qu'un commentaire lancé à la légère à un journaliste allait faire de lui une caricature, et il ne faisait aucun doute que rien de tout cela ne serait arrivé si Arthur Malory n'avait pas eu cette attitude grotesquement altruiste. Il avait eu la naïveté de croire que changer d'avis à propos du trésor allait redorer son blason, mais ça n'avait pas été le cas. La publicité, bonne ou mauvaise, était la dernière chose qu'il recherchait. Surtout en ce moment.

Il découpa la viande, bouillonnant de rage. Mais dans son ivresse, sa colère se dirigea contre tous ceux qui l'avaient humilié au cours de sa vie. Bien qu'il fût plus riche que la plupart des riches dans les coulisses du pouvoir, sa fortune était récente, acquise dans le monde sordide du commerce moderne. Il ne faisait pas partie de leur monde. C'était un provincial. Son père était géomètre, et son grand-père plombier.

Comme il était de petite taille et plus futé que costaud, il avait eu l'habitude, enfant, de subir moqueries et brimades. Mais à force de travail et de créativité, il s'était extrait de la pauvreté et avait rejoint les rangs des très riches. Grâce à sa fortune, il avait pu intégrer la plupart des clubs dont il fallait faire partie, mais il ne s'y était jamais vraiment senti à sa place. Il en était venu à haïr ces salauds, qui étaient si sûrs d'eux parce qu'ils avaient fait les bonnes écoles, qu'ils avaient le bon accent et qu'ils ricanaient aux mêmes plaisanteries d'initiés.

Et maintenant, la tête nageant dans l'armagnac, il pensa à tous ces salauds, et à Arthur Malory.

Bien qu'il eût la bouche pleine d'agneau, cela ne l'empêcha pas de relever la tête et de parler dans le vide de la cuisine.

« Tu es à moi, Malory, dit-il en projetant de petits bouts de viande sur la table. Et quand quelque chose est à moi, j'en fais ce que je veux. Tu n'as aucune idée de celui à qui tu te mesures, on dirait. »

Arthur était sur son ordinateur, il essayait de régler un problème d'approvisionnement à Singapour, lorsque Pam frappa à la porte.

« Martin voudrait te parler.

– À propos de quoi ?

– Il ne m'a pas dit. »

S'il voulait lui parler de quelque chose, Ash lui tombait généralement dessus en passant dans le couloir ou le prenait à part après une réunion. Les convocations étaient toujours prévues à l'avance, Arthur imagina donc différents scénarios en se rendant vers son bureau. Peut-être qu'il y avait un problème avec son budget. Peut-être qu'il avait eu un retour d'un client qu'il voulait lui transmettre.

Ash était de nature sociable, Arthur conclut donc de sa réticence persistante à le regarder dans les yeux que quelque chose ne tournait pas rond.

« Comment ça va, Martin ? » demanda-t-il en s'asseyant dans le siège réservé aux subordonnés, une sorte de causeuse. Avant que celui-ci puisse répondre, quelqu'un frappa légèrement à la porte, et Susan Brent entra.

«Je suis désolée d'être en retard», dit-elle en prenant une chaise, évitant elle aussi le regard suspicieux d'Arthur.

Ce dernier fronça les sourcils.

«Un rendez-vous imprévu avec mon chef et la DRH. Ça ne me dit rien qui vaille.»

Ash soupira profondément d'un air théâtral, un geste qu'il donnait l'impression d'avoir préparé à l'avance.

«Je ne vais pas tourner autour du pot. Il y a une réorganisation. Vous êtes concerné.»

Arthur se blinda.

«D'accord...

– Le comité veut rationaliser les choses, simplifier l'organisation, réduire les coûts, et ainsi de suite. Il se pourrait que l'année prochaine soit une année difficile.

– Mes prévisions indiquent le contraire, Martin. Vous avez vu mes chiffres, et vous avez signé.»

Ash ressemblait à un patient qui attend son tour pour être opéré des hémorroïdes.

«Ce n'est pas forcément au niveau de votre département que se trouve le problème. C'est à l'échelle de la compagnie tout entière. En tout état de cause, la décision a été prise de fusionner votre département avec celui de Stu Gelfand. C'est Stu qui reste.»

Arthur s'empourpra de colère.

«Le groupe de Stu génère moitié moins que le mien, et il est deux fois plus petit! Et cela fait plus longtemps que je suis là. Ça n'a pas de sens, Martin!

– Je vous comprends, Arthur. Je vous assure que j'ai pris votre défense, mais la décision a été prise en haut lieu.

– Qui d'autre est remercié ?»

Ash se détourna et regarda par la fenêtre.

«Pour le moment, il n'y a que vous.

– Vous savez parfaitement pourquoi c'est sur moi que ça tombe, Martin, dit Arthur avec colère. Je comprends que vous ne veuillez pas le reconnaître, mais c'est le prix que je paie pour ce qui est devenu une bourde publique avec le docteur Harp à cause du trésor. Je n'ai jamais eu l'intention de le mettre dans une position délicate, et j'ai fait tout ce que j'ai pu pour ne pas attirer l'attention des médias. J'ai pris ma décision en mon âme et conscience. Lui, il a fait ce qu'il pensait être bon pour lui, et ça ne me pose pas de problème. Mais là, ça va trop loin, Martin. Ça va trop loin. »

Susan prit le relais. Elle avait l'air mal à l'aise et s'efforçait d'adopter un ton professionnel.

« Lorsque les compagnies font leur possible pour contrôler leurs dépenses, il y a des coûts humains, mais je vous assure que cette décision n'a rien à voir avec des objectifs qui soient autres que financiers et stratégiques.

– Susan a raison, Arthur, dit Ash. Nous n'avons aucune preuve que cela vienne du docteur Harp. Il vous a toujours soutenu. Savez-vous comment vous avez été embauché ici ?

– Vous avez vu un papier que j'avais écrit à l'université.

– C'est le docteur Harp qui l'a vu, et qui me l'a fait passer. Il a dit qu'il savait repérer les jeunes gens talentueux, et il avait raison. »

Arthur se pencha en avant :

« Je n'étais pas au courant, mais ça ne change rien. Il me punit pour avoir terni son image. »

Susan reprit la parole pour débiter des généralités, mais Arthur l'interrompit.

« Mon Dieu, arrêtez de me prendre de haut avec ce genre d'âneries. Écoutez, Martin, je vous ai toujours témoigné du respect. Désolé si vous perdez la face, mais c'est un cas d'école de licenciement abusif et nous réglerons cela aux prud'hommes. »

Susan plaça une enveloppe devant lui avec un sourire artificiel et lui dit :

« Je sais que vous êtes déçu, Arthur, et je sais que vous êtes en colère. C'est tout à fait compréhensible. La société souhaite se séparer de vous en douceur et éviter toute action juridique qui ne servirait qu'à empêcher les deux parties d'avancer de manière productive.

– Parlez-moi franchement, Susan, interrompit sèchement Arthur. Et épargnez-moi votre bla-bla de DRH. Combien me donnez-vous ? »

Les termes furent clairement énoncés. On lui proposait une somme forfaitaire égale à dix-huit mois de salaire, avec prime et cotisations pour la retraite, et il pouvait garder sa voiture de fonction six mois de plus. Il aurait aussi une bonne lettre de recommandation. En échange, il acceptait de ne pas intenter d'action juridique contre Harp et de ne pas dénigrer publiquement la société.

Arthur secoua la tête. Elle était bien bonne. Ils le mettaient à la porte et ils voulaient que ça ne fasse pas de vagues. Même s'il passait des heures à la barre, au tribunal, il ne pourrait pas espérer la moitié de cette somme. Il ramassa l'enveloppe.

« Vous acceptez ? lui demanda Susan avidement.

– J'accepte, mais vous devriez avoir honte, tous les deux. Quand cela prend-il effet ?

– Immédiatement », dit Susan.

Elle avait l'air de vouloir se débarrasser de tout cela au plus vite.

« Quelqu'un de la sécurité vous attend dans votre bureau pour vérifier que vous emportez avec vous vos effets personnels.

– Super. Pourquoi ne me prenez-vous pas en photo en train de faire mes valises pour la mettre dans le bulletin d'information ? »

Sur le seuil de la porte, il lança :

« Au revoir, Martin. Je suis désolé que ça se termine de cette façon. »

Ash regarda la moquette par terre et murmura :

« Et moi donc, Arthur. Et moi donc. »

8

Arthur alla prendre le soleil dans son jardin avec une tasse de thé et un bloc-notes. Il s'était réveillé, désormais sans emploi, avec l'exhortation de Sandy Marina qui lui trottait dans la tête : « Ce qu'il nous faut, c'est qu'un chevalier monte sur son destrier et parte réellement à la recherche du Graal. Un Galaad moderne. »

Maintenant, il avait le temps de s'en occuper. Tout ce cirque à propos du trésor était derrière lui. Le budget de son département ne le concernait plus. Ses finances personnelles étaient regonflées par ses indemnités de licenciement. Et il s'était usé les nerfs à attendre la réapparition d'un homme armé.

Il allait pouvoir se concentrer pleinement sur le Graal.

Il écrivit deux choses sur son bloc-notes : *12 mars* et *Montserrat.*

Il fallait qu'il trouve où Holmes s'était rendu le 12 mars. Il avait déjà demandé aux Fondus si Holmes avait parlé en passant à l'un d'entre eux de sa destination ce jour-là – une bibliothèque, un musée, des archives –, mais cela n'avait rien donné. Arthur se dit qu'il avait peut-être mentionné quelque chose à un collègue d'Oxford ou à un universitaire de Corpus Christi. Il fallait qu'il fasse une liste de noms. Et puis il y avait les amis d'Anne. On ne sait jamais ;

elle l'avait peut-être même accompagné ce jour-là sans en parler à qui que ce soit.

Ensuite, il y avait Montserrat. C'était moins urgent, mais ça ne poserait pas de problème d'envoyer une lettre au père supérieur de l'abbaye pour l'informer de la mort prématurée de Holmes et lui demander la permission d'examiner de nouveau la lettre du XIIe siècle dans leurs archives.

Il commença à passer des coups de fil. La secrétaire d'Oxford accepta de lui envoyer par mail sa liste de contacts. Le directeur du laboratoire de microbiologie d'Anne eut la gentillesse de lui passer sa meilleure amie au bureau, et, après un échange douloureux qui ne lui apporta aucune précision sur le 12 mars, elle lui communiqua une liste d'autres amis d'Anne qu'il pourrait appeler.

Au bout de quelques heures d'appels tout aussi improductifs, il quitta le jardin, rinça sa tasse et monta enfiler un jogging pour se changer les idées en faisant un peu d'exercice.

Il y avait trop peu de voitures sur la route pour gâcher l'air du printemps. Il jeta un coup d'œil rapide des deux côtés de la rue et fut convaincu que les paparazzis avaient cessé de le pourchasser.

Il commença à courir, regardant de temps en temps par-dessus son épaule s'il y avait derrière lui un photographe ou un personnage plus inquiétant. Sur le chemin, des mères qui poussaient des landaus regardaient ses jambes nues et lui faisaient de petits sourires. En vingt minutes, il avait descendu une bonne partie de London Road, et il se préparait à faire un grand circuit autour de la ville ; l'effort continu qu'il fournissait le mettait dans un état de contemplation.

Il respirait de manière régulière, en déroulant soigneusement les pieds du talon aux orteils et en essayant d'ignorer la douleur qu'il ressentait dans sa cage thoracique. Ses pensées se tournèrent vers Holmes. Il lui était toujours inconcevable que ce cher excentrique ait disparu pour de bon.

Une fois de plus, il revécut douloureusement les événements de ce soir-là. L'arrivée chez Holmes, le cadeau d'Anne, l'annonce qu'il allait devoir patienter jusqu'à la fin du dîner pour être mis au courant de la grande découverte de Holmes, le trajet jusqu'au restaurant, le demi-tour brusque et le retour, l'intrus, puis le chaos. Il se rejouait la soirée en boucle à chaque kilomètre parcouru. La troisième fois, alors qu'il courait le long de Murdoch Road et était sur le point de terminer son circuit, ses pensées se fixèrent sur le trajet en voiture pour aller jusqu'au restaurant, et les remarques perfides d'Anne sur le GPS de Holmes.

Le GPS!

Holmes ne savait pas retrouver son chemin dans son propre quartier sans son GPS. S'il s'était rendu quelque part en voiture le 12 mars, l'adresse se trouvait certainement sur le Tom-Tom.

Il accéléra sur la dernière portion du trajet, et, arrivé chez lui, il enleva ses baskets et avala un grand verre d'eau.

Le souffle court, il appela la secrétaire de Holmes et lui demanda si elle savait ce qu'était devenue la voiture du professeur.

« C'est ce que je me demandais aussi, dit-elle. Personne n'a appelé ici pour le savoir. Une semaine après l'incendie, je me suis rendue sur place avec une fille du département, comme ça, juste pour penser à lui et déposer un bouquet, et on a vu la voiture du professeur garée contre le trottoir, l'air un peu abîmée. On s'est demandé si les pompiers l'avaient sortie du garage ce soir-là.

– Est-ce qu'il gardait un double de ses clés au bureau ?

– Oui. Il était distrait, pas dans son travail, mais avec les choses comme les clés, donc je me suis assurée qu'il y en avait un double ici.

– Est-ce que vous pensez que je pourrais passer les prendre ? Il me semble que j'ai oublié quelque chose d'important dans la voiture, ce soir-là. »

Arthur aurait préféré ne jamais retourner chez Holmes, mais ce ne fut pas aussi traumatisant qu'il se l'était imaginé. Le terrain avait été nivelé pour minimiser les risques et tous les débris avaient été enlevés. C'était difficile de ressentir quoi que ce soit à la vue d'un terrain noirci et d'un jardin creusé d'ornières.

La voiture se trouvait en effet garée devant, un peu en biais par rapport au trottoir, et le côté passager était complètement enfoncé, un souvenir des pompiers. Arthur regarda s'il voyait des voisins, et, n'apercevant personne, il ouvrit la porte côté conducteur.

Le Tom-Tom était fixé sur sa base, et il s'alluma lorsqu'il mit le contact. Il y avait une longue liste de destinations en mémoire, sans doute classées par ordre chronologique, mais pas moyen de savoir laquelle correspondait au 12 mars, s'il y en avait une. Il sortit de sa poche un petit carnet et se mit à y inscrire toutes les destinations de Holmes que l'appareil avait enregistrées.

De retour chez lui, Arthur s'installa dans le canapé avec son ordinateur. Les adresses se trouvaient pour la plupart dans l'Oxfordshire ou à Londres, mais il y en avait aussi quelques-unes dans le comté de Cumbria, dans le Warwickshire, en Écosse, au Pays de Galles et dans le Devon. Il trouva un site qui permettait de retrouver des contacts à partir de leurs adresses et se mit au travail.

Tout d'abord, il pouffa de rire. Certaines des destinations étaient des lieux que Holmes fréquentait depuis des décennies, y compris son propre bureau et ses pubs préférés. Anne avait raison. Il avait en effet un problème de sens de l'orientation. Les adresses à Londres concernaient principalement des restaurants et des parkings. L'une d'entre elles s'avéra être celle de l'avocat de Holmes, dont l'assistant confirma à Arthur que le professeur n'était pas venu sur place le 12 mars. Il y en avait une autre dans le NW1, au nom de Christopher Westley, qu'il ne connaissait pas. Il appela le numéro et apprit que c'était le neveu de Holmes, un jeune homme qui resta en ligne avec lui un moment pour partager des souvenirs.

Les numéros dans le Devon et en Cumbria étaient ceux d'un hôtel et d'une chambre d'hôtes. Les ayant convaincus qu'il s'agissait d'un problème de la plus haute importance, Arthur apprit qu'il ne s'y était pas rendu récemment.

L'adresse dans le Warwickshire indiquait le 6, Miller's Lane, à Monks Kirby. Lorsqu'il vit le nom qui correspondait à cette adresse, il eut le souffle coupé.

Elizabeth Malory.

Une Malory. Dans le Warwickshire. Le comté d'origine de sir Thomas Malory.

Il se releva d'un bond et monta les marches quatre à quatre jusqu'au placard de la chambre d'amis, où il avait rangé dans des boîtes les affaires de son père. Une minute plus tard, il était en train de feuilleter son ancien carnet d'adresses, qui était plein de Malory. Mais il n'y avait pas trace d'Elizabeth Malory, et pas de Malory à Monks Kirby.

Il redescendit pour appeler le numéro de la liste et attendit pendant que la tonalité sonnait dans le vide. Il était sur le point d'abandonner lorsqu'une petite voix de femme âgée répondit en répétant le numéro, une vieille coutume qui lui rappelait son enfance.

« Ah, bonjour, dit Arthur. Je suis vraiment désolé de vous déranger. C'est bien Elizabeth Malory ?

– Oui, c'est moi.

– Je m'appelle Arthur Malory, ça s'écrit comme vous, mais ce n'est pas pour ça que j'appelle.

– C'est vous, le jeune homme dont j'ai entendu parler dans les journaux ? Celui qui a fait don d'un trésor au British Museum ?

– Oui, c'est bien moi.

– Oh, j'ai trouvé cela fantastique. Je me suis demandé si nous étions de la même famille, mais je n'ai pas eu l'occasion de vérifier. Je devrais vraiment le faire.

– Je sais que ça peut vous paraître étrange, comme question, mais est-ce que par hasard vous connaissez un certain professeur Andrew Holmes, de l'université d'Oxford ?

– Eh bien oui, je le connais. Il est récemment passé me rendre visite. Attendez, que je regarde sur mon calendrier. Ah, oui, voilà. Il est venu à Monks Kirby le 12 mars. »

Absent du bureau. QG.

Arthur se représenta Holmes en train d'écrire la note sur son calendrier et sourit. *QG.* Quête du Graal.

Monks Kirby était un charmant petit village dans le Warwickshire, un petit point sur la carte avec une population de moins de cinq cents habitants. Arthur s'était déjà rendu dans la région, il en était sûr, même s'il ne connaissait pas le village lui-même. Ce n'était pas loin de Newbold Revel. Aucun descendant de sir Thomas Malory qui se respectait n'aurait pu faire l'économie de la visite de Newbold Revel, le domaine ancestral du chevalier, bien qu'il abritât désormais l'École royale d'administration pénitentiaire.

Lors de sa visite, quelques années auparavant, il avait réussi à obtenir une entrevue avec le directeur du musée des prisons, qui était situé sur le site de l'université. Une fois qu'il eut fait état de son lien de parenté avec Thomas Malory, le directeur lui déroula le tapis rouge et lui fit faire une visite privée du manoir. Celui-ci ne donnait à voir aucun signe extérieur de la demeure du XVe siècle de l'époque de Thomas Malory. Il avait été reconstruit à plusieurs reprises, surtout à l'époque victorienne, où l'on avait ajouté de lourdes corniches et des balustrades. Mais le directeur du musée mena Arthur au-delà des pièces de réception et des ailes réservées à l'enseignement et lui montra la demeure d'origine datant du Moyen Âge qui y était dissimulée, reconnaissable à ses murs plus épais et ses cheminées symétriques qui formaient un H. Et, bien sûr, le directeur souligna avec ironie le fait que la maison de famille du chevalier qui avait passé de si nombreuses années à écrire *Le Morte d'Arthur* dans les prisons du roi était à présent le joyau de la couronne du système carcéral moderne.

Elizabeth Malory vivait dans une propriété isolée derrière Miller's Lane, pas loin de l'église Saint Edith. Arthur descendit de sa Land Rover et s'étira tout en admirant le ravissant cottage Tudor à toit de chaume, au crépi couleur pétale de rose et aux poutres sombres apparentes, devenues presque noires avec l'âge. De la fumée de bois aromatique s'échappait de la cheminée et se mêlait harmonieusement à la senteur délicate de l'air de la campagne. La cabane de jardin avait un toit en saillie qui abritait un gros tas de bois de chauffage. Des rosiers soigneusement taillés étaient disposés comme des sentinelles le long de l'allée menant à la porte d'entrée, et d'autres entouraient la maison. Il regretta de ne pas être en été, parce que le jardin devait alors resplendir de couleurs.

La femme qui apparut à la porte correspondait en tout point à la voix qu'il avait entendue au téléphone : c'était une petite femme frêle et tirée à quatre épingles. Elle était vêtue d'une robe à fleurs et d'un cardigan qu'elle avait boutonné de travers. Pendant toute sa visite, Arthur fut confronté à ce petit dilemme, ne voulant pas le lui signaler pour ne pas la mettre mal à l'aise, mais se demandant si elle allait s'en apercevoir après sa visite et se sentir contrite. Finalement, il ne dit rien.

Dans son salon, le foyer dégageait une plaisante chaleur, mais elle avait aussi un chauffage électrique d'appoint qui bourdonnait à côté d'un fauteuil élimé. Le cottage n'avait pas de chauffage central, mais Elizabeth Malory n'avait pas l'air de souffrir du froid tandis qu'elle remettait du bois dans le feu et disposait le thé et les biscuits.

« J'ai 83 ans, lui dit-elle pendant qu'ils prenaient le thé. Devinez depuis combien de temps j'habite dans cette maison ? »

Il essaya poliment de deviner.

« Non, cela fait un peu plus longtemps que cela. Cela fait quatre-vingt-trois ans ! Je suis née dans la salle à manger. Juste là, vous voyez. Je ne sais pas pourquoi ma pauvre mère n'a pas été autorisée à accoucher dans son lit. J'imagine qu'il faisait trop froid, à l'étage. J'ai fait mes recherches, ou plutôt, devrais-je dire, mon père a fait la plus grande partie des recherches, il y a des années de cela. Et j'ai l'honneur de vous dire que nous sommes effectivement parents, et que nous descendons bien tous les deux de sir Thomas Malory. »

Elle se lança dans une explication très claire. Le problème de boutonnière ne voulait rien dire. Elle avait toute sa tête. Selon ses dires, Thomas Malory avait épousé une femme qui s'appelait Elizabeth et qui était peut-être Elizabeth Walsh de Wanlip, dans les années 1440, à peu près au moment où il avait été fait chevalier. Ils avaient eu deux fils, Thomas et Robert, mais la lignée descendait de Robert, puisque Thomas était mort durant l'enfance. Robert Malory s'était marié avec une autre Elizabeth, qui lui avait donné Nicholas, et celui-ci avait épousé Katherine Kyngston.

« Nicholas était le lord de Newbold Revel, de Winwick et de Swinford, dit-elle. Comme vous le savez peut-être, selon la généalogie officielle, Nicholas n'eut que deux filles, et la lignée de sir Thomas Malory s'est éteinte avant le XVIe siècle.

– Mais ce n'est pas vrai, si ?

– Non. Sinon, nous ne serions pas en train de prendre le thé ensemble, n'est-ce pas ? répondit-elle avec un sourire qui fit apparaître de fines rides sur son visage. Les registres de naissance se trouvaient dans l'église, naturellement, et un incendie à la paroisse de Winwick les détruisit au début des années 1600. »

Arthur hocha la tête.

« Mais dans les années 1930, un chercheur de l'université de Leeds retrouva des registres de mariage à Coventry qui indiquaient que Nicholas avait également eu un fils. John Malory.

– C'est votre ancêtre. »

Elle ajouta en jubilant :

« Moi, je descends d'un autre fils, Thomas. Vous savez, Arthur, mon père se piquait de généalogie, et il a fouillé partout avant de tomber sur l'existence de Thomas. Il a toujours été persuadé que du sang de chevalier coulait dans nos veines, et je suis fière qu'il ait réussi à le prouver. Cela dit, je dois ajouter qu'il était toujours agacé, au fil des ans, par les affirmations de certains érudits qui disaient que sir Thomas Malory était plus un brigand qu'un chevalier. Il y en a qui disent que c'était un voleur, ou même qu'il avait commis des viols. C'est vrai qu'il a passé beaucoup de temps en prison. Qu'en pensez-vous ?

– Je ne suis pas d'accord pour dire que c'était un criminel de droit commun, répondit Arthur d'un ton définitif. Cela serait entré en contradiction avec tous ses principes de chevalier. Je crois qu'il existe d'autres hypothèses. Il avait des ennemis, en particulier le duc de Buckingham. Ses ennemis avaient sans doute des raisons de le mettre derrière les barreaux.

– En tout cas, il a eu une vie mouvementée. »

Arthur acquiesça.

« Alors, il y a toute une branche de la famille dont j'ignorais l'existence. »

Il se leva pour l'embrasser sur la joue.

« Enchanté, ma cousine. »

Le geste la toucha, et, malgré son âge, elle rosit comme une jeune fille.

« Je ne me suis jamais mariée, dit-elle, alors j'ai bien peur que ma lignée ne s'éteigne avec moi. Mais vous, c'est une autre histoire. Puis-je vous demander si vous êtes marié ?

– Non, je ne suis pas marié.

– Enfin, vous êtes jeune. Vous avez encore tout le temps. Voulez-vous encore un peu de thé ? »

Il lui tendit sa tasse et elle le servit. Son bras tremblotait légèrement, et elle lui expliqua que c'était le signe d'un début de maladie de Parkinson.

« Le charlatan local veut que je prenne des cachets, mais je n'y crois pas. Une fois que vous commencez ces traitements, la prédiction se réalise, vous ne croyez pas ? »

Elle se cala dans son fauteuil et dit :

« Cela me fait vraiment plaisir de vous rencontrer, Arthur. D'après ce que j'avais lu dans les journaux, je me disais que vous deviez être un jeune homme charmant, et, maintenant, je le vois de mes propres yeux.

– Merci. Cela fait plaisir de rencontrer un parent, surtout issu d'une branche de la famille dont j'ignorais l'existence. »

Bien qu'il ne fût pas pressé, il demanda :

« Pouvez-vous me dire comment vous avez rencontré le professeur Holmes ? Est-ce vous qui avez pris contact avec lui ou le contraire ? »

Elle avait une lettre écrite sur une feuille épaisse, elle la lui montra.

Chère Madame Malory,

Laissez-moi me présenter : je suis le professeur d'histoire médiévale de l'université d'Oxford. J'essaie de contacter le plus grand nombre possible de descendants de sir Thomas Malory, le chevalier du XVe siècle qui a écrit le texte de référence en anglais de l'histoire du roi Arthur, Le Morte d'Arthur. *Je me rends bien compte que c'est comme de lancer une bouteille à la mer, mais si vous êtes une de ses descendantes et si vous êtes au courant de l'existence de documents ou de manuscrits sur sir Thomas Malory que votre famille posséderait, et qui n'auraient pas encore été rendus publics, j'aimerais beaucoup que vous me teniez au courant. Je suis en train d'écrire un ouvrage sur Malory, et tout nouveau document ou information d'origine serait pour moi comme une manne venue du ciel.*

Votre dévoué serviteur,

Pr Andrew Holmes

Arthur reposa la lettre, les larmes aux yeux.

« Ça va ? s'enquit-elle.

– Oui, oui, ça va. Je ne sais pas si vous êtes au courant, mais le professeur Holmes a été assassiné le mois dernier.

– Oh, mon Dieu ! Quelle horreur ! Que s'est-il passé ?

– Quelqu'un s'est introduit chez lui. C'est une histoire terrible, en effet. Enfin, je suis en train d'essayer de rassembler ses dernières recherches. J'ai le sentiment que je lui dois bien ça, afin de terminer les travaux qu'il avait en cours.

– Oui, bien sûr. C'était quelqu'un de tellement gentil.

– Donc, vous avez répondu à sa lettre, si je comprends bien.

– Oui, tout à fait. Je l'ai appelé immédiatement.

– Vous aviez des documents qui pouvaient l'intéresser ?

– Oui. Dans un coffre, au grenier. Voulez-vous que je vous en parle ? »

Lorsqu'elle était enfant, le vieux coffre la fascinait. Si elle n'avait pas eu si peur de monter toute seule au grenier plein de guêpes, de crottes de souris, de poussière et d'ombres effrayantes, elle aurait joué plus souvent avec les trésors qu'il recelait. Il y avait, lui dit-elle, des chandeliers et des plats en argent, des vêtements desséchés, une ou deux bibles anciennes et une petite pile de papiers liés avec un ruban. Son père lui avait toujours dit que le coffre était passé de génération en génération chez les Malory, et qu'il contenait des vestiges de l'histoire illustre de la famille. Cela faisait des années qu'elle ne l'avait pas ouvert. À vrai dire, elle n'arrivait plus à monter à l'échelle amovible, qui était très raide. La seule fois où elle avait défait le ruban pour examiner les papiers, c'était il y a cinquante ans, lorsque son père était mort et qu'elle avait procédé à un inventaire de son héritage. Elle avait eu du mal à déchiffrer la majeure partie des documents, parce qu'ils étaient écrits en anglais médiéval, en petits caractères cursifs et denses. Elle ne pensait pas que son père, lui non plus, ait été capable de les déchiffrer. Mais d'après ce qu'elle avait compris, c'était un ensemble d'actes officiels, de documents juridiques et de lettres. Elle se souvenait de l'une de ces lettres en particulier, parce qu'elle était clairement signée de Thomas Maleore, chevalier, la même orthographe que celle qu'il utilisait pour ses notes dans *Le Morte d'Arthur.* Et elle se souvenait de deux mots qu'elle était parvenue à identifier dans le corps de la lettre, et qu'elle murmurait à présent à l'oreille d'Arthur avec une excitation non feinte : Excalibur et Graal.

La signature de Thomas Malory sur un document était une chose rare, mais pas extraordinaire. Mais, à la connaissance d'Arthur, il n'y avait pas de lettre connue qui soit signée de sa main. Et en plus, il fallait y ajouter la mention du Graal ! Il aurait aimé qu'Andrew Holmes fût à ses côtés.

« Je n'ai pas d'héritiers, Arthur. J'ai prévu de léguer ma maison et tout ce qu'elle contient à l'église Saint Edith. Le vicaire vient d'Ouganda, rien de moins, mais c'est un homme charmant, et lui et sa femme ont été très gentils avec moi. Mais j'aimerais vous léguer le coffre. Tout ce que je vous demande, c'est de le descendre du grenier, et vous pouvez l'emporter dès maintenant. »

Il était enthousiaste à l'idée d'accepter sa proposition et brûlait d'envie de se précipiter au grenier, mais il voulait respecter son rythme. D'abord, il fallait qu'ils finissent de prendre le thé. Ensuite, elle dut rapporter le plateau à la cuisine et remettre du bois. Une fois de plus, elle refusa fermement de se faire aider. Il l'observa s'acquitter de ses tâches d'un air admiratif, espérant qu'il serait capable d'en faire autant lorsqu'il aurait son âge.

Lorsqu'elle eut fini, elle le fit monter, et ils empruntèrent un long couloir glacial qui longeait trois chambres, où tous les lits étaient soigneusement faits. Au bout du couloir, une corde avec une poignée en bois poli pendait du plafond. Elle lui dit de tirer dessus, et il comprit qu'elle n'y arrivât pas toute seule. La trappe ne s'ouvrait que si l'on tirait fort. Elle finit par céder, dévoilant une échelle qu'il déplia.

« Il y a un interrupteur, en haut, lui dit-elle, et il grimpa dans l'obscurité. Vous verrez le coffre sur votre gauche, le long du mur, vers le milieu. »

Le grenier était exactement comme elle l'avait décrit : une épaisse couche de poussière recouvrait tout, et il y avait un nombre incalculable de cadavres de guêpes et de mouches mêlés à des déjections de rongeurs. Le plafond était très en pente, et il ne pouvait se tenir debout qu'au centre. Lorsqu'il aperçut le coffre, rangé dans un coin au milieu d'autres meubles, il dut se baisser puis marcher en crabe pour l'atteindre.

Il était tout sale, mais malgré l'épaisse couche de poussière qui le recouvrait, on voyait bien qu'il était très ancien. Cependant, ce ne fut pas le coffre qui attira immédiatement son attention. Il y avait des traces de pas imprimées sur le sol en direction du coffre, et des traces de mains sur les côtés et le dessus. Elles paraissaient récentes, seule une fine couche de poussière s'était posée dessus. Les traces étaient relativement grandes, ce n'étaient certainement pas celles d'Elizabeth. C'étaient celles de Holmes, comme l'apparition d'un fantôme. C'était tellement triste.

Le coffre était en noyer, à peu près d'un mètre vingt de long, avec des lattes et des charnières en fer. C'était un coffre de rangement médiéval, solide et pratique.

Il le décolla du mur et le souleva. Il pouvait le déplacer. La seule difficulté pour le descendre de l'échelle fut le nuage de poussière qu'il déplaçait, qui lui donna mal à la gorge et le fit tousser.

« Désolé de tout salir, dit-il lorsqu'il fut de retour dans le couloir. Voulez-vous qu'on nettoie ça ici ?

– Non, apportez-le simplement dans l'entrée. Je vais prendre des torchons pour le poser dessus. »

Elizabeth insista pour descendre son aspirateur afin de nettoyer le plus gros, et là encore elle refusa qu'Arthur lève le petit doigt pour l'aider. Mais une fois que cela fut fait, elle le laissa l'essuyer avec des serviettes en papier pour parfaire l'ouvrage. Il les jeta au feu tandis qu'elle prenait place dans son fauteuil pour le regarder soulever le couvercle.

Les habits étaient sur le dessus. Il sortit les pièces une par une et les déposa soigneusement par terre. Il y avait une vieille paire de bottes, aplaties comme des crêpes, complètement durcies et fissurées. Puis un autre vêtement en cuir impossible à identifier, peut-être des chausses. Une espèce de veste élimée en velours qui pouvait être un gilet. Des pièces en lin, jaunies comme des dents tachées par le tabac. Ensuite, il y avait les deux épaisses bibles, aux reliures encore en bon état ; en jetant un coup d'œil à leur couverture, il vit qu'elles dataient respectivement du XVIe et du XVIIe. Sous les bibles, il trouva des objets en argent. Les chandeliers étaient massifs, sans fioritures. La vaisselle, c'était autre chose. Les riches décorations mirent Arthur en joie : les armoiries des Malory, un chevron sur champ d'hermines. Arthur tapota l'un des plats :

« Nous nous rapprochons de notre homme. »

Sans se lever de son fauteuil, Elizabeth lui demanda :

« Vous voyez les papiers ? »

Le paquet était quasiment tout au fond du coffre, c'était une pile de parchemins blanc cassé reliés avec un morceau de ruban décoloré et fragile d'un joli bleu-vert. Il le sortit avec précaution.

« Voulez-vous que je les regarde ici ?

– Oui, j'aimerais bien, dit-elle. Voyez si vous trouvez celui dont je vous ai parlé, si vous pouvez le déchiffrer. »

Il se dit que le ruban allait se désintégrer entre ses doigts, mais il le défit en faisant très attention et il resta intact. La liasse de parchemins était sèche et abîmée. Il s'accroupit à côté du fauteuil d'Elizabeth pour qu'elle puisse suivre en même temps que lui. Son passé de Fondu du Graal l'avait préparé aux difficultés de l'écriture médiévale. En parcourant les pages, il vit que les lettrines étaient ornementées mais tout de même lisibles, bien que certains mots densément groupés le déconcertèrent un peu. Il n'avait pas du tout l'habitude de déchiffrer des caractères en anglais médiéval, et cela ralentissait considérablement sa lecture. La plupart des documents semblaient être des actes officiels, des actes de vente de fiefs signés par d'autres gens que Thomas Malory. Mais au milieu de la pile, il tomba sur la lettre.

« Je crois que c'est ça. »

Elle l'examina et acquiesça :

« Oui, c'est celle que je lui ai laissé prendre en photo. »

Elle n'était pas datée et était écrite d'une plume souple et fluide, avec une encre qui avait pris une couleur cuivrée en vieillissant. La grande signature au bas de la page était exactement telle qu'elle la lui avait décrite : *Thomas Maleore, chevalier.* Aussi merveilleux que ce fût de poser les yeux sur cet autographe rare, c'était le destinataire de la lettre qui attira son attention. Elle commençait par : *Très Cher Sire Waynflete.*

Pouvait-il s'agir de William Waynflete, l'évêque de Winchester ? Arthur, qui s'intéressait à tout ce qui touchait à Malory, se souvenait que Waynflete passait pour avoir été le confident du chevalier. Et il était historiquement avéré que le seul exemplaire connu du *Morte* de la main de Malory avait été retrouvé par un pillard universitaire dans une armoire fermée à clé dans la chambre du doyen de Winchester College.

Il en informa Elizabeth et il continua à parcourir la lettre aussi rapidement que possible. Et voilà, il y avait une référence à un séjour à Winchester et au temps qu'il y avait passé avec l'évêque. Mais après quelques politesses supplémentaires, la lettre semblait prendre une tournure plus sombre. Il mentionnait qu'il courait un grand danger. Il était question d'un message qui lui avait été apporté en Normandie à un endroit qu'il nommait Maleore-sur-Seine, qu'Arthur pensait être la moderne Mailleraye-sur-Seine. Des ennemis le pourchassaient : les Qem, comme il les appelait. Une dangereuse expédition dans une grotte. Une épée. Excalibur !

C'était la lettre que Holmes voulait lui montrer et qui avait disparu dans l'incendie.

Arthur devait avoir l'air un peu bizarre, car Elizabeth mit soudain sa main sur son épaule et lui demanda s'il se sentait bien.

« Je n'arrive pas à y croire, dit-il avec l'air désorienté de quelqu'un qui est pris de vertige. Je vais essayer de vous lire ça en modernisant la langue, si j'y arrive. Malory écrit : "Cela m'a fait chaud au cœur de vous voir, cher évêque, et de partager avec vous l'incroyable nouvelle que je suis du même sang que le roi Arthur. Lui aussi était un fier Maleore d'origine normande. Lui aussi avait la noble treizième côte. Pour honorer ce grand roi, je fais serment d'écrire sa noble histoire et sa mort glorieuse dans un ouvrage que j'appellerai *Le Morte d'Arthur.* De plus, cher évêque, vous savez que j'ai retrouvé la grande épée d'Arthur, et grâce à elle je peux retrouver le trésor le plus précieux qui puisse être, la chose la plus sainte qui soit, à savoir le Sangreal de notre Christ. Désormais, grâce à votre aide, je comprends mieux la signification de l'épée et je vais m'efforcer de retrouver le Graal, en espérant que je ne rencontrerai pas d'obstacles sur ma route. Pour empêcher que nos ennemis ne découvrent le secret, j'ai suivi votre conseil et caché l'épée une nouvelle fois. Car sans Excalibur, le Graal ne peut être retrouvé. Si j'échoue dans ma quête, j'essaierai de laisser une piste pour un Maleore de ma descendance. Puisse cet homme être vertueux et digne de ce trésor. Priez, cher évêque, pour que ma quête soit couronnée de succès et priez pour que je puisse remettre à l'Église de Rome le Saint-Graal." »

Elizabeth vit qu'Arthur se frottait le côté gauche, celui qui le faisait souffrir.

« Vous êtes sûr que vous vous sentez bien ? demanda-t-elle.

– C'est juste ma treizième côte, dit-il. Tous les Malory en ont une en trop. »

Elizabeth sourit.

« C'était le cas de mon père, aussi. »

Arthur se releva et commença à remettre les objets dans le coffre comme s'il était dans un état second.

« C'était aussi le cas du roi Arthur, dit-il. Vous vous rendez compte, Elizabeth ? Nous descendons du roi Arthur, celui qui fut roi et le sera de nouveau ! »

9

Normandie, 1450

Vingt ans, c'était long ; pour beaucoup, le temps d'une vie dans ce monde ravagé par la guerre et la peste dans lequel ils vivaient. Vingt ans plus tôt, il était encore jeune soldat, son glaive lui semblait léger et son armure ne lui causait pas de gêne. Vingt ans plus tôt, il était capitaine dans l'armée du roi Henri V, qui célébrait victoire après victoire contre les Français, à Caen, à Cosne-sur-Loire, et à Meaux, où son roi bien-aimé était tragiquement mort de pleurésie à l'âge précoce de 35 ans.

Maintenant, Thomas Malory avait 50 ans, un âge qu'il ne pensait pas atteindre un jour, et son équipement de combat lui pesait comme le joug pèse sur le bœuf. Il chevauchait affalé sur sa selle, désirant seulement descendre de cheval et passer une nuit reposante, à l'abri des archers du comte de Clermont.

Le temps où les Anglais étaient les seigneurs et maîtres de la Normandie touchait à sa fin. Il le savait et, pour des raisons qui lui échappaient, il semblait que c'était la volonté de Dieu. Lorsqu'il était jeune soldat, il avait aidé à la conquête de la Normandie, annoncée par la victoire écrasante contre les Français à Azincourt, ce jour éclatant de la Saint-Crespin.

Maintenant, en tant que chevalier du royaume, il était le témoin involontaire de la débandade. Cela ne faisait qu'une semaine qu'avait eu lieu la défaite humiliante de Formigny, où cinq mille Anglais s'étaient mesurés à cinq mille Français. Malory commandait un grand contingent d'hommes ce jour-là, et, en raison d'un manque de chance, de la géographie et d'un soudain renfort de Bretons, les Anglais avaient été dispersés et leur commandant tué. Cette défaite ignominieuse lui pesant sur les épaules, lui et un petit groupe de soldats encore valides avaient emmené un groupe de blessés suintant le sang et le pus à travers leurs bandages vers le sanctuaire de Calais. S'ils survivaient à la marche vers le nord, ils repasseraient la Manche et rentreraient chez eux. Il n'y avait plus grand-chose à faire dans ce pays. Caen et Cherbourg allaient certainement tomber, et leurs défenseurs anglais seraient sacrifiés. Une fois que Calais serait prise, le reste de la Normandie tomberait.

Malory ne serait pas rentré en Angleterre sans l'insistance de Richard Neville, comte de Warwick, qui, bien qu'il n'eût que 23 ans, était le seigneur de Malory, à qui il devait allégeance. Lorsque le jeune roi Henri VI avait demandé à Neville de réunir de nouvelles forces pour contenir les insurgés français en Normandie, le comte avait insisté pour que Malory reprenne du service, l'arrachant à sa vie confortable et prospère de chevalier et membre du Parlement pour le renvoyer au royaume de la poudre, du sang et de la mort.

Le page de Malory, qui avait été un adolescent en pleine santé et avait maintenant le teint jaune à cause d'une dysenterie chronique, montra le ciel qui s'obscurcissait.

« Regardez, monseigneur, de la fumée. »

Malory se redressa sur sa selle. Il portait encore beau : grand, musclé, il avait le corps d'un combattant, l'esprit et l'intellect d'un gentilhomme. Son visage était marqué par la fatigue et l'inquiétude, et sa barbe et ses cheveux avaient perdu la teinte de sa jeunesse, mais ses traits exprimaient la bonté, pas l'agressivité.

« On devrait y être avant la nuit », dit Malory.

Il se retourna et s'adressa à la colonne d'hommes derrière lui.

« L'un d'entre vous connaît-il le village devant nous ? »

L'un d'eux répondit :

« C'est Maleore. J'y suis déjà venu. Il y a de l'eau. Il est situé près d'une rivière. »

Malory grogna et tint sa langue. Son père et son oncle lui avaient toujours dit que Maleore était la terre ancestrale des Malory. Cela faisait longtemps qu'il avait choisi de ne pas révéler à ses hommes le fait malvenu qu'il avait du sang normand. Après quatre siècles passés dans le Warwickshire, les Malory étaient tout aussi anglais qu'on peut l'être, mais il n'y avait pas de raison de semer le doute sur son allégeance. Malgré les prétentions du roi à la Normandie, il se sentait en terre étrangère. Il était anglais.

Le chemin qui avait mené Malory jusqu'à ce jour avait commencé avec une enfance privilégiée à Newbold Revel, une véritable pépinière de chevalerie, où dès qu'il sut parler, on le mit sur le dos d'un poney et on lui montra comment chevaucher avec une main sur les rênes et une autre sur une toute petite épée de bois. Au fur et à mesure qu'il grandissait, on lui apprit le latin et le grec le matin, le cheval et les arts du combat l'après-midi. L'aumônier du domaine lui enseigna la pratique religieuse. Sa mère et ses tantes lui apprirent les bonnes manières, à respecter et admirer les femmes. Son père et ses oncles lui inculquèrent les principes de la vie de chevalier. Quand il fut prêt à devenir page, il était déjà imprégné de ces idées : il devait s'occuper de ses terres et de ses gens, défendre les femmes à tout prix, être juste et généreux dans ses affaires, protéger les gens ordinaires de l'oppression des méchants, préserver sa foi et son Église, et par-dessus tout soutenir son seigneur dans la bataille avec un courage et une dévotion infaillibles.

Le jeune Thomas mûrit rapidement. À l'âge de 12 ans, il était responsable de ses actes. À 14 ans, il était assez grand pour être appelé au combat, et c'est ce qui arriva. En 1414, peu de temps après cet anniversaire à marquer d'une pierre blanche, il fut appelé à rejoindre les forces d'invasion de la Normandie du roi Henri V, et se retrouva à se battre pour Calais en tant que page et écuyer dans le contingent de Henry de Beauchamp, le précédent comte de Warwick, faisant campagne après campagne cette année-là et la suivante. Il sut ce que cela faisait de tuer un homme et de voir ses camarades tomber dans la violence. Mais il avait aussi du temps, pendant ces campagnes interminables, pour se livrer à des occupations plus douces, et ce fut pendant ces années qu'il apprit à lire le français.

En octobre 1415, il était à Azincourt, où, malgré un nombre supérieur de Français, les archers anglais obtinrent la victoire. Et, deux ans plus tard, au siège de Caen, l'un des derniers bastions de Normandie à tomber aux mains des Anglais avant que la victoire soit scellée par le traité de Troyes. Ce fut à Caen qu'il entendit parler de la bibliothèque d'un noble qui contenait de beaux volumes faits pour le bon plaisir du roi anglais. Le roi, pour remercier Malory de ses bons et loyaux services, le pria de choisir parmi les ouvrages, et ce fut là qu'il eut son premier contact avec le roi Arthur, lorsqu'il demanda un bel exemplaire illustré de *Perceval, le conte du Graal*, de Chrétien de Troyes.

Une fois la guerre terminée, Malory fut délivré de ses obligations militaires. Il retourna à Newbold Revel pour aider son père à gérer leurs biens, mais cette vie à la campagne fut de courte durée. Un traité, apprit Malory, n'était qu'un bout de papier, et les combats reprirent en Normandie. Une fois encore, il remit son armure et se joignit aux combattants sur le sol français. Cette fois, toujours sous le commandement direct de Beauchamp, il était capitaine, commandant une compagnie d'hommes maniant des lances, des arcs et des haches. Il était à Cosne-sur-Loire lorsque le roi mourut, et on lui confia la garde de la ville de garnison de Gisors, pendant que de Beauchamp retournait à Londres pour devenir le tuteur du jeune enfant roi Henri VI. Et Malory était à Rouen ce soir de Noël de 1430 où la jeune paysanne guerrière, Jeanne d'Arc, fut livrée aux Anglais, vendue pour dix mille livres tournois par les Bourguignons qui l'avaient faite prisonnière sur le champ de bataille.

Beauchamp lui avait demandé de l'accompagner pour voir la petite jeune fille dans sa cellule humide de la tour de Bouvreuil. Elle grelottait, petite souris prise dans les fers, mais elle était fière et défiante au-delà de tout ce qu'on pouvait imaginer. Un autre jeune noble anglais était là aussi, Humphrey Stafford, un jeune homme arrogant qui allait devenir duc de Buckingham. Ce fut ce soir-là que lui et Malory devinrent ennemis jurés.

Beauchamp demanda en français à la prisonnière :

« Êtes-vous traitée correctement, mademoiselle ? »

Jeanne resta muette de colère.

Il répéta la question, en insistant sur son inquiétude quant à sa santé. Elle répondit :

« Vos maudits gardiens sont des porcs ! Ils m'ont touchée avec leurs mains répugnantes. Vous le savez, ça ? »

Son impudence mit Stafford en rage, il l'insulta en des termes grossiers et l'accusa d'être une menteuse en dégainant son épée. Malory en croyait à peine ses yeux et ses oreilles. Quelles que soient les circonstances, se montrer violent envers un prisonnier enchaîné est inexcusable, mais envers une femme, en plus, c'était inconcevable. Il se précipita pour s'interposer, et, lorsque Stafford essaya de l'écarter, il l'attrapa par le poignet et lui donna une gifle retentissante du revers de la main.

Sur ordre de Beauchamp, les gardiens séparèrent les deux hommes et Stafford partit furieux. Tandis que la Française le regardait avec gratitude, de Beauchamp lui dit :

« Vous avez fait ce qui était juste et honorable, Thomas, mais sachez ceci : vous venez de vous faire un ennemi puissant. Ce n'est pas n'importe qui.

– C'est-à-dire ? demanda Malory, le souffle court.

– On dit qu'il s'intéresse aux sciences occultes.

– Quel genre de sciences occultes ?

– L'alchimie. »

Comme ils s'approchaient du village de Maleore, le page de Malory demanda avec appréhension :

« Vont-ils se défendre ?

– La plupart de ces villages ont déjà envoyé leurs hommes au champ de bataille contre nous. Je ne pense pas qu'il reste qui que ce soit à part les femmes, les enfants et les vieillards. Mais nous allons le savoir assez vite. Tenez-vous sur vos gardes.

– Allons-nous les incendier ?

– S'ils nous traitent bien, nous les traiterons bien. Il n'y a pas grand-chose à gagner à détruire ce genre d'endroit. Notre but, c'est de gagner Calais le plus rapidement possible. »

Ils entrèrent dans le village au crépuscule. La route pleine d'ornières était déserte, il n'y avait qu'un jeune garçon qui se tenait à la porte de l'une des maisons, regardant passer l'équipage éclopé de Malory. Celui-ci chevauchait à l'avant, suivi par un petit contingent de soldats à cheval, puis venaient les blessés, certains à pied et d'autres sur des civières. Quelqu'un fit brusquement rentrer l'enfant à l'intérieur et claqua la porte.

« Soyez sur vos gardes », intima Malory aux soldats.

Par précaution, il demanda à son page de lui donner son bouclier, orné de son blason, un chevron rouge sur un champ d'hermines brunes.

À leur droite, tous les cent pas à peu près, de petites ruelles descendaient vers le fleuve. Des odeurs fétides s'en échappaient, et ils entendaient le bruit de l'eau en contrebas.

« Où allons-nous ? demanda le page d'un ton sombre.

– Pas ici. Ces petites maisons ne conviendront pas. Il nous faut une plus grande demeure. Il doit y avoir un manoir. »

En effet, sur une petite colline qui dominait le village, Malory aperçut un manoir en pierre, un grand bâtiment qui offrait une bonne vue des terres environnantes et du fleuve. Il faisait encore suffisamment jour pour suivre le chemin qui montait sur la colline, et Malory fit s'arrêter ses hommes sur la grande étendue d'herbe devant la grosse porte de chêne du manoir. Comme la plupart des grandes demeures de cette région, le manoir était conçu pour être défendu, avec de rares fenêtres étroites et des meurtrières. Malory essaya de détecter un signe de vie, mais il n'y avait pas de bétail et l'endroit paraissait vide. Il parcourut des yeux les remparts qui se détachaient sur le ciel sombre, mais ne vit personne. Il se mit à pleuvoir.

« Voulez-vous descendre de cheval, monseigneur ? demanda le page.

– Oui. »

Le page détacha la sangle d'un des étriers du cheval de charge et prit les rênes pendant que Malory passait la jambe par-dessus la selle.

Un bruit.

Malory l'entendit et retint sa respiration. Le murmure reconnaissable entre tous de la mort par les airs.

La flèche se ficha entre l'œil et le nez du page, assez profondément pour le tuer instantanément.

Avant que Malory puisse donner son premier ordre, il entendit une plainte qui venait de l'intérieur du manoir, un homme qui criait : « Non ! »

« Repliez-vous ! ordonna Malory en rabattant sa visière. Restez hors de portée de l'archer. Vite. Formez une colonne bien espacée. »

On entendit des cris à l'intérieur du manoir, puis un hurlement à glacer le sang. Les archers de Malory bandèrent leurs arcs. Puis l'immense porte s'ouvrit lentement.

« Attendez mes ordres », cria Malory à ses hommes.

Le corps d'un jeune homme, pas plus vieux que le page, était tombé derrière la porte et gisait sur le seuil.

Un homme cria en français par l'ouverture :

« Je l'ai tué, ce misérable ! Je lui avais dit de ne pas tirer. Je sors pour me rendre.

– Ne tirez pas ! » cria Malory à ses hommes, en se retournant pour s'assurer que les archers avaient bien compris.

Un vieil homme apparut avec à la main une torche qui éclairait son visage émacié. Il était vêtu d'une belle tunique large. Il n'avait pas d'épée, ni à la main, ni à la ceinture.

« Messieurs les Anglais, dit le vieil homme. Je suis le baron de Maleore. Ce serviteur ne m'a pas obéi, et à présent il est mort. Sa flèche a-t-elle atteint sa cible ?

– Mon page est mort ! rugit Malory en français.

– Mille pardons, cria le baron. Bien que nous soyons ennemis, je suis grandement déshonoré par cet acte.

– Nous n'avions pas l'intention de vous faire de mal, mais, en punition du meurtre de ce jeune homme, je me vengerai ! cria Malory.

– Je vous en prie, chevalier, implora le baron. Laissez-moi vous offrir à manger et un toit, ce soir. Buvons ensemble et parlons d'homme à homme. Le matin venu, vous ferez ce que vous voudrez. »

La grande salle était quasiment vide. Il y avait de hauts fauteuils devant la cheminée, quelques tapis sur le sol et des buffets et étagères contre les murs de pierre. Près de la cheminée se trouvait une pile de meubles brisés. Malory comprit. C'était à cause de la guerre. Comme il n'y avait presque plus d'hommes valides, les réserves de bois étaient épuisées, et le baron en était réduit à brûler les meubles de sa maison.

Les hommes de Malory s'installèrent sur le sol en pierre de la salle. Certains gémissaient de douleur, d'autres marmonnaient des remerciements, reconnaissants de ne pas avoir à passer la nuit dehors, sous la pluie.

« Avez-vous du miel pour leurs blessures ? demanda Malory au baron.

– Peut-être. Nous vous donnerons ce que nous avons.

– Et des draps propres pour leurs bandages ?

– Mes filles et mes nièces vont découper des draps et panser vos hommes du mieux qu'elles pourront. Venez près du feu, je vous en prie. »

Il appela un serviteur pour qu'il lui apporte du vin.

Malory chercha sans réfléchir son page des yeux pour qu'il l'aide à se défaire de son armure, et se souvint qu'il était en ce moment même en train d'être mis en terre.

Le serviteur du baron assista Malory dans cette tâche, et, une fois délesté de ses lourdes plaques, il s'assit et but.

« Comment s'appelait votre page ? demanda le baron.

– Il s'appelait John. C'était le fils d'un de mes amis chers qui ne vit pas très loin du domaine.

– Les voies du Seigneur sont impénétrables, dit le vieil homme. Le mien s'appelait Jean. Un Jean contre un John. Comment vous appelez-vous, monsieur ?

– Je suis sir Thomas Malory. »

Les yeux du vieil homme s'écarquillèrent, et il reposa son verre de vin. Il répéta lentement le nom, avec la prononciation anglaise. Puis il dit : « Maleore », en français. Malory hocha la tête.

« Je suis d'origine normande, baron. On dit dans ma famille que nous venons peut-être de cette région, et peut-être même de ce village. Durant les campagnes précédentes sur le sol français, je n'avais jamais eu l'occasion de m'arrêter ici. Maintenant, c'est fait. »

Le baron avait l'air grave.

« Avant d'aller plus loin, il faut que je vous pose une question. Avez-vous la côte Maleore ? »

Malory sourit et tapota son flanc, au-dessus de son foie.

« Voulez-vous la toucher ? »

Le baron se leva brièvement, comme s'il était désorienté ou excité. Malory ne savait pas si c'était l'un ou l'autre. Il se rassit et dit :

« Mon Dieu ! Un miracle ! Nous sommes apparentés, et pourtant... »

Malory termina sa phrase.

« ... Nous sommes ennemis. »

Derrière eux, les femmes de la maison s'occupaient des blessés, et les serviteurs impassibles du baron sortaient des plateaux entiers de pain et des roues de fromage pour les soldats affamés.

Le baron se retourna en entendant le cri d'un des blessés, dont le bandage souillé était en train d'être retiré par une jeune femme assez laide.

« Ma fille Marie est la plus douée de la famille. Lorsque mon fils cadet, Philippe, est rentré de Paris avec une plaie infectée après qu'un canon anglais eut emporté sa jambe, c'est Marie qui s'est occupée de lui avant qu'il meure.

– Je suis désolé, dit Malory. Et vos autres fils ? »

Le baron soupira.

« Je ne sais pas. Peut-être qu'ils sont morts. Peut-être qu'ils sont prisonniers. Peut-être qu'ils sont encore sur le champ de bataille. Dites-moi, Thomas Malory, que ferez-vous de nous demain matin ? »

Malory regarda le feu.

« Je ne sais pas. »

Le baron se pencha en avant.

« Si je vous montre quelque chose d'extraordinaire qui concerne les Maleore, et donc vous concerne aussi, m'épargnerez-vous ainsi que le village ? »

Malory toussota.

« Cela dépend. Extraordinaire comment, baron ?

– C'est à propos du Graal de notre Christ. »

Malory se retint de dire ce qu'il en pensait. Les fables concernant le Graal abondaient. Si on lui avait donné une pièce pour chaque fable, son sac serait trop lourd pour qu'il le porte.

« Si je suis favorablement impressionné, peut-être que cela apaisera ma colère et que je changerai d'avis.

– Nous verrons demain matin, alors. Je vais aller chercher un manuscrit qui est dissimulé dans une cachette. Pendant ce temps, mon serviteur va vous préparer un lit, le seul où il reste des draps propres. »

Malory ressentit un soupçon de culpabilité à l'idée de dormir dans une couche confortable alors que ses hommes dormaient à même le sol de pierre. Sa dernière pensée avant de s'endormir fut l'image de son page mort dans l'herbe, mais ce ne fut pas la seule mort qu'il vit cette nuit-là. Un vieux rêve revint le hanter. Il était sur une place de marché, à Rouen, un matin ensoleillé. C'était en mai. En 1430. Il se tenait au milieu d'une foule d'Anglais qui vociféraient tandis que le bourreau édenté, Geoffroy Thérage, ajustait les cordes qui retenaient Jeanne d'Arc à son poteau. Ce jour-là, Malory n'avait pas été reconnu, mais, dans son rêve, elle le regardait toujours fixement, sans ciller, tandis que les flammes montaient jusqu'à la hauteur de sa poitrine. Il n'y avait pas de colère dans ses yeux, pas de peur, pas de souffrance. On disait que lorsqu'elle était morte, une tourterelle blanche sortie des flammes avait pris son envol. En réalité, il n'avait rien vu de la sorte, mais, dans son rêve, il y avait bien une tourterelle, et elle les avait survolés trois fois en cercle avant de s'envoler vers les cieux.

Le matin, le serviteur attitré du baron s'occupa de Malory et l'aida à se préparer. Ses hommes avaient l'air contents et repus. Un seul d'entre eux avait succombé à ses blessures pendant la nuit. Le baron attendait Malory devant la cheminée, habillé de manière bien plus cérémonieuse que la veille.

Il lui désigna un plateau.

« Venez vous restaurer.

– Montrez-moi le manuscrit dont vous m'avez parlé. J'ai une décision à prendre, et je dois poursuivre la route.

– Vers Calais ? demanda le baron.

– Cela ne vous regarde pas.

– Ah, cela doit rester secret. Je comprends. Mais certains de vos hommes ont parlé aux femmes qui s'occupaient d'eux de votre défaite à Formigny et de votre retraite. Je dois dire que je ne suis pas mécontent que notre terre soit enfin rendue à notre roi. Ce serait d'autant plus dommage d'infliger un dernier acte de violence à notre pauvre village. J'espère que ce manuscrit vous fera changer d'avis. »

Il tendit à Malory un parchemin ancien qui avait été roulé pendant si longtemps qu'il n'avait plus besoin de ruban ou de sceau pour conserver sa forme. Il était devenu ocre, avec le temps. Une fois déroulé, il fallait le tenir soigneusement des deux côtés pour l'empêcher de s'enrouler de nouveau.

Malory se tenait dos au feu pour bien éclairer le parchemin. Au bout de quelques minutes, il éclata :

« Je ne comprends rien de tout cela ! En quelle langue est-ce écrit ?

– C'est du celte. Je pensais que les Anglais savaient lire leurs propres langues anciennes.

– Eh bien, pas moi, je regrette, baron. Il va falloir que vous me disiez ce qui est écrit. »

Le baron eut l'air inquiet.

« Je sais de quoi il s'agit, car cela a été transmis de génération en génération dans ma famille par tradition orale, mais je ne peux pas le déchiffrer, moi non plus. »

Malory laissa le parchemin reprendre sa forme.

« Eh bien, je n'ai plus rien à faire ici. Votre légende ne me suffit pas. Votre hospitalité a été admirable, mais je ne crois pas que vous ayez réussi à étancher ma soif de justice. J'épargnerai votre château, mais je mettrai le feu au village.

– Attendez ! Je vous en prie ! » implora le baron.

Il se tourna vers les soldats qui étaient déployés dans la grande salle et les apostropha dans son meilleur anglais :

« S'il vous plaît, messieurs les soldats, y a-t-il quelqu'un parmi vous qui sache lire le celte ancien ? »

Plus personne ne parla.

Puis on entendit une petite voix à l'arrière qui disait :

« Moi.

– Debout ! ordonna Malory.

– Je ne peux pas. »

Malory et le baron allèrent trouver l'homme, qui était allongé sur une civière et dont les nouveaux bandages qui lui ceinturaient le ventre étaient déjà tachés de sang frais. Il était habillé comme un lancier.

« Comment t'appelles-tu ?

– Godfrey, monseigneur.

– D'où viens-tu ?

– Je suis de Cornouailles, dit l'homme faiblement. Je viens de Penryn.

– Comment t'es-tu fait blesser ?

– Une épée française, monseigneur. Je ne pense pas que je vais y survivre.

– Tu n'en sais rien. Seul Dieu le sait.

– Je ne voudrais pas contredire un chevalier, mais je suis sûr que je ne reverrai jamais Penryn.

– Nous verrons, dit Malory. Comment se fait-il que tu saches lire l'écriture celtique ?

– Avant de devenir soldat, j'étais moine novice au Saint Michael's Mount, à Bodmin. J'ai appris le latin. Et les anciennes prières celtiques. Je peux essayer de déchiffrer le texte si monseigneur le veut.

– Dis-moi, Godfrey de Penryn, pourquoi as-tu quitté le monastère ?

– Je me suis fait renvoyer pour fornication excessive, monseigneur. »

Malory réprima un sourire et lui tendit le parchemin. Le baron demanda qu'on apporte une chandelle pour faciliter la lecture. Godfrey déroula le parchemin et se mit à l'étudier.

« Peut-être pas tous les mots, mais la plupart. Oui, je peux le lire, monseigneur.

– Vas-y, lui dit Malory. Traduis au fur et à mesure. Mais ne parle pas trop fort, pour que personne d'autre que nous ne puisse entendre. »

Godfrey commença, en marquant des arrêts, d'une voix basse mais audible.

« Moi, Gwydre, fils d'Arthwyr, roi des Bretons, je soumets à Dieu mon testament vrai et entier. J'ai été gravement blessé. Je vais certainement mourir avant d'avoir pu retourner dans mon pays et je veux être enterré au château de Maleore, où mon père est né. Mes ossements attesteront ma noble naissance. Ceux qui les examineront y verront la marque royale de mes deux côtes surnuméraires, comme le roi Arthwyr. J'ai obéi à l'ordre de mon père et j'ai voyagé jusqu'en des contrées lointaines, comme le chevalier Gwalchavad l'avait fait avant moi. Il n'a pas réussi à revenir avec le Graal du Christ, et moi non plus, parce que j'ai été trahi. Mais j'ai vu le Graal de mes propres yeux, et ainsi je sais que les mots gravés sur l'épée de mon père sont vrais. Je ne reverrai peut-être jamais le roi, et peut-être ne verra-t-il jamais le Graal de ses propres yeux. Je prie pour que mon frère Cyngen le retrouve. Si ce n'est pas le cas, je laisse ce parchemin aux héritiers d'Arthwyr. Puisse-t-il être retrouvé, s'il plaît à Dieu. Pour retrouver le Graal, il faut d'abord prendre l'épée d'Arthwyr qui est cachée au château de Tintagel, château d'Uther Pendragon, père d'Arthwyr. Arthwyr l'a enterrée au plus profond de la grotte du bord de la mer, près de la croix. Puisse un noble et digne homme de sang royal retrouver l'épée et ainsi retrouver le Graal. Que Dieu veuille qu'il en soit ainsi. »

Tandis que Godfrey déchiffrait le parchemin, le baron hochait vigoureusement la tête, comme s'il se rappelait l'histoire qu'on lui racontait lorsqu'il était enfant. De son côté, Malory se tenait immobile à côté du soldat blessé.

Lorsque Godfrey eut fini, Malory lui prit le rouleau des mains et lui intima :

« N'en parle à personne. Tu as compris ? »

Godfrey lui répondit en gémissant de douleur.

« Comme ce Gwydre, moi aussi je suis en train de mourir, monseigneur. Je ne reverrai jamais Penryn, ni même l'Angleterre. Bien assez tôt, je ne pourrai plus rien dire. »

Malory hocha la tête et toucha la main de l'homme avec gratitude. Puis lui et le baron retournèrent devant la cheminée, et le vieil homme eut un choc en le voyant jeter le parchemin au feu.

« Mais pourquoi ? demanda-t-il.

– Plus personne n'a besoin de le lire. L'homme que Gwydre attendait est arrivé. Cet homme, c'est moi. Un sang royal coule dans mes veines et dans les vôtres. Celui d'un roi exceptionnel. J'ai peine à y croire. Arthur, le plus grand roi de tous les temps ! Vous étiez au courant ? »

Le baron acquiesça solennellement.

Malory ajouta rapidement :

« Dites-moi, baron, l'un de vos ancêtres a-t-il jamais essayé de partir à la quête de l'épée ?

– Pas que je sache. Si elle existe, elle se trouve quelque part dans le pays lointain et étranger de nos ennemis. Si un Maleore avait essayé, je ne pense pas qu'il aurait réussi.

– C'est mon pays, dit Malory. Pour moi, il n'a rien de lointain, ni d'étranger. Je réussirai. J'espère être capable de retrouver l'épée, et avec elle le Graal. Ce sera ma quête, comme ce fut celle des chevaliers des temps anciens qui m'ont précédé. »

Il prit la main du vieil homme et dit :

« Nous partons, baron. Je vous épargne, ainsi que le village. Espérons que vos fils rentreront bientôt chez vous. Je pars en paix. »

Les larmes montèrent aux yeux du vieil homme.

« Le destin nous a réunis, et je prie de tout mon cœur que vous réussissiez dans votre quête, pour l'honneur des Maleore et l'honneur de Dieu. »

10

Arthur rentra du Warwickshire en voiture et arriva chez lui au moment où le soleil se couchait. Il était sur le point de sortir le coffre d'Elizabeth du coffre de la Land Rover lorsqu'il remarqua que quelqu'un était assis sur les marches de son perron, une jeune femme d'une trentaine d'années.

Il croisa son regard. Elle avait de grands yeux expressifs et des cheveux auburn soyeux qui ondulaient dans la brise. Elle se mit debout et resserra son imperméable pour parer à la fraîcheur de la soirée. Avant qu'elle le referme complètement, il aperçut en dessous un jean moulant et un pull ajusté.

Lorsqu'il sortit de la voiture, elle le héla :

« Excusez-moi, vous êtes bien Arthur Malory ? »

Elle avait l'accent français.

« Oui, c'est moi. »

Par politesse, il n'osa pas lui demander qui elle était.

Elle avait l'air tout ce qu'il y a de plus sérieux.

« Je m'appelle Claire Pontier, dit-elle. Pourriez-vous m'accorder un instant ? »

Il ne savait pas pourquoi, mais il ne put s'empêcher de lui sourire.

« À quel propos ? »

Elle regarda autour d'eux. Elle avait l'air un peu apeurée.

«Je suis ici pour vous mettre en garde. Votre vie est en danger. Il y a des gens qui veulent vous tuer.»

Son sourire s'évanouit. Il ne voulait pas qu'elle voie le coffre, il le laissa donc dans la voiture, à contrecœur, et lui dit:

«Venez donc à l'intérieur.»

Il prit son manteau et lui demanda si elle voulait quelque chose à boire.

«Du thé.»

Elle secoua la tête.

«Ou plutôt du whisky, si vous avez.

– On peut prendre les deux. Du thé, puis du whisky.

– Oui, pourquoi pas?»

Arthur détailla la femme depuis la cuisine. Elle s'était assise sur le canapé, les jambes et les bras fermement croisés, en position défensive. Il voyait qu'elle était en train de lire les titres des livres sur ses étagères. Son petit pull de cachemire était comme une seconde peau, et il soulignait ses formes au point qu'il était un peu gêné à l'idée de se retrouver seul avec elle.

Il revint avec un plateau de thé. Claire le prit nature et sourit en le voyant ajouter lait et sucre au sien. Elle semblait à peine maquillée, un peu de baume sur ses lèvres peut-être, car elles étaient brillantes pour un jour aussi sec et venteux. Un petit foulard du même vert que ses yeux voilait son décolleté. Le thé, ou le rituel qui l'entourait, sembla la détendre un peu. Elle décroisa les jambes et s'assit confortablement, prête à parler.

Il y eut soudain une explosion de verre et un éclat de lumière aveuglant. Arthur et Claire se levèrent d'un bond et renversèrent leur thé en tentant d'échapper aux flammes qui gagnaient toute la pièce. Il l'attrapa par le bras pour l'entraîner vers le fond de la pièce et se figea, fixant le spectacle avec incrédulité. Le cocktail Molotov était entré par la baie vitrée du salon et avait immédiatement enflammé rideaux et tapis. En quelques secondes, le canapé sur lequel Claire était assise auparavant avait pris feu.

« Par ici ! » cria Arthur.

Il l'entraîna vers la cuisine, où il prit son attaché-case, puis dans le couloir, pour le moment épargné par les flammes qui avaient maintenant gagné le salon presque tout entier. Claire attrapa son sac et son manteau tandis qu'il ouvrait la porte d'entrée à la volée.

C'est alors qu'Arthur remarqua une Vauxhall noire garée devant la maison. Il se dit tout d'abord que c'était sans doute un bon Samaritain qui s'était arrêté pour porter secours, puis il vit un pistolet pointé sur eux par la vitre entrouverte du conducteur.

Il y eut un bruit assourdi, et l'éclairage au-dessus de la porte d'entrée explosa en les arrosant de verre brisé.

Claire paniqua et se mit à crier, mais Arthur eut la présence d'esprit de la faire sortir en courant pour rejoindre la Land Rover.

Un voisin sortit et cria qu'il avait appelé les pompiers. Pile à ce moment-là, la Vauxhall démarra et partit en trombe.

« Ça va, cria Arthur à son voisin. Il n'y a personne à l'intérieur. »

Puis il fouilla dans ses poches pour trouver ses clés et dit à Claire :

« Il faut qu'on s'en aille. »

Elle n'avait pas besoin d'être convaincue. Ils se ruèrent dans la Land Rover. Arthur jeta son attaché-case sur la banquette et mit la marche arrière.

« Oui, ne la laissez pas près de la maison ! » leur cria le voisin, mais quand il les vit partir pour de bon, il ne comprit plus rien à ce qu'ils faisaient.

Arthur haletait.

«Bon Dieu, ma maison... Et vous, ça va?

– Oui. Je crois. Où allons-nous?

– Je n'en ai aucune idée.

– Ils ont essayé de nous tuer», dit-elle, soudain prise de tremblements.

Arthur se pencha pour lui toucher le bras.

«Ça va aller, maintenant. Il faut juste que je réfléchisse un instant.»

London Road approchait, et il fallait qu'il prenne une décision. Il n'avait pas plus de raison d'aller vers l'ouest que vers l'est, il tourna donc en direction de Bracknell.

«De qui s'agit-il? demanda-t-il.

– Comment?

– Vous avez dit qu'ils essayaient de nous tuer.

– Je ne sais pas qui c'est.

– Mais vous êtes venue me prévenir...

– C'est une histoire compliquée.»

Il remarqua quelque chose dans le rétroviseur et poussa un juron.

«Que se passe-t-il? demanda-t-elle, effrayée.

– La Vauxhall est derrière nous.»

Elle se retourna pour regarder et murmura quelque chose en français. On aurait dit une prière.

Arthur accéléra et prit à droite, dépassant toute une file de voitures qui roulaient au pas. La Vauxhall fit exactement de même, se maintenant à leur allure.

La vieille Land Rover d'Arthur était poussée à sa vitesse maximale, et, à chaque coup de volant un peu sec, Claire et lui se heurtaient violemment contre leur ceinture de sécurité. La A329 était encombrée de gens qui rentraient du travail, mais la circulation était fluide. Arthur essayait de distancer la Vauxhall en slalomant, s'attirant des coups de klaxon et des gestes d'insulte des conducteurs à qui il faisait des queues-de-poisson.

« Mon téléphone est dans mon sac, dit Arthur, les mains crispées sur le volant. Pouvez-vous utiliser le vôtre pour appeler les secours ?

– J'ai vidé ma batterie pendant que je vous attendais, dit-elle en regardant derrière eux. Voulez-vous que je passe à l'arrière pour prendre le vôtre ?

– Non ! Restez attachée. C'est trop dangereux.

– Qu'est-ce que vous avez, à l'arrière ?

– Un vieux coffre.

– Non, l'appareil ?

– C'est un détecteur de métaux. »

Arthur continua d'essayer de gagner du terrain pendant les deux kilomètres suivants, en passant au-dessus de cent kilomètres à l'heure dès que la route se dégageait. Au prix d'un ou deux dépassements un peu périlleux, il réussit à devancer la Vauxhall, tout en gardant en permanence un œil sur le rétroviseur.

« Il faut que vous releviez la plaque d'immatriculation. Je n'arrive pas à la distinguer. Vous arrivez à la lire ? »

Elle se retourna :

« Il n'y a pas de plaque à l'avant.

– Ah, d'accord. Voilà qui règle le problème. »

Deux minutes plus tard, le rond-point de Skimphill fut en vue. Une seule voiture séparait à présent la Vauxhall de la Land Rover.

« Je connais le coin, on va essayer quelque chose. »

Au rond-point, il mit le clignotant à droite, et la Vauxhall l'imita.

Puis Arthur mit un coup de volant à gauche, manquant de peu la voiture suivante, qui se mit à klaxonner furieusement. La Vauxhall n'avait ni le temps ni la place de tourner à gauche. En accélérant, Arthur la vit dans le rétroviseur refaire le tour du rond-point.

L'enseigne du cinéma Odéon apparut sur sa droite, et Arthur fit crisser les pneus en tournant brusquement sur le parking.

Il se précipita sur la première place qu'il vit et coupa le moteur.

« Vous aimez le cinéma ? demanda-t-il.

– Oui. Surtout maintenant », répondit-elle.

Il ouvrit le coffre de la voiture, jeta une vieille couverture par-dessus le coffre et le détecteur de métaux et prit son attaché-case avec lui. Puis ils entrèrent en courant dans le cinéma, et il acheta deux billets pour le premier film qu'il y avait sur la liste.

Dans la salle obscure, ils s'assirent près d'une sortie et essayèrent de se calmer. Le film avait déjà commencé, mais il ne leur disait rien. Au lieu de regarder l'écran, ils vérifièrent qu'ils n'étaient pas suivis, mais plus personne ne rentra dans la salle. Il regarda Claire, qui était assise très droite, les bras croisés comme des bandeaux de fer. Il se pencha vers elle :

« Pas terrible, comme première rencontre. »

Soit elle n'entendit pas, soit elle ne trouva pas ça drôle, parce qu'elle ne tourna même pas la tête.

Ils attendirent encore une heure avec anxiété avant qu'Arthur lui tapote l'épaule et qu'ils se glissent par la porte de sortie. Ils avancèrent avec précaution dans le parking jusqu'à ce qu'Arthur retrouve la voiture. Ils cherchèrent la Vauxhall des yeux, puis attendirent encore quelques minutes avant de monter dans le véhicule.

Arthur démarra le moteur.

« Il faut qu'on trouve un endroit pour parler. »

Elle regarda sa montre.

« Je pensais rentrer en Eurostar en France, ce soir.

– Je ne pense pas que vous réussissiez à avoir le dernier train.

– Où pourrions-nous aller ?

– Je n'ai plus de maison, je crois. Je vais d'abord appeler la police. Je connais un endroit où l'on pourra grignoter quelque chose et discuter tranquillement. »

Arthur retrouva la carte de l'inspecteur Hobbs au fond de son portefeuille et appela son numéro de portable. Hobbs décrocha. D'après le bruit de fond, il avait l'air d'être dans un pub.

Il raconta précipitamment à Hobbs ce qui s'était passé. Celui-ci lui demanda s'il allait bien et dit qu'il fallait qu'il passe un appel.

Arthur reprit le volant en direction de Wokingham.

« Qu'est-ce que la police a dit ? demanda Claire.

– Rien pour le moment. »

Hobbs rappela assez vite.

« Je viens de parler aux pompiers. Apparemment, un passant a téléphoné pour signaler une odeur de gaz peu de temps avant l'explosion. Ils pensent que c'est dû à ça. Au niveau de votre maison, malheureusement. Vous avez eu des problèmes avec vos installations de gaz, récemment ?

– Non ! Écoutez, quelqu'un a jeté un cocktail Molotov dans mon salon ! Je suis sûr que l'enquêteur retrouvera des traces d'accélérateur de feu.

– Si je me souviens bien, monsieur Malory, vous aviez une lampe à kérosène dans votre salon ?

– Peut-être bien, mais quelqu'un m'a tiré dessus ! J'ai aussi été suivi.

– Aucun coup de feu n'a été signalé.

– Il a sans doute utilisé un silencieux.

– Ça fait très roman policier, tout ça.

– Je n'apprécie pas votre sarcasme, inspecteur. J'ai été suivi.

– Vous avez relevé le numéro de plaque ?

– C'était une Vauxhall noire. Assez récente. Elle n'avait pas de plaque à l'avant, d'après ce que j'ai vu.

– Je vois. Venez donc tous les deux faire une déposition. Nous pouvons nous retrouver au commissariat de Reading. »

Arthur sursauta.

« Je n'ai jamais dit que j'étais accompagné.

– Ah bon ? Je croyais que si. Eh bien, venez à Reading, monsieur Malory. »

Arthur raccrocha immédiatement et éteignit son téléphone.

« Que se passe-t-il ? » demanda Claire.

Arthur continua à conduire, les mains crispées sur le volant.

« Il y a quelque chose qui ne va pas. Quelque chose qui ne va pas du tout. »

Dix minutes plus tard, il s'arrêta devant l'hôtel Cantley House, à Wokingham. Il y était déjà allé pour des réunions de sa société, et il connaissait bien l'endroit. C'était une vieille maison de campagne transformée en hôtel, avec un grand parc arboré agréablement situé à l'écart de la ville.

Il y avait peu de clients, et il n'eut aucun problème pour trouver de la place sans avoir réservé. Il demanda deux chambres.

Mais Claire lui chuchota à l'oreille :

« Je préfère ne pas dormir seule, ce soir. »

Comme il la regardait d'un air narquois, elle ajouta :

« Ne vous méprenez pas. Je me sens simplement un peu angoissée, c'est tout. »

Il demanda une seule chambre avec deux lits et qu'on leur fasse apporter des affaires de toilette.

Il la laissa seule un moment et revint avec le vieux coffre. Il entendit de l'eau couler dans la salle de bains. Quand elle en sortit, elle lui demanda ce que c'était.

«Je n'ai pas envie de le laisser dans la voiture.

– Qu'est-ce qu'il y a, dedans ?

– Je crois que nous avons tous les deux beaucoup de choses à nous dire. Vous avez faim ?

– Oui, très.»

Le restaurant de l'hôtel était quasiment vide. Ils étaient assis à une petite table contre un mur rustique en briques. Ils commandèrent leur dîner et Arthur demanda une bonne bouteille de vin rouge. Ils burent le premier verre d'un seul trait.

«Je suis désolée pour votre maison. C'est terrible !»

Il but encore un peu, prenant conscience de tout ce que cela voulait dire.

«Mes livres. Mes albums de photos de famille. Les papiers de mon père. C'est vraiment...»

Il se reprit pour ne pas perdre contenance devant elle.

«Excusez-moi.

– Non, je vous en prie. Je trouve que vous êtes incroyablement calme. Moi-même, je suis à bout de nerfs, alors que je n'ai pas perdu ma maison et tout ce qu'il y avait dedans.

– Bon, eh bien, dit-il en se remettant d'aplomb. Dites-moi plutôt ce que vous faites ici.»

Elle semblait hésiter à se lancer.

«Ce n'est pas simple, dit-elle en regardant par terre. Je n'ai pas l'habitude de faire ce genre de choses.

– Vous voulez dire : venir en Angleterre, rencontrer un inconnu, vous faire incendier et tirer dessus puis être prise en chasse sur London Road ? J'espère bien, remarquez.»

Elle sourit enfin.

« Bon, alors voilà. Mon petit ami... enfin, mon ex-petit ami, peut-être qu'il ne le sait pas encore, mais c'est fini entre nous, maintenant.

– Le pauvre.

– J'avais des soupçons. Normalement, il n'est pas cachottier. Il a toujours parlé ouvertement à ses amis devant moi, il laissait son compte mail ouvert et il n'effaçait pas sa liste d'appels. Je faisais la même chose. Nous avons passé quatre ans ensemble. Ça marchait bien entre nous, je trouvais. Mais tout a commencé à changer il y a deux semaines. Il s'est mis à prendre certains de ses appels dans une autre pièce, ou même dehors. Il déconnectait son compte mail systématiquement après chaque session. Il effaçait son historique d'appels.

– Vous le savez parce que vous avez vérifié. »

Elle fit une moue d'indignation.

« Je ne suis pas fouineuse de nature. Ça ne me ressemble pas, mais Simone a changé de manière si soudaine. Il est aussi devenu plus distant, plus anxieux, parfois même colérique. Il ne voulait pas en parler. Alors j'ai pensé qu'il me trompait. Cela peut arriver. C'est dans la nature humaine, mais je voulais en avoir le cœur net. Je ne veux pas être dans un ménage à trois. Ce n'est pas dans ma nature.

– Pourtant, j'aurais juré que vous étiez française. »

Elle éclata d'un rire mélodieux.

« Ces histoires d'infidélité... ce sont des clichés. Comme les Anglais qui sont censés être complètement coincés. »

Elle retrouva son sérieux.

« Je ne sais pas pourquoi, ça me paraissait plus facile de l'espionner au travail qu'à la maison. La semaine dernière, c'est ce que j'ai fait.

– Vous travaillez ensemble ?

– Oui, nous sommes tous les deux à Modane.

– Pardon ?

– Oui, c'est normal que vous ne connaissiez pas. J'ai parfois tendance à oublier que tout le monde n'est pas physicien.

– Vous êtes physicienne ?

– Oui. Cela vous surprend ? »

Il n'était pas sexiste, mais il comprit pourquoi sa question pouvait le sembler.

« Non, non. Enfin, peut-être un peu.

– Encore un autre cliché. Une idée reçue sur ce à quoi une femme physicienne est censée ressembler ?

– À vrai dire, ce n'est pas une idée reçue, c'est une idée précise. Je travaille avec beaucoup de physiciens, et je peux vous dire qu'aucun d'entre eux ne vous ressemble.

– Vous êtes aussi physicien ? demanda-t-elle en lui renvoyant la balle.

– Je suis chimiste de formation, mais je travaille dans une entreprise de physique. Les aimants au néodyme.

– Ah, de la physique appliquée. Au laboratoire de Modane, nous faisons de la physique théorique. De la physique des particules.

– Vous disiez donc que vous l'aviez espionné la semaine dernière.

– Oui. Je connaissais son mot de passe, parce que je l'ai souvent vu le composer. C'est mon nom, ce qui n'est pas très bien en termes de sécurité, mais c'est mignon. Donc, j'ai regardé son compte mail pendant qu'il était en réunion, et j'ai cherché une autre femme. Mais je n'ai pas trouvé de femme. C'était un homme.

– Je ne pense pas que vous soyez venue jusqu'ici pour me dire que votre copain est homo. »

Elle ne releva pas.

« Cet homme, Chatterjee, ça vous dit quelque chose ? »

Ça ne lui disait rien.

« Il lui a transféré un e-mail de quelqu'un d'autre, je ne me souviens plus de son nom. Il y avait votre nom dedans, votre adresse, vos numéros de téléphone et de passeport et celui de votre carte grise. »

Arthur reposa son verre, plus du tout amusé.

« Qu'y avait-il d'autre dans l'e-mail ?

– Je ne m'en souviens plus par cœur. J'ai seulement noté votre nom et votre adresse juste après les avoir lus. Ça disait quelque chose du genre : "Arthur Malory a commencé à chercher activement le Graal à partir d'informations qu'il a obtenues d'Andrew Holmes." Ce n'est peut-être pas le nom exact, excusez-moi.

– Non, continuez, c'est bien ça.

– Le message concluait : "Nous suivons Malory à la trace et nous nous en occuperons le moment venu." »

Il ne faisait pas froid dans la salle, mais Arthur fut soudain parcouru d'un frisson. Il resservit du vin et en avala une gorgée.

« Vous avez parlé du mail à votre copain ?

– Je ne pouvais pas le faire. Je n'avais aucun droit de le lire. Tout ce que je pouvais faire, c'était, disons... le surveiller. Je le voyais sous un nouveau jour. Y avait-il des choses qu'il me cachait ? Était-il membre d'une organisation ?

– Il ne vous avait jamais parlé du Graal ?

– Non, jamais. Il ne s'intéresse pas particulièrement à l'histoire, à ma connaissance. Et il est complètement athée.

– Il est français ?

– Non, italien.

– Et c'est tout ce qu'il y avait ? Un seul e-mail ?

– Il y a deux jours, Simone est sorti faire une course. Il a laissé son ordinateur portable à la maison. J'ai regardé de nouveau ses mails. Il y en avait un autre de ce Chatterjee, qui était marqué comme urgent. Je l'ai ouvert et j'ai vu que c'était un code. Une suite de symboles. J'ai essayé de le décrypter, mais je n'y suis pas arrivée. J'ai donc laissé tomber et je l'ai marqué comme non lu. Mais je n'arrêtais pas d'y penser. Alors je vous ai cherché sur Google. Vous aviez l'air d'être quelqu'un de bien, avec cette histoire de trésor que vous avez légué. Alors je me suis sentie obligée de vous prévenir. »

Arthur se demanda si Chatterjee était l'une des « parties intéressées » dont l'homme au pistolet avait parlé.

« Pourquoi ne m'avez-vous pas simplement téléphoné ?

– On ne parle pas de ce genre de choses au téléphone.

– Pourquoi m'en parlez-vous ? On ne se connaît pas. »

Elle haussa les épaules.

« Je ne pourrais pas me regarder en face si je savais que j'aurais pu empêcher quelque chose de terrible de se produire et que je n'aie rien fait.

– Vous ne lui avez pas dit que vous alliez venir me voir, si ?

– Bien sûr que non. Nous nous sommes disputés au sujet de son changement de comportement, à propos de quelque chose qui en apparence n'avait rien à voir avec cet e-mail, mais qui pour moi était lié. Je lui ai dit que je voulais du temps pour réfléchir, que j'allais voir mes parents à Toulouse. J'ai pris quelques jours de vacances. Et je suis venue.

– Je regrette de vous avoir mise en danger, ce soir.

– Ce n'était pas très agréable, en effet. Mais c'est fait. »

On leur apporta leurs plats.

Lorsque le serveur fut parti, Arthur dit :

« Je ne suis jamais allé à Modane.

– C'est tout petit, assez isolé, avec de jolis paysages alpins. Même en été, les sommets restent enneigés. Mais si je suis là-bas, c'est uniquement à cause du labo.

– C'est un drôle d'endroit pour un laboratoire de physique.

– Non, au contraire, c'est parfait. En fait, il y a un tunnel à mille huit cents mètres de profondeur sous le sommet, qui traverse le Fréjus entre la France et l'Italie. Le laboratoire se trouve dans la montagne, vers le milieu du tunnel, il est ainsi presque entièrement protégé des rayons cosmiques, qui sont notre principal problème dans la recherche de particules subatomiques.

– Comme les neutrons ? Ce genre de chose ?

– Oui. Exactement. Bravo.

– Comme je vous l'ai dit, je suis chimiste, mais comme Harp Industries est une entreprise de physique, je lis des revues qui traînent, de temps en temps. Dans quel domaine êtes-vous ?

– Moi ? Je travaille sur l'antimatière. Simone et moi faisons partie du groupe EURECA, qui cherche à isoler de l'antimatière.

– J'en ai entendu parler. Mais je ne sais pas exactement de quoi il s'agit.

– À vrai dire, personne ne sait vraiment ce que c'est que l'antimatière, mais je pourrais vous en parler un jour, si vous voulez. C'est assez long à expliquer.

– Mais vous n'en avez pas trouvé, si ?

– Pas encore, mais bientôt, j'espère.

– Et que ferez-vous lorsque ce sera fait ?

– Je ferai la fête ! Mais...

– Mais ?

– Ce problème avec Simone. Ça complique les choses. Je ne sais pas si je peux continuer à travailler avec lui. Je ne sais même pas qui il est réellement.

– J'aimerais pouvoir vous aider.

– Je suis sûre que ça va s'arranger. Pourquoi la police n'a-t-elle rien fait, ce soir ?

– Je ne leur fais pas confiance. Je me retrouve mêlé à une affaire compliquée.

– Est-ce que ça a à voir avec le Graal ?

– Oui.

– Et le coffre, là, aussi ?

– Aussi.

– Je vous ai raconté mon histoire, dit-elle. Et si vous me racontiez la vôtre ? »

11

De retour dans la chambre d'hôtel, Arthur s'assit sur l'un des lits et Claire sur l'autre, chacun un scotch du minibar à la main.

Elle lui avait demandé de raconter « son » histoire. En étudiant son visage pâle et expressif, il se demanda pourquoi diable il devrait le faire. Il ne la connaissait que depuis quelques heures. Elle était quasiment une inconnue. À part avoir passé quelques heures ensemble au cœur du danger, qu'avaient-ils en commun ? Qui était-elle ? Qui serait assez altruiste pour faire des centaines de kilomètres pour prévenir un inconnu d'un danger, sur la base d'un e-mail intercepté ?

Moi, se dit-il. *C'est exactement ce que je ferais si j'étais à sa place.* Était-il en train de regarder le visage d'une âme sœur ?

Il commença à lui raconter ce qui lui était arrivé les semaines précédentes. Il parvint à tout remettre en ordre, de manière linéaire. Lorsqu'il faisait des exposés à son entreprise ou lors de conférences, il réussissait toujours à captiver son auditoire, et c'était le cas cette fois encore. Claire était suspendue à ses lèvres tandis qu'il lui parlait des Fondus du Graal, du cambriolage chez Andrew Holmes, de son impression d'être suivi et menacé, lui racontait l'impuissance suspecte de la police, son licenciement injuste pour avoir mis sans le vouloir son P-DG dans une situation embarrassante, et sa découverte le matin même du trésor dans le Warwickshire. En lui parlant, il découvrit que Claire avait lu *Le Morte d'Arthur* à l'école et qu'elle avait eu, enfant, un bref intérêt pour le monde du roi Arthur, mais sa fascination pour la science avait fait mordre la poussière au roi des Bretons.

Il dit enfin :

« Voilà. C'est tout.

– C'est incroyable. Nos vies, enfin, nous n'avions absolument rien en commun, et soudain nous voici réunis autour d'un objet aussi bizarre que le Saint-Graal.

– C'est vrai que c'est assez fou. »

Il n'y avait plus de scotch dans le minibar, alors ils passèrent au brandy.

« Il faut que je regarde l'horaire du train, dit-elle. Je dois rentrer demain. »

Il ne répondit pas et souleva le vieux coffre pour le mettre sur son lit.

« Vous voulez qu'on y jette un coup d'œil ? »

Ses yeux s'illuminèrent.

Il ouvrit le couvercle et déplia soigneusement tout le contenu sur le sol de la chambre. Les vêtements, les objets en argent et les bibles furent relégués sur les chaises et les tables. Les parchemins occupaient une place d'honneur sur le lit.

Il retrouva la lettre de Waynflete et la lut à Claire. Depuis son retour du Warwickshire, il n'arrêtait pas d'y penser.

Il n'était pas seulement le descendant de sir Thomas Malory. Si l'on en croyait la lettre, il était aussi le descendant du roi Arthur lui-même ! Cet enchaînement de révélations lui donnait le tournis. Ce n'était pas étonnant que Holmes ait eu l'air tellement excité. La plupart des universitaires sérieux considéraient qu'il y avait peu de chances que le roi Arthur ait eu une existence autre que mythologique, et que c'était un personnage qui avait été inventé de toutes pièces pour répondre aux besoins de la culture populaire médiévale. Car si le roi Arthur avait réellement vécu au VIe siècle environ, il n'en était pas fait mention dans les écrits des historiens contemporains et des siècles suivants, Gildas au VIe siècle, Bède au VIIIe siècle, Nennius au IXe siècle. Le roi Arthur n'apparaissait pas dans les pages de l'histoire officielle avant que Geoffroy de Monmouth écrive en 1136 son *Historia regum Britanniae*: « Et même le célèbre roi Arthur lui-même fut mortellement blessé ; et on le transporta sur l'île d'Avalon pour soigner ses blessures. Il céda la couronne de Bretagne à son parent Constantin, fils de Cador, duc de Cornouailles, en l'an cinq cent quarante-deux depuis l'incarnation de Notre-Seigneur. »

Il expliqua à Claire ce que cela signifiait : d'un seul coup, il était possible que soit confirmée l'existence du roi Arthur, et, en plus, des éléments de généalogie l'apparentaient non seulement au Thomas Malory du XVe siècle, mais aussi au Arthur Malory du XXIe siècle.

Arthur n'avait qu'un regret, c'était de ne pas pouvoir parler à Holmes de la lettre. Holmes avait l'air tellement confiant, au téléphone. Pourtant, il n'y avait rien dans la lettre de Waynflete qui puisse assurer que l'épée d'Arthur pourrait être retrouvée, sans même parler du Graal.

Arthur reposa la lettre et se mit à feuilleter les pages du paquet qu'il n'avait pas encore regardées. Il n'en tira pas grand-chose. Il n'y avait que d'arides documents juridiques concernant les Malory des XVIe et XVIIe siècles : des actes de propriété, des testaments, des actes de cession, et ainsi de suite.

Puis il tourna une page, et ce fut différent.

« Tiens, voilà quelque chose d'intéressant », dit-il.

Arthur reconnut immédiatement la petite écriture serrée de Thomas Malory, la même que celle de la lettre de Waynflete, sur un document de deux pages.

« Voici un autre document de la main de Thomas Malory. »

Il s'excusa de devoir l'examiner en silence avant de pouvoir lui dire de quoi il s'agissait. Il ne lui fallut que quelques minutes pour comprendre ce que c'était.

Le livre de Malory, *Le Morte d'Arthur* – c'était la forme en moyen français qu'il avait employée –, avait d'abord été publié par l'imprimeur londonien William Caxton en 1485, soit quatorze ans après la mort de Malory. On pensait que Caxton avait obtenu le manuscrit de la main de Malory ou de celle de l'un de ses scribes, peut-être sous la forme de recueils de légendes arthuriennes, et les avait cousus ensemble pour en faire un seul volume auquel une préface fut ajoutée par Caxton lui-même, semblait-il. La préface avait longtemps semblé inhabituelle, car, après avoir expliqué la nécessité de chanter les louanges du grand roi chrétien qu'était le roi Arthur, Caxton se lançait dans une description détaillée et parfaitement gratuite du nombre de chapitres que comptait chacun des vingt et un volumes qui composaient l'œuvre.

Comme cette introduction ne figurait pas dans le manuscrit de Winchester du *Morte d'Arthur*, le seul exemplaire connu de la main de Malory, il y avait toutes les raisons de croire que la préface avait été écrite par quelqu'un d'autre, sans doute Caxton.

Arthur dit soudain :

« Il me faut un exemplaire du *Morte.* » Il pensa au sien, réduit à un tas de cendres.

« Ils ont peut-être un ordinateur, à la réception, dit-elle. Je suis sûre que vous pouvez en trouver un sur Internet.

– J'ai mon ordinateur portable dans mon sac. »

Il se leva d'un bond, mais fut coupé dans son élan lorsqu'il s'aperçut que la batterie de son portable était déchargée. Il le brancha à une prise et paya pour un accès d'une journée au wifi de l'hôtel.

Il cliqua sur la première version complète du *Morte* qu'il trouva et alla directement à la préface.

Il la lut à voix haute.

« Je l'ai divisé en vingt et un livres, qui comptent chacun des chapitres, organisés comme suit, par la grâce de Dieu. Le premier livre traite d'Uther Pendragon, père du noble conquérant Arthur, et compte vingt-huit chapitres. Le second livre traite de Balin, le noble chevalier, et compte dix-neuf chapitres. »

Et ainsi de suite jusqu'à la dernière phrase :

« Il y a en tout vingt et un livres, qui contiennent la somme de cinq cent sept chapitres, comme on le verra ci-après. »

Il reprit le parchemin. Là, sous forme de notes non datées, il lut l'énumération si particulière des livres et des chapitres de la plume de Malory en moyen anglais.

Et pour que soye entendable, en brief, le contenu d'icelui volume, lay je divisé en XXI livres et chascun livre en chapitres, ainsy qu'il s'ensuivra par la grâce de Dieu. Li premier livre traitera comment Uther Pendragon engendra le noble conquéreur le Roy Arthur et contient XXVIII chapitres. Li second livre traite de Balyn li noble chevalier et contient XIX chapitres.

Arthur passa de l'un à l'autre pour comparer le premier parchemin à la préface de Caxton et constata :

« Ils sont identiques, quasiment au mot près. Cela veut dire que c'est probablement Malory, et non son éditeur, qui a écrit la préface.

– Quelle importance cela peut-il avoir ?

– Je ne sais pas trop. Cela présente au minimum un intérêt historique. »

Arthur tourna la page suivante du parchemin, et, cette fois, il tomba sur quelque chose.

Il lut la lettre à haute voix pour Claire, mais s'imagina que Holmes aussi l'écoutait.

« Hélas, mes ennemis, ces hommes impies qui se font appeler Qem, ont réussi à m'empêcher de partir en expédition pour retrouver le Graal. Je suis vieux, maintenant, et trop faible. Cependant, en m'emprisonnant pendant toutes ces années, ils m'ont donné le bénéfice du temps, et Dieu m'a donné la possibilité d'écrire une chronique complète des histoires de mon noble ancêtre, le grand et illustre roi Arthur de Bretagne. Je prie pour qu'un Maleore qui me succédera trouve ce parchemin et entreprenne la quête du Sangreal. Pour retrouver le Graal, cet homme devra d'abord retrouver l'épée du roi Arthur que j'ai moi-même retrouvée et cachée soigneusement pour qu'elle ne tombe pas entre de mauvaises mains. Celui qui retrouvera le Graal devra être d'une intelligence vive, vertueux, et avoir le cœur pur. L'endroit où est cachée l'épée est indiqué dans la préface du Morte d'Arthur, *avec l'histoire elle-même, pourvu que l'on soit aussi attentif que les prêtres qui gardent les sacrements des terres verdoyantes du Warwickshire telles qu'elles ont été répertoriées dans le* Domesday Book, *écrit sous le règne du roi Guillaume Ier. J'ai conçu cette énigme pour que la quête puisse être menée par un héritier qui aurait ce papier en sa*

possession et qui aurait pour lui son tempérament et la grâce de Dieu dans la quête du saint des saints, à savoir le Graal de notre Christ.»

Arthur posa les feuilles sur le lit et regarda dans le vague.

Voilà ce que Holmes voulait dire.

«C'est presque comme s'il était en train de vous parler directement», dit doucement Claire.

Il le voyait distinctement. C'était sa quête à lui, désormais. C'était devenu sa quête au moment où il s'était opposé à l'homme au pistolet.

«Il faut que je passe un coup de fil», dit Arthur.

Il appela Tony Ferro chez lui, s'excusant de l'heure tardive.

«Tony, tu ne vas jamais croire sur quoi je suis tombé dans le Warwickshire, ou plutôt sur quoi nous sommes tombés.

– Nous ?

– Holmes y était avant.»

Tony était un universitaire sérieux, qui allait certainement réserver son jugement jusqu'à ce qu'il puisse examiner les documents de ses propres yeux. Il lui avait raconté comment un faux soigneusement exécuté avait coûté son poste à une collègue qui avait cru qu'il était authentique. Mais il y avait deux facettes chez Tony : celle du petit garçon enthousiaste qui avait envie de sauter de joie en entendant la nouvelle, et celle de l'historien respecté qui avait une réputation à tenir. À la fin de leur conversation, ce fut le petit garçon qui l'emporta.

«Peux-tu venir à l'UCL, demain ? Je veux dire, Arthur, rends-toi compte, tu imagines ce que ça veut dire s'il est authentique ? Ce serait non seulement la confirmation la plus sérieuse à ce jour de l'existence du roi Arthur, mais aussi une preuve concrète, pas seulement mythologique, de deux éléments centraux de la légende arthurienne : Excalibur et le Graal lui-même. J'ai besoin de boire un coup pour me calmer. »

Pendant qu'Arthur était au téléphone, Claire était restée allongée sur le côté à le regarder. Elle avait l'air d'avoir sommeil. Lorsqu'il raccrocha, il réfléchit un moment puis lui demanda :

« Pouvez-vous prendre un train plus tard, demain ?

– Pourquoi ?

– J'aimerais vous faire rencontrer Tony Ferro. Avant de partir, venez avec moi à l'université. C'est à côté de la gare de Saint-Pancras. »

Quand elle répondit : « Oui, pourquoi pas ? », il se sentit soudain plus léger.

Son téléphone sonna. C'était un numéro inconnu. Le dialogue fut bref et tendu, et, lorsqu'il raccrocha, elle demanda qui c'était.

« Les pompiers. Ils veulent me poser des questions. Je ne sais pas comment ils ont eu mon numéro. Je ne suis pas très enthousiaste à l'idée de retourner chez moi, mais, apparemment, je n'ai pas le choix.

– Vous voulez que je vous accompagne ?

– Non, restez ici et reposez-vous. Je ne vais pas tarder. »

Il savait parfaitement ce qui l'attendait lorsqu'il rentrerait chez lui. Les pompiers étaient encore là, en train de finir d'éteindre le feu de la maison aux murs noircis et détruits. Mais c'était tout de même surréaliste et profondément triste de voir tout ce qu'il avait réduit en cendres.

Arthur se présenta au capitaine adjoint des pompiers, qui lui reprocha d'avoir quitté les lieux. Il inventa une histoire abracadabrante en disant qu'il était parti en état de choc et qu'il avait été chez un ami pour boire quelques verres et manger un peu pour se calmer.

« C'est une bonne chose pour vous que vous soyez revenu, monsieur Malory, car sinon il y aurait eu une enquête approfondie. Avez-vous senti une odeur de gaz avant l'explosion ?

– Non.

– Des problèmes avec votre cuisinière ?

– Aucun problème.

– Je vois. Un passant a appelé pour signaler une forte odeur de gaz provenant de votre maison.

– Oui, la police me l'a dit.

– Donc, vous leur avez parlé ?

– Oui. Je les ai appelés. »

Le pompier sortit une carte qu'il lui tendit.

« Un certain inspecteur Hobbs est venu. Il avait votre numéro de portable. Il a dit qu'il voulait s'entretenir avec vous.

– Comme je vous l'ai dit, nous nous sommes déjà parlé.

– Mon enquêteur a trouvé des traces de résidus de kérosène dans votre salon. Cela vous dit quelque chose ?

– Hobbs vous a-t-il dit quelque chose à ce sujet ?

– Oui, il m'en a parlé. Apparemment, il était déjà venu. Il a dit que vous aviez une lampe à kérosène. »

Si Hobbs n'avait pas fait mention du cocktail Molotov, il n'en parlerait pas, lui non plus. Il ne voulait plus avoir affaire avec la police. Comment Hobbs avait-il su qu'il était accompagné ? Il n'y avait qu'une explication. Hobbs était là, et il le surveillait. Les « parties intéressées » l'avaient mis dans leur poche. La manière dont l'enquête sur le meurtre des Holmes avait été bâclée prenait soudain tout son sens.

« En effet, j'en avais une, dit Arthur d'un ton morne.

– Elle n'était pas allumée ce soir, si ?

– Non.

– Eh bien, je vous remercie pour votre coopération. Il se peut que nous ayons d'autres questions à vous poser. Et je vous conseille d'appeler le numéro d'urgence de votre assurance pour mettre en route la procédure. Vous avez eu de la chance, monsieur Malory. Cette histoire aurait pu se terminer bien plus mal encore. »

Quand Arthur rentra à l'hôtel, la lumière dans la chambre était éteinte. Claire était endormie dans son lit. À la lumière de son écran de portable, il vit qu'elle avait retiré tous ses vêtements et les avait soigneusement pliés. Il se déshabilla, gardant uniquement son caleçon, se mit au lit, et, juste avant de s'endormir, il choisit de penser plutôt à la femme nue à quelques mètres de lui qu'aux ruines noircies qui étaient tout ce qui restait de sa maison.

Le bureau de Tony Ferro au département d'histoire était situé dans le complexe labyrinthique de l'University College de Londres, à Bloomsbury. Par sa taille, c'était plus un placard qu'un bureau, et le large bonhomme avait l'air comiquement à l'étroit derrière son petit bureau.

Arthur présenta Claire à Tony, qui demanda, fidèle à lui-même :

« Pourquoi est-ce qu'il n'y a jamais de belle Française qui tombe du ciel et se retrouve devant ma porte à moi ? La vie est vraiment injuste. Alors, voyons voir ces parchemins. Je n'ai presque pas fermé l'œil de la nuit. »

Arthur et Claire observèrent Tony en silence dix bonnes minutes, pendant qu'il lisait une à une les lignes des documents et les scrutait à la loupe. Quand il eut fini, Tony releva la tête et regarda Arthur d'un air grave.

« Alors ? » demanda Arthur.

Tony tapota sur le bureau avec ses lunettes repliées et poussa un profond soupir. Arthur n'avait pas remarqué que cela faisait un moment qu'il retenait son souffle.

« C'est le plus beau jour de ma vie, dit-il enfin. Je devrais peut-être dire de ma carrière universitaire, mais, entre nous, c'est encore mieux que la naissance de mes enfants, qui a été compliquée. Je pense que ces documents sont tout à fait authentiques. Cela ne fait aucun doute. Le papier est le bon, l'encre aussi, ainsi que la grammaire et la syntaxe. J'ai personnellement eu l'occasion d'étudier la signature de Thomas Malory qui figure au bas du manuscrit de Winchester, et celle-ci, sur la lettre de Waynflete, est rigoureusement identique. Mon seul regret, c'est que Holmes ne soit pas là pour partager ce moment avec nous.

– Je suis bien d'accord », dit Arthur.

Tony retint un sanglot et dit :

« Je ne savais pas que tu étais un mutant. »

Arthur releva un sourcil d'un air interrogateur.

« Une côte en plus ? Lève-toi et approche, que je puisse la toucher.

– Ah, ça ! Tu veux vraiment la toucher ?

– Tout à fait. Considère cela comme de la recherche sur le terrain. Relève ta chemise. Vous pouvez détourner les yeux si vous voulez, mademoiselle Pontier », dit-il avec un clin d'œil.

Arthur se mit debout et montra son flanc.

« Et si quelqu'un entre ? demanda-t-il pour plaisanter.

– Je dirai que je suis amoureux de toi.

– L'autre côté, dit Arthur. Celui-ci me fait encore un peu mal.

– Elle est toute petite, dit Tony. Ce n'est pas courant, si ? »

Arthur se rassit.

« Il paraît. »

Après un silence plein de sous-entendus, Tony lui dit :

« Il faut qu'on le publie, tu sais. Il le faut absolument. Dans la publication dont s'occupe Sandy, c'est le plus logique. Il faut qu'on leur en parle, à Aaron et à elle, le plus rapidement possible, et aussi aux autres Fondus, bien entendu. »

Arthur secoua la tête.

« Doucement. Nous allons le publier, enfin, tu vas le faire, en temps et en heure. Ça concerne ta carrière, pas la mienne. Tu seras sur le devant de la scène, Tony. Moi, je veux seulement avoir le temps de partir à la recherche de l'épée et du Graal sans qu'on me dérange.

– Évidemment ! s'exclama Tony. Prends tout le temps qu'il te faut. La machine universitaire tourne lentement, de toute façon. Lorsque le moment de publier sera venu, je mettrai le nom de Holmes en premier. Cette découverte, c'est à lui qu'on la doit. Mais ne te fais pas d'illusion : tu ne vas pas pouvoir rester tranquillement dans l'ombre, mon garçon. Tu es déjà le chouchou des médias juste parce que tu as fait une bonne action. Tu imagines ce que ça va être quand le monde entier apprendra que le roi Arthur a réellement existé et que tu es l'un de ses descendants, avec une côte en plus, comme lui ? Tu vas être encensé, mon ami. Un jour, il y aura certainement des timbres-poste et des torchons à ton effigie !

– Mon Dieu, Tony, je ne veux pas penser à tout cela maintenant. Je veux battre le fer tant qu'il est chaud. Je veux m'en occuper avant que l'assassin revienne me chercher.

– Je me fais du souci pour toi, dit Tony. Il se passe de drôles de trucs. Je suis vraiment désolé pour ta maison.

– J'essaie d'être prudent.

– La police n'a pas pu t'aider ?

– C'est encore pire que ça. Je n'ai pas de preuves, mais je crois qu'ils sont mouillés dans cette affaire. Je ne les contacte plus. »

Tony secoua la tête d'un air grave.

« Ce n'est pas bon. Pas bon du tout. Si tu as besoin d'un endroit où loger...

– Merci, mais non.

– As-tu pu décoder les indices de Malory ? Dans la préface ? Le *Domesday Book* ?

– Pas encore. Je viens à peine de commencer. Il m'en faudrait un exemplaire. Tu en as un sous la main ? »

Tony en avait plusieurs, et il lui prêta un exemplaire de poche qui pesait une tonne.

« Si tu as besoin de savoir quoi que ce soit, n'hésite pas à me le demander. Et aux autres Fondus, bien sûr. Notre matière grise est à ta disposition.

– Parfait. Tu te rends compte, Tony ? Une véritable quête du Graal !

– C'est complètement incroyable, n'est-ce pas ? Holmes avait raison, Arthur. C'est ta quête à toi. Puis-je faire une photocopie des lettres pour pouvoir les examiner de plus près ? Je les garderai en lieu sûr. »

Ils se rendirent tous les trois dans la salle de reprographie au bout du couloir. Il n'y avait personne d'autre.

« Que penses-tu de ces Qem dont parle Malory ? demanda Tony en aplatissant avec soin le premier parchemin contre la vitre de la photocopieuse.

– Jamais entendu parler. Et toi ? »

Tony ramassa la première photocopie.

« Quand tu m'as cité ce nom hier, j'ai fait une recherche rapide sur Internet, avec les homonymes : Q-E-M, Q-U-E-M, K-E-M, K-H-E-M et C-H-E-M. Khem veut dire noir, en égyptien, c'est tout ce que j'ai trouvé. Il n'y a aucune trace de qui ou quoi que ce soit qui porte ce nom dans ma banque de données médiévales. C'est curieux, étant donné les problèmes que Malory a eus avec la justice. Je veux dire, c'est quelqu'un qui avait beaucoup d'ennemis.

« Alors, quel rôle allez-vous jouer dans tout ça ? demanda Tony à Claire.

– Quel rôle ? Je ne sais pas. Il faut que je rentre en France.

– Quel dommage », dit Tony.

Dehors, sous le soleil, Arthur et Claire se mirent en route vers la gare.

Il attendait ce moment depuis le matin, à se demander ce qu'il allait dire, et cela sortit de manière désordonnée :

« Je sais que c'est beaucoup vous demander, mais j'aimerais que vous restiez. Au moins un peu. Votre aide me serait utile. Ça me ferait quelqu'un à qui soumettre mes idées.

– Arthur, je... »

Il ne la laissa pas terminer.

« Claire, nous nous connaissons à peine. Mais je n'ai pas envie de vous laisser partir comme ça. »

Elle prit une grande inspiration et regarda par terre en rougissant.

Il insista.

« C'est une drôle de situation. Ce n'est pas exactement comme si je vous invitais au restaurant. Je vous invite à partager l'aventure avec moi. Pourriez-vous rester quelques jours de plus ? S'il y a de nouveau ne serait-ce que l'ombre d'un danger, je vous renverrai chez vous.

– Mais je n'ai même pas de vêtements de rechange.

– Eh bien, nous sommes deux », dit-il.

Elle releva les yeux. La réponse était oui.

Ce simple mot lui mit du baume au cœur et lui posa un délicieux petit dilemme. Devait-il lui serrer la main ? Lui mettre la main sur l'épaule ? L'embrasser ? Rien ne lui paraissait convenir, alors il murmura simplement « Super » et changea de sujet en lui disant qu'ils allaient faire des courses.

Au Marks & Spencer de Covent Garden, Arthur choisit rapidement des habits pratiques et quelques accessoires dont il avait besoin et alla chercher Claire au rayon femmes. Il resta en retrait, par discrétion, pendant qu'elle regardait les sous-vêtements, puis se rapprocha lorsqu'elle passa aux autres vêtements, aux chaussures et aux manteaux. Elle se décidait vite et choisissait rapidement les articles, puis elle les lui montrait en riant pour connaître son avis. Tout lui plaisait, et il le montrait par un signe de tête, un sourire ou un pouce levé.

Cet intermède le détendit, étant donné que c'était le premier moment d'insouciance qu'il passait depuis longtemps, à la regarder aller joyeusement d'un rayon à l'autre.

À la caisse, il insista pour payer, et elle finit par accepter. Puis, avant de partir, ils s'arrêtèrent au rayon des bagages et s'achetèrent des valises à roulettes pour se déplacer aisément.

Ils firent rouler leurs valises jusqu'au parking de Bloomsbury et rentrèrent à l'hôtel. Arthur gardait un œil nerveux sur les voitures derrière eux pour voir s'il y avait un véhicule louche qui les suivait. Claire envoya un e-mail à son chef à Modane pour demander quelques jours de congé. À Cantley House, elle se changea et mit un nouveau petit haut. Lorsqu'elle sortit de la salle de bains, Arthur sentit un sillage d'épices. Il ne l'avait pas vue acheter de parfum, il en déduisit donc qu'elle en avait dans son sac à main, et fut ravi de constater qu'elle sortait tout son équipement.

Il demanda qu'on leur fasse monter des sandwichs dans la chambre, et ils se mirent au travail : Arthur sortit les documents clés du coffre, et ils prirent tous les deux places sur les lits refaits. Il relut à voix haute le passage qu'il considérait être le plus important.

> *« Pour retrouver le Graal, cet homme devra d'abord retrouver l'épée du roi Arthur que j'ai moi-même retrouvée et cachée soigneusement pour qu'elle ne tombe pas entre de mauvaises mains. Celui qui retrouvera le Graal devra être d'une intelligence vive, vertueux, et avoir le cœur pur. L'endroit où est cachée l'épée est indiqué dans la préface du* Morte d'Arthur, *avec l'histoire elle-même, pourvu que l'on soit aussi attentif que les prêtres qui gardent les sacrements des terres verdoyantes du Warwickshire, telles qu'elles ont été répertoriées dans le* Domesday Book, *écrit sous le règne du roi Guillaume Ier. »*

« Alors comme ça, vous êtes d'une intelligence vive, vous êtes vertueux et vous avez le cœur pur ? demanda-t-elle.

– Peut-être deux sur trois, oui.

– Lequel vous fait défaut ? continua-t-elle en souriant.

– C'est à vous de me le dire. Que savez-vous sur le *Domesday Book* ?

– J'en ai entendu parler, mais je dois dire qu'il n'était pas au programme en France. »

Il ramassa l'exemplaire de Tony et le lui lança.

« Attrapez ! »

Elle le rattrapa au vol en lâchant un grognement à cause de son poids, l'ouvrit au hasard et lut pendant un petit moment.

« Mon Dieu, tout est comme ça ? Je pense que c'est le livre le plus ennuyeux qui ait jamais été écrit.

– C'est un peu aride, oui, un peu comme les chiffres de comptabilité d'une entreprise.

– Sauf que là, c'est la comptabilité d'un pays tout entier, c'est ça ?

– Un pays du XIe siècle où l'on pouvait sans problème compter un par un les cochons, les vaches et les charrues. »

Arthur reprit le livre de Tony, ne sachant pas trop par où commencer. Il y avait mille cinq cents pages imprimées en tout petit, qui étaient difficiles à déchiffrer même pour ses bons yeux. Claire prit son portable pour trouver une version en ligne.

Ce livre était une idée de Guillaume le Conquérant, qui décida en 1085 de connaître exactement les richesses qu'il y avait dans son royaume. Pour ce faire, il envoya ses émissaires royaux et ses greffiers dans toute l'Angleterre pour savoir combien de terres il y avait dans chaque comté, combien de terres et de têtes de bétail il possédait lui-même, et ainsi calculer le montant qui lui était dû chaque année. C'était une entreprise méticuleuse, qui avait été accomplie prestement et efficacement ; les données avaient été collectées et transcrites sur deux gros volumes de manuscrits, *Great Domesday* et *Little Domesday*, par le même scribe, à Winchester, qui écrivait dans un latin stylisé et abrégé. On disait que l'enquête était si précise que pas un seul bœuf, une seule vache ni un seul cochon n'avait échappé au recensement fait par les envoyés du roi.

Le roi prenait ces manuscrits tout à fait au sérieux, et ils devinrent rapidement connus sous le nom de *Domesday Book*, qui faisait référence au terrible jour du Jugement dernier, lorsque les chrétiens surent s'ils étaient sauvés ou non. À l'époque, tout comme aujourd'hui, la mort et les impôts n'étaient pas des menaces en l'air. Le roi Guillaume apprit en vérité que son royaume était prospère, que ses terres étaient vastes et que ses barons et ses archevêques devaient donc lui verser un lourd tribut chaque année.

Arthur ouvrit le livre au hasard, sans réfléchir, et tomba sur l'entrée qui concernait le village de Malden, dans le Surrey. Il le lut à Claire, puis dit :

« Voilà qui est intéressant.

Robert de Watteville tient la terre d'Old Malden de Richard. Hearding la tenait du roi Edouard. Elle fut alors estimée à huit hides, elle l'est maintenant à quatre. Il y a de la terre pour cinq charrues. Il y a une charrue en possession propre ; et quatorze paysans et deux fermiers avec quatre charrues. Il y a une chapelle et trois serfs, un moulin qui rapporte douze shillings et quatre hectares de prairie. De la pâture, un cochon sur sept cochons. De ces hides, un chevalier possède en tenure un hide et une vergée[1]*, et il y a là une charrue, un paysan, un fermier et un demi hectare de prairie. L'ensemble de la tenure valait sept livres ; à ce jour, six livres douze shillings.* »

Après quelques recherches lexicographiques, il en retira qu'en 1086, Robert de Watteville, le tenancier saxon, exploitait la terre de Malden en tant que sous-tenancier de Richard Hearding, le tenancier principal qui la tenait d'Édouard le Confesseur, qui régna jusqu'à l'invasion normande de 1066. La tenure de Malden[2] avait précédemment été estimée à huit hides de terres, c'est-à-dire quarante-huit hectares environ, mais avait été réduite de moitié. Watteville était propriétaire de sa propre charrue et quatorze paysans travaillaient pour lui. Deux petits tenanciers étaient eux aussi propriétaires terriens, et ils

1. Le « hide » est une unité variable de mesure de surface terrienne utilisée dans l'Angleterre médiévale (entre six et douze hectares). La « vergée » (*virgate* en anglais, du latin *virgatus*) est une mesure de surface plus petite (environ un quart d'acre). Une acre fait environ un demi hectare.

2. Une tenure est une exploitation agricole concédée par le seigneur à un tenancier (ou exploitant agricole).

possédaient leurs propres charrues et des cochons, dont un revenait à Watteville chaque année. Il y avait à Malden une chapelle et trois villageois sans terres. Il y avait aussi un moulin qui rapportait à Watteville douze shillings par an de location et quatre hectares de pâturages. Un chevalier dont on ne connaissait pas le nom contrôlait un peu plus d'un hide de terres et avait aussi des travailleurs. La valeur des tenures de Malden était de sept livres en 1066. En 1086, elle fut estimée à six livres douze shillings.

Arthur feuilleta le livre en consultant les entrées village par village, et il fut bientôt submergé par les dates et les chiffres. Comment étaient-ils censés en tirer quoi que ce soit ? Pourquoi Thomas Malory avait-il choisi ce livre pour y cacher son secret ? Et comment y avait-il eu accès ? Après une ou deux générations de trésoriers à Winchester, le *Domesday Book*, protégé par un coffre d'acier, avait été transporté à Westminster Palace par le roi Henri II, et cela faisait six cents ans qu'il y reposait. Donc, Malory avait dû avoir la permission de le consulter grâce à un personnage important de la cour du roi Henri VI.

Claire reposa l'ordinateur et demanda à voir le parchemin. Elle le lut en silence, l'air concentré.

« Bon, ce Thomas Malory, je suis sûre qu'il était très intelligent pour écrire un livre tel que *Le Morte d'Arthur*, mais, d'après ce qu'on sait, ce n'était pas un mathématicien ni quoi que ce soit de ce genre.

– Et alors ?

– Et alors, je suis sûre que son énigme ou son message codé, quel que soit son nom, ne doit pas être si compliquée que cela à déchiffrer. Il n'y a que deux éléments, la préface et le *Domesday Book*. Ce qui compte, c'est que l'on sait que nous avons besoin des deux. Cette lettre, qui, en fait, s'adresse à vous à travers les siècles nous le dit.

– D'accord, acquiesça Arthur, mais par quoi commencer ? La préface ou le *Domesday Book* ?

– Ça, je n'en sais rien. »

Arthur et Claire passèrent toute la journée et une bonne partie de la nuit à lire le *Domesday Book* et *Le Morte d'Arthur*, et à relire les manuscrits. Arthur remplit son bloc-notes de réflexions, et ils essayèrent tous les deux de trouver des connexions, mais sans résultat. Ils furent finalement vaincus par la fatigue. Ils retournèrent au restaurant de l'hôtel pour dîner et travaillèrent de nouveau pendant quelques heures, jusqu'à ce qu'ils tombent de sommeil.

Pendant que Claire était dans la salle de bains et se préparait à se coucher, Arthur se déshabilla et se mit au lit. Il fit semblant de ne pas la voir lorsqu'elle sortit dans une chemise de nuit courte et toute simple, qui faisait très écolière. Elle lui fit un petit sourire, presque gênée, et se glissa entre les draps. Dans le noir, il pensa à elle, si proche, mais il sombra bientôt dans un sommeil plein de rêves confus où se mêlaient le Camelot d'Arthur, le *Domesday Book* de Guillaume le Conquérant et sa propre maison en flammes.

12

ANGLETERRE, 1451

Thomas Malory écarta les rideaux et laissa entrer les rayons du soleil. Sa femme Elizabeth était encore au lit, et, pour se protéger du jour, elle tira les couvertures par-dessus ses yeux.

Il l'entendit demander d'une petite voix étouffée :

« Fait-il beau ou mauvais ?

– Plutôt beau, dit Malory. Voulez-vous que j'appelle vos dames pour vous préparer ?

– Pas tout de suite. Ce n'est pas la peine de se hâter. Je n'ai pas bien dormi.

– Moi, si. Très profondément. »

Sa tête émergea lentement, comme celle d'un petit animal qui sort prudemment de son terrier.

« De toute façon, je ne souhaite pas voir les garçons trop tôt. Ils sont tellement épuisants avant qu'on les nourrisse et qu'on les habille. »

Ses longs cheveux noirs étaient ramenés sous un bonnet de nuit peu seyant qui lui donnait l'air d'une matrone, ce qu'il n'appréciait que modérément. Malory hésita vaguement à le lui arracher et à s'emparer d'elle, mais comme il avait des affaires urgentes à régler, il sortit de la chambre pour appeler son valet.

« Faut-il que vous partiez aujourd'hui ?

– Oui, il le faut. »

Il était passé de la vie militaire à la vie de seigneur campagnard à de nombreuses reprises dans sa vie, et il semblait que l'Angleterre ne se réconcilierait jamais avec ses voisins. Mais il n'avait jamais été aussi las de la guerre que maintenant. C'était vrai, rien ne valait l'excitation et le soulagement que procurait une victoire sur le champ de bataille, mais c'était un plaisir de courte durée, comparable à celui du crescendo d'une étreinte charnelle. À son âge, il préférait largement poursuivre des buts plus paisibles en tant que chevalier du Warwickshire plutôt que de s'épuiser et de répandre le sang dans une campagne normande. Aujourd'hui, il allait entamer un voyage qui se trouvait à la croisée de ces deux chemins. Il ne verserait pas le sang, mais il espérait en retirer de l'excitation.

Vêtu de son pourpoint, de ses hauts-de-chausses, de sa cape et de bottes en cuir souple, Malory se dirigea d'un pas déterminé vers les pièces communes de son manoir. Les sols de la grande demeure étaient recouverts de joncs tressés que les serviteurs venaient d'arroser pour les nettoyer. Ils sentaient le foin récemment coupé, une odeur dont il avait rêvé en France, lorsqu'il baignait dans la puanteur des sièges de campagne.

Malory ne pouvait pas passer dans les pièces collectives de sa demeure sans attirer l'attention des membres de sa maisonnée. Sur son domaine logeaient plus de cent serviteurs s'occupant de ses terres ou de son logis, de travailleurs agricoles, d'alleutiers, de métayers et de fermiers, ainsi que deux chevaliers et leurs maisonnées respectives. Son valet voulait savoir si ses chevaux étaient prêts, son brasseur lui offrit un échantillon d'un nouveau fût, et son aumônier attendait les instructions pour sa messe de départ.

Malory répondit à leurs demandes rapidement et se dirigea vers la bibliothèque décorée de tentures où deux de ses vassaux l'attendaient. L'un d'eux était Robert Malory, un cousin éloigné de Radclyffe-on-the-Wreake, qui résidait à Newbold Revel. L'autre était John Aleyn, un soldat dévoué qui avait fait campagne avec lui en Normandie et lui servait maintenant d'homme d'armes sur le domaine. Malory les salua chaleureusement et les pria de s'asseoir avec lui à la table la plus proche du foyer. Un serviteur attentif apparut prestement avec un plateau de tranches de porc et de pommes de terre braisées. Ils s'attaquèrent à leur déjeuner avec leurs poignards et l'accompagnèrent de bière blonde légère. Robert était aussi bavard qu'à son habitude, et il se lança dans un compte-rendu exhaustif et assez ennuyeux de la chasse au sanglier de la veille, à côté de l'abbaye de Coombe. Il était plus jeune que son cousin le chevalier ; c'était un homme corpulent à la taille épaisse, qui boitait à cause d'une ancienne blessure à la hanche due à une flèche normande. Un soldat plus combatif que lui aurait passé outre sa blessure pour retourner au combat une fois guéri, mais Robert s'était arrangé pour se retirer de son bataillon et avait repris une vie confortable de débauche, de chasse et de boisson. John Aleyn était très différent. C'était un homme sec, tout de muscles et d'os, et qui consacrait sa vie au service. Il menait une vie ascétique dans une toute petite maison d'une seule pièce, quasiment une cabane, au bord du domaine. Malory ne l'avait jamais vu, autant qu'il s'en souvînt, en compagnie d'une femme, ou en train de boire jusqu'à un point qui aurait pu compromettre sa capacité à se battre. En d'autres termes, c'était l'homme idéal pour certaines tâches.

« Êtes-vous prêts pour notre expédition ? demanda Malory en piquant la dernière pomme de terre avec la pointe de son couteau.

– Les bagages sont faits. Je n'attends que votre signal pour préparer les chevaux », dit Aleyn.

Robert Malory prit une grande gorgée de bière et s'essuya le menton.

« Ma hanche me fait aussi mal qu'un con de putain, depuis la chasse, mais si tu dis qu'il est temps de se mettre en selle, je te suis, mon cousin.

– Oui, il est temps. Le prêtre va célébrer une messe pour nous. Nous partirons immédiatement après, dit Malory. Bristol est à cinq jours de voyage. Là, il nous faudra sans doute encore cinq jours pour atteindre notre destination. »

Il sourit en le disant. Il aurait aussi bien pu dire notre destin.

« Depuis le jour où je suis revenu de Normandie, il y a six mois, je n'ai pas eu beaucoup de temps à consacrer à ce voyage, mais je ne l'ai jamais perdu de vue. Aujourd'hui, il est temps de passer à l'action. »

Quand Malory était rentré à Newbold Revel après sa dernière campagne en Normandie, il lui avait fallu diriger toute son attention sur les affaires de son domaine, et il s'était retrouvé pris par toutes sortes d'obligations pressantes. C'était une période de troubles. Malory et d'autres loyalistes se disaient depuis longtemps que leur premier seigneur, Henry de Beauchamp, n'était pas mort de cause naturelle, et, dans leur esprit, la trace d'un empoisonnement les menait directement à l'odieux comte de Buckingham. La mort de Beauchamp avait beaucoup affecté Malory. Bien que le jeune homme fût le seigneur et suzerain de Malory, c'était Malory qui avait été son mentor. Il avait appris à ce jeune homme idéaliste à manier l'épée et l'arc et l'avait abreuvé de récits de ses propres exploits en France et en Turquie, et de récits arthuriens d'amour et d'aventure.

Beauchamp s'était abreuvé des leçons qu'il avait apprises auprès de Malory et les avait enseignées à son tour à l'enfant roi Henri VI, dont il était le principal conseiller. Le roi avait récompensé les efforts de Beauchamp en le nommant premier comte d'Angleterre, titre qui avait la préséance sur tous les autres.

Les alliés de Beauchamp n'ignoraient pas que son influence sur le roi posait problème à un homme, et un seul : Buckingham, qui voyait sa primauté menacée par la confiance que le roi plaçait en Warwick.

Avant la mort de Beauchamp, les deux puissants comtes s'étaient affrontés au Parlement sur des questions d'État, et Buckingham avait prodigieusement contrarié de Beauchamp en faisant l'acquisition du château de Maxtoke, qui se trouvait dans le comté même de Beauchamp. La proximité de Maxtoke et du château de Warwick mettait les suites des deux comtes, dont Malory, en contact et en conflit fréquent, ce qui ne faisait que jeter de l'huile sur le feu.

Après la mort prématurée de Beauchamp, Malory était entré au service du nouveau comte de Warwick, sir Richard Neville. Fort heureusement pour Malory, Neville était un homme d'exception, aussi valeureux de caractère et d'esprit que de Beauchamp. Buckingham ne partageait pas cette admiration. Il pensait que Neville n'était qu'un Warwick de plus qu'il convenait de mépriser et d'écraser.

Depuis la mort de Beauchamp, Buckingham avait consolidé son pouvoir à la cour et s'était efforcé de modeler l'attitude et la politique du jeune roi influençable pour servir ses propres intérêts. Ceux qui s'opposaient à Buckingham murmuraient qu'il s'adonnait à la science occulte de l'alchimie. Certains disaient qu'il cherchait à se procurer la pierre philosophale, la substance alchimique légendaire qui pouvait transformer de simples métaux en or, ou même qu'il l'avait déjà trouvée.

D'autres, plus raisonnables, pensaient que sa fortune n'était pas le produit des mystères de l'alchimie. L'énorme héritage qu'il avait fait de sa mère, la comtesse douairière de Stafford, suffisait à expliquer ses ressources monumentales. Cependant, tout le monde s'accordait sur le caractère de Buckingham et le fait que c'était un homme désagréable et dénué d'imagination qui avait une tendance à être dur et vindicatif et pouvait en un clin d'œil basculer dans la cruauté. Un auteur londonien qui l'avait décrit comme gros et gras se retrouva enfermé à la Tour de Londres lorsque son identité fut révélée.

Cela ne faisait qu'un mois que Malory était rentré de France lorsqu'il eut une altercation avec Buckingham dans les bois de l'abbaye de Coombe, juste à côté de Newbold Revel. John Aleyn avait eu vent de la présence d'un groupe armé d'hommes de Buckingham qui avaient décidé de s'en prendre à Malory, puisque celui-ci était une cible plus facile que Warwick, l'objet principal de l'ire de Buckingham.

Lorsqu'il en fut alerté, Malory envoya un groupe d'une vingtaine de ses compagnons dans la forêt dense pour y prendre des positions défensives. Au crépuscule, John Aleyn, qui avait des yeux de lynx, pointa du doigt dans le noir pour prévenir Malory que le groupe d'assaillants approchait. Les hommes de Buckingham avançaient doucement à pied et, lorsqu'ils se rapprochèrent, ils purent voir qu'ils portaient des torches à longs manches recouvertes de graisse, de celles qu'on pouvait envoyer loin pour mettre le feu à une demeure comme celle de Newbold Revel. Malory les prit par surprise en donnant l'ordre de les attaquer de face et des deux côtés en même temps. Les maraudeurs firent demi-tour si vite qu'il y eut très peu de blessés des deux côtés. Mais dans le feu de l'action, Malory était sûr d'avoir vu le panache bleu de Buckingham, monté sur un étalon noir, avant qu'ils disparaissent l'un et l'autre dans les ténèbres.

Cette attaque manquée et les conséquences qu'elle entraîna furent la source de beaucoup de tracas pour Malory. Comme il n'avait pas fait de prisonniers, il lui était impossible de prouver que c'était Buckingham qui avait ourdi l'agression, mais il se démena dans les coulisses du Parlement où il était député de Great Bedwyn afin de rallier à sa cause les indécis contre cet homme gros et gras.

Puis un autre événement l'empêcha de commencer sa quête. Dans sa jeunesse, il avait servi dans l'ordre hospitalier en Turquie, et l'un de ses compagnons d'armes contre les Maures était un gentilhomme, William Weston, qui venait d'un village proche de Newbold Revel. Un jour, William Weston vint demander à Malory de lui venir en aide. Sa sœur Joan, une femme respectable à tous égards, avait épousé Hugh Smith, de Monks Kirby, un ivrogne brutal qui la battait et la prenait de force, ce qui était indigne d'un gentilhomme et d'un mari. Malory connaissait et appréciait Joan depuis l'enfance, et il se laissa convaincre par Weston d'aller soustraire la pauvre femme à son triste sort. Le désir qu'il avait de trouver Excalibur fut éclipsé par l'impératif moral qui lui commandait d'aider une dame en détresse.

L'expédition requit de l'organisation, mais elle se déroula sans confrontation et sans violence. Joan rassembla ses possessions maritales dans un coffre, et Malory, Weston et leurs hommes l'escortèrent jusqu'à l'une des propriétés de Weston, à Barwell. Là, encore tout excité par son exploit, il se laissa aller à une nuit de passion. Malory, qui se comportait toujours comme un gentilhomme, regretta aussitôt ce moment de folie, et il allait bientôt le regretter encore plus.

Lorsque cette affaire fut réglée et que la politique à Londres se fut un peu apaisée, Malory put de nouveau se concentrer sur Excalibur et Tintagel.

Le voyage pour se rendre jusqu'en Cornouailles était long, mais pas particulièrement difficile. Il faisait beau, et l'équipée de cinq personnes de Malory, qui comprenait son cousin, John Aleyn et deux écuyers, progressa sans rencontrer de brigands de grand chemin. Ils dormaient à la belle étoile, même si parfois Malory et son cousin se faisaient accueillir sur une paillasse auprès du feu dans une maison au bord de la route. Comme aucun d'entre eux n'était allé sur la côte de Cornouailles, l'archevêque de Taunton leur indiqua le chemin, et les accueillit pour une nuit dans son prieuré. Le dernier jour de leur voyage, ils se doutèrent qu'ils approchaient lorsqu'ils sentirent l'odeur de la mer, et surent qu'ils étaient arrivés lorsqu'ils entendirent les vagues s'écraser sur la côte rocheuse.

Malory, droit sur sa selle, le vit en premier, et cria :

« Regardez, par là ! »

Robert Malory, qui ne se sentait pas très bien depuis quelques jours et se plaignait d'une douleur au ventre, se contenta de hocher mollement la tête, mais John Aleyn partagea l'enthousiasme de son seigneur.

« C'est magnifique, n'est-ce pas ? »

Pour ne pas incommoder Robert, ils décidèrent de ne pas terminer leur périple par un joyeux galop.

Le château était perché au bord de la falaise. Ils ne se rendirent pas compte à quel point la barre rocheuse était haute et abrupte avant de s'en approcher. Il se trouvait sur un promontoire qui était relié au continent par une étroite bande de terre. Les falaises en dessous faisaient directement face à l'océan féroce. La forteresse, qui avait été construite en 1233 par Richard, le comte de Cornouailles, recouvrait des structures plus anciennes qui remontaient jusqu'à l'époque romaine. Richard était parfaitement au courant du passé arthurien de ce site. Tout le monde savait depuis des générations que, sept siècles environ avant l'époque de Richard, il y avait eu un château, qui avait disparu depuis longtemps, au même emplacement. On disait que c'était dans cette forteresse qu'Uther Pendragon avait séduit la reine Igraine, qui avait enfanté Arthur, lequel allait devenir roi d'Angleterre. Richard comptait profiter de la réputation d'Arthur pour augmenter son prestige, et il fit construire son château dans un style délibérément ancien, court et massif, avec des murs épais. Désormais, trois cents ans plus tard, le château de Richard lui-même était détruit et abandonné après avoir été mis à sac par un seigneur de guerre de Cornouailles un siècle auparavant.

Les cinq voyageurs descendirent de leur monture devant le mur le plus haut, et ils attachèrent leurs chevaux à des branches. Le château était complètement abandonné. Il n'y avait pas âme qui vive, ni même de moutons dans les prés de la plaine. Malory traversa les prairies qui bordaient le précipice et regarda les vagues s'écraser en grondant des dizaines de mètres plus bas. Le ciel s'obscurcissait. Bien qu'il eût hâte de se mettre à chercher, Malory dit :

« Campons ici pour la nuit. Dès la première lueur du jour, nous descendrons et nous trouverons la grotte. »

Buckingham était un homme qui se sentait à l'aise dans le noir. Ses yeux sensibles piquaient et se mettaient à couler lorsqu'il était au soleil, aussi ordonnait-il que tous les rideaux fussent toujours fermés dans ses manoirs à la campagne et ses palais à Londres. Par ailleurs, il s'était toujours senti plus en forme à l'ombre qu'à la lumière du jour. Comme un animal nocturne, ses sens étaient plus en éveil lorsqu'il faisait nuit. Sa femme, qui ne s'en trouvait pas très heureuse, le traitait de chauve-souris, même en face. Dans son dos, elle se montrait encore plus dure.

Ce fut donc avec un agacement profond qu'il émergea de son bureau éclairé à la bougie, à Londres, pour rencontrer son collègue, George Ripley, et examiner le parchemin stupéfiant qui était étalé sur la table de sa salle à manger en pleine lumière.

Ripley était encore plus gros que lui. Buckingham le regarda en plissant les yeux et demanda :

« Faut-il qu'il y ait autant de lumière ?

– Je vous conjure de regarder rapidement, monseigneur, et ensuite nous pourrons nous retirer dans un lieu plus confortable pour discuter de nos affaires. »

Leurs affaires, comme disait Ripley, étaient celles, très privées, de Buckingham. Secrètement, même si cela était colporté par la rumeur, Buckingham s'adonnait aux sciences occultes et à l'alchimie. Quoiqu'il ne fût pas aussi expérimenté que Ripley, sa fortune colossale lui permettait de se poser comme le mécène principal des sciences occultes. Il était connu comme tel au-delà de la Manche, dans tout le continent et même jusqu'en Asie.

Même dans le monde limité et secret de l'alchimie, Buckingham se montrait sélectif. Alors que la plupart des alchimistes consacraient l'essentiel de leur temps à chercher le moyen de transformer des métaux courants en or, il poursuivait un plus noble dessein. Il faisait partie, ou plutôt il dirigeait un groupe nébuleux dont les membres se réclamaient des grands alchimistes anciens, en remontant jusqu'au plus grand d'entre eux, Néhor, fils de Jébédée, le disciple déchu du Christ.

Ripley était le membre le plus récent; il venait d'être recruté pour remplacer un alchimiste espagnol qui était mort d'une intoxication au mercure. Ripley, qui venait du Yorkshire, avait hérité d'une fortune considérable, et il puisait dedans pour assouvir sa passion des sciences occultes. Quand Buckingham le contacta pour qu'il rejoigne le groupe secret des Qem, il était déjà à la moitié du vingt-cinquième volume de son traité d'alchimie, *Liber Duodecim*, pour lequel il était déjà célèbre du fait des progrès qu'il apportait dans la recherche de la pierre philosophale, le catalyseur qui permettait de transformer le plomb en or.

Ripley avait récemment terminé l'élaboration d'un parchemin abondamment illustré, qui décrivait en latin de manière codée et énigmatique les étapes qu'il fallait suivre pour trouver la pierre philosophale, et c'était ce document qui était déplié dans toute sa longueur sur la table de banquet. Buckingham l'examinait en se protégeant les yeux d'une main et en gesticulant de l'autre.

« Ces illustrations sont de ta main, Ripley ?

– Oui, monseigneur.

– Je ne savais pas que tu avais ce talent. Qui est-ce, ici ? »

Il montrait du doigt l'image d'un grand homme barbu qui portait une longue tunique et tenait fermement dans la main un récipient de forme ovale.

« Mais c'est Néhor, bien entendu. »

Buckingham était sur le point de demander à l'un de ses serviteurs de fermer les rideaux, mais il se souvint qu'il avait renvoyé l'intendant. Il le fit lui-même avec irritation.

«J'espère que, au milieu de tout ce charabia, tu n'as fait aucune référence au Graal.»

Ripley eut l'air mortifié.

«Jamais de la vie! Je ne me permettrais jamais de m'aventurer dans ces sujets interdits. Et je ne considère pas mon texte comme du charabia, du reste.

– Ah bon? Dis-moi, Ripley, as-tu oui ou non trouvé la pierre philosophale?»

La vision de Buckingham s'adaptait à l'obscurité. Il voyait des perles de sueur se former sur le front de Ripley.

«Je ne dirais pas que j'ai accompli un pas aussi grand, monseigneur.»

Buckingham rit et se dirigea vers la porte.

«C'est bien ce que je dis, Ripley. Du charabia. Maintenant, viens avec moi, que nous puissions parler d'affaires plus pressantes.»

Ripley le rejoignit dans son antre, une pièce sans fenêtres qui était remplie de livres, de manuscrits et de cartes. Le feu s'était consumé et il n'en restait à présent que des braises, et la seule lumière provenait de quelques bougies.

Ils s'assirent tous les deux et burent du porto.

«Sir Thomas Malory, dit Buckingham. Tu en as entendu parler?»

Ce n'était pas le cas.

«C'est une grenouille qui veut se faire aussi grosse que le bœuf, un Warwick qui est aussi député, une épine dans mon pied qui se rappelle à mon souvenir de temps en temps. Mais ce ne sont pas de ses idées politiques que je me préoccupe pour le moment.

– Je vois.

– L'un de mes espions est un de ses proches. J'ai appris récemment que Malory n'était pas aussi ordinaire que je le croyais. En effet, il se peut qu'il soit un descendant du roi Arthur, aussi incroyable que cela puisse paraître. Apparemment, il est en expédition en Cornouailles, où il espère retrouver l'épée du roi Arthur et, à partir de là, le Graal lui-même. »

Les yeux de Ripley, grand ouverts dans la pénombre, s'agrandirent encore.

« S'il réussit, Ripley, il faut que nous mettions la main sur l'épée et que nous en percions le secret avant qu'il puisse lui-même le faire. Ta pierre philosophale, c'est un jeu d'enfant. Ce que nous voulons vraiment, c'est le Graal. Lorsque nous l'aurons, rois et papes ne seront pour nous que des moucherons qui attendent d'être écrasés et balayés. »

Malory fut réveillé par le bruit des vagues qui s'écrasaient contre la falaise. Aleyn avait déjà lancé un petit feu et il faisait griller le dernier des lapins qu'ils avaient attrapés le soir précédent. Les autres l'entourèrent et mangèrent juste de quoi calmer les grondements de leur estomac. La brise marine détrempait leurs vêtements, sans pour autant entamer leur enthousiasme, tandis qu'ils progressaient vers la falaise pour trouver un passage et descendre sur la plage.

Juste en dessous du château, la falaise était à pic. Il aurait fallu être fou pour essayer de descendre par là. Malory les emmena non loin, dans une prairie qui descendait assez abruptement vers la mer, et, en peu de temps, il trouva un chemin plus praticable. Bien qu'il fallût rester vigilant, il pensa pouvoir passer par là sans trop de danger.

Son cousin se frotta la hanche en regardant le bord du précipice :

« Je ne veux pas vous ralentir dans votre marche, mon cousin. Il vaut mieux que j'attende ici et que je garde les chevaux. »

Malory poussa un grognement et commença à s'avancer vers la mer.

Les quatre hommes descendirent sans trop de difficultés. Les deux écuyers, qui étaient les plus jeunes et les plus vaillants, portaient les lourdes pelles et les bêches sur leur dos. À la moitié du chemin, ils firent une pause pour comprendre si la marée était montante ou descendante. Malory espérait que les eaux se retiraient, car sinon la grotte risquait d'être inondée et ce serait dangereux, mais les hommes convinrent que la marée était contre eux.

« Dépêchons-nous, dit Malory. Nous y sommes presque, et je n'attendrai pas une minute de plus pour accomplir ma destinée.

– Qu'il vente ou qu'il pleuve », ajouta l'un des écuyers en s'adressant à l'autre.

Malory fit le premier pas sur la plage, une étroite bande de sable mouillé qui n'allait sans doute pas tarder à se retrouver sous l'eau. La mer était sombre et grondait. Des mouettes tournoyaient au-dessus d'eux et leurs cris aigus semblaient se moquer de leurs efforts. Malory fit quelques lourds pas sur le sable et pointa le doigt devant lui avec enthousiasme : il y avait deux grottes, l'une avec une très grande ouverture, l'autre deux fois plus petite.

« Laquelle est-ce, monseigneur ? demanda Aleyn.

– Un grand roi doit préférer une grande grotte, dit Malory. Celle-ci, je pense. »

Entrer dans la grotte, c'était comme être avalé par un monstre marin. Le sol était recouvert du même sable fin que celui de la plage, mais il y avait aussi des pierres qui avaient été rejetées par les vagues. Les parois sombres s'élevaient au-dessus de leur tête, formant une haute voûte qui leur donnait l'impression d'être tout petits.

Malory se retourna pour regarder la mer. L'entrée de la grotte avait la forme d'un poing serré. La marée n'allait pas être leur alliée.

« Faites du feu et allumez les torches, dit-il. Vite. »

L'un des écuyers détacha une bourse de sa ceinture et fit jaillir une étincelle d'une pierre taillée, l'utilisant pour enflammer un amas de fils de coton secs et de petits morceaux de bois. Lorsque l'étincelle jaillit, l'autre écuyer y alluma une grande torche graissée qu'il utilisa ensuite pour enflammer l'autre. Malory en prit une et ouvrit la voie, éclairant les murs en passant, dans l'espoir d'y trouver le symbole. Une centaine de pas plus loin, il se retrouva de nouveau à l'air libre et constata que la grotte traversait tout le promontoire jusqu'à l'autre côté.

John Aleyn imitait exactement Malory, longeant le mur opposé. Soudain, il s'exclama :

« Ici, monseigneur ! »

Malory se précipita vers lui et vit ce que John lui montrait, une esquisse sur la pierre à hauteur de poitrine. C'était une simple croix de la taille d'une main – la croix du Christ. Aleyn regarda à ses pieds et s'écarta brusquement du mur, comme s'il se tenait sur un terrain défendu.

« Creuse ici, dit Malory à son écuyer. Sur la trace des pas de John Aleyn. »

Il n'y avait pas besoin d'une pelle, le jeune écuyer utilisa donc seulement la bêche à long manche pour creuser dans le sable lourd. Pendant qu'il creusait, Malory, accroupi à côté de lui, faisait de la lumière. Le trou était de plus en plus profond. Malory espérait trouver quelque chose avant que l'eau s'infiltre par en dessous. Il avait envoyé l'autre écuyer à l'entrée de la grotte, et celui-ci se mit à crier :

« L'eau est à l'entrée, monseigneur ! Il ne nous reste plus beaucoup de temps ! »

Le trou était déjà assez profond, mais il n'y avait toujours rien, que du sable et des cailloux. La bêche finit par heurter avec un bruit métallique quelque chose de dur. Malory fit sortir l'écuyer du trou, y descendit lui-même et utilisa son poignard et sa main libre pour creuser plus profondément.

« Passez-moi la torche ! dit-il, puis il la planta dans un coin. Je suis certain qu'il y a quelque chose ici, quelque chose en métal.

– Dépêchez-vous ! dit Aleyn. L'eau est en train de monter, monseigneur. Nous allons bientôt nous retrouver piégés. »

Mais Malory ne voulait pas qu'on le brusque. Il continuait à creuser à son rythme, poignée après poignée de sable, qu'il jetait par-dessus son épaule. Enfin, alors que le bruit des vagues qui s'engouffraient était déjà audible, il se releva triomphalement avec quelque chose dans les mains.

Aleyn leva la torche. Il n'y avait aucun doute. C'était bien une épée. Sa lame était longue et fine, bosselée par endroits et oxydée par des masses noires de rouille, ce n'était plus que l'ombre de ce qu'elle avait été. Mais la garde, la poignée et le pommeau étaient aussi resplendissants qu'au premier jour.

Malory se hissa hors du trou et demanda à l'un des écuyers de mouiller un bout de tissu. Il sortit de la cave en courant et revint avec un chiffon mouillé. Malory essuya la crasse autour de la poignée. L'argent recouvert d'or brilla sous la lumière de la torche.

« Regardez ! Excalibur ! » s'exclama-t-il.

Malory regarda attentivement la lourde garde, une grande bande d'argent qui formait une croix avec la lame oxydée.

« Qu'est-ce que c'est, monseigneur ? demanda Aleyn.

– C'est une sorte d'inscription, mais je n'arrive pas à la déchiffrer. Mais une chose est sûre, pour moi. Je pense que c'est un message qui m'est envoyé à travers les temps par le grand et puissant roi Arthur d'Angleterre. »

13

Pendant le petit déjeuner, Claire posa sa tasse sur la table et annonça :

« J'ai réfléchi, sous la douche. »

Arthur reposa son journal, souriant intérieurement à l'évocation de ce moment.

« Il me semble qu'il faut toujours progresser du plus simple vers le plus complexe, dit-elle. C'est une démarche qui vaut aussi bien pour les maths que pour la physique, c'est sûrement le cas ici aussi. Le plus simple des deux documents, c'est la préface. Le livre, ça ressemble plus à un cauchemar.

– Oui, ce n'est pas faux, dit-il. Commençons donc par ce que nous savons. Tout porte à croire que c'est l'éditeur, William Caxton, qui a écrit les parties concernant la mise en perspective historique du roi Arthur. La partie dont nous sommes sûrs qu'elle a été écrite par Thomas Malory, c'est cette liste bizarre de livres et de chapitres. »

Il reprit ses notes.

« La dernière phrase de la préface dit : *Il y a en tout vingt et un livres, qui contiennent la somme de cinq cent sept chapitres, comme on le verra ci-après*. Donc, s'il y a un indice dans le *Domesday Book*, ça nous fait vingt et un livres et cinq cent sept chapitres à feuilleter. Par où commencer ? »

Elle se leva et se mit à faire les cent pas, ce qui embauma la pièce de son parfum.

« Là aussi, allons au plus simple. Au lieu de lire le livre entier, on devrait regarder combien, sur ces vingt et un livres, ont quelque chose à voir avec l'épée du roi Arthur. Ensuite, lequel est le plus important des livres, ce qui nous donne un chiffre. Puis nous regardons quel chapitre est le plus important des chapitres du livre, et ça nous donne un autre chiffre. Et nous pouvons peut-être les appliquer ensuite au *Domesday Book*, qui est un livre de chiffres. »

Elle l'ouvrit au hasard.

« Par exemple, ici, ce village a vingt charrues, treize vilains et huit tenanciers, même si je ne sais pas ce que ça veut dire.

– C'est peut-être une bonne idée. Ça a toujours été un sujet tabou, dans mon entreprise, mais peut-être bien que les physiciens sont réellement plus intelligents que les chimistes, alors. »

Elle haussa les épaules d'une façon très française.

« Évidemment. La question ne se pose même pas. »

Cela ne servait à rien d'attendre qu'elle dise qu'elle plaisantait, car ce n'était pas le cas. Mais il ne dit rien. Cela faisait des années qu'il travaillait avec des physiciens.

Il ouvrit *Le Morte* et alla à la préface.

« D'accord, allons-y. Voyons quel chapitre est consacré à l'épée. »

Au bout d'un moment, il fit la grimace.

« Qu'est-ce qu'il y a ?

– Il n'y en a aucun. Malory ne mentionne pas du tout Excalibur dans la préface.

– Mais il en parle dans le livre, non ?

– Oui, tout le temps. Il la mentionne des dizaines et des dizaines de fois. Mais pas dans la préface. Je peux lancer une recherche sur Internet de toutes les mentions d'Excalibur dans chacun des livres et chacun des chapitres, si vous pensez que cela peut être utile.

– Je ne pense pas. En tout cas, pas pour le moment. Cela ne cadrerait pas avec notre recherche de simplicité.

– D'accord... »

Il la regarda pour savoir que faire ensuite, mais une idée lui vint soudain à l'esprit.

« Nous cherchons une épée, mais l'épée n'est que le moyen pour atteindre une fin. Ce que nous recherchons vraiment, c'est le Graal. »

Elle tendit l'index avec un sourire joueur et lui fit :

« Vous voyez que les chimistes aussi peuvent être intelligents. Voyons ce que la préface nous dit sur le Graal. »

Il lui donna rapidement la réponse.

« Ah, on y est peut-être. Écoutez ceci :

Le treizième livre traite de la façon dont Galaad est venu rejoindre la cour d'Arthur et comment la quête pour le Sangreal a commencé, et compte vingt chapitres. Le quatorzième livre traite de la quête du Sangreal et compte dix chapitres. Le dix-septième livre traite du Sangreal et compte vingt-trois chapitres.

– C'est tout ? demanda-t-elle. Il ne mentionne le Graal que dans ces trois livres ?

– Non, il en parle souvent, il me semble, mais c'est le sujet principal de ces trois-là, oui. »

Elle lui demanda un stylo et du papier et lui fit de répéter les nombres qu'il venait de citer.

« Bon, en admettant que nous soyons sur la bonne voie, ça nous fait trois paires de nombres à noter, trois livres et trois chapitres à chaque fois. Donc 13 et 20, 14 et 10 et 17 et 23.

– Mais ça nous fait trop de nombres, si l'on suit votre hypothèse.

– Oui, c'est pour ça qu'il faut que vous me disiez quelle paire est, selon vous, la plus importante.

– Mais comment ?

– En ce qui concerne le Graal, lequel des livres est le plus important ?

– Il faudrait que je les relise.

– D'accord. Lisez-les pendant que je descends à l'accueil pour téléphoner à mes parents. Après, j'irai peut-être faire un petit tour dans le jardin.

– Où habitent-ils ?

– À Toulouse. Il faut que je leur donne des nouvelles, je suis leur seul enfant.

– Moi aussi, je l'étais », dit Arthur.

Lorsqu'elle revint, un peu plus tard, il leva les pouces pour lui indiquer qu'il avait bien avancé. En guise d'introduction, il lui expliqua que, dans la tradition arthurienne, de nombreux chevaliers de la Table ronde étaient partis à la recherche du Graal. Cinq d'entre eux, Perceval, Gauvain, Bohort, Lancelot et Galaad, en avaient eu une sorte de vision mystique. Trois d'entre eux, Perceval, Bohort et Galaad, avaient réellement réussi à voir l'objet saint.

Thomas Malory, dans *Le Morte*, s'était concentré sur la quête de Galaad. Galaad était le fils illégitime de Lancelot, et, de l'avis de tous, il surpassait son père en qualités et en piété. Lorsqu'il retrouva son père, celui-ci le fit venir à Camelot pour qu'il rejoigne la Table ronde, et il dut s'asseoir sur le Siège périlleux, un siège qui demeurait vacant et sur lequel seul pouvait prendre place celui qui serait capable de mener à bien la quête du Graal. Mais quiconque s'y asseyait sans en être digne mourait instantanément. Galaad survécut à l'épreuve, et le roi Arthur, très impressionné, le mit de nouveau au défi. De même qu'Arthur était devenu roi après avoir retiré l'épée d'une pierre, Galaad devint le plus grand des chevaliers de la Table ronde en retirant une épée plantée dans une pierre qui gisait dans une rivière non loin de là. Peu après, le roi Arthur envoya Galaad à la recherche du Graal.

Galaad partit seul, se débarrassant des ennemis qu'il rencontrait sur son passage, et fut rejoint par Bohort et Perceval. La sœur de Perceval leur montra le chemin qui menait à un vaisseau du Graal, qui les emmena sur un rivage lointain. Perceval, Bohort et Galaad poursuivirent leur quête et finirent par trouver la route qui menait à la cour du plus saint des rois, le roi Pellès, le gardien du Sangreal. Dans l'une des pièces du château, Galaad fut autorisé à voir le Graal, et chargé de l'emmener dans la ville sainte de Sarras. Mais il fut tellement submergé par la splendeur divine du calice qu'il demanda à Pellès à pouvoir mourir quand il le désirerait, et, à Sarras, après l'apparition mystique de Joseph d'Arimathie, Galaad fut transporté par la grâce au point qu'il demanda à mourir à ce moment-là. Sous les yeux de Bohort et de Perceval, Galaad fut transporté aux cieux par des anges, et le Graal disparut avec lui pour ne plus jamais revenir.

« Le treizième livre décrit le début de la quête de Galaad, dit Arthur. Le quatorzième, quoi qu'en dise Malory dans la préface, ne parle que très peu de la quête. C'est le dix-septième livre qui est le plus intéressant. C'est celui où Galaad trouve le Graal et meurt. »

Claire reprit la feuille et barra la paire de nombres du milieu.

« Donc, ça nous fait deux paires à prendre en compte : 13 et 20, et 17 et 23.

– Ça en fait encore trop ? demanda-t-il.

– Je crois, oui. Il faudrait qu'il n'y ait qu'une paire. Qu'est-ce qui est le plus important dans une histoire, le début ou la fin ?

– L'un ne va pas sans l'autre. »

Claire dit :

« Voilà ce que j'en pense. Seule l'une des paires compte, l'autre n'a pas d'importance. Quoi qu'il en soit, je crois que c'est peut-être simplement une chaîne de nombres. Le premier nombre mène au deuxième, le deuxième au troisième. On peut appeler ça un code, mais c'est un code très primitif.

– Alors, si je comprends bien ce que vous dites, le nombre du livre mène à un nombre de chapitre, et où mène le nombre du chapitre ? Il n'y a pas de troisième nombre. »

Elle prit le *Domesday Book*.

« Là. C'est là que ça doit mener. Malory le dit dans sa lettre. On peut retrouver l'épée dans la préface si l'on prend en considération les terres verdoyantes du Warwickshire, comme c'est écrit dans le *Domesday Book*. Ça doit être quelque chose de ce genre, non ?

– Peut-être bien, oui.

– Donc c'est soit le nombre 20, soit le nombre 23 qui est la clé. On ne sait pas lequel des deux, alors il faut qu'on suive cette piste dans le *Domesday Book*. »

Elle l'ouvrit à la fin et poussa un soupir.

« Il faut qu'on feuillette les mille quatre cent trente-six pages, une par une. »

Dans la lumière finissante d'un jour chaud et sans un souffle de vent, le lac Léman était immobile et violet comme une plaque de verre de Murano. Au deuxième étage d'un grand bâtiment sur le quai du Mont-Blanc, un groupe d'hommes étaient assis en demi-cercle dans de profonds fauteuils disposés de manière à faire face au lac, au-dessus des platanes en fleur qui bordaient l'avenue. C'était le salon privé d'un club privé, et ils attendaient que le serveur en smoking leur donne leur cocktail et s'en aille avant de parler de quoi que ce soit d'autre que du temps qu'il faisait.

Une fois qu'ils se retrouvèrent tous les neuf, ils tournèrent les yeux vers leur chef, qui leva son verre de vin et dit :

« Messieurs, je propose un toast. »

Ils n'avaient guère de rigueur militaire et ne répondirent pas tous à l'unisson :

« Aux Khem.

– Aux Khem », reprit Harp.

Stanley Engel ne buvait pas d'alcool. L'universitaire négligé de l'université de Californie, à Santa Barbara, agita vigoureusement les cubes de glaçon dans son verre de Coca-Cola et demanda :

« Alors, rappelez-moi pourquoi j'ai dû me traîner jusqu'ici ?

– On vous a convié à venir, Stanley, dit Harp. Rien de tout ceci n'est obligatoire. Comme vous le voyez, certains d'entre nous n'ont pas pu faire le déplacement.

– J'ai l'esprit d'équipe, répondit Engel, mais ses collègues ne furent pas dupes.

– Ah bon ? Depuis quand ? demanda Raj Chatterjee en levant ses sourcils broussailleux. Même quand nous sommes partenaires au bridge, j'ai l'impression que vous jouez contre moi. »

Andris Somogyi, tout mince dans son costume trois pièces gris comme ses cheveux, ne sourcilla pas. À 80 ans, il était le plus âgé du groupe.

« Aucun d'entre nous n'a l'esprit d'équipe. Ce n'est pas dans notre nature, nous sommes des individualistes. C'est précisément pour ça que nous faisons partie de ce groupe et que nous poursuivons tous le même but à travers l'histoire.

– Bien dit, Andris, répliqua Harp. C'est un bon message à faire passer à notre dernière recrue. »

Il regarda en direction de Simone Guastella, qui était de loin le plus jeune de toute l'assemblée.

« Combien de temps cela vous a-t-il pris pour venir de Modane, Simone ?

– Seulement deux heures en voiture, monsieur. »

Harp sourit.

« Il m'appelle encore monsieur. C'est Jeremy, d'accord ? »

Simone fit un petit sourire et hocha la tête.

« Désolé, Jeremy. Je suis très content d'être parmi vous, c'est tout. »

Li Peng, un quadragénaire à lunettes, était celui qui venait de plus loin, de Taiwan.

« Eh bien moi, je suis content de ne plus être le petit nouveau.

– Alors ça fait de moi un ancien, dit Harp. Simone a été soigneusement sélectionné et approuvé par moi-même et par d'autres ici présents. Choisir un nouveau membre n'est jamais une chose aisée, mais ça a déjà été fait un nombre incalculable de fois. Cela fait plus de deux mille ans que les Khem se sont occupés d'assurer la perpétuation de la société secrète. Il y a parfois eu de mauvais choix, des hommes qui étaient indiscrets et à qui on ne pouvait pas faire confiance, et ils ont été punis de manière sévère et définitive. Heureusement, il n'y a pas eu de trahison depuis longtemps, et je suis certain, au vu des brillantes recommandations dont Simone a bénéficié, qu'il reprendra fièrement le flambeau à nos côtés. »

Il y eut des murmures d'assentiment tout autour du demi-cercle.

«Je ferai de mon mieux, dit sobrement Simone.

– Bien, comme vous le savez, nous partageons tous deux passions. Nous sommes tous des scientifiques, et nous sommes tous à la recherche du Graal. Nos connaissances sur le Graal nous viennent d'une tradition orale qui est susceptible, comme vous le savez, de présenter des déformations et des inexactitudes. Mais les historiens de qui nous tenons ces connaissances, les Khem qui nous ont précédés, n'étaient pas des hommes ordinaires, tout comme nous. Ils étaient les plus grands penseurs et les scientifiques les plus brillants de leur génération, les uns après les autres, dans une chaîne qui remonte jusqu'à Néhor. Au départ, vinrent les alchimistes. Puis les chimistes. Maintenant, les physiciens. Au fur et à mesure de l'évolution de la science et des mathématiques, nos croyances et notre compréhension des propriétés exceptionnelles du Graal ont aussi évolué. Lorsque nous le retrouverons, car je ne doute pas que nous y parviendrons un jour, ce sont nous, les physiciens, qui serons le mieux à même de l'étudier, d'en tirer le meilleur parti et d'exploiter au maximum sa force potentiellement immense. Et depuis deux mille ans que nous le recherchons, je pense que nous n'avons jamais été aussi près de le retrouver. C'est pour cela que je vous ai demandé de venir ici en personne. Ce n'est pas le genre de chose dont on peut discuter par mail, par téléphone ou par Skype. Je veux vous tenir au courant de ce que nous savons sur quelqu'un dont nous avons déjà parlé brièvement, Arthur Malory.

– Il fait partie des Fondus, non ? dit Engel. C'est lui qui pourrait être de la lignée de Thomas Malory ?

– C'est ça, répondit-il.

– Nous n'avons rien à voir avec la mort d'Andrew Holmes, si ? demanda Peng.

– J'ai bien peur que si. Une opération qui s'est mal terminée. Une conséquence des écoutes téléphoniques que nous menons habituellement, et d'un cambriolage dont j'ai été à l'origine en vue d'obtenir certains documents intéressants. Le responsable, c'est moi. »

Il ignora les regards inquiets dans l'assemblée et poursuivit avant qu'on puisse l'interrompre.

« Je veux vous tenir au courant de tout ce que nous avons fait jusqu'à présent avec Malory. Jusque dans les moindres détails. Et je veux vous soumettre différents scénarios possibles. Si Malory réussit à retrouver le Graal, ce que j'espère, il faut que nous soyons prêts à le lui prendre, et capables de le faire.

– Et que ferons-nous ensuite de lui ? demanda Peng.

– Nous ferons le nécessaire, répondit Harp. Puis nous ouvrirons un bon champagne et nous trinquerons à sa mémoire. »

Cette pensée le fit sourire largement.

« Peut-être même que nous en ferons un Khem. À titre posthume. »

14

ANGLETERRE, 1451

Pendant le retour vers Newbold Revel, Malory garda l'épée accrochée à sa selle lorsqu'il chevauchait, il la glissait sous sa couverture pendant la nuit et se réveillait tous les matins avant les autres pour l'examiner et étudier les inscriptions indéchiffrables sur sa poignée. Il touchait du doigt les lettres qui y étaient gravées et prononçait à haute voix ces mots étranges, comme si cela pouvait leur donner un sens. Il n'y avait qu'un seul mot qu'il comprenait, et ce mot ne cessait de le fasciner.

Gral.

Aucun de ses compagnons de voyage n'avait de facilité à comprendre les langues anciennes, évidemment, et il ne pouvait tout de même pas s'en remettre à des inconnus de Cornouailles. Donc, le reste du message continuait à lui échapper. Mais il avait réussi à faire ce qui était le plus difficile : trouver l'épée. Il apprendrait un jour ce que le message voulait dire. Après, peut-être, il retrouverait le Graal.

Il essaya de faire un retour discret à Newbold Revel, sans organiser de fête ni de célébration. Il renvoya les écuyers en leur donnant un peu d'argent pour les remercier de leurs services et s'assurer de leur silence, donna à John Aleyn une tape dans le dos, lui permettant de retourner dans sa demeure solitaire, et invita Robert Malory à dîner seul à seul, ce qui emplit de chagrin leurs deux femmes qui avaient attendu avec impatience leur retour.

Pendant qu'ils mangeaient de l'agneau et des navets, Malory dit à son cousin :

« Merci pour ton aide, Robert. Nous avons accompli un grand exploit.

– Que vas-tu faire, maintenant, mon cousin ? demanda Robert.

– Il faut que je trouve quelqu'un qui connaisse la langue du roi Arthur. Sans cela, l'épée n'est qu'une relique et rien d'autre. Sans cela, je ne pourrai pas retrouver le Graal.

– As-tu quelqu'un en tête ?

– Je vais consulter certains de mes amis érudits. Discrètement, cela va sans dire.

– Bien sûr. »

Malory agita son poignard en direction de Robert. Comme il y avait un morceau d'agneau sur la pointe, le geste semblait nettement moins menaçant que s'il avait brandi vers lui la lame d'acier nue.

« Et il va sans dire que je suis assuré de ta discrétion.

– Cela va sans dire, Thomas. Je m'efforcerai de ne pas en dire un seul mot, même à ma femme bien-aimée dans notre chambre à coucher, où j'ai l'intention de me retirer bientôt, car j'ai eu suffisamment de compagnie masculine ces derniers temps. Dis-moi, cousin, où comptes-tu cacher l'épée ? »

Malory fronça les sourcils en entendant cette question, mais il répondit :

« En lieu sûr. »

Robert ne répliqua pas, se contentant d'enfouir son visage dans sa chope. Les lèvres encore humides, il attrapa un navet de la pointe de son couteau et ajouta :

« Un trésor extraordinaire requiert une cachette extraordinaire. »

L'abbaye de Coombe, le grand monastère cistercien du Warwickshire, possédait de vastes terres qui jouxtaient le domaine de Thomas Malory. Malory avait toujours entretenu de bons rapports avec l'abbé de Coombe, Richard Atherstone, un prêtre qui avait autant le sens du commerce que celui de la piété. Il y avait un commerce fructueux de bétail et de produits fermiers entre Coombe et Newbold Revel, et les caves du domaine de Malory étaient pleines de bière, de vin et d'hydromel que les moines avaient produits. Il y avait une bonne bibliothèque dans le monastère, et plusieurs clercs érudits étaient employés au scriptorium, et, pour cette raison surtout, Malory traversa la forêt à cheval, seul, et franchit le ruisseau Smite Brooke jusqu'aux terres de l'abbaye.

Il fut accueilli à l'entrée par un jeune moine, qui prit les rênes de son cheval et lui proposa de garder pour lui le coffre d'acier qui était encordé à la selle.

« Je vais le prendre moi-même », dit Malory.

Atherstone était vêtu d'une cape bordée de fourrure d'hermine, assis à son bureau à vérifier les comptes. Lorsqu'on lui annonça que Malory était là, il se leva d'un bond et se précipita pour saluer son voisin.

« Ah, sir Thomas ! Vous êtes donc revenu sain et sauf, à ce que je vois.

– Ce n'était pas un long voyage, et il n'était pas difficile non plus. Comparé à ma dernière campagne en Normandie, en tout cas.

– Venez, installez-vous. Buvons un peu. J'ai un nouveau vin que je voudrais vous faire goûter. S'il vous plaît, je peux vous faire un bon prix pour un tonneau ou deux. Ou même trois ! »

Atherstone était un homme bedonnant, avec une belle chevelure pour son âge et un cercle soigneusement tonsuré qui laissait apparaître son crâne rose. Il versa lui-même le vin dans un beau décanteur en argent et observa Malory, guettant sa réaction.

« Oui, je vais en prendre un tonneau, dit Malory avec conviction.

– Parfait ! Dites-moi en quoi je peux vous être utile, sir Thomas.

– Y a-t-il à l'abbaye des moines qui savent lire l'ancienne écriture de Cornouailles ?

– De Cornouailles, dites-vous ?

– C'est cela. »

L'abbé ferma les yeux d'un air songeur et égrena en murmurant le nom de différents moines, les éliminant un par un d'un « non » ou d'un grognement.

« Non. Je suis à peu près sûr que personne ici n'a ce talent. Pourquoi me demandez-vous cela ?

– J'ai un bref passage dont j'ai besoin de connaître le sens.

– De quoi s'agit-il ? Voulez-vous me le montrer ? »

Malory secoua la tête.

« Non. Mais je peux vous le réciter. »

Il prononça les mots qu'il avait gardés en mémoire pour les avoir répétés si souvent.

Atherstone fit la moue.

« Ça ne me dit rien. C'est une langue très gutturale. Si c'était du latin ou du grec, ou de l'hébreu ou même du gaélique, puisque nous avons le frère Bruno qui vient d'Irlande, nous aurions pu vous aider. Hélas...

– Je chercherai ailleurs, alors, dit Malory. Puis-je vous demander de me rendre un autre service ? »

Atherstone ouvrit les bras pour marquer son assentiment.

Malory pointa son doigt vers le coffre qui était à ses pieds et que l'abbé n'avait cessé de regarder fixement pendant toute leur conversation.

« Pourriez-vous garder ce coffre en lieu sûr ?

– Puis-je vous demander ce qu'il contient ? »

Malory sourit d'un air diplomate.

« Un jour, j'espère que je pourrai vous le dire.

– J'ai entendu une rumeur, sir Thomas. Il faut toujours se méfier des rumeurs, mais elle vient de quelqu'un qui est proche de Buckingham. »

Malory se hérissa.

« Qui est-ce ? Qu'a-t-il dit ?

– Je ne peux pas, en toute bonne conscience, révéler de qui il s'agit, mais il a dit qu'il avait entendu que, au cours d'un de vos voyages récents, vous aviez découvert une relique ancienne. Quelque chose qui aurait appartenu à un roi. »

Malory se leva et asséna avec véhémence :

« Je n'ai rien à dire à ce sujet, mais ce que vous me dites ne fait que redoubler ma détermination à garder mes biens les plus précieux loin de Newbold Revel. Voulez-vous bien prendre mon coffre et le garder en lieu sûr, oui ou non ? »

Atherstone se leva également et fit un signe de conciliation de la main.

« Bien sûr, sir Thomas, bien sûr ! Je le mettrai dans une pièce secrète, à l'intérieur du coffre où je garde moi-même mes objets de valeur. Je vois qu'il y a une serrure.

– Et c'est moi qui ai la seule clé. Ne parlez à personne de cette affaire.

– Je vous jure devant Dieu que je garderai le silence. Vous pouvez me faire entièrement confiance pour faire exactement ce que vous m'avez dit. »

Malory inclina la tête.

« Je vous remercie, monseigneur. À la réflexion, je pense que je vais peut-être prendre trois tonneaux de votre vin. »

Malory retourna dans son domaine en chevauchant lentement dans la forêt verdoyante, écoutant les insectes qui bourdonnaient, la rage au cœur.

Qui était le traître ?

Ce n'était certainement pas John Aleyn, qui était aussi loyal qu'on puisse l'être. Il miserait sa vie sur son innocence. De même, son écuyer était le fils d'un ancien compagnon de bataille de ses campagnes normandes. Il était certain que ce jeune homme n'était pas du genre à retourner sa veste. Qu'en était-il de l'écuyer de son cousin ? C'était possible, certainement, mais quel accès un jeune homme de son âge aurait-il pu avoir au camp de Buckingham ? Et serait-il prêt à risquer sa vie pour le trahir ? Il ne pensait pas que ce fût le cas.

Il restait Robert.

Son cousin n'était pas le même genre d'homme que Malory. Il manquait de courage, de valeur et de force de caractère, des qualités que tout chevalier plaçait très haut lorsqu'il s'agissait de jauger quelqu'un. Mais il était de son sang. Et on ne trahissait pas son sang. Il lui faisait suffisamment confiance pour l'avoir emmené avec lui en expédition. Avait-il eu tort ?

La réponse ne se fit pas attendre.

Ce soir-là, tandis que Malory buvait auprès du feu, entouré de ses élégants chiens, John Aleyn vint lui rendre visite dans son manoir.

« Pardonnez-moi de vous déranger à une heure si tardive, monseigneur. »

Malory lui versa de la bière brune et lui dit :

« Cela fait longtemps que je ne vous ai pas vu.

– J'étais à Coventry.

– Ah oui ?

– J'ai couru la gueuse et bu pendant la plus grande partie de la semaine. Au Blue Boar.

– C'était bien mérité après notre périple, je le reconnais. En l'absence d'obligations, j'aurais fait la même chose, je pense.

– J'ai vu quelque chose, là-bas.

– J'imagine que vous avez vu beaucoup de choses.

– J'ai vu votre cousin, Robert. »

Malory se raidit.

« Et que faisait-il, là-bas ?

– Il était avec quelqu'un. Je l'ai vu, mais lui ne m'a pas vu. C'était un homme que j'avais déjà croisé. C'était Richard Humphrey, un homme de Buckingham.

– Je le connais, c'est un brigand, il ne vaut pas mieux que la bouse que vous avez sur vos bottes. Avez-vous pu entendre ce qu'ils se disaient ?

– Pas un mot, mais j'ai vu votre cousin agiter le bras droit, comme s'il tenait une épée à la main. »

Malory soupira profondément, empli de tristesse et de colère. Il entendait presque Robert, ivre de bière, transpirant comme un porc, se vanter d'avoir retrouvé l'épée du roi Arthur et faisant mine de la brandir de sa main moite et grasse.

Peu après, Malory chevaucha vers le sud avec un petit équipage, laissant John Aleyn à Newbold Revel afin qu'il lui serve d'yeux et d'oreilles dans son domaine et qu'il protège ses intérêts.

Il avait des affaires politiques pressantes au Parlement et des affaires personnelles urgentes à Winchester. Il se trouvait qu'il y avait un lien entre les deux en la personne de William Waynflete, l'évêque de Winchester.

Waynflete, l'un des hommes les plus savants d'Angleterre, avait rencontré Malory dix ans auparavant par l'intermédiaire de Thomas Welles, un gentilhomme qui gérait les domaines épiscopaux de Waynflete. Welles, que Malory connaissait, pensait que Waynflete, qui était le doyen de Winchester College, apprécierait la compagnie de Malory, et il ne s'était pas trompé. Bien qu'il ne fût pas un érudit, Malory impressionna Waynflete par sa curiosité d'esprit, son sens politique et sa droiture morale, dont le doyen pensait qu'elle était l'expression même du meilleur code de la chevalerie. Grâce à son influence, Malory fut nommé membre du Parlement de Great Bedwyn, une ville lainière qui se trouvait à une centaine de kilomètres de Newbold Revel, et qui avait un siège dont il se trouvait que Waynflete avait le contrôle. Dix ans plus tard, les deux hommes étaient restés proches, alliés par le désir commun de servir de leur mieux un roi, Henri VI, qui était de plus en plus instable.

Malory passa moins de quinze jours à Westminster à participer à un débat parlementaire conflictuel pour savoir s'il fallait allouer des fonds à la défense de Bordeaux, l'une des dernières villes de France qui restaient loyales aux Anglais. Toutefois, le Parlement fut dissous à la suite d'une proposition explosive de la part d'un loyaliste qui suggérait que le duc de York fût reconnu comme héritier du trône puisque le roi n'avait toujours pas d'enfants au bout de cinq ans de mariage.

Malory, dégoûté par l'incapacité du Parlement à soutenir les troupes anglaises abandonnées, ne fut pas fâché de quitter Londres pour Winchester.

William Waynflete était un homme d'une grande stature, aussi bien physique que morale. Il accueillit son vieil ami Malory en le serrant très fort dans ses bras, et il commença par le soulever de terre, avant de lui offrir un festin accompagné par les vins les plus fins qu'il ait goûtés depuis qu'il avait quitté Paris.

Devant un plat de gibier, ils se tinrent au courant de l'évolution des intrigues entre les partisans de York et ceux de la Couronne, puis Waynflete changea de sujet.

« Vous savez, Thomas, j'ai un cadeau pour vous. Je me suis procuré le plus important des ouvrages non religieux de toute l'Angleterre. C'est le *Domesday Book.* J'ai promis à la Couronne que je le rendrai à son lieu d'origine, Winchester, trois cents ans après qu'il a été retiré de l'ancien trésor royal de la ville par ordre du roi Henri II et amené à Westminster Palace. Il est à présent gardé au College, afin que les tuteurs puissent l'étudier et que leurs étudiants puissent s'en émerveiller. Voulez-vous le voir ?

– J'aimerais bien, monseigneur. Cela doit être une merveille à regarder.

– Nous le verrons demain, alors. Bien, mais assez parlé de mes affaires. Vous m'avez dit que vous aviez besoin de mon aide pour une question particulière.

– En effet, monseigneur. Je cherche un homme savant qui sache lire l'ancienne écriture de Cornouailles.

– Je sens qu'il y a une histoire merveilleuse derrière cette requête, Thomas, et j'ai hâte de l'entendre.

– C'est une histoire merveilleuse, en effet, monseigneur, et vous serez le seul, hormis moi-même, à la connaître dans tous ses détails. »

Le *Domesday Book* était exposé dans la bibliothèque du doyen à Winchester College. C'était sans aucun doute l'ouvrage le plus prodigieux que Malory ait jamais vu, tellement extraordinaire, à vrai dire, qu'il doutait que son piédestal puisse en supporter le poids. Après un bref discours sur son histoire et son origine, le doyen du College, William Yve, un petit être qui ressemblait à un rongeur, vêtu d'une tunique trop longue qui avait appartenu à son prédécesseur et n'avait jamais été retouchée, aida Malory à retrouver le passage qui concernait son comté natal et lui expliqua brièvement comment déchiffrer le texte en noir et rouge.

« Les scribes utilisaient-ils un code ? demanda Malory.

– Pas un code, non. Ils employaient une méthode d'abréviation afin de pouvoir faire tenir plus de mots sur chaque feuille. Sinon, le livre serait encore plus lourd qu'il ne l'est déjà. »

Puis, lorsqu'il eut fini sa leçon, le doyen laissa Malory seul avec le livre monumental et l'informa que le linguiste que l'évêque avait demandé arriverait peu après.

Tandis que Malory feuilletait les parchemins étonnamment souples au vu de leur âge, les mots que son ami Waynflete avait prononcés la veille au soir lui revinrent à l'esprit.

« Gardez bien votre secret, Thomas. Si un esprit sombre apprend que vous êtes de lignée royale et que vous avez les indices pour retrouver le Graal gravés sur cette épée, votre vie sera certainement en grand danger. Peut-être que vous, vous faites confiance à l'abbé de Coombe, mais moi, je l'ai rencontré et je m'en méfie. Les richesses qu'il a amassées sont bien plus grandes que les besoins de sa communauté, et un clerc qui s'intéresse davantage à l'or qu'à Dieu me semble suspect. Trouvez un endroit plus sûr pour cacher l'épée, voilà ce que je vous conseille. »

Une idée commença à se former dans l'esprit de Malory.

La liste des villes et des villages du Warwickshire inscrite dans le *Domesday Book* ramenait à sa mémoire les lieux qu'il avait fréquentés dans sa jeunesse. Bien qu'il eût devant les yeux d'arides récitations et comptes de commerce, les endroits qui étaient mentionnés évoquaient des souvenirs de débauche, de fêtes et de tournois.

Un village en particulier retint son attention, et il relut plusieurs fois ce qui le concernait avec fascination, pour se remémorer cette entrée. Peu de temps après, un homme entra dans la pièce et s'annonça comme étant John Harmar, l'érudit à qui l'évêque avait demandé d'aider le chevalier qui lui rendait visite.

Harmar était jeune, sa peau était lisse comme celle d'un enfant et il n'avait pas de sourcils. Malory se dit qu'il devait faire partie de ces rares hommes dépourvus de poils, qui avaient plus de chances de survivre dans le monde de l'enseignement qu'aux côtés de soldats hirsutes.

« L'évêque m'a dit que vous aviez besoin de quelqu'un qui sache déchiffrer l'ancienne écriture de Cornouailles, dit Harmar, les mains posées sur les hanches.

– Oui, c'est vrai. J'ai un court passage dont j'aimerais connaître le sens.

– Puis-je le voir ?

– Je ne l'ai pas emporté avec moi. Je peux vous le réciter. »

Il prononça les mots aussi lentement et clairement qu'il le pouvait.

Harmar plissa le front et s'assit à une table de la bibliothèque. Il sortit du sac qu'il avait à l'épaule un morceau de parchemin vierge, une plume et un petit flacon d'encre.

« Monseigneur, répétez ce que vous venez de dire, je vous prie. »

Il écrivit ce qu'il entendit, le montra à Malory et lui demanda si c'étaient bien les mêmes inscriptions que celles qu'il avait vues. Malory dit que cela y ressemblait beaucoup.

« Pouvez-vous m'en indiquer le sens ? demanda Malory.

– Tout à fait, monseigneur. Ce sont des instructions étranges, tout à fait obscures pour moi, mais qui auront peut-être du sens pour vous. »

À son retour à Newbold Revel, Malory eut à peine le temps de retrouver sa femme que John Aleyn annonça qu'il avait des affaires pressantes à voir avec son maître. Un espion à l'abbaye de Coombe, un jeune moine qui travaillait à la brasserie et qui était le fils du loyal boucher de Malory, avait rapporté que, deux jours plus tôt, il avait été le témoin de la rencontre entre l'abbé et un homme de Buckingham, qui avait placé dans sa main une lourde bourse.

« Il nous a trahis pour de l'argent, John, dit Malory tandis que son visage s'affaissait avec l'expression fatiguée d'un voyageur qui espérait pouvoir se reposer.

– Ce n'est pas tout, monseigneur, dit Aleyn. On dit que Buckingham s'est procuré un mandat pour vous faire arrêter. Je l'ai entendu par un bailli qui est au service du shérif Mountfort.

– Un mandat ? Mais de quoi suis-je accusé ? gronda Malory.

– De différentes choses, d'après ce que j'ai entendu. Vous vous rappelez cette escarmouche avec Buckingham dans la forêt de Coombe, l'an passé ? Il dit que vous avez attaqué ses hommes.

– Moi ? C'était lui qui se préparait à attaquer mon manoir !

– Vous êtes aussi accusé de vol de bétail à Coswold.

– Mais au nom de Dieu, enfin ! J'ai fait livrer six vaches à Giles Dowde, et il ne me les a jamais payées. Tout ce que j'ai fait, c'est récupérer ce qui était à moi. »

Aleyn baissa la tête.

« Et il y a encore un autre chef d'accusation.

– Allez-y.

– Vous êtes accusé du viol de Joan Smith. »

Malory s'écroula sur une chaise. Il lui avait sauvé la vie et, par gratitude et par désir, elle avait couché avec lui. Et voilà que cet acte inconsidéré revenait le hanter. Un viol ! Y avait-il pire chef d'accusation pour souiller la réputation d'un chevalier dans le royaume ?

Un serviteur frappa à la porte et entra, une lettre à la main.

« Monseigneur, ceci vient d'arriver, apporté par un cavalier de l'abbaye de Coombe. »

Malory saisit la lettre et en arracha le sceau en cire. Une fois lue, il la jeta par terre d'un air dégoûté.

« Elle vient de l'abbé, dit Malory. Il m'informe que, au vu du fait que je suis accusé d'être un criminel, il a décidé de fracturer mon coffre. Il pense que Buckingham lui en donnera un bon prix. Il veut savoir si je suis prêt à lui en donner encore davantage.

– Quelle fripouille, dit Aleyn.

– Où est mon cousin ? demanda Malory en se levant péniblement.

– Il a quitté le domaine pendant que vous étiez dans le Sud.

– Je jure devant Dieu que je le retrouverai et que je le tuerai de mes propres mains. Mais occupons-nous des affaires les plus pressantes. Sellez mon cheval et le vôtre. Il faut que nous allions à l'abbaye. »

Aleyn était en train de fixer la selle sur la monture de Malory lorsque des cavaliers s'approchèrent à vive allure. Aleyn jura et pressa son seigneur de le rejoindre, et quand Malory apparut avec un petit groupe d'hommes de sa maisonnée, Aleyn et lui échangèrent un regard et mirent la main sur la poignée de leur épée. Mais Malory secoua la tête. Ça ne valait pas la peine de mourir au combat pour un mandat d'arrêt. Sa mission était de vivre assez longtemps pour retrouver le Graal.

« Battez en retraite, mes hommes, dit Malory. Le shérif Mountfort n'est pas notre ennemi. Je vais me rendre à lui. »

Mountfort prit la tête de la colonne d'hommes armés d'épées et de piques ; c'était un gentilhomme âgé en tenue de bataille, et il se tenait raide sur sa selle avec l'air peiné de quelqu'un qui fait son devoir contre son gré.

Le vieil homme lui parla sans descendre de son cheval.

« Sir Thomas Malory, je vous arrête au nom de la Couronne pour différents graves chefs d'accusation qui ont à voir avec votre conduite. Vous allez laisser ici votre épée et votre poignard et me suivre. »

Malory se retourna vers lady Malory, qui sanglotait sur le pas de la porte, la prit dans ses bras et lui dit que ce n'était rien et qu'il serait rentré le temps de dire un Pater noster. Puis il monta sur son cheval et vint se mettre aux côtés de Mountfort, qui était un vieil ami de la famille.

« Je suis désolé, dit-il. C'est Buckingham qui est derrière tout ceci.

– Soyez assuré que je ne vous en veux absolument pas, répondit Malory.

– Il voulait que je vous amène jusqu'à son château à Maxtoke, ou à la prison de Coventry, mais je vais plutôt vous amener chez moi, à Coleshill. Vous y serez plus confortablement installé en attendant de comparaître devant la cour. »

Malory le remercia et demanda la permission de s'entretenir avec son compagnon avant de partir. Il dit à John Aleyn de partir à Coombe et de dire à l'abbé qu'il était prêt à payer n'importe quel prix pour récupérer son coffre. Puis il tira les rênes de son cheval et s'éloigna, prisonnier du shérif.

Malory avait déjà visité le manoir entouré de douves de Coleshill de nombreuses fois, et, cette fois-ci, Mountfort lui accorda la même hospitalité que d'habitude. Sa chambre était grande et confortable, un serviteur était là pour s'occuper de lui, et, le premier soir, il dîna à la table du shérif, alors que les propres hommes de celui-ci campaient à côté de la grange.

Alors que la maisonnée dormait, Malory ne ferma pas l'œil de la nuit.

Sa chambre n'était pas fermée à clé, et il n'eut qu'à emprunter le couloir sur la pointe des pieds, dépasser la chambre du shérif et descendre les escaliers de derrière pour arriver dans l'office. Il sortit sans bruit par une porte dérobée et fit silencieusement le tour de la maison pour se retrouver le plus loin possible de la grange.

Les douves ressemblaient à un trou noir. Il enleva ses bottes et les jeta de l'autre côté, un peu inquiet du bruit qu'elles firent en retombant, mais comme personne ne sonna l'alarme, il entra lentement dans l'eau glacée et traversa les douves à la nage, sans faire de bruit. Une fois qu'il eut récupéré ses bottes, il se fraya un chemin à travers les champs jusqu'à la forêt.

Un cavalier s'approchait. Malory, prudent, s'accroupit derrière un gros arbre et attendit que le cheval passe devant lui. À la lumière de la torche du cavalier, il vit que celui-ci était de son côté, et que ce n'était pas un ennemi.

« Par ici ! » appela-t-il.

John Aleyn fit faire demi-tour à son cheval et le regarda en souriant.

« Vous avez dit que vous seriez de retour le temps de réciter un Pater noster. Eh bien, je vois que cela vous prend un certain temps de réciter la prière de Notre-Seigneur. J'ai un cheval pour vous qui nous attend près d'ici.

– Dieu vous bénisse, John. Rassemblons nos hommes et allons à Coombe. »

Après quelques heures agitées sans parvenir à dormir, Malory traversa à cheval la vaste campagne environnante en évitant autant que possible les rues et les chemins les plus empruntés. L'attaque de l'abbaye de Coombe fut rapide et fracassante. Au beau milieu de la nuit, les hommes de Malory enfoncèrent les portes du monastère avec des béliers en bois. Une fois à l'intérieur, ils se dirigèrent vers la maison de l'abbé et tirèrent ce dernier sans ménagement de son lit, tout en malmenant au passage l'abruti qui lui servait de prieur et qui reçut quelques coups de pied bien placés.

Malory se servit lui-même d'un levier pour casser la serrure du coffre qui contenait les trésors de l'abbé et accéder à son propre coffre. Il laissa ses hommes piocher dans le butin de l'abbé, et ils se servirent généreusement, s'emparant des bagues en argent et en or, des bracelets et des colliers en corail, en ambre et en jais. Malory s'aperçut, méprisant, qu'aucune de ces pièces n'était essentielle au service de Dieu.

C'était une matinée radieuse, et des papillons venaient voleter tout près de lui. Il parvint rapidement à destination, son coffre d'acier emballé dans une couverture pour qu'il ne blesse pas les reins de son cheval. Une fois arrivé à Winchester, alors qu'il était immergé dans le *Domesday Book*, il lui vint à l'esprit une meilleure cachette, qui s'accordait complètement avec l'histoire glorieuse de l'épée. Dans les romans en prose français que Malory connaissait si bien, le roi Arthur, mortellement blessé sur le champ de bataille, demandait à son chevalier, messire Girflet, de rendre Excalibur à la Dame du lac. Malory ferait la même chose. Il connaissait un endroit charmant où il avait joué et pêché étant jeune. C'était un cours d'eau assez large, mais pas trop profond. L'épée pourrait y reposer tranquillement jusqu'à ce qu'il puisse revenir la chercher.

Et lorsqu'il arriva dans ce beau lieu isolé, plein de vie sauvage mais préservé de toute présence humaine, il se mit à pleurer, comme Girflet l'avait sans doute fait lui aussi, avant de jeter le coffre dans les eaux troubles.

Il était de nouveau en prison, une véritable prison, cette fois-ci, avec des barreaux de fer et aucun confort.

Lorsqu'il était retourné à Newbold Revel, Buckingham en personne l'attendait de pied ferme, accompagné d'une troupe de deux cents hommes armés. Malory fut emmené au prieuré de Nuneaton, près du château de Maxtoke de Buckingham, où des juges et un jury furent rassemblés par le duc pour rendre effectifs les chefs d'accusation dont John Aleyn lui avait parlé. Au terme d'une procédure brève et orageuse, pendant laquelle lady Malory éclata en sanglots tandis que Thomas Malory protestait vigoureusement de son innocence en dénonçant des accusations calomnieuses et absurdes, Malory fut emmené dans une cellule de nonne qui n'était plus utilisée et qui fut transformée pour lui en prison temporaire. Une clé grinça dans la serrure, et Buckingham fit son entrée, gras et content de lui.

« Vous êtes où j'ai toujours voulu que vous soyez, Malory », dit-il.

Celui-ci resta assis sur le matelas.

« C'est-à-dire, monseigneur ?

– En position de faiblesse.

– Pour l'instant, peut-être bien. Que voulez-vous donc ? J'imagine que ces accusations ridicules servent une ambition plus grande.

– Peut-être bien. Je veux quelque chose qui est en votre possession. Et je le veux vraiment.

– Mon physique viril ? Vous devriez peut-être monter plus souvent à cheval.

– Vous ne pouvez pas vous permettre de faire des plaisanteries, dans votre situation. Je veux l'épée. Je veux le Graal.

– Cela fait des siècles que les hommes recherchent le Graal, sir Humphrey. Pour eux, c'est une quête divine pour honorer la grandeur de Dieu. Pourtant, j'ai l'impression que vous ne recherchez rien d'aussi pur ni de spirituel.

– Les raisons que j'ai de le faire ne vous regardent en rien. Cela me regarde, moi et mes associés.

– Vos associés ? J'imagine que c'est une sorte de cabale de mécréants. »

Buckingham ignora cette remarque.

« Si vous me dites où vous avez caché l'épée, les poursuites seront abandonnées. Si vous ne le faites pas, attendez-vous à passer de très longues années en prison, selon le bon plaisir de Sa Majesté. »

Malory secoua la tête et s'allongea en lui tournant le dos.

«Je me battrai pour prouver que ces accusations sont fausses, et si j'échoue, je resterai en prison et je purgerai ma peine honorablement. Ce que je ne ferai jamais en revanche, c'est de vous laisser mettre vos mains grasses sur cette noble relique.»

Il fut détenu provisoirement à Londres pour faire face à ses accusations devant une cour de la Couronne, et se retrouva sous la garde d'un maréchal du banc du roi avant d'être enfermé dans la prison de Marshalsea. C'était une prison rude et sans pitié, mais, en tant que chevalier, Malory avait droit à un niveau de confort qui n'était pas accordé au commun des prisonniers. Il avait une chambre avec une fenêtre et de grosses bougies. Sa famille et ses amis pouvaient lui rendre visite aussi souvent qu'ils le désiraient, et sa femme bien-aimée avait déjà fait le voyage jusqu'à Londres pour s'assurer de son bien-être. Ses serviteurs de Newbold Revel lui avaient fait parvenir une charrette contenant des meubles, des assiettes, un fût de vin, et, surtout, ce qui était encore plus important pour lui, de l'encre, des plumes, des parchemins et une caisse de livres, sa collection de récits arthuriens.

Tandis qu'il s'installait en prison pour une période qui allait durer près de vingt ans pour des crimes qu'il n'avait pas commis, il reçut à Marshalsea la visite de son fidèle allié, John Aleyn, qui versa des larmes à la vue de son maître en captivité.

«Je suis heureux que vous soyez là, John.

– Je voudrais pouvoir échanger ma place contre la vôtre, monseigneur.»

Malory se dirigea vers la porte et regarda à travers les barreaux des fenêtres.

« Ils vous ont laissé entrer sans laquais pour vous accompagner jusqu'à l'intérieur ?

– J'ai fait ce que vous m'avez demandé de faire, monseigneur, et j'ai apporté un petit fût de vin. Ils se sont jetés dessus comme des mouches sur du crottin. »

Malory sourit.

« Il faut que vous me serviez d'yeux, d'oreilles, et si nécessaire de voix à l'extérieur de ces murs. Je veux que vous vous teniez au courant des affaires de Buckingham et que vous allégiez mon fardeau. Je veux savoir qui sont ses associés, pas ceux que nous connaissons à la cour, mais ceux qui pourraient s'intéresser à l'épée. J'ai absolument besoin de savoir qui sont ces hommes et quelles sont leurs intentions.

– Personne ne peut retrouver l'épée, en tout cas. Vous êtes le seul à savoir où vous l'avez cachée.

– Et c'est pour cela que je peux dormir sur mes deux oreilles, même dans un endroit aussi sordide qu'ici. Lorsque je recouvrerai la liberté, je vais utiliser ce que l'épée m'indique afin de retrouver un trésor plus grand encore.

– De quel trésor s'agit-il ?

– Un trésor spirituel, John, qui vaut bien plus que tout l'argent et tout l'or de ce royaume. Un jour, j'espère que je pourrai vous en parler. Peut-être que nous pourrons partir tous les deux à sa recherche. Pour le moment, il y a une lettre que j'aimerais que vous fassiez parvenir à Waynflete, l'évêque de Winchester. C'est une affaire très délicate. Ne la montrez à personne. Est-ce qu'ils vous fouillent à la sortie ?

– Oui.

– Vous font-ils retirer vos vêtements ? »

Aleyn secoua la tête.

« S'ils le faisaient, il faudrait qu'ils se bouchent le nez.

– Très bien. Je vais la plier soigneusement. Placez-la derrière vos parties intimes. »

Aleyn ricana.

« Mes deux gardiens jumeaux.

– Ne l'amenez pas directement à Winchester. Je ne veux pas que vous soyez suivi et que Waynflete se retrouve mêlé à cette affaire. Je sais que cela va vous faire faire un détour, mais retournez d'abord à Newbold Revel et partez de là de nuit. Si quelque chose vous empêche de la faire parvenir à bon port, brûlez-la ou mettez-la en lieu sûr, car il ne faut pas qu'elle tombe aux mains de Buckingham. Vous comprenez bien ce que je vous demande ? »

Aleyn prit la lettre pliée et la mit dans son pantalon.

« Oui, monseigneur. Ayez foi en moi comme j'ai foi en vous. »

Les deux hommes se donnèrent l'accolade.

Aleyn remarqua une petite pile de parchemins sur la table à écrire de Malory.

« Vous êtes en train d'écrire quelque chose, monseigneur ?

– Oui, John, en effet. Je pense que Dieu a voulu que je sois libéré de mes obligations domestiques et parlementaires afin d'être en mesure d'accomplir quelque chose de plus important. J'ai commencé à écrire un livre, un grand livre que j'appellerai *Le Morte d'Arthur*, où je donnerai ma propre version de la vie et de la mort du roi Arthur, le plus grand roi que ce pays ait jamais connu. »

15

Arthur et Claire passèrent la journée entière à étudier le *Domesday Book*. Ils faisaient des pauses où ils mangeaient au restaurant et se promenaient dans le jardin, jusqu'à ce qu'un nouveau jour se passe et qu'ils se retrouvent assommés à force de regarder des statistiques abrutissantes.

Claire alla à la salle de bains pour se brosser les dents.

« Pouvez-vous rester un peu plus longtemps ? lui demanda-t-il de l'autre côté de la porte.

– Ça va être compliqué, dit-elle. Il faut que je retourne au travail, bientôt.

– Il me semble que nous progressons.

– Oui, peut-être. Nous verrons demain ce qu'il en est. »

Lorsqu'elle sortit, vêtue de sa chemise de nuit, elle se mit au lit et se tourna vers lui.

« Les deux derniers jours ont été complètement surréalistes, dit-il, allongé sur le côté, la tête posée sur sa main.

– Ce n'est pas banal, c'est vrai.

– Se cacher dans un hôtel, essayer de résoudre une énigme vieille de cinq cents ans...

– Je dois dire que ça me plaît bien, intellectuellement parlant. C'est très différent de mon travail ordinaire. Ça a quelque chose d'assez romantique.

– Je me sens un peu coupable.

– Pourquoi ?

– Je ne veux pas qu'il vous arrive quoi que ce soit.

– C'est très gentil. Mais je me sens tout à fait à l'aise avec vous. Tout à fait en sécurité. »

Elle éteignit sa lampe de chevet. Il songea à s'approcher d'elle, mais il résista. Il ne voulait surtout pas rompre l'équilibre fragile qu'il y avait entre eux et l'éloigner de lui. Alors il retourna son oreiller du côté où il était frais et s'endormit.

Le matin suivant, Arthur se réveilla en premier et jeta un coup d'œil discret du côté du lit de Claire. Elle était en partie sous les couvertures, mais l'une de ses longues jambes nues dépassait.

Aussi silencieusement que possible, il mit le café en route dans la chambre et resta assis à le regarder s'écouler lentement dans la carafe, goutte à goutte.

Soudain, il eut un sentiment de clarté qui lui avait échappé pendant toute la longue journée précédente.

Claire se réveilla alors qu'il était en train de feuilleter à toute allure le *Domesday Book*.

« Ah, vous vous y êtes déjà remis », dit-elle.

Arthur leva les yeux, tout excité.

« Il m'est venu une idée, Claire. Votre principe de simplicité. Malory venait du Warwickshire. Il le mentionne explicitement dans la lettre. Je pense que nous pouvons éliminer quatre-vingt-dix pour cent de l'ouvrage. Il suffit de se concentrer sur le comté du Warwickshire. Donc, reprenons le passage que nous étions en train de lire hier, en cherchant des mentions du chiffre 20 ou 23. »

Son enthousiasme se communiqua à Claire, qui s'assit dans son lit.

« Est-ce qu'il n'utilise pas des chiffres quand il parle du Warwickshire ? demanda-t-elle. Les terres verdoyantes du Warwickshire ? Peut-être qu'il nous faut trouver un village qui compte vingt ou vingt-trois hectares de terres. »

Ils se servirent du café, et elle le rejoignit sur son lit défait pour qu'ils puissent lire le texte ensemble. S'il n'avait pas été aussi concentré sur le livre, la vision de ses jambes et de ses bras nus lui aurait fait perdre la tête. Il ouvrit le livre à la première page de la section qui concernait le Warwickshire, et ils commencèrent tous les deux à lire en diagonale le texte dense. C'était comme s'ils faisaient la course. Arthur voyait à son air concentré et sa position ramassée qu'elle aimait la compétition, et son impression se confirma lorsqu'elle cria d'un air triomphant :

« Voilà ! Ce village compte vingt hectares ! »

Elle montrait le village de Harborough, où il était écrit :

Il y a quatre hides et demi. Il y a autant de terres que de charrues. Il y a quatre vilains et quatre tenanciers avec une charrue. Il y a vingt hectares de prairie.

« Ça pourrait être là que l'épée est cachée. Avez-vous une carte ?

– Attendez, dit Arthur. En voilà un autre avec vingt hectares de prairie. »

À la page suivante, il y avait trois autres villages qui correspondaient également à la description : Leamington Hastings, Mollington et Binton, et, peu de temps après, ils ajoutèrent Newnham, Paddox, Wolverton, Oxhill, Weddington, Hodnell, Nuneaton et Stoneleigh à la liste : au total, douze villes et villages qui comptaient vingt hectares de prairie dans le Warwickshire. Cependant, il n'y en avait qu'un qui comptait vingt-trois hectares : Stretton-on-Fosse.

« Donc, c'est assez clair, dit-elle. Si notre hypothèse est valable, Thomas Malory doit indiquer, par le nombre 23, Stretton-on-Fosse. Car il n'y en a qu'un, contrairement aux 20. »

Arthur chercha sur Internet une carte du Warwickshire et fronça les sourcils en voyant apparaître Stretton-on-Fosse.

« Je ne sais pas. C'est vraiment beaucoup plus au sud que chez Malory, à Newbold Revel. »

Après une recherche rapide sur le village en question, il ajouta :

« Et il n'y a ni manoir ni château, là-bas, donc il ne pouvait pas avoir une connaissance de sang noble dans la région.

– C'est de la spéculation, non ? Comment pouvez-vous en être certain ?

– Je ne le suis pas. »

Il étudia la liste des lieux et reprit le parchemin.

« Vous savez, je me demande si nous ne sommes pas en train de passer à côté de quelque chose en misant sur les vingt et les vingt-trois hectares. Il y a une autre expression qui est bizarre aussi, peut-être intentionnellement. Vous vous souvenez, il dit que l'endroit où est cachée l'épée se trouve dans la préface, et je cite, avec l'histoire elle-même : *pourvu que l'on soit aussi attentif que les prêtres qui gardent les sacrements des terres verdoyantes du Warwickshire.* Aussi attentif que les prêtres. Pourquoi dit-il cela ? C'est un ajout purement esthétique. Qu'est-ce que c'est que cette histoire de prêtres ? »

Elle prit le livre qu'il avait sur les genoux en frôlant au passage son entrejambe, et s'excusa avec un petit gloussement.

« Voilà ! Vous vous souvenez de ça ? À Leamington Hastings, en plus des vingt hectares de prairie, il y a écrit qu'il y a quinze serfs, trente-trois vilains et un prêtre ! Donc, il faut qu'on vérifie si c'est le seul village qui satisfait les deux conditions. »

Elle relut le nom des douze localités qu'ils avaient isolées, en haussant un peu la voix pour insister sur

Stretton-on-Fosse, de nouveau, puisqu'il y avait aussi un prêtre dans le village. Puis plus rien jusqu'au dernier village, Stoneleigh, où elle haussa encore le ton :

« Là, il y a deux prêtres. »

Arthur regarda où se trouvaient Leamington Hastings et Stoneleigh sur la carte, tandis que Claire répétait que tous les signes semblaient pointer vers Stretton-on-Fosse.

« Leamington non plus n'est pas très près de chez Malory, mais, par contre, c'est sur la route de Londres, et comme nous savons qu'il a été membre du Parlement, ça pourrait être une route qu'il connaissait. Stoneleigh est plus près de chez lui, juste au sud de Coventry, donc là, c'est quasiment ses terres. »

Il fit une autre recherche et dit :

« Il y a une abbaye cistercienne importante qui était là au XVe siècle, c'est intéressant. »

Claire se leva pour se dégourdir les jambes.

« Bon, il se pourrait qu'on fasse complètement fausse route, mais si nos conjectures sont bonnes, il y a trois possibilités : Stoneleigh, Leamington Hastings et Stretton-on-Fosse, qui a ma préférence. Comment faire pour préciser notre recherche ? Je veux dire, même si nous étions sûrs que c'est l'un de ces trois endroits dont Malory parlait, où est-ce qu'on chercherait ? Dans des villages entiers ! »

Ils firent une promenade avant le petit déjeuner. Le temps était couvert, et alors qu'ils étaient à l'autre bout du jardin, le ciel s'ouvrit avec une férocité remarquable et ils se retrouvèrent rapidement trempés comme s'ils venaient de se faire asperger au jet d'eau. Ils rentrèrent en courant à leur chambre, riant aux éclats comme des écoliers, et ils se débarrassèrent de leur manteau et de leurs chaussures, qui dégoulinaient d'eau.

« Il faut que je me change », dit-elle en défaisant le premier bouton de son chemisier et en s'avançant vers le placard.

Il la suivit en déboutonnant sa chemise et, tout à coup, elle se retourna vers lui. Il l'embrassa, doucement d'abord, attentif à ses réactions, puis plus intensément lorsqu'il comprit qu'elle était d'accord. Ils s'avancèrent vers son lit collés l'un à l'autre et, défaisant en hâte les boutons et les fermetures de leurs vêtements, ils se retrouvèrent rapidement nus.

Tout était parfait en elle : son odeur, son goût, ses petits murmures, son corps splendide. Et après ça, alors qu'ils étaient encore haletants de cette étreinte inattendue, il vit qu'elle semblait aussi comblée que lui.

Il ne savait pas du tout pourquoi l'idée lui vint à ce moment-là, mais il s'excusa rapidement et se précipita vers son ordinateur et l'un des parchemins. Elle ne sembla pas s'offusquer de ses mauvaises manières postcoïtales, et elle remonta les couvertures pour qu'ils puissent tous les deux être au chaud.

« C'était incroyable, au fait, dit-il. Mais il y a quelque chose que je n'avais pas vu. Quelque chose que je n'avais pas pris en compte. »

Il montra du doigt l'une des sections du parchemin.

« C'est cette partie : l'endroit où est cachée l'épée se trouve dans la préface, *avec l'histoire elle-même.* Il faut aussi prendre ça en compte pour retrouver l'épée. »

Elle posa la main sur son torse, aussi naturellement que s'ils avaient été des amants de longue date.

« Je suis désolée, je ne vois pas.

– Alors qu'il est mourant, le roi Arthur ordonne à Girflet de ramener l'épée au lac enchanté où il l'a trouvée. Girflet s'exécute à regret, et un bras de femme surgit des eaux pour s'emparer de l'épée et l'emporter sous l'eau. Ça doit être ça que Malory veut dire ; avec l'histoire elle-même. Il doit avoir lancé l'épée au fond d'un lac. C'est là qu'il a dû la cacher. Tout ce qu'il faut, c'est que nous trouvions dans lequel de ces villages il y a un lac.

– C'est une idée géniale. »

Il l'embrassa.

« Pour un chimiste ? »

Il ne leur fallut que quelques minutes sur Google Earth pour trouver la réponse, et ils furent cruellement déçus. Leamington Hastings, Stretton-on-Fosse, Stoneleigh ; aucun de ces villages n'avait de lac, ni même d'étang. La rivière Avon traversait Stoneleigh, mais ça ne comptait pas vraiment. Il referma violemment son ordinateur, frustré.

« Qu'est-ce qu'on fait, maintenant ? » demanda-t-elle.

Il haussa les épaules et se tourna vers elle.

« Il n'y a qu'une chose à faire », dit-il en retournant se glisser contre elle.

Arthur et Claire arrivèrent tôt au pub Mortimer Arms, sur Tottenham Court Road, mais Tony Ferro était déjà là et avait quasiment fini sa première pinte. Il était en train de discuter avec quelqu'un ; Arthur supposa qu'il s'agissait de Jim Mawby, le géologue de l'UCL dont Tony lui avait parlé au téléphone un peu plus tôt dans la journée.

Tony les appela, et en fit des tonnes devant Claire, une fois encore, avant de les présenter à Mawby. Arthur avait passé un coup de fil à Tony pour lui faire part des dernières découvertes, et c'était Tony qui lui avait conseillé de parler à Mawby.

« Est-il possible qu'un lac disparaisse en cinq cents ans ? avait demandé Tony. Moi, je n'en ai aucune idée, mais je connais un gars à l'UCL qui va pouvoir nous le dire. »

Tony offrit une tournée et se rassit, recommençant à s'extasier sur Claire.

Mawby avait la peau sèche et tannée par le soleil après des années d'études géologiques en Afrique. Il écouta la conversation sans rien dire pendant toute la première tournée, descendant sa deuxième pinte. À un moment, il finit par intervenir :

« J'ai entendu parler de votre histoire de trésor, Malory. Vous êtes intéressant, comme garçon. Voulez-vous me dire ce que vous désirez savoir sur les lacs qui disparaissent ? »

Arthur se sentait mal à l'aise, de peur d'en dire trop, mais Tony vint à la rescousse :

« On pourrait te le dire, Jim, mais il faudrait que tu disparaisses pendant très longtemps. Tu penses que ta femme serait d'accord ? »

Mawby rit.

« Je pense qu'elle te serait reconnaissante à tout jamais. Bon, d'accord. Vous avez besoin de savoir. Ça ne me regarde pas. Continuez à me servir la meilleure bière et je vous aiderai. Bon, je peux me jeter à l'eau, si j'ose dire ?

– Je vous en prie, acquiesça Arthur.

– Eh bien, les lacs peuvent disparaître pour une quantité de raisons. Parfois, ça arrive en un battement de paupières, parfois ça prend des siècles. Le scénario le plus courant, c'est que les sédiments se déposent et le lac se transforme peu à peu en marécage. Ensuite, de la tourbe se forme et l'endroit devient un marais. À la fin du processus, des arbres commencent à pousser, ce qui transforme le marécage en forêt.

– Et tout cela peut arriver en cinq cents ans ? demanda Arthur.

– C'est vrai que c'est rapide. Généralement, ça prend plutôt mille ans. C'est vrai aussi qu'il y a des lacs qui disparaissent beaucoup plus vite, mais ces prétendus lacs éphémères se trouvent généralement dans des endroits très secs, comme la vallée de la Mort, donc ce n'est pas ce qui nous intéresse ici. C'est très rare qu'un lac disparaisse aussi vite. Ce n'est arrivé que très récemment, en 2005, en Russie, quand le lac Beloïe a disparu du jour au lendemain, comme par magie. On pense qu'il y a eu un mouvement sismique sous la couche terrestre, ce qui l'a fait s'écouler par des canaux jusqu'à la rivière Oka.

– Donc, c'est une possibilité ? demanda Claire.

– C'est possible, mais peu probable. Il n'y a eu aucune trace de quoi que ce soit de similaire dans le Warwickshire ces cinq cents dernières années, et pas d'indication cartographique qu'il ait pu y avoir un lac à Leamington Hastings, Stretton-on-Fosse ou Stoneleigh. Juste pour être exhaustif, il y a aussi ce qu'on appelle disparitions de lac, quand les rivières qui l'approvisionnent sont détournées par l'homme pour l'irrigation et le lac se retrouve privé d'eau. Mais ça n'arrive pas en Europe.

– Donc, pas d'autre possibilité ? demanda Tony. Toute cette bonne bière pour rien ?

– Mon œsophage n'est pas rien, merci, s'amusa Mawby. Mais je pensais à autre chose. Votre lac, est-ce que ça ne peut pas être une rivière ? »

Arthur secoua la tête.

« Le document historique que nous essayons de décrypter indique clairement que c'est un lac.

– Parfois, les rivières peuvent s'élargir jusqu'à former des bassins, qui ressemblent à des lacs. Plus le bassin est grand, plus il est difficile de sentir le courant. »

Arthur fit la moue.

« Il y a la rivière Avon, qui passe à Stoneleigh, mais il ne semble pas y avoir de bassins, d'après ce qu'on voit sur les cartes. Ça n'a pas l'air d'être une rivière très large, juste une petite rivière de campagne.

– Ah, dit Mawby en marquant un arrêt pour prendre une gorgée. J'ai bien mérité ma bière, finalement, on dirait. Regardez. »

Il tira de son sac une carte satellite et pointa du doigt vers un endroit de la rivière Avon où celle-ci formait un méandre autour d'une île.

« Cette masse de terre se trouve au centre des branches convergentes et divergentes de la rivière, près de la vieille abbaye de Stoneleigh. Ça s'appelle une île de rivière. Je ne vais pas vous ennuyer avec des histoires d'hydraulique, mais disons simplement que c'est une question de géométrie du canal, de mécanique des fluides et de sédimentation. Je pense qu'une île de rivière peut très bien se former en quelques siècles. Ça peut très bien arriver. Or, imaginez quand elle n'y était pas encore : la rivière devait bien faire cent mètres sur cinq cents, à cette époque-là. Ça devait beaucoup ressembler à un petit lac. Enfin, c'est tout ce que je vois de plausible. J'espère que ça vous est utile. »

Il regarda sa montre.

« Bon, j'arrête le cours pendant au moins une heure et demie. Va donc me chercher une autre pinte, Tony, tu veux ? »

Lorsqu'ils sortirent du pub, quelqu'un les observait depuis un abribus. Griggs rabattit sa casquette au-dessus de ses yeux et écrasa sa cigarette. Il dut choisir quel couple suivre lorsqu'ils se séparèrent, et il décida, après avoir pris quelques photos discrètes de Ferro et de Mawby, que ce serait Arthur et Claire.

« Alors ? demanda Claire en glissant sa main dans celle d'Arthur.

– Tu peux rester encore un jour ?

– Bon, dit-elle après une pause qui ne dura qu'une seconde, mais qui lui sembla bien plus longue. D'accord.

– Ça te dit de venir visiter Stoneleigh avec moi ? demanda-t-il en lui pressant la main. Un ancêtre à moi m'a laissé quelque chose, là-bas. »

16

Angleterre, 1471

Thomas Malory était vieux, et il avait beaucoup souffert. Des années d'humidité et de froid l'avaient usé jusqu'à la corde. Quand il se réveillait, frissonnant sous sa couverture, ses genoux et ses hanches étaient raides comme du bois, et se lever de son lit pour utiliser le pot de chambre était un effort qui lui coûtait. Même saisir une tasse lui était devenu difficile, jusqu'à ce que la rigidité du matin s'atténue et que ses articulations recouvrent un peu de souplesse.

Vingt ans à entrer et sortir de prison ! Vingt ans d'espoirs déçus lorsqu'on lui accordait la liberté, et de désespoir lorsqu'il était de nouveau arrêté ou poursuivi.

La prison de Marshalsea, Colchester Goal, la Tour de Londres, Ludgate, Newgate, il avait servi le bon plaisir de Sa Majesté dans les pires trous à rats, tout en rêvant de la vie confortable à Newbold Revel qu'il avait perdue.

Où était la justice ?

Un chevalier du royaume qui se retrouvait jeté au milieu d'un monceau d'iniquités pareilles à des ordures. De fausses accusations. Vol ? Viol ? L'idée qu'un homme qui avait servi son roi sur le champ de bataille comme chevalier, un homme qui était imprégné jusqu'à la moelle des vertus chevaleresques, un descendant d'Arthur, roi d'Angleterre ! qu'un tel homme eût pu commettre des actes aussi ignobles semblait impossible. Mais les chefs d'accusation, entretenus par des ennemis puissants qui tiraient parti d'un système judiciaire corrompu, suffisaient à maintenir Malory en captivité, alors que la plupart des hommes de son âge et de sa situation profitaient de leur repos bien mérité à boire auprès du feu avec leurs chiens somnolant à leurs pieds.

Pendant les dix premières années de captivité, il avait au moins eu l'espoir que son calvaire cesserait lorsque le roi Henri interviendrait. Mais Henri avait d'autres chats à fouetter. Son ambition de faire cesser définitivement les combats interminables avec la France avait créé un schisme parmi ses vassaux et fait du duc de York un rival puissant et dangereux. Alors que le roi sombrait dans une mélancolie noire après avoir été fait cocu par sa jolie femme française, York se précipita dans la brèche et prit le pouvoir des mains de la famille des Lancaster. Bien que le roi eût rapidement retrouvé ses esprits, vingt ans de luttes incessantes entre la maison des Lancaster et celle des York avaient dévasté le pays, occupé toute l'attention de la Couronne et voué à l'échec les efforts d'un pauvre chevalier emprisonné.

Pendant tout ce temps-là, Malory marinait dans son jus, passant d'une cour à une autre et de prison en prison, parfois glauques, ou parfois comme celle de Marshalsea, plus hospitalières. Il s'écoulait des mois, parfois un an ou même plus avant que Buckingham fasse sa réapparition.

« Dites-moi où se trouve l'épée, et vous êtes un homme libre. »

John Aleyn et d'autres hommes de confiance avaient pu lui donner des informations sur les intentions mystérieuses de Buckingham. Il était question d'un réseau dispersé en Europe et en Asie, appelé les Qem, des alchimistes qui étaient réunis non pas par une allégeance à une couronne, mais par un lien plus sombre. On parlait d'un autre Anglais, Ripley, qui trempait dans la même histoire, tout comme Buckingham. On disait que tous les deux avaient prêté serment à ces hommes qui partageaient le désir de retrouver le Saint-Graal, non pas pour la gloire de Dieu, mais pour de basses et démoniaques raisons.

Alors, à chaque fois que Buckingham faisait ouvrir sa cellule et renouvelait sa proposition, Malory répondait de la même manière.

« Monseigneur, vous n'aurez pas l'épée et vous n'aurez pas le Graal. Le Graal est fait pour la lumière et la bonté, et vous, je crains que vous ne l'utilisiez à de sombres et maléfiques desseins. Je serai heureux si je meurs en sachant que vous n'êtes pas parvenu à mettre la main dessus. »

Tandis que la politique entraînait l'Angleterre dans un tourbillon de violence, la vie de Malory était protégée de toute la fureur de l'extérieur, et elle s'écoulait lentement et de manière répétitive. Les bons jours, quand la maladie s'éloignait et que la nourriture était acceptable, il tirait même un certain plaisir des occupations qu'il s'était trouvées.

Après une vie passée sur le champ de bataille, dans le sang, il y avait un certain confort à se retrouver seul, à écrire sur son bureau au milieu de livres précieux. Il démarrait souvent la journée en écrivant une lettre à sa femme bien-aimée ou à l'un de ses amis chers, mais, aussitôt après, il se mettait à rédiger un chapitre du *Morte d'Arthur* et se perdait dans la description d'une grande bataille, d'une histoire d'amour pleine de passion, d'une noble quête. Il écrivait pendant des heures, et, ce faisant, il se transportait sur les collines verdoyantes de Camelot et la cour magnifique d'Arthur, son roi, sa source d'inspiration, son ancêtre.

Buckingham, qui avait de la suite dans les idées, se méfiait perpétuellement de ce que Malory pouvait bien écrire, et il faisait lire ses lettres par un érudit pour savoir s'il y avait un message secret concernant l'endroit où était cachée l'épée, mais ils ne trouvèrent jamais rien.

Pour un prisonnier, Malory était plutôt bien au courant de ce qui se passait à l'extérieur, grâce à ses visiteurs et à ses geôliers, et il lui fallut moins d'une semaine pour entendre parler de la bataille de Northampton, en juillet 1460, depuis sa prison de Newgate. Le duc de York avait remporté une victoire éblouissante contre les dix mille hommes du roi Henri sur les terres de l'abbaye de Delapré. Le roi fut fait prisonnier, et accepta rapidement un accord – qui allait se révéler de courte durée –, prévoyant qu'il reste roi jusqu'à la fin de sa vie et que la couronne revienne ensuite à York et à ses héritiers. Mais surtout, et c'était le plus important pour Malory, Buckingham était mort !

Buckingham, toujours opportuniste et versé dans tel ou tel complot, s'était rangé du côté des York lorsque la balance avait semblé pencher en leur faveur pendant la guerre des Deux-Roses, et pour les Lancaster lorsque ceux-ci regagnaient du terrain. Malheureusement pour lui, ce jour-là, à Northampton, il était à la tête des forces de Lancaster pour le roi Henri, et il fut transpercé net par un gentilhomme du Kent qui était du côté de York.

Malory se réjouit de la nouvelle, fit une requête à la Couronne et attendit. Enfin, quelques semaines plus tard, maintenant que Buckingham n'était plus là pour lui mettre constamment des bâtons dans les roues, il fut libéré, à la grande joie de sa femme et de son homme de confiance, John Aleyn. C'était comme dans un rêve. Être de retour à Newbold Revel, ses vertes prairies, ses cultures mûres pour la récolte ! Il commença lentement à se remettre de l'accès de dysenterie qu'il avait subi cet été-là et qui avait failli avoir raison de lui.

Il mangeait autant qu'il le pouvait et arpentait ses terres en essayant de se remettre sur pied. Tout ce temps-là, il le passa aussi à réfléchir et mettre des projets en œuvre. L'épée pouvait rester encore un peu dans sa cachette aquatique. Il aurait tant aimé l'avoir de nouveau, en prendre soin, la transmettre à son héritier, mais il ne fallait pas se presser. Excalibur était en lieu sûr. Il s'assit sur un banc auprès de la tombe de l'aîné de ses fils, Thomas, qui était mort de la peste deux ans auparavant, alors qu'il était encore à Newgate. Le fils qu'il lui restait, Robert, était un bon fils ; à 13 ans à peine, il était déjà noble et courageux, et Malory savait qu'il saurait défendre les terres et les trésors de la famille. Mais il n'allait pas le mettre en danger en lui révélant où se trouvait l'épée, ni lui parler du Graal. Cette quête n'appartenait qu'à lui.

Le manuscrit du *Morte* se trouvait à présent dans sa bibliothèque, pas tout à fait terminé. Il attendrait encore un peu, car Malory avait des affaires plus urgentes à régler. Il savait à présent ce qui était écrit sur la poignée et, surtout, il savait ce que cela signifiait. Lorsqu'il se sentirait suffisamment fort, peut-être au printemps, il rassemblerait un groupe d'hommes de confiance, dont John Aleyn, et ferait affréter un bateau avec des provisions. C'était une destination lointaine et une expédition dont l'issue était incertaine, mais il y avait une chance qu'à l'issue du voyage il puisse tenir entre ses mains tremblantes la relique la plus sainte du monde.

L'affreux retournement survint quelques mois plus tard, au moment où les vents hivernaux commençaient à souffler. Ce fut un choc terrible d'être arrêté de nouveau sur les mêmes chefs d'accusation, encore et toujours, et envoyé à la prison de Marshalsea. Malory demanda à savoir qui était derrière tout ça. La réponse lui vint comme si c'était de l'au-delà. Un homme qu'il ne connaissait pas apparut dans sa cellule un jour et s'excusa de l'interrompre.

Malory, à son bureau, leva les yeux. Malgré son amertume, il avait repris son travail sur son manuscrit, et il était perdu dans ses pensées sur Lancelot et Guenièvre. L'homme qui se tenait à sa porte était terriblement gros, et, à en juger par sa tunique bordée de fourrure et ses bagues ornées de pierres précieuses, il était aussi terriblement riche.

« Qui êtes-vous, monseigneur ? demanda Malory.

– Je suis John Ripley. Vous avez peut-être entendu parler de moi. »

Malory sourit. Il faisait partie de la bande de Buckingham.

« Oui, en effet.

– Eh bien, vous savez sans doute pourquoi je suis ici, alors.

– Asseyez-vous, Ripley. Marshalsea n'est pas l'endroit le plus confortable du royaume, mais j'imagine que vous n'allez pas rester suffisamment longtemps pour que ce soit un problème... »

Ripley fit la grimace en calant son lourd postérieur au fond d'une chaise étroite.

Malory reposa sa plume dans l'encrier.

« Pouvez-vous m'en dire plus sur les Qem, alors ? »

Si Ripley fut surpris par la question, il ne le montra pas.

« Nous étudions la philosophie naturelle, nous sommes curieux, nous sommes des gentilshommes. C'est tout.

– Vous êtes des alchimistes.

– Oui, c'est vrai. Certains, dont je suis, pensent que l'alchimie sert un noble but. Vous m'accorderez que comprendre la main de Dieu est un noble but, n'est-ce pas ?

– Pourquoi voulez-vous le Graal ?

– Et vous, sir Thomas ?

– Pour la gloire de Dieu.

– Nous aussi, c'est pour cela que nous le voulons.

– Ce n'est pas ce que j'ai entendu dire.

– Je refuse de commenter les accusations scandaleuses et immorales de gens qui ne veulent pas donner leur nom. »

Malory se leva avec difficulté en se frottant la hanche.

« Et pourtant, me voilà, injustement emprisonné à cause d'accusations scandaleuses et immorales de gens qui ne veulent pas donner leur nom ! C'est vous qui m'avez fait remettre en prison, n'est-ce pas ? Je pensais que c'était un homme de main du Kent qui s'était chargé de servir les intérêts de Buckingham à mes dépens, mais j'ai bien l'impression que je me trompais. Ce sont les partisans de York qui tirent les ficelles, à présent. Est-ce que votre influence s'étend jusqu'à eux ?

– Notre influence s'étend un peu partout. Buckingham, que Dieu ait son âme, s'est retrouvé du côté du roi Henri à un moment tout à fait inapproprié. Maintenant que c'est le duc de York et son héritier, Edouard de York, qui sont en position de force, j'ai peut-être l'occasion d'étendre mon influence. Le duc a placé entre mes mains certains aspects de l'éducation d'Edouard, alors, si je devais faire courir le bruit qu'un chevalier devrait être remis en prison, je pense que mes vœux seraient exaucés.

– Faites courir tous les bruits que vous voudrez.

– C'est ce que je vais faire. Tout ce que je vous demande, c'est de me dire où se trouve l'épée. »

Malory se dirigea en boitant de l'autre côté du bureau, où il prit appui.

« Ça y est, ça recommence. Cette proposition infernale. Je vais vous répéter ce que j'ai dit à de nombreuses reprises à Buckingham. Je ne vous le dirai jamais. Vous pouvez traîner mon nom dans la boue, je ne céderai pas. Vous pouvez me torturer, je ne céderai pas. Vous pouvez prendre mes terres, tuer ma famille, je ne céderai pas. Les Qem sont peut-être puissants, vous êtes peut-être puissant, mais aucun homme ne fera plier ma volonté de fer, fortifiée par la certitude que ce que je protège, je le protège pour Dieu. Maintenant, cher monsieur, si vous réussissez à vous extraire de cette chaise, je vous souhaite une bonne journée. »

Pendant les dix années qui suivirent, Malory continua à être envoyé de prison en prison, avec de brèves périodes où il était remis en liberté ou obtenait le pardon royal. Mais il entendait presque les chuchotements sortir de la bouche grasse de Ripley. Il les entendait dans ses rêves.

« Allez chercher le lapin. Faites-le sortir de son terrier. Remettez-le dans sa cage. Il est à moi. Il est à moi. Il est à moi. »

La guerre des Deux-Roses continuait, mais l'influence de Ripley à la cour ne cessait de grandir. Le duc de York périt à Wakefield, mais son fils de 19 ans, un magnifique spécimen d'un mètre quatre-vingt-dix, monta sur le trône et prit le nom d'Edouard IV. Plus rien ne pouvait arrêter Ripley, maintenant. Il continuait à chuchoter, mais désormais, alors qu'il était officiellement alchimiste à la cour, il chuchotait directement dans l'oreille du roi.

Une fois par an, le jour du nouvel an, Ripley allait voir Malory en prison pour lui offrir la liberté, et, une fois par an, Malory refusait. Malory pensait que Ripley faisait exprès de lui rendre visite ce jour-là, parce que chacun a tendance à réfléchir à sa destinée à l'orée d'une nouvelle année. Le premier jour de 1471, Malory congédia le gros homme et se servit de la mauvaise bière. Le gardien de Newgate lui en avait donné une ration supplémentaire la veille au soir. Malory avait réussi à obtenir une pièce de gibier un peu moins mauvaise que d'habitude, et une bonne tranche de pain pour son souper du nouvel an. Il était assis à son bureau, il dégustait en lisant la dernière page du *Morte d'Arthur* qu'il venait de terminer le matin même. Vingt ans de travail, un labeur fait d'amour et de dévotion, couronné par cette lamentation personnelle et douloureuse.

> *Telle est la fin du livre du roi Arthur et de ses nobles chevaliers de la Table ronde, lesquels, tous réunis, étaient toujours au nombre de cent quarante. Voici comment s'achève la mort d'Arthur. Je vous demande à tous, gentilshommes et nobles dames qui lirez ce livre d'Arthur et de ses chevaliers, du commencement à la fin, priez pour moi, tant que je serai en vie, pour que Dieu m'envoie bonne délivrance, et quand je serai mort, je vous le demande, priez pour mon âme. Car ce livre fut terminé la neuvième année du règne du roi Edouard IV, par messire Thomas Maleore, chevalier. Que Jésus-Christ tout-puissant lui vienne en aide, car il est le serviteur du Christ, tant la nuit que le jour.*
>
> *Priez pour moi tant que je serai en vie.*

Il essuya une larme et termina sa croûte de pain.

C'était curieux de sentir sa vie le quitter lentement, comme l'eau d'un seau s'écoulant par un tout petit trou.

Son manuscrit était terminé, et sa vie l'était sans doute aussi. Le roi Edouard, indubitablement guidé par Ripley, avait accordé une grâce générale aux prisonniers quelques années auparavant, et en avait exclu seulement onze, dont Malory. Même si le roi changeait d'avis et le faisait libérer, il était trop tard pour lui pour partir à la quête du Graal. Il était fragile et infirme. Un voyage au-delà de la Manche était impensable. Tout ce qu'il pouvait espérer, c'était qu'un héritier reprenne son combat après sa mort et parte en quête du Graal pour l'honneur des Malory et la gloire de Dieu.

Un orage violent projeta sur Londres un mètre de neige. Depuis sa haute fenêtre, Malory la regardait s'accumuler dans la cour de la prison et sourit en voyant les enfants des gardiens se jeter des boules de neige. Quelle merveille ce serait de pouvoir monter à cheval avec tout ce vent et de sentir les flocons froids sur son visage. Il se demanda s'il neigeait aussi dans le Warwickshire. Elizabeth devait être en train de se lever, à cette heure-là, et elle devait voir la neige tomber à travers les étroites fenêtres de leur chambre à coucher. Elle aussi était âgée, mais elle était encore belle.

Il poussa un profond soupir et retourna à son bureau pour terminer de faire son legs. Il relia la grosse liasse de parchemins du *Morte d'Arthur* avec un ruban. Il avait écrit la préface la veille, accomplissant ainsi la promesse qu'il avait faite à l'évêque de Waynflete dans sa lettre. Un homme qui en serait digne, si possible un descendant, pourrait marier sa connaissance du *Morte d'Arthur* et du *Domesday Book* pour retrouver l'épée et, à la grâce de Dieu, le Graal. Tout ce qu'il pouvait faire, c'était envoyer un message à travers les siècles dans l'espoir qu'un Malory le retrouverait. Peut-être que ce serait son fils, Robert, ou peut-être le fils de son fils. Ou un Malory plus éloigné.

Il écrivit :

Hélas, mes ennemis, ces hommes impies qui se font appeler Qem, sont parvenus à m'empêcher de partir en quête du Graal. Je suis vieux, maintenant, et trop faible. Cependant, en m'emprisonnant pendant toutes ces années, ils m'ont donné le bénéfice du temps, et Dieu m'a donné la possibilité d'écrire une chronique complète des histoires de mon noble ancêtre, le grand et illustre roi Arthur de Bretagne. Je prie pour qu'un Maleore qui me succédera trouve ce parchemin et entreprenne la quête du Sangreal.

Il finit la lettre peu de temps avant que John Aleyn arrive pour ce qui allait être sa dernière visite. Comme d'habitude, il donna du vin aux sentinelles pour qu'elles l'autorisent à parler avec son maître seul à seul. Aleyn était lui aussi voûté par l'âge. Sa démarche était hésitante et ses mains tremblaient, mais comme toujours il réussit à mettre son seigneur de bonne humeur.

« Le froid a transformé mes couilles en bronze, monseigneur, dit-il en se réchauffant les mains auprès du feu de Malory.

– Quel besoin as-tu de tes couilles, vieil homme ? demanda Malory.

– Pas grand besoin, répondit Aleyn, bien que je prie pour que ma vie de débauche ne soit pas terminée pour toujours.

– Comment va Elizabeth ? Et Robert ?

– Ils vont bien. Ils ne sont pas malades, à ce que je sache. Robert est au nord, il se dirige avec un groupe d'hommes du roi Edouard vers Saint-Alban pour combattre ce qu'il reste des Lancaster. La reine Margaret et son fils ne pourront pas lutter longtemps, à mon avis.

– J'espère qu'il survivra. John, je voudrais te demander une dernière faveur. »

Aleyn grimaça en entendant cela mais ne dit rien.

« Porte ce livre à l'évêque Waynflete, à Winchester, et dis-lui de le faire recopier par un clerc. Les geôliers te laisseront l'emporter. Ils l'ont lu et se fichent de ce que je peux bien en faire. Demande à Waynflete de le faire copier et de faire apporter la copie à William Caxton, l'imprimeur londonien. Cela fait des années que je connais Caxton. Depuis Calais.

– Je m'en souviens, monseigneur. Il était encore marchand de laine, à l'époque. Il s'est mis à l'imprimerie, alors ?

– Oui, et avec succès, apparemment. Encore autre chose. Cette lettre. »

Il la glissa entre les pages pour mieux la protéger.

« Rapporte-la à Newbold Revel et mets-la dans un coffre fermé à clé avec différents documents et quelques-unes de mes affaires. J'aimerais que ce soit Robert qui la retrouve, ou son fils, ou un futur Malory. Bien que ce ne soient que des mots, elle contient une carte au trésor. Prends-en soin. C'est tout ce que j'ai à dire. »

Lorsqu'il fut temps que son visiteur s'en aille, les deux hommes s'étreignirent.

« Portez-vous bien, monseigneur, dit Aleyn. J'ai entendu que Ripley cherchait à vous nuire.

– Que peut-il faire de plus que ce qui a déjà été fait ? Je suis prêt à accepter mon destin en nourrissant éternellement l'espoir que quelqu'un me succédera pour accomplir la destinée que je n'ai pu accomplir. »

Aleyn partit avec la lettre et le manuscrit dans une sacoche en tissu. Il irait à Winchester et remettrait le manuscrit entre les mains de l'évêque lui-même. Et l'évêque remettrait à Aleyn la lettre que Malory lui avait adressée vingt ans plus tôt, pour qu'il la garde en lieu sûr. Aleyn retournerait à Newbold Revel et mettrait l'ancienne lettre avec la nouvelle dans une boîte solide et fermée à clé pour qu'elles puissent être transmises aux héritiers de son maître. Mais Robert devait revenir de la bataille de Saint-Alban avec une blessure à la tête qui le laisserait infirme. Il mourrait en 1479, un an avant sa mère, sans avoir pu ouvrir le coffre. Les indications laissées par Malory resteraient ignorées de tous pendant les cinq cent quarante-trois années qui suivraient.

Un jour de mars glacial, Ripley apparut devant la cellule de Malory avec un groupe de brutes et un sac rempli d'instruments. Il dit que sa patience était à bout. Il allait mettre à l'épreuve ce vieux chevalier qui soutenait qu'il ne révélerait pas la cachette de l'épée, même sous la torture. Après tout, qu'avait-il à perdre ? Il avait entendu dire à Newgate que les forces de Malory étaient en train de le quitter et qu'il ne verrait probablement pas les fleurs du mois de mai.

Les mains de Malory furent mises dans des étaux, puis ses pieds. On lui appliqua des fers brûlants sur la poitrine et les cuisses, puis sur les parties génitales.

Il poussa des hurlements, comme tout homme en pareil cas, mais il ne répondit pas aux exhortations de Ripley et ne dit pas un mot. Tandis qu'il lâchait son dernier soupir, il eut la bénédiction d'avoir une vision, un peu à la manière de celles des chevaliers d'Arthur : Perceval et Gauvain, Bohort et Lancelot, Galaad. Les murs de pierre de sa prison s'évanouirent pour laisser place à des cieux radieux, et là, au paradis, se trouvait le Graal, un calice resplendissant de lumière, une vision plus belle que tout ce qu'il avait jamais vu jusqu'alors.

Sa quête était terminée.

17

L'hôtel de Stoneleigh Park n'était qu'à quelques minutes en voiture de l'île sur l'Avon. Arthur et Claire passèrent à la réception avant de retourner à la Land Rover. À l'arrière de la voiture, il y avait tout l'équipement qui lui restait : un détecteur de métaux, de bonnes lampes torches et une paire de lunettes militaires à vision infrarouge qu'il avait achetée des années auparavant mais utilisait rarement.

Il avait eu du mal à sortir du cocon confortable de Cantley House, et il n'arrêtait pas de vérifier que personne ne les suivait. Il était à peu près sûr que ce n'était pas le cas.

Comme Jim Mawby l'avait indiqué, l'île se trouvait sur les terres de l'abbaye de Stoneleigh, qui servait à présent des fins bien éloignées de ses racines ecclésiastiques. Henri II l'avait fondée en 1154, et elle avait prospéré comme monastère cistercien pendant quatre siècles, jusqu'à ce que Henri VIII balayât les briques et le mortier du catholicisme de son royaume. Le bâtiment et les terres furent donnés en cadeau à l'ami de Henri, Charles Brandon, duc de Suffolk, et l'ancienne abbaye resta entre les mains de propriétaires jusqu'en 1996, quand elle passa sous le contrôle d'une organisation caritative. Elle avait appartenu un temps aux Leigh, les ancêtres de Jane Austen, et la demeure l'inspira pour *Persuasion* et *Mansfield Park*. C'était maintenant un musée et une salle de réception, et quand Arthur et Claire se garèrent sur le parking baigné de soleil, une entreprise de restauration était en train de décharger un camion pour une réception de mariage. À l'accueil, ils achetèrent deux tickets pour faire le tour du jardin, et Arthur fit les yeux doux à la réceptionniste pour obtenir des informations sur le mariage. C'était une grosse réception, trois cent cinquante personnes étaient prévues.

À l'entrée, Arthur demanda à Claire :

« Tu veux être amie avec le marié ou avec la mariée ? »

Il l'entendit murmurer :

« Mon Dieu. »

Et elle ajouta :

« Je n'ai rien à me mettre.

– Nous aurons tout le temps de faire des courses plus tard. »

Les terres de l'abbaye comptaient trois cents hectares de parc et de jardins entretenus, disposés le long de l'Avon, mais Arthur ne s'intéressait qu'à l'île, accessible par un ponton qui partait de la pelouse impeccablement entretenue jouxtant l'orangerie de l'abbaye.

L'île était plate et recouverte d'herbe, et il n'y avait que quelques arbres et des sentiers qui avaient souvent été empruntés. Arthur eut un moment de découragement. Il y avait au moins deux hectares de terrain à explorer, et, étant donné l'état des rives et ce que leur avait dit Mawby sur la profondeur de l'Avon, un objet qui aurait été jeté dans l'ancienne rivière pouvait très bien être à un ou deux, ou même trois mètres sous la surface. Même si l'épée était bien là – et rien n'était moins certain –, il serait extrêmement difficile de la retrouver.

Il s'abstint de formuler ses réserves, ce n'était pas la peine de démotiver Claire. Ils étaient les deux seules personnes sur l'île, et il désigna de la main la vaste étendue de verdure devant eux.

« Bon. Imagine que tu es Thomas Malory, debout sur l'une de ces rives. Tu veux jeter l'épée dans quelque chose qui ressemble comme deux gouttes d'eau à un lac. Est-ce que tu vises le centre pour qu'elle soit plus difficile à retrouver ? Ou, au contraire, près de l'une des deux rives pour qu'elle soit plus facile à retrouver ? »

Claire mit ses mains sur ses hanches et regarda devant elle à travers ses lunettes de soleil.

« Je ferais un compromis. Je la jetterais assez loin pour qu'un pêcheur ne remarque pas l'éclat du métal, mais pas complètement au centre. Il voulait qu'elle puisse être retrouvée un jour, par la bonne personne. »

Arthur hocha la tête.

« Je te fais confiance. Espérons qu'il était aussi brillant que toi. »

Il commençait à faire frais. La réception de mariage débutait à 19 h 30 et il allait faire nuit dans une heure. L'après-midi, Claire avait acheté une robe longue et vaporeuse et une étole. Arthur se débrouilla avec la veste qu'il avait emportée. Voyant que personne ne vérifiait les invitations, ils se mêlèrent à un groupe d'invités qui étaient en train d'arriver et se dirigèrent vers une tente, où ils se servirent de vin et de hors-d'œuvre. Ils décidèrent rapidement que la stratégie la plus sûre était de se tenir loin des tables et le plus près possible de la piste de danse, et ils n'eurent pas à dire une seule fois qu'ils étaient des amis d'enfance de Jason et qu'ils étaient si heureux, vraiment, pour lui et Roz.

Claire déclara qu'Arthur dansait plutôt bien pour un chimiste anglais, et il rétorqua qu'elle n'était *pas mal* non plus pour une physicienne française. Pendant un slow, il la tint près de lui et sentit sa poitrine contre la sienne.

« C'est un bon soir pour commencer une quête », lui murmura-t-elle à l'oreille.

Il désigna du doigt le dais nuptial. Le père de la mariée était en train de se mettre debout et faisait un signe de la main à l'orchestre.

« C'est à lui que nous devrions prêter attention. C'est lui qui nous offre à manger et à boire, ce soir. »

Ils restèrent sur le côté pendant les discours, les gâteaux et les premières danses, puis, quand la nuit commença à tomber, ils se glissèrent en direction du parking. Arthur prit dans le coffre un grand sac et le mit sur son épaule.

Il y avait juste assez de lumière, grâce à la demi-lune qui luisait, pour qu'ils trouvent leur chemin sur les pelouses et l'île sans avoir à utiliser leurs lampes torches. De l'île, ils entendaient l'orchestre jouer au loin, comme dans un rêve, et s'il n'avait pas été pris par la tâche qu'ils devaient accomplir, Arthur aurait aimé l'entraîner sur l'herbe fraîche. Au lieu de cela, il sortit son détecteur de métaux, le mit en marche et le régla pour déceler un objet de grosse taille, profondément enfoui. Ils n'avaient pas de temps à perdre avec des pièces de monnaie ou un bijou égaré.

C'était Excalibur ou rien.

Prenant en compte l'avis de Claire selon lequel Thomas Malory aurait jeté l'épée ni trop près ni trop loin de la rive, il déposa le sac au pied d'un arbre, mit les écouteurs et décrivit des cercles concentriques autour de l'île. Il commença au pied du pont et tourna dans le sens des aiguilles d'une montre, jusqu'à ce qu'il fût revenu à son point de départ. Au cours de chaque circuit, il décrivait un arc de cercle à sa gauche, puis à sa droite, ce qui représentait à chaque fois un angle de cent quatre-vingts degrés, avant de faire un autre grand pas. Il était près de 10 heures du soir lorsqu'ils commencèrent. Même s'ils marchaient ensemble, c'était une recherche solitaire. Il se concentrait sur le bruit de son casque, et elle regardait la lune et les étoiles en écoutant l'orchestre et les rires lointains.

Le premier circuit leur prit une heure. Arthur enleva son casque.

« Ça va ? Tu veux ma veste ?

– Non, ça va. »

Il n'y avait pas un souffle de vent, et il faisait presque plus doux que quand ils avaient commencé.

« Tu entends quelque chose ?

– La bonne nouvelle, c'est que nous ne sommes pas tombés sur des ordures. La mauvaise, c'est que nous ne sommes tombés sur rien du tout.

– Ce n'est pas grave. C'est au moins un bon ratio signal-bruit. »

Il avait presque oublié que la belle femme qui se tenait derrière lui dans sa robe longue vaporeuse était une scientifique.

« À cette allure, ça va nous prendre toute la nuit.

– Ça ne me dérange pas. On est bien, ici. »

Une heure passa, puis deux, et la musique s'arrêta. Le mariage était fini. Il y eut des cris d'ivrognes en provenance du parking, et les lumières sous la tente s'éteignirent. Des nuages s'amoncelèrent dans le ciel, le vent se mit à souffler plus fort et Arthur insista pour que Claire prenne sa veste. Une fois que le traiteur et les membres du personnel furent partis, l'abbaye aussi se retrouva plongée dans le noir, et Arthur attendit ce moment-là pour allumer une lampe torche. Sans ses écouteurs, et dans la campagne vide, ils entendaient la rivière couler doucement. Pour le circuit suivant, Claire lui montra le chemin à l'aide de la lampe. Il se dit qu'ils finiraient leur dernier circuit autour du centre de l'île dans cinq heures environ.

« Allez, refaisons un tour », dit-il.

Deux hommes étaient assis dans un véhicule sombre garé sur le parking de l'abbaye. Griggs avait des lunettes infrarouges, qu'il gardait fixées sur les deux silhouettes fantomatiques qu'il voyait au loin.

« Ils marchent en rond, comme des abrutis », dit-il.

L'autre homme regarda sa montre qui brillait dans le noir.

« On dirait qu'on va vraiment y passer la nuit. »

Hengst avait fait partie du SASS, les services secrets sud-africains. Il était plus jeune que Griggs.

« Tu devrais me remercier à genoux de t'avoir arraché à la corvée de surveillance. »

Hengst fit une grimace.

« T'as raison, ouais. C'est pas mon style, mec.

– T'as fait beaucoup de surveillance avec le SASS ?

– La routine. »

Griggs se tourna vers le siège arrière et prit un sac de sport qu'il mit sur ses genoux. Il l'ouvrit et en sortit un fusil de précision compact.

« Voyons voir ça », dit Hengst.

Griggs le lui passa, et le jeune homme le regarda d'un air de connaisseur.

« Il te plaît ?

– Oui. C'est quoi ?

– C'est américain. Desert Tactical SRS. Canon de vingt-deux pouces, six kilos, silencieux en titane, lunette Moro Vision avec vision infrarouge, laser Barska.

– Et les munitions ?

– 338 Lapua Magnum.

– Putain. C'est un fusil à éléphant. Il a coûté combien ?

– Tout équipé ? Six mille.

– Il t'a laissé l'acheter ?

– Bah ouais.

– J'en veux un aussi.

– Tu rêves, mon pote. »

Griggs le reprit et enleva les opercules sur la lunette. Il ouvrit la fenêtre de la voiture à moitié pour pouvoir viser et poser le canon en même temps, et ajusta sa position jusqu'à ce que la tête d'Arthur remplisse le viseur.

« Cible localisée.

– On est à quelle distance ?

– Cinq cents mètres, peut-être quatre cents. Pas de vent. J'ai neuf chances sur dix de ne pas le rater.

– Il te scalperait.

– Qu'il aille se faire mettre.

– Sympa, comme façon de parler d'un mec qui vient de t'acheter un joujou à six mille balles. »

Griggs s'énervait vite.

« Ce n'est pas toi que Malory a vu ce soir-là. Il n'y a qu'une seule façon de s'assurer qu'il ne va jamais me baiser.

– J'ai l'impression que tu t'es bien fait remonter les bretelles pour les avoir butés, ces deux-là.

– Tu vas me dire que tu n'as jamais merdé, toi, quand tu étais au SASS ?

– Si, j'ai merdé, et plutôt deux fois qu'une. Mais j'ai toujours fait gaffe à assurer mes arrières, ce que tu n'as pas eu l'air de faire pour le petit chercheur de trésors, là.

– C'est grâce à ça que je suis encore là. Si je lui avais mis une balle dans la tête plutôt que de le laisser courir, c'est toi qui aurais été recruté pour me mettre une balle dans la tête.

– Pourquoi c'est aussi important que ça, cette histoire de Graal, de toute façon ? demanda Hengst en allumant une cigarette.

– Harp ne veut pas en parler, mais le Suisse pour qui je bossais était un tantinet plus bavard, un autre physicien, un mec super riche. Harp et lui font partie d'un genre de groupe du Graal. Il m'a dit que le Graal avait, comment dire, certaines propriétés, je crois, qu'ils veulent contrôler.

– Pour quoi faire ?

– Je ne sais pas, il ne m'a pas dit. »

Hengst tira une grosse bouffée.

« Ces putains de riches ont vraiment que ça à foutre. »

Arthur commença à décrire un nouvel arc de cercle et, à sa troisième tentative vers la droite, il entendit quelque chose. Ce n'était pas tout à fait une tonalité reconnaissable, plus une impression qu'il y avait un son. Cela lui rappelait la fois où, enfant, il s'était fait contrôler l'audition par un ORL, qui faisait progressivement baisser la tonalité jusqu'à ce qu'il ne reste plus qu'un fantôme de son.

Il repassa un coup sur la droite, mais rien ne se produisit. Une autre fois à gauche, et il eut la même vague impression. Il fit un demi-pas en avant et recommença à décrire des arcs de cercle. Peut-être quelque chose à gauche, rien à droite. L'écran du Garrett ne montrait rien à l'emplacement « cible ». Petit à petit, il continua à avancer jusqu'à ce que la tonalité indistincte, si l'on pouvait la nommer ainsi, disparaisse complètement.

Il enleva les écouteurs.

« Alors ? demanda-t-elle.

– Peut-être, je ne sais pas trop. J'entends un son très lointain, mais il n'y a rien sur l'écran.

– Que veux-tu faire ?

– Je vais suivre mon instinct. Je vais creuser un peu. Reste ici, je vais chercher les pelles. »

Ils étaient au bout de l'île qui était face à l'abbaye, à peu près à une dizaine de mètres de la rive la plus proche. Arthur revint avec son gros sac et en tira une pioche.

Il commença à creuser à l'endroit où il avait entendu la tonalité en premier, en mettant soigneusement la terre de côté pour pouvoir reboucher le trou plus tard. Éclairé par la lampe de Claire, il dégagea environ un mètre carré, sur une hauteur d'un demi-mètre. La terre était ferme et humide, et son outil en acier coupait dedans de manière nette. Une fois qu'il eut fini, il alluma son détecteur et plaça la tête au fond du trou.

Il y eut une tonalité plus nette, et le détecteur enregistra des signaux assez durables de non-ferreux. De l'or. De l'argent. Du bronze. Les bons métaux.

Il continua à creuser, et dut élargir le trou d'un demi-mètre afin d'être plus à l'aise. Plus il allait profond, plus le signal devenait net. Il l'entendait maintenant clairement, une tonalité moyenne qui correspondait à une force de 70 sur l'échelle de différentiation. Il y avait un objet, là, en bas. En or, en argent ou en bronze. Il se mit à creuser plus vite, malgré sa côte douloureuse. L'aube approchait.

À deux mètres de profondeur, la terre était humide et difficile à manipuler, et Arthur se dit qu'il aurait dû faire une tranchée plus large et plus profonde. Les côtés semblaient instables et irréguliers. Mais il n'avait pas le temps de s'occuper de ce problème. Sans échelle, il allait avoir du mal à s'extraire de la tranchée. Quand il serait temps de partir, il allait falloir que Claire lui envoie de la terre pour lui donner suffisamment d'appui pour qu'il puisse sortir du trou.

Le ciel était de plus en plus clair. Il augmenta la cadence, malgré la douleur. Claire utilisait l'autre pelle pour retenir la terre et l'empêcher de retomber. Ils étaient tous les deux couverts de boue de la tête aux pieds.

La tonalité était si forte à présent que ça lui faisait presque mal aux oreilles.

Il demanda à Claire de lui passer la truelle, et, une fois qu'elle lui eut donnée, il tomba à genoux et se mit à creuser sous ses pieds.

La lame de la truelle finit par heurter quelque chose, et un objet sombre émergea de la boue. Plus tard, il dirait à Claire que ça lui avait fait penser à un bras qui émerge de l'eau, comme le bras de la Dame du lac qui, disait-on, avait attrapé Excalibur et l'avait emportée pour reposer au fond de l'eau.

Il n'arrivait pas bien à saisir ce que c'était. C'était du métal, et cela mesurait un peu moins d'un mètre de long.

« Donne-moi ta lampe, cria-t-il en essayant de maîtriser son excitation. Je crois qu'il y a une bouteille d'eau dans le sac. Envoie-la-moi aussi. »

Il coinça la lampe sous son menton, aspergea le métal avec de l'eau et le nettoya du mieux qu'il put avec ses doigts. Il y eut un éclat argenté.

C'était indéniablement la poignée d'une épée avec une garde et un pommeau. Il n'y avait plus de lame, juste un moignon corrodé à la base de la garde.

« Alors ? demanda Claire d'en haut.

– C'est ça, dit-il. Mon Dieu, c'est bien ça ! »

Elle commença à lui envoyer de la terre pour qu'il puisse se construire une rampe pour sortir. Une fois hors du trou, il emmaillota la poignée dans son étole et se mit à remplir le trou de terre aussi vite que possible. Le ciel rosissait, et il avait peur de croiser des promeneurs matinaux avec leur chien. Tandis qu'il s'affairait, Claire remballa tout et rapporta le sac à la voiture pour l'attendre au parking, sans se rendre compte que deux hommes avaient baissé la tête pour se cacher dans l'une des rares autres voitures qui étaient garées là.

Enfin, couvert de sueur, Arthur piétina la terre pour la tasser et remettre tout en place. Comme le jour se levait, il inspecta son travail. Ce n'était pas parfait, mais ça ne se voyait pas plus que ça non plus. Il vit un homme avec deux chiens s'approcher au loin. Il pensa qu'il valait mieux qu'il ne le voie pas avec une pioche à la main et la lança donc dans la rivière, s'amusant de la symétrie de son geste.

Une fois rentrés à l'hôtel, ils prirent une douche ensemble mais ne firent pas l'amour, trop pressés de nettoyer l'épée. Une serviette autour de la taille, Arthur se lava les dents, puis il utilisa sa brosse à dents pour récurer la poignée de l'épée sous le jet d'eau du robinet.

L'argent brillait aussi fort qu'au premier jour. La lourde garde faisait une bonne dizaine de pouces, cinq de chaque côté de la lame. S'il y avait encore eu la lame, l'épée aurait ressemblé à une croix. Et tandis qu'Arthur grattait la garde en argent, des lettres émergèrent sous la brosse.

Claire se rapprocha. Sa serviette se défit, mais elle n'essaya pas de se recouvrir. Ensemble, ils lurent phonétiquement les mots qui étaient inscrits.

Eni tirro euric nemeto ouxselo brunka kanta
Cristus ke wereo Gral

« De quelle langue s'agit-il ? demanda-t-elle.

– Je n'en ai aucune idée. Mais c'est ce mot-là que nous voulions. *Gral.* Cette inscription nous parle du Graal ! »

Il se retourna vers elle et sourit en la voyant nue. Puis il fut pris d'une impulsion qu'il ne comprit pas bien. Il enroula ses doigts autour de la poignée de l'épée et la brandit au-dessus de sa tête triomphalement, et alors Claire fit un pas en avant et lui enleva sa serviette.

18

Brittania, an 498

Arthwyr de Maleore, roi des Bretons, seigneur de l'île des Puissants, soupesa sa nouvelle épée et fendit l'air d'un air appréciateur avec son puissant bras droit. La lame était en acier fin de Damas, forgée par Cedwyn de Camlan, le meilleur forgeron de tout le royaume. La poignée avait été faite par Morien de Glastonbury, le meilleur argentier de Bretagne. L'épée était lourde et légère à la fois, et, par ce paradoxe, Arthwyr savait qu'elle était parfaitement équilibrée. Sa dernière arme s'était fracassée contre une hache saxonne, et bien qu'il eût une arme d'emprunt, il se sentait malheureux de ne pas avoir la sienne.

Dans un moment d'exultation, il brandit l'épée bien haut au-dessus de sa tête.

Il était le champion de la bataille de Mynydd Baddon, où des milliers d'Angles, de Saxons et d'envahisseurs jutes avaient été tués par ses guerriers. Pour la première fois depuis des temps immémoriaux, la Bretagne était enfin libérée des violeurs et des pilleurs étrangers. Son père, Uther Pendragon, avait été aimé de son peuple, mais Arthwyr était allé plus loin. Il était adoré comme un dieu.

Il se tenait dans la salle du trône de sa forteresse, qui était construite au sommet d'une colline plate, à Gwynedd. C'était l'été, et il était légèrement vêtu, avec une tunique sans manches, un pantalon et des bottes. Sa large ceinture serrait sa taille fine, mise en valeur par son torse puissant. Ses cheveux, couleur d'or en fusion, étaient longs et flottaient au vent, et il portait la barbe coupée court, comme l'avait fait son père, rasé lui aussi par un serviteur à l'aide d'une lame en silex. Il n'avait pas encore 50 ans, et il avait accompli toutes les choses qu'il avait voulu accomplir dans la vie, sauf une.

« Quel nom lui donnerez-vous ? »

C'était la reine qui posait cette question. Elle se tenait, languissante, sur son trône rembourré, le même que celui d'Arthwyr, en plus petit. Gwenhwyfar était une petite chose si frêle que ses demoiselles de compagnie se demandaient comment elle avait pu faire passer des enfants par un bassin si étroit. Ses cheveux étaient aussi sombres que ceux d'Arthwyr étaient clairs, et il lui disait toujours que leur couleur reflétait leurs caractères différents. Les siens étaient sombres, couleur de la nuit, tandis que ceux d'Arthwyr rappelaient son optimisme solaire.

« Je l'appellerai Caledwlch, dit-il. Celle qui fend la pierre. Car si elle peut fendre la pierre, elle peut facilement pourfendre un homme.

– Ne vous lassez-vous donc jamais de tuer ? » demanda-t-elle.

Sa porteuse de coupe, une jeune fille, se tenait à ses côtés et remplissait le gobelet qu'elle tenait à la main. La reine avait deux rubans blancs dans les cheveux pour signifier qu'elle portait le deuil du chevalier Llych Llenlleawg.

« Ma dame, je ne me lasserai jamais de tuer des païens, des envahisseurs et des mécréants. C'est le devoir d'un roi chrétien de protéger ses sujets et de défendre le Christ.

– Vous avez chassé les envahisseurs. Allez-vous maintenant les poursuivre jusque dans leur propre pays ? Ne pouvons-nous pas vivre en paix pendant un moment ? »

Arthwyr regarda son plus jeune fils, Cyngen Maleore, en train de jouer auprès du feu avec l'un de ses cousins. L'enfant n'avait que 3 ans, c'était un enfant du miracle, né très tard dans la vie du roi et de la reine. Son autre fils, Gwydre, avait déjà 18 ans, et il serait certainement roi un jour, bien que cela rassurât énormément Arthwyr de savoir qu'il avait aussi Cyngen en réserve. Un roi guerrier aimait avoir des réserves. Le roi appela Cyngen pour lui montrer l'arme et rit lorsque l'enfant ne parvint pas à la soulever du sol. Arthwyr renvoya le petit garçon espiègle et donna l'épée à son page, prit place au côté de sa reine et lui tendit la main.

Elle savait comment le toucher.

« Pour vous, je vais rester à la cour un certain temps, dit-il. Mais mes chevaliers sont de jeunes gens au sang chaud qu'il n'est pas facile de mettre au repos trop longtemps. Ils vont rechercher des aventures, et je ne veux pas les en empêcher. Mais souvenez-vous de ceci, ma douce mie, la paix ne dure pas plus longtemps qu'une trace de pas dans le sable. La guerre recommencera. Elle recommence toujours. »

Gwenhwyfar poussa un soupir et reprit du vin.

Un homme à la peau mate apparut derrière les trônes. Il avait une physionomie sévère, le crâne chauve et une petite barbe rectangulaire, pharaonique, qui rappelait l'endroit où il était né, l'Égypte. Sa tunique noire descendait jusqu'au sol. Il s'avança juste assez pour que le roi remarque sa présence, puis il croisa les mains en signe d'attente.

« Q'as-tu à me dire, Myrddin ? »

Myrddin répondit, avec son accent exotique :

« La cour est remplie de gens du peuple, monseigneur. Maintenant que les ennemis sont hors du royaume, votre peuple reprend ses querelles de chiffonniers pour savoir à qui appartient tel ou tel bœuf. »

Arthwyr répéta la même question exaspérée qu'il posait toujours en pareil cas.

« Et en quoi dois-je décider de ces questions ?

– Si ce n'est pas vous, qui le fera ? demanda Myrddin. Mais avant de commencer l'audience, l'un de vos chevaliers veut vous voir et vous demander d'exaucer son vœu.

– Qui est-ce ?

– C'est Gwalchavad, monseigneur. »

Le visage d'Arthwyr s'éclaira d'un large sourire. Ce n'était pas une bonne chose que d'avoir des favoris parmi un groupe de chevaliers qui étaient tous aussi courageux et loyaux les uns que les autres, mais Gwalchavad était un jeune homme différent des autres, enthousiaste comme un jeune chien fou, pieux comme un moine et l'un des meilleurs jouteurs du royaume. Il était de sang royal. Sa mère était la sœur de la reine, et son père le grand chevalier Llych Llenlleawg, qui, malgré sa folle passion pour la femme même du roi, s'était résigné à épouser sa plus jeune sœur. Arthwyr avait toujours été douloureusement conscient de la passion qui brûlait entre Gwenhwyfar et Llych Llenlleawg, et il en avait même tiré parti pour pousser son chevalier à des exploits toujours plus grands sur le champ de bataille. À Mynydd Baddon, il avait tendu à Llych Llenlleawg l'une des écharpes de sa femme, et lui avait dit qu'elle voulait qu'il la porte, ce qui avait enflammé le chevalier. Arthwyr ne sut jamais si c'était par ardeur ou par fierté, mais il se battit comme un lion, et il fallut quatre flèches pour le faire tomber de son cheval, ce jour-là.

Gwalchavad fut appelé et il entra en bondissant dans la salle du trône avec toute la fougue et le zèle de la jeunesse. Il s'approcha du roi et mit un genou en terre devant lui, faisant cliqueter son fourreau sur les pierres.

« Lève-toi, Gwalchavad, ordonna Arthwyr, et dis-moi ce que tu as à me dire. »

Gwalchavad se mit debout de toute sa haute taille, avec la confiance d'un homme au sommet de sa forme physique. Les dames de la cour qui se tenaient à l'arrière le regardaient avec des yeux langoureux, et les hommes, les nobles proches d'Arthwyr, baissaient la tête avec envie. L'un d'entre eux était le fils aîné d'Arthwyr, Gwydre, qui, à chaque fois, devenait livide lorsqu'il se trouvait en présence de Gwalchavad. « Son fils, c'est moi, pas Gwalchavad, s'était-il plaint récemment à sa mère. Pourquoi est-ce qu'il le traite comme si c'était lui l'héritier, et moi comme un vulgaire chien ? »

« Sire, dit Gwalchavad. Je viens du château Caerllion où l'un des nobles saxons que j'ai fait prisonniers à Mynydd Baddon a voulu me voir pour discuter de la possibilité de fixer pour lui le prix d'une rançon.

– Quel prisonnier ? demanda Arthwyr.

– Sir Wallia, le fils d'Ardo.

– C'est un valeureux chevalier. Tu l'as bien pourfendu. Est-ce que sa blessure a guéri ?

– Il se porte bien, oui. Je n'avais pas compris avant que nous en parlions que c'était le neveu du roi Euric. »

Arthwyr fit la grimace en entendant ce nom.

« Euric était un grand adversaire. Je le méprisais, mais je l'admirais beaucoup aussi.

– Wallia semble être un honnête homme, dit Gwalchavad. Bien que nous l'eussions traité de la manière qui sied à sa noble ascendance et que nous lui ayons apporté tout le confort qu'on puisse souhaiter, il ne tient plus en place après des mois de captivité et désire ardemment retourner dans son pays.

– Alors son peuple devrait payer sa rançon ! » mugit Arthwyr.

Myrddin fit un petit pas en avant.

« Les négociations viennent à peine de commencer, sire. Ces questions sont délicates et prennent du temps, bien que le roi Cissa ait souvent prétendu accepter de verser une rançon pour ses nobles sans jamais donner le butin.

– Eh bien, nous prendrons le temps qu'il faudra, alors, aboya le roi.

– Avec tout le respect que je vous dois, sire, dit Gwalchavad, Wallia m'a dit quelque chose qui a fait battre mon cœur plus vite. Il m'a juré sur l'honneur de ses ancêtres qu'il sait peut-être où se trouve le Graal du Christ, Notre-Seigneur ! »

Des murmures s'élevèrent dans la salle du trône, qu'Arthwyr fit taire d'un geste agacé de la main. La quête du calice du Christ avait enflammé son esprit depuis que Myrddin était apparu à son château en offrant ses services de devin pour le jeune roi. Les conseillers d'Arthwyr, les hommes de son père, s'étaient méfiés de cet étranger et avaient essayé de le discréditer à chaque fois que c'était possible, mais les conseils de Myrddin avaient toujours été avisés. Il savait toujours quel était le meilleur moment pour attaquer l'ennemi, pour battre en retraite, pour affronter la terrible Manche, pour atteindre la Gaule, pour mettre une femme dans sa couche afin de concevoir un mâle.

Au fil des ans, Arthwyr avait élevé Myrddin au rang de premier conseiller du roi et envoyé aux orties la vieille garde d'Uther Pendragon. Et Myrddin, qui avait renoncé à son ancienne foi pour embrasser la religion de Jésus-Christ, avait toujours insisté pour que le roi mette le prestige de son trône et la vie de ses chevaliers au service du Graal. C'était une quête, avait insisté l'Égyptien, qui pouvait, s'il réussissait, faire de lui le plus grand roi de toute la chrétienté. Retrouver le Graal était le grand but de la vie d'Arthwyr, le seul qu'il lui restait à accomplir.

« Le Graal, tu dis ? demanda le roi. Mais est-ce la plaidoirie d'un prisonnier désespéré, qui est prêt à mentir pour obtenir sa libération, ou est-ce que ce sont les mots d'un honnête homme ?

– Je pense qu'il est honnête, mon roi, dit Gwalchavad. Voici ce qu'il raconte. Il dit qu'il a été instruit par les bardes de son peuple que Joseph d'Arimathie, le grand saint qui donna sa tombe pour que Notre-Seigneur puisse y être enseveli, se retrouva en possession du Graal après la résurrection du Christ. Poursuivi par Ponce Pilate, Joseph fuit Jérusalem et alla jusqu'à la terre que les Romains appelaient la Tarraconaise. Là, il devint prêtre et fonda un ordre pour honorer le Christ dans les hautes montagnes où lui et ses disciples pourraient être à l'abri. Et c'est là qu'il cacha le Graal. »

Arthwyr trépigna d'impatience sur son trône.

« Nous avons entendu bien des histoires comme celle-ci, et, à de nombreuses reprises, nos chevaliers ont bravé bien des dangers dans des contrées lointaines et n'en ont rapporté que du vent. Pourquoi, cette fois-ci, en irait-il autrement ? »

La confiance de Gwalchavad ne faiblit pas.

« Un homme d'honneur a-t-il jamais prétendu avoir tenu le Graal dans ses propres mains ? »

Arthwyr jeta un coup d'œil à Myrddin, avant de reposer les yeux sur son chevalier.

« C'est ce que cet homme, Wallia, t'a dit ?

– Oui, sire. »

Arthwyr se pencha en avant.

« Et comment a-t-il dit que cela faisait, de le tenir dans ses mains ?

– Il a dit que c'était comme le ventre d'un enfant, chaud comme du sang. Il a senti son pouvoir. »

Arthwyr s'appuya lourdement sur le trône et hocha la tête. C'était exactement ce que Myrddin avait prédit. Le Graal, avait-il dit, serait à la température d'un cœur humain vivant.

« Qu'en dis-tu, Myrddin ? demanda Arthwyr.

– Lorsque Gwalchavad m'a informé de l'histoire de sir Wallia, je suis tombé à genoux et j'ai fait une prière d'action de grâce. Il y a ceux qui disent que le Graal est caché au royaume d'Euric, et ceux qui disent que saint Joseph a trouvé refuge en Tarraconaise, avec une précieuse relique. Je pense que nous ne devons pas ignorer les paroles de sir Wallia.

– Que propose sir Wallia ? demanda Arthwyr à Gwalchavad.

– Voici ce qu'il demande, répondit le chevalier. Il me dira où est ce sanctuaire et où le Graal y est caché. Si je reviens de ma quête avec le Graal, nous promettrons de le libérer séance tenante, sans rançon, et de lui donner, à lui et à ses camarades, la possibilité de rentrer en Germanie sans être inquiétés.

– C'est une modeste requête pour un trésor si grand, dit Arthwyr.

– Sir Wallia a peur de devoir passer toute sa vie en captivité et de finir misérablement, dit Gwalchavad. Il veut revoir sa femme et ses enfants. Il connaît la réputation de son roi en matière de rançons. Je vous demande, sire, de m'accorder l'honneur de mener un groupe de chevaliers pour retrouver le Graal, afin que je puisse le déposer à vos pieds. »

Arthwyr n'eut pas honte de verser quelques larmes en public. Pendant que Gwydre bouillait, dans l'ombre, Arthwyr dit :

« Va, mon brave et noble Gwalchavad. Accomplis mon rêve le plus cher. »

Myrddin avait ses propres appartements dans la tourelle du château d'Arthwyr, très richement meublés, autant que ceux du roi, avec des assiettes en argent et des coffres en bois débordant de vêtements ourlés de fourrure. Mailoc, un Gaulois mal dégrossi, et Kilian, un petit Picte trapu des terres du Nord, étaient assis au coin du feu, à boire son vin et à arracher des morceaux de poulet avec leurs doigts pleins de graisse. Myrddin était peu enclin à la bonne chère. Lui était plutôt attiré par le crépitement et les hautes flammes qui provenaient de son bois séché.

Enfin, il brisa le silence.

« Mailoc, je veux que tu accompagnes Gwalchavad dans cette expédition. Je convaincrai Arthwyr que Gwalchavad a besoin d'avoir un devin à ses côtés pour pouvoir lui donner conseil à l'occasion.

– Vous croyez vraiment à l'histoire de ce Saxon ? » demanda Kilian.

Myrddin haussa les épaules.

« Cela semble vrai, mais qui sait ? Nous, les Qem, nous recherchons le Graal depuis le jour où Joseph d'Arimathie nous l'a dérobé. Je suis venu dans cette maudite contrée il y a vingt ans, parce que je pensais qu'Arthwyr deviendrait un roi puissant, et c'est ce qu'il est devenu. Je pensais aussi que je pouvais influencer un jeune roi et le pousser à utiliser les ressources de sa cour et de son royaume pour nous aider à retrouver le Graal, et c'est ce que j'ai fait. Peut-être que ce prisonnier, ce Wallia, sait des choses sur cette relique, peut-être que c'est une fripouille. Il n'y a qu'une façon de le savoir.

– Et si je mets la main dessus ? » demanda Mailoc.

Myrddin sourit.

« Si tu mets la main dessus, j'espère que tu auras la révérence d'essuyer d'abord le gras que tu as sur les doigts. Ensuite, vole-le à Gwalchavad et à son groupe de chevaliers. Tue-les s'il le faut. Cela m'importe peu. Après cela, fais-moi savoir par un messager où tu en es, et va avec le Graal jusqu'à Jérusalem, où tu te feras passer pour un humble pèlerin. Tu m'attendras là-bas. Si c'est véritablement le Graal, alors nous allons certainement accomplir notre destinée. »

Gwalchavad mena sa petite troupe d'hommes à travers les eaux noires et traîtresses qui séparent la Bretagne de la Gaule, et commença son périple dans la campagne gauloise en se dirigeant vers le sud, vers les terres d'Euric et la Tarraconaise. Une plus grosse troupe de chevaliers et de soldats aurait attiré l'attention de seigneurs hostiles et de leurs armées, ils n'étaient donc qu'une douzaine à chevaucher ensemble. Il y avait deux autres chevaliers de la cour d'Arthwyr, sir Jowan et sir Porthawyr, des jeunes gens bien éduqués qui acceptaient sans broncher l'autorité de Gwalchavad. Myrddin avait convaincu Arthwyr que Mailoc serait indispensable. Il était natif de Gaule et connaissait leurs manières, et il savait lire l'avenir dans les entrailles d'un lapin aussi sûrement qu'il savait manier la dague. Huit écuyers et serviteurs complétaient l'équipage, ils montaient les chevaux de trait et s'occupaient des victuailles. Les chevaliers portaient de simples capes par-dessus leurs cottes de mailles et leur épée. Lorsqu'ils s'approchaient des gens du pays, Mailoc leur disait dans leur langue qu'ils étaient de simples commerçants, voyageurs et pèlerins, qui cherchaient des reliques de la Vierge Marie et des saints pour les vendre à des prêtres et à des évêques.

Wallia avait dit à Gwalchavad qu'il devait progresser vers Barcino, le grand port ibère dans le cœur de la Tarraconaise. De là, il n'y avait qu'une journée de cheval pour arriver à l'endroit que les locaux nommaient la montagne aux Miracles, car on disait que les malades guérissaient en se baignant dans les chutes glacées qui tombaient en cascade de ses pentes escarpées. Le trajet jusqu'à Barcino prit deux mois. Les voyageurs eurent à subir les intempéries et la mauvaise nourriture, les insectes et les serpents, et un incident avec un petit seigneur de guerre gaulois qui essaya de les détrousser. Les chevaliers ne faisaient pas de cadeaux aux voleurs de grand chemin, et ils les envoyaient rejoindre le Créateur en leur passant la lame à travers le corps. À Barcino, une petite ville très bruyante, peuplée de marchands et de marins de contrées lointaines, ils purent trouver un bon logement et reposer leurs chevaux pour la dernière ligne droite.

Gwalchavad avait hâte que le voyage s'achève. Tout au fond de lui, il sentait la présence de quelque chose de grand et de merveilleux. Cette présence n'était-elle pas celle du Graal ? Mais ses hommes et ses chevaliers voulaient rester un peu dans le confort du port pour recouvrer leurs forces. Gwalchavad était sur le point de consentir à un répit, mais Mailoc le convainquit de ne pas le faire. Le Gaulois le prit à part dans la grande salle aux tonneaux, et, pendant que les hommes étaient en train de descendre des fûts entiers de vin d'orge, il dit au chevalier qu'il voyait de grands dangers s'ils restaient en ville trop longtemps. Il avait vu un corbeau mort tous les jours depuis qu'ils étaient là, le dernier étant quasiment sur le seuil de l'auberge. Le mal était en ville.

Lorsque Gwalchavad annonça au groupe qu'ils s'en iraient le jour suivant, les jeunes écuyers commandèrent plus de vin pour leur table, puis plus encore, jusqu'à ce qu'ils fussent fin soûls. Si Gwalchavad ou l'un de ses chevaliers avait entendu l'écuyer de sir Jowan pisser derrière l'auberge et se vanter, en marmonnant dans sa langue natale, d'une quête du Graal, il l'aurait étranglé sur-le-champ.

Le jour suivant, les pèlerins s'en furent dès l'aube, leurs chevaux galopant en direction des sommets brumeux qu'ils voyaient au loin. La montagne devenait de plus en plus grande à mesure qu'ils s'en approchaient, et, au milieu de l'après-midi, ils devaient rejeter la tête en arrière pour la voir en entier. Toute la journée, Gwalchavad éprouva le besoin de regarder par-dessus son épaule, mais il ne vit rien qui puisse lui causer du souci. Au pied de la montagne, il leur fut difficile de localiser le repère exact que Wallia leur avait décrit, un énorme tronc d'arbre triangulaire, de couleur lie-de-vin. Ce fut Jowan qui le vit en premier, et il poussa un cri de triomphe. À côté du tronc, il y avait un chemin assez large pour qu'un cheval et un homme y passent en même temps. Ils l'empruntèrent.

Le chemin montait en méandres dans la montagne, en formant des épingles. La montée était donc douce et ne fatiguait ni les hommes ni les animaux, mais il leur fallut plusieurs heures pour atteindre le second repère dont

Wallia avait parlé, une vaste clairière d'où l'on apercevait tout Barcino, au loin. Gwalchavad sut qu'ils approchaient, et comme Wallia l'avait dit, le chemin devint très raide et semé de pierres dangereuses, comme pour signaler que la fin de la quête ne serait pas facile. Les chevaux hennissaient et perdaient l'équilibre, et Gwalchavad décida de renvoyer les chevaux de trait et les serviteurs à la clairière.

Les hommes avancèrent encore sur une centaine de mètres environ avant que Gwalchavad décide que leurs montures ne pouvaient pas aller plus loin. Tout le monde descendit de cheval, et les écuyers prirent les chevaux pour les emmener à la clairière rejoindre les autres. Gwalchavad demanda à son écuyer de les attendre une journée entière avant de venir les chercher. Puis les trois chevaliers, Gwalchavad, Porthawyr, Jowan et leur devin, Mailoc, continuèrent leur route à pied.

Le chemin se terminait dans une clairière plus élevée où ils arrivèrent dans la douce lumière du soir.

Soudain, Gwalchavad tendit le doigt droit devant lui, sur le point de tomber à genoux de gratitude.

« Là, cria-t-il, exactement comme sir Wallia l'avait promis. Nous sommes proches, mes amis ! Nous sommes tout proches. »

19

« Allez, Arthur, laisse-moi la voir. Tu pourras me raconter ta nuit blanche après. »

Arthur ouvrit la fermeture de son sac et passa l'épée, emballée dans une serviette de toilette de l'hôtel, à Tony Ferro. Celui-ci la déballa soigneusement, en savourant clairement le suspense.

Arthur lui avait téléphoné tôt le matin, et Claire et lui s'étaient rendus directement à Londres depuis Stoneleigh pour le voir à l'université. Le bureau de Tony était en plein soleil, et lorsque le premier éclat d'argent apparut à la lumière du jour, Arthur et Claire virent le visage de l'imposant bonhomme se décomposer comme de la cire chaude.

« Mon Dieu, mon Dieu, murmurait-il en tournant et en retournant la poignée entre ses mains.

– Qu'en pensez-vous ? demanda Claire.

– J'en pense que je vais me mettre à sangloter comme un nouveau-né. J'aimerais tellement pouvoir montrer ça à Holmes.

– Moi aussi, Tony, regretta Arthur. Alors, qu'est-ce que tu en dis ? »

Tony enroula les doigts autour de la poignée.

« Premièrement, leurs mains étaient plus petites que les nôtres. Pour moi, c'est difficile de prendre cette épée à deux mains avec mes grosses paluches, mais c'est pourtant comme ça qu'on l'utilisait. C'est une épée à deux mains. Évidemment, c'est dommage qu'il ne reste plus de lame. Elle devait faire un bon mètre cinquante de longueur, en tout. La poignée fait une trentaine de centimètres, ça fait presque deux mètres de puissance destructrice, un peu comme le fusil d'assaut de l'époque.

– Mais quelle époque ? Peux-tu la dater ?

– Pas précisément sans analyse métallurgique, mais, en termes de style, on dirait qu'elle date du haut Moyen Âge : Ve, VIe, peut-être VIIe siècle. C'est tout à fait cohérent avec notre hypothèse qu'un roi Arthur a effectivement existé au Ve siècle en Cornouailles ou au pays de Galles, qu'il était un grand guerrier et qu'il a pu jouer un rôle pour bouter les Angles et les Saxons hors des îles à la bataille de Mynydd Baddon, entre autres. Regardez cette garde en forme de croix. Elle fait une trentaine de centimètres de long. Elle est recouverte d'argent, mais elle a sûrement un cœur en acier pour la renforcer. La couverture en argent lui a vraisemblablement permis de ne pas s'oxyder. Imaginez une longue lame au bout de cette garde en forme de croix. À quoi cela ressemblerait-il ?

– À une croix, dit Claire. À une magnifique croix.

– Exactement. Le symbole parfait pour un roi ou un chevalier sur le champ de bataille. Le pouvoir du Christ, la gloire du Christ, tout en un.

– Alors, il n'y a pas de doute, Tony, n'est-ce pas ? C'est bien Excalibur ?

– Arthur ! Je ne sais pas si nous devons tirer des conclusions aussi hâtives, en particulier en ce qui concerne son nom. Le petit garçon en moi aimerait bien que ce soit le cas, mais l'universitaire coincé que je suis devenu est beaucoup plus circonspect. Je veux dire, le nom Excalibur apparaît dans le *Perceval* de Chrétien de Troyes, au

XIIe siècle, sous le nom d'Escalibor, avant de devenir avec le temps Excalibur, à l'époque de Thomas Malory. C'est vrai que les grands seigneurs et les rois avaient l'habitude de nommer leurs armes, mais le nom de cette épée, si elle en a jamais eu un, est perdu à tout jamais. Cependant, nous savons ceci : dans sa lettre à l'évêque Waynflete, Thomas Malory dit qu'il a retrouvé l'épée du roi Arthur. Et dans l'autre parchemin enfermé dans le coffre du Warwickshire, il a élaboré une énigme relativement sophistiquée. Vous avez réussi à la résoudre, malins comme vous êtes, et voici cette épée. C'est une épée médiévale, sans aucun doute. Cela veut-il dire que c'est l'épée du roi Arthur ? Non. Cela veut-il dire que c'est un objet très important ? Oui, absolument. Sans même avoir à l'étudier de manière plus approfondie, je vous dis qu'elle mérite probablement d'avoir son propre pavillon au British Museum.

– L'inscription, dit Claire. Vous pouvez la déchiffrer ?

– Oui, regardons ça », acquiesça Tony en farfouillant pour retrouver sa loupe.

Il plissa les yeux en scrutant de droite à gauche la garde en forme de croix. Puis il leva le regard.

« Ça alors !

– Ça alors ? répéta Claire.

– Oui, ma chère. Ça alors ! »

Il retranscrivit soigneusement l'inscription sur une feuille de papier et la lut à haute voix.

« *Eni tirro euric nemeto ouxselo brunka kanta Cristus ke wereo Gral.* Non seulement ce message est incroyable, mais en plus cela nous aide beaucoup pour dater l'épée.

– Ne nous fais pas mariner, plaida Arthur.

– Attends. Premièrement, il y a la langue. C'est du proto-celtique, qu'on appelle aussi le celtique commun. C'est la langue qui a précédé le celtique moderne. Plus précisément, il s'agit de protoceltique tardif, qui a disparu peu à peu autour du Ve ou du VIe siècle pour laisser la place au celtique moderne. Si l'on prend en considération la morphologie de l'épée, je pense qu'on peut raisonnablement la dater de la fin du Ve, début du VIe siècle.

– Mais ce n'est pas tout ? demanda Arthur.

– Non. Il y a aussi le sens du message : "Au pays d'Euric, dans un lieu sacré en hauteur, tu te coucheras devant le Christ et tu trouveras le Graal." Vous savez ce que cela veut dire ? »

Arthur et Claire se regardèrent sans comprendre.

« Non ! s'exclama Arthur. Je ne sais pas !

– La clé, c'est Euric. Au pays d'Euric. Euric était le roi des Wisigoths, ceux qui ont gouverné un temps la Gaule et l'Hispanie au début du Moyen Âge, c'est-à-dire la France et l'Espagne, Claire, au cas où vous n'auriez fait que des mathématiques et de la physique, à l'école. »

Elle eut un sourire forcé.

« Euric est mort autour de 480, il faudrait que je vérifie pour être plus précis, et, là encore, ça nous fait un certain degré de triangulation sur les dates. Ce qui est vraiment intrigant, c'est que lui et un roi qui ressemble beaucoup à Arthur étaient à couteaux tirés pendant la plus grande partie de son règne. On dit qu'en 470 il a repoussé les attaques d'un envahisseur breton parfois appelé Riothamus et dont certains érudits, dont Andrew Holmes, pensent qu'il peut s'agir d'Arthur. On pense aussi que c'est peut-être lui qui a essayé d'envahir la Bretagne et a été défait par un ennemi du genre du roi Arthur à la bataille de Mynydd Baddon. Donc, tout ça, c'est complètement fascinant. »

Arthur s'était levé et avait mis les mains dans ses poches, cherchant un endroit où il pourrait faire les cent pas pour réfléchir.

« Bien sûr que la date est importante, Tony. Mais c'est surtout le message !

– En effet. *Au pays d'Euric, dans un lieu sacré en hauteur.* Le pays d'Euric, c'était l'Hispanie. Si l'on prend en considération la lettre du XIIe siècle que Holmes a retrouvée dans un certain monastère qui se trouve en hauteur, qu'est-ce que cela nous dit sur la localisation du Graal ? »

Arthur pensa immédiatement à la lettre du XIIe siècle que Holmes avait retrouvée.

« Montserrat. »

Arthur et Claire restèrent à l'hôtel Cantley House encore une nuit. Ils n'avaient pas vraiment d'autre endroit où aller.

« Tu n'es pas obligée de venir avec moi, tu sais, lui dit-il.

– Tu ne veux pas que je vienne ?

– Bien sûr que si. Mais ça pourrait être dangereux. Et je ne veux pas que tu perdes ton poste.

– J'appellerai mon chef. Je lui dirai que j'ai besoin de plus de temps pour m'occuper d'affaires personnelles. Je suis en bons termes avec lui, ça ne devrait pas poser de problème. »

Il se mit à pianoter sur son ordinateur.

« On pourrait partir ce soir, mais il nous faudrait un endroit où dormir. C'est tout aussi rapide de partir en avion demain.

– Que fait-on de l'épée ?

– On ne peut pas la prendre avec nous. On va faire ce que Thomas Malory aurait fait. On va l'enterrer dans le jardin, ce soir. Je reviendrai la chercher plus tard. Elle peut rester quelques jours de plus en liberté dans la nature avant que le British Museum la récupère.

– On pourra aller la voir, là-bas. Peut-être même ensemble. »

Il soupira.

« Écoute, je me fais du souci pour toi.

– Moi aussi, je me fais du souci pour toi. C'est toi qui as été attaqué, pas moi.

– Je veux bien mettre ma vie en danger, mais pas la tienne. »

Elle s'assit au bord du lit et lui prit la main.

« Je sais ce que c'est que d'entreprendre une quête, Arthur. C'est ce que je fais tous les jours, en tant que physicienne. C'est excitant. C'est merveilleux. Je n'ai pas encore trouvé de particules subatomiques, donc je commence à m'impatienter et à être un peu frustrée dans ma quête. La tienne, eh bien, elle est concrète. En si peu de temps, tu as accompli énormément de progrès.

– Nous avons accompli énormément de progrès.

– Oui. Toi, moi... C'est tellement fantastique. Tout ça est nouveau pour moi, je ne peux pas tourner le dos à une telle aventure, et après passer le restant de mes jours à y penser. Et puis il n'y a pas que ça, bien sûr.

– Ah oui ? À quoi penses-tu ? »

Elle mit les mains derrière sa nuque et l'embrassa. C'était sa réponse.

Tony passa le reste de la journée à jongler avec diverses obligations : un déjeuner avec des collègues, une conférence de deux heures, des examens à corriger, un tutorat avec l'un de ses étudiants en thèse ; tout en retournant sans cesse à l'épée en argent. Ce ne fut qu'à partir de 18 heures qu'il eut enfin le loisir de pouvoir y réfléchir seul.

Il avait pris quelques photos de la poignée avec son téléphone portable, et, tandis que le soleil se couchait, il les étudia sur l'écran de son ordinateur. *Euric.* Il zooma sur le nom jusqu'à ce qu'il remplisse quasiment tout l'écran.

Il alla vers une étagère, en tira quelques volumes et eut rapidement rafraîchi sa mémoire. Euric, de la dynastie des Balti, roi des Wisigoths, fils du roi Théodoric, père du roi Alaric. Un ennemi puissant des Bretons. Le roi Arthur devait se réveiller en sursaut au milieu de la nuit et le maudire. Lorsque l'Empire wisigoth s'écroula, son domaine s'étendait sur la majeure partie de l'Espagne et un tiers de la France moderne ; mais il ne réussit jamais à conquérir la Bretagne, peut-être grâce à Arthur justement.

Au pays d'Euric.

Si ceci était bien l'épée d'Arthur, quel plus grand hommage pouvait être rendu à un adversaire que d'appeler l'Hispanie le pays d'Euric ?

Tony voulait avoir des copies papier de ses photographies, il les envoya donc sur l'imprimante du département, puis il se hissa hors de son fauteuil pour aller les chercher. Le couloir était désert, les autres bureaux étaient plongés dans l'obscurité. Tony avait délacé ses chaussures, comme il le faisait souvent à la fin de la journée. Plutôt que de les rattacher, il se déplaçait d'un pas lourd, ses lacets pendouillant, et déambulait dans le couloir avec une démarche d'énorme pingouin.

Dans la salle de reprographie, il prit les pages qui étaient dans l'imprimante et se retourna en entendant un bruit de pas.

Griggs se tenait dans l'encadrement de la porte, son Bersa argent et noir dans sa main gantée, un silencieux qui dépassait du revolver, au bout du canon.

Tony fut tout d'abord indigné.

« Mais qu'est-ce que ça veut dire ?

– Retournons tranquillement à votre bureau, professeur Ferro.

– Comment connaissez-vous mon nom ? Que voulez-vous ?

– Je veux simplement discuter.

– De quoi ? »

Griggs regarda les photographies dans la main de Tony.

« Donnez-moi ça. »

Tony eut l'air perplexe.

« Vous voulez ça ? »

Griggs hocha la tête, fit un pas en avant et tendit la main. Tony les lui passa.

« Il y en a d'autres dans l'imprimante ?

– Non. »

Griggs fit un pas pour libérer le passage.

« Bien, retournons à votre bureau. Après vous.

– Puis-je lacer mes chaussures ?

– Non. »

Une fois dans le bureau, Griggs ferma la porte, qui avait un large panneau de verre opaque. Tony était assis à son bureau, et Griggs éteignit les néons pour allumer une petite lampe de bureau.

« Arthur Malory vous a rendu visite, aujourd'hui. »

Griggs agita les photographies.

« C'est cela qu'il a trouvé hier soir ?

– Mais enfin, qui êtes-vous ?

– Moi, je ne suis personne. Mais je travaille pour quelqu'un qui s'intéresse au Graal. »

L'indignation de Tony grandit.

« Eh bien, vous pouvez peut-être lui dire de rejoindre notre groupe de discussion. Entrer en trombe avec une arme comme un bandit, ce n'est pas ça qui va aider votre monsieur Quelqu'un à avoir ce qu'il veut.

– Avez-vous pris d'autres photos ? Avez-vous pris des notes sur votre conversation avec Malory lorsqu'il était là avec vous ? »

Tony ne put s'empêcher de regarder son bureau, de manière si discrète que quelqu'un de moins observateur que Griggs ne l'aurait sans doute pas remarqué. Tout en gardant le pistolet pointé sur Tony, il utilisa sa main libre pour rassembler les papiers qui étaient sur le bureau.

« Rien d'autre ? demanda-t-il.

– Non, dit Tony doucement.

– Vous avez pris les photos comment ?

– Avec mon téléphone portable.

– Donnez-le-moi. »

Griggs vit les photographies de la poignée de l'épée sur l'ordinateur.

« L'ordinateur aussi.

– Qu'est-ce que votre monsieur Quelqu'un veut au Graal ? »

Griggs ignora la question.

« Où Malory a-t-il dit qu'il allait, après ?

– Je crois qu'il allait au pub. Je serais bien venu avec lui, mais j'ai eu une grosse journée.

– Bon, très bien, dit Griggs. On se fiche de ce qu'il vous a dit ou pas dit. On s'en occupe. »

Tony regarda le pistolet et poussa un profond soupir.

« Andrew Holmes, dit-il.

– Oui, eh bien ?

– Vous l'avez tué, n'est-ce pas ? »

Griggs tira deux fois dans le cœur de Tony, sortit un sac en plastique de la poche de son manteau et y mit l'ordinateur, le téléphone et les papiers. Puis il éteignit la lampe de bureau et s'en alla sans bruit.

20

BRITTANIA, AN 499

Un homme de moindre qualité, un homme moins résolu, qui n'aurait pas été chevalier à la cour d'un roi aussi aimé qu'Arthwyr, n'aurait peut-être pas mené à bien l'expédition, mais sir Jowan n'était pas n'importe qui. Il pouvait endurer l'isolement et les privations, occasionnellement la gentillesse des inconnus, et la traîtrise. Les saisons changèrent, et il fit les derniers mois de son voyage pendant l'hiver. Ses blessures guérissaient, puis se rouvraient, puis guérissaient de nouveau, et son corps finement musclé dépérissait.

Lorsque enfin Jowan apparut à la cour d'Arthwyr à Gwynedd, personne ne le reconnut jusqu'à ce qu'il s'écroule dans les bras de son propre cousin, un chevalier du nom de Morgant, et qu'on le porte au lit pour qu'il s'alimente et que ses blessures putrides puissent être désinfectées.

On fit passer le message à Arthwyr, qui était aussi alité depuis un mois à cause d'une fièvre et d'une grosseur dans la mâchoire. Cette affection douloureuse l'avait rendu faible comme une fillette, et bien qu'il eût demandé qu'on le mène immédiatement à la chambre de Jowan, la reine et les médecins réussirent à persuader le roi de rester dans son propre lit encore un peu.

« Est-il tout seul ? »

On lui dit que oui.

« Est-ce qu'il l'avait ? Avait-il le Graal ? »

Non, lui répondit-on. Il n'avait que les guenilles qu'il portait.

En entendant que Jowan était de retour, Myrddin se hâta d'aller le voir dans sa chambre et entra en trombe alors que les femmes étaient en train de panser ses blessures. Bien que la puanteur fût insoutenable dans la pièce et que les femmes aient enroulé leur écharpe sur leur nez, Myrddin ne parut rien remarquer. Il les repoussa et se mit à genoux pour être à la hauteur de la bouche du chevalier.

« As-tu retrouvé le Graal ? »

Jowan acquiesça.

Les yeux de l'Égyptien s'enflammèrent.

« Dis-moi où il est ! »

Jowan essaya de parler, mais ses lèvres étaient trop desséchées. Myrddin ordonna à la femme de chambre la plus proche de lui donner de l'eau.

Jowan put finalement murmurer :

« Il est... là où sir Wallia avait dit qu'il serait.

– Pourquoi ne l'as-tu pas avec toi, alors ? » cria presque Myrddin.

Quand le chevalier commença à raconter ce qui s'était passé dans le secret des montagnes éloignées, Myrddin demanda aux femmes de s'en aller afin que lui seul puisse entendre ce que dirait le chevalier. Malgré sa fatigue et son épuisement dus à la gangrène et à la malnutrition, Jowan ne lui épargna aucun détail, depuis le moment où ils avaient escaladé la montagne jusqu'à celui où il s'était enfui pour sauver sa vie.

Les hommes d'Alaric montaient la garde. Comment avaient-ils su que les Bretons arrivaient, Jowan l'ignorait. Quelques instants avant que la bataille commence, Gwalchavad avait trouvé le Graal ! Il l'avait véritablement tenu entre ses mains avant de le reposer, à contrecœur, pour récupérer son épée.

Bien que les Bretons fussent à cinq contre un, ils se défendirent vaillamment et tuèrent de nombreux ennemis. Porthawyr mourut d'un coup à la nuque, et Mailoc se fit transpercer le ventre. Gwalchavad continua à se battre, et il tua sept hommes avant de se faire lui aussi transpercer. Jowan reçut un coup sévère au bras et un moindre au front, et quand il vit qu'il était le dernier Breton vivant, il prit ses jambes à son cou et retourna à la clairière retrouver les hommes qui les attendaient ; mais il fut horrifié de voir qu'ils étaient tous morts. Il siffla son cheval, et, avec son bras encore valide, il parvint à le monter et à rallier l'Angleterre au terme d'un voyage long et triste.

« J'aurais voulu retourner en haut de la montagne pour me battre et mourir avec mes frères, avouait Jowan en pleurant à chaudes larmes, mais je pensais que j'avais un devoir plus élevé, que je devais retourner à la cour de mon roi et lui dire que le Graal existait. J'espère que d'autres chevaliers réussiront là où j'ai échoué.

– Je te préviens, dit Myrddin, je t'interdis de parler à qui que ce soit d'autre de ce que tu viens de me raconter. J'en informerai le roi moi-même. »

Le chevalier acquiesça avec difficulté.

« Il faut libérer sir Wallia, implora-t-il. Même si nous avons échoué dans notre quête, tout ce qu'il nous a dit était vrai. J'ai pensé à lui et à son calvaire pendant bien des nuits solitaires. »

Myrddin répondit par un mince sourire. Il avait personnellement fait exécuter Wallia trois saisons auparavant. Une cellule laissée délibérément ouverte, un chevalier désespéré qui voulait retrouver la liberté, c'était un jeu d'enfant de prétendre que Wallia avait été tué alors qu'il essayait de s'évader. Encore un qui aurait pu parler du Graal, réduit lui aussi au silence. Mais avant qu'il ait eu le temps d'étouffer Jowan avec son oreiller, le chirurgien royal entra avec son apprenti.

Contrarié, Myrddin se dirigea vers la chambre du roi en complotant. Le grand roi gémissait de douleur sous ses épaisses fourrures. Quand il vit son devin approcher, Arthwyr se releva sur un coude et se mit à parler, la bouche déformée par sa mâchoire grotesquement enflée.

« Tu lui as parlé ?

– Oui, sire.

– Dis-moi tout ce qu'il t'a dit. »

Myrddin s'exécuta. Il n'avait pas d'autre choix que d'être honnête. Après tout, Arthwyr pouvait très bien se lever de son lit et aller voir lui-même le chevalier blessé, et il apprendrait la vérité. Le devin ne pouvait pas être pris en flagrant délit de mensonge ou de demi-vérité. Il demanda cependant que tous les serviteurs se retirent de la chambre ; il valait mieux que le moins de monde possible soit au courant.

Arthwyr écouta avec attention, excité à l'idée que le Graal ait été retrouvé, mais attristé qu'il fût aussitôt perdu de nouveau, et que ses chers chevaliers Gwalchavad et Porthawyr aient péri.

« Il faut lancer une nouvelle expédition, dit Myrddin.

– Oui, acquiesça Arthwyr. Pas un petit groupe d'hommes, comme nous l'avons fait, mais une armée. Nous prendrons le Graal par la force, que le roi Alaric le veuille ou non. J'ai battu le père et je battrai le fils.

– Ce sera fait», dit Myrddin.

Arthwyr essaya de se relever de son lit.

«Je vais commander cette armée moi-même...

– Non, je ne suis pas d'accord, objecta Myrddin. Vous êtes malade, affaibli. C'est l'hiver et la traversée sera périlleuse. Avec tout le respect que je vous dois, vous ralentiriez votre armée. J'irai à votre place et je vous rapporterai l'objet saint.»

Arthwyr frotta sa mâchoire douloureuse.

«Non, j'ai besoin de tes conseils ici même. Ce sera mon fils qui mènera cette armée. Sir Morgant sera à ses côtés. Fais venir sir Gwydre, pour que je puisse lui parler.»

Myrddin savait que, une fois qu'il avait pris sa décision, rien ne pouvait le faire changer d'avis. Gwydre fut appelé au chevet du roi, et celui-ci demanda à Myrddin de répéter l'histoire de sir Jowan et de la quête noble et tragique de Gwalchavad. Puis ce fut Arthwyr qui parla. Quand il devint clair qu'il voulait que ce fût son fils aîné qui menât une armée pour retrouver le Graal, le jeune chevalier tomba à genoux, ses cheveux blonds lui battant le front. Il prit la main de son père et l'embrassa de gratitude.

«Fais tes préparatifs en hâte, dit Arthwyr. Bien que la neige tombe et que les vents soufflent, on ne peut pas attendre jusqu'au printemps. Nous savons où était le Graal le jour où Gwalchavad est mort. Peut-être qu'il a déjà été déplacé. Peut-être qu'ils le feront très bientôt. Il n'y a pas de temps à perdre. Va au pays d'Euric, écrase Alaric s'il le faut, retourne à la montagne sainte et retrouve le Graal. Tu es mon fils. Ramène-le-moi avant que je meure.»

Myrddin agrippa le jeune homme par la manche :

« Mais ne dis à personne que tu sais où se trouve le Graal. Il y a trop de trahisons, même parmi les nobles chevaliers de ton père. »

Arthwyr renvoya tout le monde et appela sa reine.

« Vous avez honoré votre fils, et, par là, vous m'avez honorée », dit Gwenhwyfar.

Grâce à son aide, Arthwyr parvint à avaler un peu d'hydromel, mais des gouttes s'échappèrent de sa bouche enflée jusque sur sa chemise.

« Ce n'est pas Gwalchavad, mais il sera roi, et il est temps qu'il prouve ce dont il est capable.

– Ce sera dangereux.

– Je sais. Prenez bien soin de Cyngen, ma reine. Assurez-vous que vos dames le nourrissent avec le meilleur. Qu'elles fassent attention à ce qu'il ne grimpe pas sur les parapets. S'il arrive malheur à Gwydre, ce sera Cyngen qui sera roi. »

Elle l'embrassa sur le front et, avec un tissu, lui essuya tendrement le visage.

« Laissez-moi, maintenant, et envoyez-moi Myrddin et Gwydre, dit Arthwyr. Si Gwydre échoue et que je meurs, il faut que je m'assure que Cyngen pourra retrouver le Graal quand il sera en âge de le faire. Ma quête sera sa quête. »

À l'intention de Myrddin, il ajouta :

« Envoie mon épée chez le forgeron. Je veux faire graver des mots sur la garde. »

Myrddin fronça les sourcils.

« Quels mots, sire ?

– Ces mots : "Au pays d'Euric, dans un lieu sacré en hauteur, tu te coucheras devant le Christ et tu trouveras le Graal." »

Gwydre demanda :

« Pour quoi faire ?

– Pour que ton frère, Cyngen, puisse la retrouver un jour et reprendre la quête si nos efforts échouent. Seuls toi, moi et Gwydre connaîtront l'endroit où elle est cachée, Myrddin. Si l'un d'entre nous meurt, les autres diront à Cyngen où elle se trouve quand il sera plus grand. Pouvons-nous jurer que nous le ferons ? »

Les deux autres acceptèrent.

« Père, où vas-tu cacher l'épée ? demanda Gwydre.

– Dans un lieu qui est sacré pour moi. Bien que je sois né sur le continent, en Gaule, le lieu de mon enfance était le château de mon père. C'est là, en écoutant la mer, que j'ai appris comment être roi, et c'est là que je la cacherai. »

Même s'il était faible et souffrant, Arthwyr était déterminé à terminer sa propre quête, bien qu'elle ne fût pas aussi dangereuse que celle de Gwydre. Peu de temps après que sir Jowan eut perdu sa bataille contre la gangrène et que l'armée de Gwydre fut partie pour sa lointaine destination, la garde et l'entourage personnels d'Arthwyr partirent du château de Gwynedd pour se rendre à Dumnonia pendant trois jours. Bien qu'il fût au chaud dans du foin et des fourrures dans sa charrette couverte, il avait encore beaucoup de fièvre.

Cependant, lorsqu'ils arrivèrent au château abandonné qui avait été la cour d'Uther Pendragon, son père, Arthwyr insista pour se mettre debout et marcher jusqu'au bord de la falaise, seul. Puis il emplit ses poumons du bon air marin et, l'espace d'un instant, il redevint un petit garçon sur le point de commencer une grande aventure.

Il fixa le soleil froid et brillant en plissant les yeux. Le château était tombé en ruine seulement dix ans après avoir été abandonné. Lorsque Uther était mort, Arthwyr avait décidé de ne plus l'habiter. Son royaume s'était étendu, et Tintagel était bien trop à l'ouest pour que ce fût pratique. Gwynedd était un meilleur endroit pour gouverner les Bretons et contrer les envahisseurs qui venaient du continent. À peu près un quart des pierres du château avaient disparu, sans doute pillées par des tribus locales. Il espérait que certains de ces blocs avaient au moins fini dans des églises ou des chapelles.

Accompagné de jeunes hommes vaillants, placés devant et derrière lui pour le rattraper au cas où il serait tombé, Arthwyr descendit lentement le long de la falaise. Ici, le climat était plus doux : il n'y avait pas de neige sur la côte. Dans sa jeunesse, le chemin était creusé d'ornières à force d'être emprunté ; à présent, de l'herbe avait poussé dessus, et il était par moments à peine visible. Un soldat dut débroussailler les hautes herbes devant eux à l'aide d'une courte épée.

La marée descendait et le sable était sombre et humide. Myrddin portait la grande épée du roi. Il prit une pelle et renvoya tout le monde en haut de la falaise attendre ses ordres. Puis il avança à côté d'Arthwyr, prêt à lui venir en aide, pendant que celui-ci se dirigeait d'un pas lourd vers la plus grande des deux grottes marines.

Devant l'entrée, Arthwyr dit :

« Ceci a toujours été un endroit magique. Autrefois, j'y ai entendu des voix, les voix de mes ancêtres. Ici, ma voix sera entendue par mes descendants. Viens, faisons ce que nous avons à faire. »

La grotte traversait toute la falaise, et elle était éclairée par les deux ouvertures. Arrivé à la moitié, Arthwyr s'arrêta et fit un geste de la main.

« Creuse ici, dit-il à son devin. Creuse bien profond. »

Lorsque le trou fut assez profond pour que l'eau commence à sourdre, Arthwyr prit son épée gravée, l'embrassa et l'enveloppa dans sa cape. Le sable imprima la trace de ses genoux tandis qu'il la plaçait affectueusement dans le sol. Quelques ordres plus tard, Myrddin avait rempli le trou et tassé le sable.

Arthwyr tendit le doigt vers le mur de la grotte, au-dessus de l'endroit où l'épée était enterrée.

« Là, dit-il en tendant à Myrddin un percuteur de pierre tout lisse. Prends-le et grave une croix sur le mur. Ce sera un indicateur pour Cyngen, bien que je prie pour qu'il n'en ait jamais besoin, car j'aimerais énormément voir le Graal de mes propres yeux, de mon vivant. »

La route pour Barcino que prit Gwydre était la même que celle empruntée par Gwalchavad. Mais avec trois cents hommes, dont cent étaient des chevaliers et des guerriers, ils n'eurent pas de problèmes avec les brigands ni avec les seigneurs de guerre locaux. C'était plutôt l'hiver qui était leur ennemi, et il les poursuivit jusqu'à la fin du voyage, alors que le printemps commençait à réchauffer les contrées méridionales.

Myrddin s'était assuré que son homme, Kilian, fasse partie de la troupe, mais Gwydre n'avait pas de sympathie particulière pour lui ni pour ses conseils, et l'ignorait. Sir Morgant était son meilleur ami et son confident, et les deux jeunes chevaliers ouvraient la marche, inséparables.

La seule véritable bataille qu'ils eurent à mener fut près de Tolosa, le siège du royaume wisigoth d'Alaric. Gwydre fit un large détour pour éviter la ville et ne pas avoir à affronter une armée bien plus grande, mais une centaine de soldats d'Alaric leur tombèrent dessus sur l'ancienne voie romaine, et un accrochage féroce s'ensuivit. Gwydre brûlait de se battre pour mettre fin à des mois d'ennui profond, et les Bretons se défendirent avec ardeur : pas un seul Wisigoth ne survécut à ce bain de sang. Gwydre ne perdit que trente hommes et rendit grâce à Dieu pour une si belle victoire. Kilian, ce soir-là, était dans ses bonnes grâces ; il proclamait qu'il avait vu un signe céleste : le Graal, reflété dans les mares de sang de l'ennemi.

Ils arrivèrent comme prévu à destination, sans qu'Alaric n'essaie de nouveau de les contrer. Pour plus de sûreté, ils se passèrent du confort et des plaisirs de Barcino, et se mirent directement en route vers la montagne des Miracles. Le chemin de la montagne était exactement tel que Jowan et Wallia l'avaient décrit. Comme ils étaient prévenus, Gwydre et Morgant discutèrent et décidèrent qu'il serait préférable de faire stationner l'armée à l'avant pour empêcher une attaque surprise de la part d'Alaric. Un petit détachement de leurs meilleurs soldats les accompagnerait jusqu'en haut de la montagne.

Vingt hommes commencèrent l'ascension au petit matin. D'abord à cheval, puis à pied, ils ne croisèrent âme qui vive ; et, en arrivant à la clairière que Jowan avait décrite, Gwydre fut submergé de joie.

« Va, sois prudent, et rapporte le Graal, lui dit Morgant, pendant que je vais chercher les moines. »

Le printemps fit place à l'été, puis l'été à l'automne. Arthwyr avait recouvré la santé depuis que son chirurgien lui avait enlevé une dent infectée. Il prit son rétablissement comme un signe que Gwydre avait réussi dans sa quête. Myrddin, de son côté, continuait à analyser des entrailles de chèvre, bien qu'il n'eût pas besoin de divination pour savoir qu'Arthwyr ne verrait jamais le Graal. Il attendait chaque jour, plein d'espoir, non pas le retour de Gwydre, mais qu'un messager lui dise que le Graal était à Jérusalem et que les Qem l'y attendaient.

Enfin, par une belle journée fraîche, les hommes sur les remparts virent une colonne approcher, et le roi et Myrddin furent prévenus.

Les deux hommes se précipitèrent dans la cour intérieure du château, bientôt rejoints par la reine et tous les nobles, pour attendre l'entrée de la colonne par la herse.

Le premier chevalier qui apparut n'était pas Gwydre. C'était Morgant, qui entra dans la cour lentement, la tête baissée de désespoir.

Arthwyr courut à son cheval, dont il prit les rênes.

« Où est mon fils ? demanda-t-il.

– Il est mort, sire. C'était une mort glorieuse, sur le champ de bataille. Il s'est battu comme un lion, et il a tué de nombreux ennemis avant d'être frappé honteusement par-derrière. »

En entendant cela, la reine se mit à gémir, et les genoux d'Arthwyr tremblèrent.

« Et le Graal ?

– Trahison », dit Morgant en descendant de son cheval.

Il regarda Myrddin.

« Gwydre avait réussi ! Il le tenait dans ses mains ! Je l'ai vu de mes propres yeux. Puis il y a eu une attaque surprise déshonorante. Nous avons été assaillis par des hommes qui nous attendaient. Ils savaient que nous arrivions. Gwydre s'est battu férocement, comme le fils d'un roi. Nous en avons tué plus d'un, mais le Graal a disparu pendant la bataille et, à mon regret éternel, nous n'avons pu le retrouver. Il y avait des moines, sur la montagne. Peut-être qu'ils savaient où il était ; mais, même après les pires traitements, ils n'ont jamais voulu nous dire où il se trouvait.

– Était-ce Alaric ? demanda le roi. Était-il à l'origine de cette attaque déshonorante ?

– Ce n'était pas Alaric, sire.

– Qui, alors ?

– Myrddin ! s'écria Morgant en pointant du doigt le devin stupéfait. C'est Kilian qui a donné son nom. Voilà ce que Kilian a dit aux attaquants : “Pour les Qem ! Pour Myrddin ! Tuez-les tous !” Je n'en sais pas plus, puisque j'ai occis Kilian immédiatement après qu'il eut prononcé ces viles paroles.

– Misérable canaille ! hurla Myrddin. Comment oses-tu m'accuser ainsi ? »

Le visage du roi se déforma de rage.

« Silence ! dit-il d'une voix forte. Où est le corps de mon fils ? Qu'est-il devenu ? »

Morgant se rapprocha du roi pour que lui seul puisse l'entendre.

« J'ai essayé de vous le ramener vivant, sire. Nous l'avons porté sur une civière à travers les contrées lointaines pendant deux mois, jusqu'à ce que nous ne puissions plus le faire tellement son état s'était dégradé. Nous avons réussi à trouver refuge dans le nord de la Gaule, au château Maleore, où votre mère, la reine Igraine, vous a porté pendant que votre père, Uther Pendragon, faisait la guerre dans cette région, et où il vous a nommé Arthwyr de Maleore. Le seigneur du manoir nous a reçus très chaleureusement, nous a offert le gîte et le couvert, et les dames se sont occupées de Gwydre. Un chirurgien normand a déclaré que sa côte supplémentaire l'avait sauvé d'une mort immédiate, et il a ouvert sa plaie pour que les humeurs malignes s'en échappent plus facilement. Cela a amélioré son état, il a été capable de boire et de manger un peu, et de retrouver des forces. Il s'est senti assez bien pour demander une plume et du parchemin. Je ne sais pas ce qu'il a écrit, mais il était désespéré d'avoir perdu le Graal. Son parchemin devait être caché au château Maleore, au cas où une trahison ou l'infortune nous aurait empêchés de revenir à la cour. Malheureusement, sa fièvre est repartie de plus belle, et il n'a pu être sauvé. Nous avons respecté son désir d'être enterré au château Maleore. »

Morgant haussa la voix pour que toute l'assemblée puisse l'entendre.

« Le cœur lourd, j'ai rallié les hommes pour la traversée et je suis revenu à la cour, mû par le désir de venger la mort de Gwydre et de voir le traître, Myrddin, puni. »

Myrddin, inquiet, avait regardé les deux hommes murmurer. Il n'avait nulle part où aller, il resta donc sur place, tremblant de rage.

« Viens ici, siffla-t-il entre ses dents, et dis-moi en face que je suis un traître. »

Morgant s'avança, la mâchoire serrée de colère, jusqu'à se retrouver nez à nez avec l'Égyptien.

Tout se passa si vite que Morgant n'eut pas le temps de réagir.

Myrddin se jeta sur lui avec un poignard qu'il avait dissimulé sur lui et lui trancha la gorge dans un torrent de sang.

Tandis que le chevalier tombait à genoux en tenant sa gorge ouverte, Arthwyr enragea.

« Une épée ! » demanda-t-il à tout le monde et à personne en particulier.

Un chevalier lui donna la sienne.

« Qu'as-tu à dire, Myrddin, avant que je te tue ? »

Myrddin se sentit comme un animal pris au piège. Tandis qu'il essayait de s'enfuir, les hommes l'encerclèrent lentement. Il donnait de petits coups de poignard pour les tenir à distance.

« Le Graal n'est pas pour de simples rois, cracha-t-il. Il est pour les hommes comme moi, qui savent quoi en faire. »

Arthwyr s'avança pas à pas.

« Et qu'en ferais-tu, toi ? »

Myrddin cracha par terre.

« Tu n'as pas à savoir ces choses. Tu es peut-être roi, mais tu n'es qu'une misérable créature. »

Puis il cria, en laissant tomber son poignard :

« Vous appelez cela de la chevalerie ? Personne ne me donnera donc d'épée ? »

Comme personne ne s'avançait, Arthwyr dit :

« Donnez une épée à ce porc ! »

On lui en jeta une, qui tomba à ses pieds dans un fracas métallique. Il la ramassa et se mit en position de combat.

Arthwyr chargea avec un hurlement à glacer les sangs, et Myrddin l'imita. C'était comme si deux cerfs s'affrontaient en croisant leurs bois.

Ils survécurent tous deux à la terrible collision, et chacun recula de nouveau.

Puis ils se jetèrent de nouveau l'un sur l'autre, mais cette fois le duel fut de courte durée.

Ils avaient tous les deux réussi à se transpercer la poitrine.

L'épée d'Arthwyr avait ouvert l'artère de Myrddin. Il mourut sans un mot, en regardant le soleil avec les yeux grand ouverts.

Arthwyr eut le temps d'entendre les sanglots de Gwenhwyfar et de sentir ses lèvres sur les siennes.

Il essaya de parler, mais sa bouche et ses poumons étaient pleins de sang.

Il fallait qu'il parle.

Comment sinon allait-il faire pour lui dire où il avait caché l'épée ?

Comment Cyngen allait-il faire pour reprendre la quête quand il serait devenu un homme ?

Mais il ne put rien dire. Tandis qu'il se sentait glisser, la marée montait à Tintagel, et les vagues froides venaient lécher le pied de la croix au-dessus de l'endroit où était enterrée l'épée en argent d'un grand roi.

21

En arrivant à Barcelone, Arthur et Claire louèrent une voiture à l'aéroport et se rendirent directement à Montserrat. Contrairement au temps mitigé d'Angleterre, le printemps catalan était en pleine explosion, presque comme en été, et ils enlevèrent leurs couches d'habits et conduisirent les fenêtres ouvertes.

Ce n'était pas un très long trajet. Le monastère n'était qu'à une quarantaine de kilomètres de l'aéroport, et tandis qu'ils traversaient la banlieue, puis la campagne, et que la ville tentaculaire s'éloignait derrière eux, le paysage devenait plus saisissant. À chaque étape du voyage, de leur trajet du matin jusqu'à Heathrow, puis sur l'autoroute espagnole, Arthur ne cessa d'observer les environs pour voir s'ils étaient suivis, et ce n'est que près du monastère qu'il commença à se détendre un peu.

Dès qu'il aperçut la montagne, Arthur retira sa main du volant pour prendre celle de Claire.

Il avait passé tout l'après-midi précédent à tout prévoir pour l'Espagne : les vols, la location de la voiture et les informations sur Montserrat. Il avait décidé qu'un simple aller-retour dans la journée au monastère ne suffirait pas. Il n'avait que de très maigres indices, il pensait donc qu'il leur faudrait au moins quelques jours dans la montagne pour explorer l'endroit.

Il apprit qu'il y avait trois sortes d'hébergement possibles au monastère : un hôtel trois étoiles, l'hôtel Abat Cisneros, qui jouxtait le bâtiment religieux mais était à l'extérieur du terrain ; le Celdas Abat Marcet, un complexe d'appartements de location, en dehors également ; et quarante-huit chambres pour les pèlerins dans le monastère lui-même.

Le choix était tout fait.

Il avait appelé le centre de réservation et avait eu une réceptionniste qui parlait très bien anglais qui l'avait informé qu'il ne restait qu'une chambre de libre.

« Je ne sais pas exactement comment cela se passe, mais j'aurais voulu venir avec ma fiancée. Ces chambres sont-elles réservées aux hommes ?

– Non, nous acceptons les couples.

– Même les couples non mariés ?

– Oui, cela ne nous choque pas. Tout ce que nous demandons à nos visiteurs, c'est de se conduire de manière pudique. »

« Tu penses qu'on peut être pudiques pendant quelques jours ? avait demandé Arthur à Claire après l'appel.

– J'en doute, avait-elle dit en riant, mais on peut toujours essayer. »

Le sommet de la montagne culminait à mille deux cents mètres au-dessus de la plaine de Bages, mais elle paraissait plus imposante encore parce qu'elle était au milieu de nulle part, s'élevant quasiment à la verticale depuis la rivière Llobregat, aucune autre montagne ne rivalisant de hauteur avec elle. C'était un vaste labyrinthe de roche calcaire dans des tons pastel, avec des sommets coniques comme dans un conte de fées, et des noms tels que la Momie, le Chat, les Pipes, le Pharaon, la Tête de Mort.

Une bonne route pavée menait jusqu'en haut, et quand Arthur prit le dernier virage, le monastère apparut.

« Tu vois ce que je vois ? » demanda-t-il doucement.

Il semblait naturel de ne pas parler fort, car il y avait quelque chose de si éthéré dans cette vision qu'un bruit ou un mouvement trop brusque semblaient capables de la faire s'envoler et disparaître. La basilique et les structures qui l'entouraient étaient magiques, construites sur un plateau à deux mille mètres d'altitude, coincées entre un précipice abrupt et de vertigineux sommets. Les bâtiments étaient faits de la même pierre calcaire que la montagne, et bien qu'ils fussent façonnés par la main de l'homme, on aurait dit qu'ils avaient été engendrés par les mêmes forces qui avaient formé la montagne.

Arthur gara la voiture dans un des parkings autorisés, et Claire et lui se frayèrent un chemin au milieu des cohortes de touristes de passage pour la journée, qui étaient arrivés en car ou par le funiculaire. Il faisait beau et chaud. Les nuages bas s'étaient dissipés, et la vue de la vallée semblait s'étirer à l'infini. Ils s'annoncèrent et s'assirent sur un banc, leurs petits sacs à leurs pieds, fixant leurs badges de visiteur sur leur poitrine en attendant l'un des moines.

Frère Oriol arriva assez vite et, dans un anglais passable, s'excusa de les avoir fait attendre. Il était grand et avait l'air jeune, pas plus de 30 ans, avec une grosse barbe brune et des lunettes. Il portait la longue robe noire des moines et la capuche des bénédictins et marchait sans bruit sur des semelles de crêpe.

Le moine demanda d'où ils venaient, et fit de petits commentaires sympathiques sur l'Angleterre et la France tout en les menant dans le complexe. Quand il apprit que c'était la première fois qu'ils venaient, il leur demanda ce qu'ils pensaient du monastère. Il sembla apprécier les commentaires extatiques de Claire sur la beauté des lieux, et il se lança dans un discours sur l'importance de Montserrat pour le peuple catalan.

« C'est une grande partie de notre héritage. Les Catalans vénèrent Notre-Dame-de-Montserrat d'une manière particulière, à la fois comme mère et comme sainte patronne. C'est vrai, nous avons des touristes et des pèlerins qui viennent du monde entier, mais les locaux, enfin, la plupart d'entre eux, considèrent qu'une visite par an au sépulcre de la Madone noire est une obligation à laquelle il ne faut pas déroger, et l'accomplissent fidèlement comme un signe de foi.

– La statue est dans la basilique, c'est cela ? demanda Arthur.

– Oui, mais, en ce moment, il y a de longues files d'attente. Puisque vous êtes sur place, vous pouvez faire la visite à une heure plus calme, en fin d'après-midi ou tôt le matin, et vous pourrez avoir plus de temps pour voir la Madone. »

Il les conduisit sous un passage couvert qui surplombait un charmant petit jardin cloîtré, à travers ce qu'on appelait la Chambre gothique, qui avait un beau plafond en corbeilles et dont les murs étaient ornés de tapisseries médiévales. Ils montèrent un escalier en pierre et entrèrent dans un bâtiment moderne, qui, comme le moine l'expliqua, abritait les chambres pour les pèlerins, les quartiers des moines, les salles de réfectoire, la bibliothèque et le chapitre. L'abbé avait son propre appartement dans le bâtiment adjacent. Il y avait soixante-huit moines dans le monastère, dont la plupart étaient catalans.

L'étage réservé aux visiteurs ressemblait beaucoup à un hôtel modeste. Frère Oriol ouvrit la chambre 13 et les fit entrer. C'était tout petit et meublé très simplement. Une table avec trois livres en catalan : le Nouveau Testament, la Bible et la Règle de saint Benoît, un lit, une chaise, et une petite salle de bains avec douche.

« Le lit est assez petit », s'excusa frère Oriol.

La fenêtre semblait ne pas avoir été lavée depuis longtemps, mais, à travers la saleté, on voyait tout de même la cour de la basilique remplie de monde.

« Si vous voulez laisser vos sacs, je vais vous montrer la salle à manger. »

Le moine les emmena juste à côté, où un buffet avait été préparé par des laïques. Puis il leur montra une petite salle où il y avait quelques livres et des chaises pour s'asseoir, et ce fut la fin de la visite. Ils pouvaient aller dans toutes les zones publiques du monastère, mais n'avaient pas le droit d'entrer dans les parties réservées aux moines. S'ils avaient d'autres questions, il y avait dans leur chambre une feuille avec les heures de messes, plusieurs livres dans la salle ainsi qu'à la boutique de souvenirs.

Arthur le remercia pour le temps qu'il leur avait accordé, et ajouta :

« Vous devez être très occupés, ici.

– Nous le sommes, en effet. Il y a cinq prières par jour, nous recevons et donnons des conseils à des visiteurs, nous avons de nombreux ateliers de travail, dont le plus célèbre est notre chœur, l'Escolania, qui est la maîtrise de garçons la plus ancienne du monde. »

Puis, en s'inclinant légèrement, frère Oriol expliqua poliment qu'il devait les quitter.

Ils se promenèrent au soleil en se mêlant aux touristes polyglottes, puis ils se rendirent dans les magasins pour acheter des livres en anglais sur le monastère. À l'heure du déjeuner, ils retournèrent à la salle à manger qui était en train de se remplir de retraités et de personnes âgées à l'air aimable, des hommes, pour la plupart. Peut-être parce qu'ils étaient nouveaux et qu'ils avaient l'air d'être les plus jeunes, ils furent le centre de l'attention et des conversations. Les visiteurs venaient du monde entier, la plupart d'entre eux étaient des habitués des monastères, qui aimaient « séjourner et prier », comme ils disaient. Arthur et Claire répondirent à leurs compagnons qu'eux aussi étaient là pour prier et méditer tranquillement dans ce lieu magnifique.

À midi et demi, les convives commencèrent à s'éparpiller et à se rendre à la messe de midi dans la basilique. On leur dit qu'il fallait absolument qu'ils y assistent, car le fameux chœur de garçons allait y chanter des psaumes.

Ils étaient en train de retourner à leur chambre quand le téléphone d'Arthur se mit à sonner, affichant un numéro britannique qu'il ne connaissait pas. C'était Sandy Marina, qui appelait d'Oxford. Elle avait l'air bizarre et sombre.

« Tu es sur le continent ?

– Oui, en Espagne.

– C'est ce que je me suis dit en entendant la tonalité. Ça explique pourquoi tu n'as pas téléphoné. Tu n'es pas au courant, c'est ça ?

– Au courant de quoi, Sally ? »

Elle se mit à pleurer.

« C'est la foudre qui frappe une seconde fois. C'est Tony. Je ne vais pas tourner autour du pot, Arthur. Il a été tué. »

Elle lui expliqua comment il avait été retrouvé le matin même, dans son bureau à l'UCL, avec deux balles dans le cœur. Son portefeuille avait été volé, ainsi que sa montre. On pensait donc que c'était un vol qui avait mal tourné. Il y avait beaucoup de délinquance liée à la drogue, dans le quartier.

Claire le vit pâlir et lui demanda en chuchotant s'il y avait un problème. Il hocha simplement la tête, et elle ouvrit la porte de la chambre.

Il s'assit sur le lit et entendit Sandy dire :

« D'abord, Holmes, maintenant, Tony. C'est trop. C'est comme si notre petit groupe avait une malédiction.

– J'ai vu Tony hier matin, Sandy. Je suis passé à l'UCL pour lui montrer quelque chose. J'ai trouvé ce que Holmes avait découvert.

– Qu'est-ce que c'était ?

– Je ne peux pas te le dire. C'est trop dangereux. Ces gens qui veulent le Graal, ce sont des assassins. Ils ont tué Holmes et sans doute Tony aussi. Et ils me suivent.

– La police te croira sûrement si tu leur racontes tout, maintenant.

– Je ne peux pas faire confiance à la police.

– Mon Dieu ! Tu es à la recherche du Graal ? En Espagne ? Arthur, est-ce que tu es à Montserrat ?

– Je t'en prie, ne me pose plus de questions. Je te raconterai tout quand je rentrerai. Jusque-là, dis simplement aux Fondus que je suis loin et que je ne peux pas rentrer pour l'enterrement. Mon Dieu, Sandy, j'aimerais tellement être là avec toi et te prendre dans mes bras. »

Claire en avait suffisamment entendu. Elle avait l'air apeurée.

Il la tint contre lui et murmura :

« Ça va aller... Personne ne sait que nous sommes là.

– Comment peux-tu en être sûr ?

– Personne ne nous a suivis depuis que nous avons récupéré les bagages jusqu'à la location de voiture. Et personne ne nous a suivis de Barcelone. Ni sur la montagne.

– Que faut-il faire ?

– Allons à la basilique et disons une prière pour Tony. »

La basilique était fraîche et sombre, un joyau gothique qui étincelait de boiseries dorées et de mosaïques dans les mêmes tons. Au-dessus de l'autel, à travers un balcon ouvert, la Madone noire de Montserrat, recouverte de feuilles d'or – une Vierge à l'enfant dont les visages étaient noirs car faits d'un bois ancien couleur d'ébène –, luisait dans un rai de lumière qui traversait l'église par un haut vitrail.

Arthur et Claire étaient assis au milieu et méditaient tristement en regardant le prêtre célébrer une messe en latin et en catalan. Puis le chœur apparut, des petits garçons en robe blanche à capuche qui se mirent en place, de part et d'autre de l'autel. Leur maître de chœur les dirigea pendant trois psaumes, leurs voix douces de soprano s'emmêlant et s'élevant dans la cathédrale. Claire en eut les larmes aux yeux.

Une fois que la messe fut finie, la foule commença à se disperser, certains s'en allant vers la cour ensoleillée, d'autres rejoignant la file d'attente pour monter l'escalier raide qui menait à la Madone noire. Arthur et Claire clignèrent des yeux en se retrouvant à la lumière.

Un grand homme avec une barbe et un large chapeau tropical se tenait en retrait, dans l'ombre de l'entrée de la cathédrale. Quand il vit Arthur et Claire traverser la cour et entrer dans le bâtiment des dortoirs, Griggs sortit en plein jour, mit ses lunettes de soleil et se dirigea sans se presser vers l'hôtel Abat Cisneros.

22

Dans le dortoir, Arthur entendit un bruit de pas derrière lui. Il jeta un coup d'œil inquiet par-dessus son épaule, mais c'était un moine qui passait à côté d'eux. Il avait un visage lisse et jeune et une expression sérieuse, et il s'excusa à cause de l'étroitesse du passage. Arthur le reconnut : c'était le maître de chœur.

« Votre chorale est magnifique », dit Arthur.

Le moine s'arrêta pour remercier, prenant note de leurs badges de visiteur et du visage baigné de larmes de Claire.

« Vous pleurez, dit-il. Je ne pensais pas que les garçons avaient été si bons, aujourd'hui. »

Elle s'essuya les yeux.

« C'est que nous venons d'apprendre la mort de quelqu'un. Nous sommes encore sous le choc.

– Je suis vraiment désolé de l'apprendre. Dites-moi comment il s'appelle, et je prierai pour lui.

– Tony, dit Arthur.

– Très bien, je prierai pour l'âme de Tony. »

Arthur lui serra la main pour le remercier.

« Que faites-vous, maintenant ? demanda frère Pau. Si vous voulez, je peux vous montrer un ou deux endroits. J'ai une heure de libre avant mon cours.

– C'est très aimable à vous », dit Claire, et, lorsqu'elle sourit, le moine si sérieux sourit à son tour.

Il les escorta pour une visite rapide de la chapelle, très décorée, une vaste pièce avec des voûtes où des moines assis en rond priaient ensemble, écoutaient leur abbé leur lire des passages de la Règle de saint Benoît et discutaient des affaires de la communauté. Une grande fresque représentant les moines de Montserrat en train d'être martyrisés pendant la guerre civile espagnole était peinte au-dessus de leurs têtes. La bibliothèque, située au-dessus des dortoirs, se composait d'une magnifique salle centrale à deux étages avec une galerie ouverte et des plafonds décorés de boiseries savamment éclairés. Abritant environ trois cent mille ouvrages et manuscrits, elle datait du XIXe siècle, bien que, de l'avis de frère Pau, on pût faire remonter des traces d'une ancienne bibliothèque au XIe siècle.

Arthur saisit l'occasion pour poser des questions. La quête se faisait de plus en plus urgente. Il imagina que Holmes et Tony l'encourageaient.

« Tout ce que j'ai lu sur Montserrat mentionne que les structures les plus anciennes datent du Xe siècle. Est-il possible qu'il y ait eu des communautés religieuses encore plus anciennes ?

– C'est difficile à dire, répondit le moine. Il n'y a pas de document qui l'atteste. Ce que je crois personnellement, c'est qu'il y a ici un lieu saint depuis l'époque même du Christ. S'il y avait eu des ermitages datant de plusieurs siècles avant les dates officiellement reconnues, cela ne me surprendrait pas du tout.

– La basilique n'est pas très ancienne, si ?

– Non, elle date de la fin du XIXe, début du XXe siècle. L'église romane d'origine a été incendiée pendant les guerres napoléoniennes.

– Donc, la crypte sous la basilique n'est pas très vieille non plus ?

– Non, elle est assez récente, mais intéressante tout de même. Vous pouvez la visiter tout seuls, si vous le souhaitez.

– Quelles sont les parties les plus anciennes du monastère ? demanda Claire.

– Il y a une petite crypte du XIIe siècle, la crypte des Clercs, qui est adjacente à la bibliothèque musicale à l'intérieur de l'école de chorale, et, bien sûr, l'ermitage de Sant Iscle, une chapelle qui est mentionnée dans un texte du IXe siècle. »

Arthur regardait les tranches de livres anciens. Il releva alors la tête.

« Se pourrait-il qu'elle soit encore plus ancienne ?

– C'est possible, en tout cas les fondations, mais cela n'a jamais été étudié. Laissez-moi vous montrer de fascinantes photographies du XIXe siècle que nous avons en exposition dans la pièce d'à côté. »

Tandis qu'ils marchaient, Arthur posa d'autres questions à propos de la collection.

« J'imagine que vous avez d'importants manuscrits et des lettres anciennes, ici ?

– Oui, c'est vrai. Il y a certains des plus vieux textes écrits en catalan, mais je regrette de dire que beaucoup de choses ont été perdues lorsque le monastère a été brûlé par Napoléon.

– J'en suis désolée, dit Claire.

– Ne vous sentez pas responsable. »

Arthur continua.

« Un ami à moi, un professeur d'études médiévales, a récemment obtenu l'autorisation de faire des recherches ici.

– Oui, nous avons des spécialistes venus du monde entier.

– Il a retrouvé une lettre datant du XIIe siècle qui mentionne le Graal.

– Oui, c'est toujours un sujet intéressant, dit le moine en regardant sa montre. Il me reste juste le temps de vous montrer une dernière pièce, la sacristie. Venez avec moi. »

La sacristie était adjacente à la basilique, une pièce avec des voûtes couvertes de fresques, et de splendides cabinets en acajou contenant les vêtements sacerdotaux. Pendant que frère Pau décrivait les détails architecturaux, l'œil d'Arthur fut attiré par une fresque au bout de la longue salle, une représentation de la Cène. Un jeune et beau Christ avait la main gauche posée sur une miche de pain, et la droite juste au-dessus d'un calice tout simple.

Arthur la montra du doigt.

« Elle est très belle.

– Oui, en effet. Cette fresque est de Josep Obiols.

– Le Graal y est très apparent. Dites-moi, que pensez-vous des légendes qui disent que le Graal est à Montserrat ? »

Le moine eut l'air assez agacé par la question.

« Vous savez, c'est un sujet un peu lassant, ici. Il n'y a aucune preuve. Pour nous, cela n'a pas d'importance. Vous n'êtes pas un touriste du Graal, Arthur, si ?

– Je ne sais pas ce que c'est qu'un touriste du Graal, mais je ne pense pas en faire partie », répondit Arthur d'un ton aussi léger que possible.

Le moine avait dû se rendre compte de sa froideur et il leur dit d'un air désolé :

« Il faut que je retourne à l'école, maintenant. Vous pouvez faire le trajet avec moi, si vous le désirez. »

L'école réservée à la chorale était un long bâtiment de quatre étages à l'autre bout du complexe. Sur le trajet, frère Pau leur parla de l'école et d'une tournée qu'ils avaient récemment faite en Russie, qui avait été un grand succès et avait donné lieu à leur CD le plus récent. Sa fierté était visible, et quand Claire essaya d'en savoir plus sur son enfance, il s'avéra que lui aussi avait fait partie de la chorale. À l'entrée de l'école, il leur souhaita un bon séjour et désigna un jardin entouré de murs qui était planté de cyprès italiens aussi fins que des aiguilles.

« L'ancienne chapelle de Sant Iscle est là-dessous.

– Pouvons-nous la visiter ? demanda Arthur.

– Je crains que non. C'est privé, réservé aux moines. »

L'après-midi, ils visitèrent la crypte sous la basilique, ce qui leur confirma qu'il s'agissait d'une construction moderne sans lien avec le haut Moyen Âge. La basilique du XIXe siècle n'avait même pas été construite sur le site d'origine de l'église romane ; donc, même s'ils avaient pu perforer le plancher, ils n'auraient probablement rien trouvé d'important.

Maintenant que la file d'attente était moins longue, ils se joignirent aux fidèles pour grimper sur le balcon où se trouvait la Madone noire. Bien qu'il y eût une centaine de statues de ce genre dans le monde, noircies par le temps ou délibérément par l'artiste, aucune n'était aussi vénérée que la Madone de Montserrat, qui était devenue un symbole culturel de la Catalogne.

Selon la légende, la statue avait été trouvée à peu de distance du monastère, quand des bergers avaient vu une lumière divine et entendu une musique céleste qui les avait menés à une grotte dans la montagne. L'évêque de Manresa avait proposé de porter la Vierge à l'enfant sur une palette jusqu'à son église ; mais tandis que les villageois descendaient le chemin de la montagne, la palette se faisait de plus en plus lourde au fur et à mesure qu'ils s'approchaient du site de l'ancien ermitage, où ils n'avaient plus pu la bouger d'un pouce. Ainsi, la Madone avait montré son insistance pour rester à Montserrat.

Arrivé en haut de l'escalier étroit, Arthur regarda Claire qui était tombée à genoux devant la statue. Elle se mit à prier sans bruit jusqu'à ce qu'un regard vers ceux qui étaient derrière elle la décide à se lever pour laisser la place aux autres.

Ce soir-là, ils dînèrent avec les autres pèlerins, lurent leurs guides et firent des projets. D'autres devisaient aimablement, faisaient des puzzles ou lisaient la Bible : des occupations calmes et contemplatives qui convenaient parfaitement à l'heure et au lieu. Claire s'excusa de s'éclipser brièvement pour appeler ses parents, et, à son retour, elle déclara que tout allait bien chez elle.

Ils avaient les paupières lourdes. Cela ne faisait que deux jours qu'ils avaient fait leur nuit blanche à Stoneleigh, et ils n'avaient pas encore rattrapé leur sommeil en retard ; la mort de Tony leur pesait aussi lourdement. Ils se retirèrent à 21 heures.

Le lit était en effet étroit. Ils s'étendirent sur le côté, face à face.

« Tu as eu l'air très émue par la Madone noire, dit-il.

– Elle est très belle.

– Tu es catholique ?

– Bien sûr. Je suis française.

– Je t'ai regardée prier. Tu avais l'air pleine de ferveur.

– Oui, c'est un bon terme. Je suis une fervente croyante. Je crois en Dieu sans réserve.

– Vous devez être une minorité, les physiciens qui croient en Dieu.

– Peut-être, mais nous sommes en bonne compagnie : Max Planck, Arthur Compton, Georges Lemaître, qui était prêtre, tu sais, Werner Heisenberg, Freeman Dyson,

Christopher Isham, et beaucoup d'autres. Même Einstein, qui ne croyait pas en un dieu anthropomorphe, pensait tout de même que l'Univers avait nécessairement été créé. Dis-moi, Arthur, en quoi crois-tu ?

– Nous, dans l'Église anglicane, on est de sacrés mécréants en ce qui concerne la religion. En tout cas, on ne montre pas qu'on est croyants. Mais je suis plus croyant que non croyant, si tu vois ce que je veux dire.

– Oui, je vois... et si tu trouves le Graal ? Est-ce que cela changera quelque chose ?

– Eh bien, ce serait un lien plus tangible avec le Christ, mais un lien avec un homme nommé Jésus, pas forcément le Fils de Dieu.

– Tu ne crois pas en la résurrection ?

– Et toi ?

– J'y crois, complètement.

– Et comment la physicienne en toi explique-t-elle ce phénomène ?

– Il y a beaucoup de choses que nous ne comprenons pas. Je ne pense pas que la physique et la spiritualité soient incompatibles.

– J'aimerais penser que tes croyances sont fondées. J'aimerais croire que Tony Ferro et Andy Holmes sont en train de boire une pinte céleste en ce moment même. Écoute, Claire, j'y ai pensé toute la journée. Je crois que tu devrais rentrer en France dès demain. J'ai peur pour toi. Moi, il faut que je le fasse, mais pas toi. »

Elle se rapprocha de lui et l'embrassa.

« La réponse est non. Je me sens parfaitement en sécurité avec toi. Alors, à quelle heure est-ce que tu mets le réveil ? »

Il lui rendit son baiser.

« 2 heures du matin. »

Griggs frappa doucement à la porte de la chambre voisine de la sienne à l'hôtel Abat Cisneros. Hengst lui ouvrit. Il était habillé en noir, comme Griggs.

Hengst vit que Griggs avait son sac de sport.

« Pourquoi as-tu pris ça ?

– Je ne voulais pas le laisser dans la chambre. »

Hengst haussa les épaules.

« Qu'est-ce qui te fait dire qu'ils vont commencer à explorer dès ce soir ?

– Je n'en suis pas sûr. Mais c'est possible. »

Les deux hommes avancèrent sur la pointe des pieds dans la cour illuminée par la lune, et se mirent en position à une centaine de mètres des portes du dortoir, derrière un camion qui était garé là. Griggs ouvrit le sac et en sortit le fusil.

« Qu'est-ce que tu fous ? murmura Hengst.

– Détends-toi. C'est juste pour utiliser la vision infrarouge.

– Dis-moi pourquoi je devrais te croire ?

– Parce que c'est moi qui commande.

– Il nous a donné des ordres très précis.

– Je les ai suivis, ces ordres. J'aurais pu le descendre à Wokingham, mais je ne l'ai pas fait, si ?

– Peut-être qu'il t'a pris de court. »

Griggs commençait à s'échauffer.

« Ce n'est pas toi qui es en première ligne, c'est moi ; j'en ai déjà buté trois à cause de lui. Et toi, t'en as buté combien ? Alors, ferme-la, maintenant. J'en ai marre que tu aies toujours quelque chose à redire, mon pote. »

Le réveil d'Arthur sonna, et ils s'habillèrent tous les deux, encore somnolents, à la lumière de la lampe. Ils mirent leurs vêtements les plus sombres et glissèrent dans leurs poches des petites lampes LED.

L'air de la montagne était frais et parfumé. L'enceinte du monastère et les bâtiments adjacents étaient vides et sombres. Les visiteurs, les moines, les enfants de chœur étaient tous endormis. Grâce à la lune, qui était aux trois quarts pleine, ils purent aisément se repérer dans le jardin entouré de murs. Les deux rangées de cyprès italiens ressemblaient aux balises des pistes de décollage. Ils empruntèrent un bout de jardin qui les mena directement devant la porte en bois d'une petite chapelle de pierre.

Simple et ancienne, pas plus grande qu'une véranda de maison de banlieue, elle était faite de blocs de calcaire irréguliers et taillés sommairement qui avaient été recouverts de plâtre, bien que celui-ci se fût bien écaillé depuis. Le petit toit de tuiles en pente et le clocher ouvert étaient surmontés d'une croix. La porte en bois était en forme d'arche et décorée de livres en fer forgé. Il n'y avait apparemment pas de serrure.

«On y va», dit Arthur en la poussant. Il espérait ne pas avoir à forcer la porte, et, en effet, celle-ci s'ouvrit. Ils entrèrent.

Ils allumèrent tous les deux leur lampe et se mirent à explorer l'endroit. C'était une pièce rectangulaire avec une nef à l'autre bout. Un robuste autel en calcaire, au milieu de la nef, était situé sur un petit promontoire fait de la même roche que les murs de la chapelle. De chaque côté de l'autel, il y avait de très hauts candélabres, et, au-dessus, une croix ancienne en fer très simple qui semblait être antique. Les murs, recouverts de crépi vert clair, n'étaient pas décorés. Une seule fenêtre avec des barreaux donnait sur la nef. Un chauffage d'appoint moderne était repoussé sur le côté, puisqu'il ne servait à rien en ce moment, mais il devait être bien utile les jours d'hiver. Le sol était fait de gros pavés de pierre rendus lisses par l'usure et recouverts d'un tapis de sisal, pour que les moines puissent s'y prosterner sans que ce soit trop inconfortable.

C'était une pièce toute simple.

« C'est notre seule chance, dit Arthur. Si ce n'est pas ici, je ne vois pas quel endroit pourrait bien dater du Vᵉ siècle.

– Eh bien, mettons-nous au travail, alors », répondit Claire.

Ils commencèrent par l'autel ; ils regardèrent derrière et essayèrent de déplacer ses gros blocs et de les dessouder les uns des autres, mais ils étaient massifs et l'ensemble pesait sans doute plus d'une tonne. Ils essayèrent ensuite les murs. Ils passèrent vingt bonnes minutes à méticuleusement tapoter le crépi avec leurs doigts pour repérer un creux.

Puis, comme ils ne trouvaient toujours rien, ils essayèrent le sol.

« Aide-moi à rouler le tapis », demanda Arthur. Alors qu'ils s'agenouillaient, dos à l'autel, Griggs se leva et les observa à travers la grille de la fenêtre, avant de se cacher de nouveau.

Claire tapotait les gros pavés doucement tandis qu'Arthur reculait pour avoir une vision d'ensemble et éclairait les pierres avec sa lampe.

La sienne s'éteignit, et elle jura.

« Je l'ai cassée. »

Il rit.

« Tu pensais qu'elle allait durer longtemps ? »

En lui tendant la main pour l'aider à se relever, il baissa le faisceau et éclaira un point précis.

« Regarde ! »

Le temps qu'elle regarde ce qu'il lui montrait, il en avait déjà trouvé une autre. Puis deux autres. Quatre petites marques identiques sur deux pavés adjacents.

« Tu te coucheras devant le Christ et tu trouveras le Graal, murmura-t-elle.

– Ce sont les endroits où il faut mettre les mains et les pieds, dit-il, le souffle court. Prends ma lampe et éclaire par ici. »

Il avait un stylo-bille dans sa poche, et il s'en servit pour effriter le mortier entre deux pavés. Puis il gratta un autre endroit, qui séparait deux pavés différents.

« Le premier est plus sec et friable. Attends, je vais essayer. »

Il se mit à plat ventre et sentit la fraîcheur des pierres à travers sa chemise.

L'autel et la croix étaient devant lui.

Il essaya de repérer les creux où il devait mettre les pieds et se cala dedans, en appuyant avec les orteils.

Puis il posa les mains dans les endroits prévus à cet effet.

« Ils étaient plus petits que moi, se plaignit-il.

– Tu veux que j'essaie ?

– Je pense que je suis plus fort. »

Il retint son souffle et poussa vers le sol, en tirant avec les doigts tout en maintenant une force contraire avec les pieds.

Il ne se passa rien.

Il réessaya en poussant des grognements.

N'y avait-il pas eu un petit craquement ?

Il redoubla d'efforts et sentit son visage s'empourprer et ses oreilles s'échauffer.

Il y eut un mouvement ; un tout petit mouvement de l'un des pavés.

Encore une fois.

Il avait soulevé des poids, du temps où il faisait du rugby. Comme il l'avait toujours fait avant de soulever le dernier, celui qui paraissait impossible à lever, il serra les dents. Un grondement animal émana de lui.

Soudain, le pavé qui se trouvait sous son torse bougea, puis disparut, s'affaissant en partie dans un trou.

Claire, surprise, l'appela :

« Tout va bien ? »

Arthur se retrouva plié vers le bas, la tête au-dessous du niveau du sol. Étonné, il se releva.

« La lumière ! Éclaire par ici ! »

Il comprit comment la trappe avait été construite : la pierre, qui coulissait vers l'arrière, était posée sur un creux de cinquante centimètres de profondeur ; une fois que le faux mortier avait cédé, il n'y avait plus qu'à la bouger sur la moitié de cette distance pour la faire tomber dedans.

Il demanda à Claire de l'aider à soulever la pierre pour la hisser hors du trou, puis ils la calèrent contre le tapis roulé.

La cavité sous la pierre était juste assez grande pour contenir trois boîtes à chaussures.

Il l'éclaira et se sentit très déçu : il n'y avait rien, dedans.

Il jura.

« Non, attends, dit Claire. Regarde. »

C'est alors qu'il le vit dans un coin : un petit bout de papier jauni.

Il l'attrapa et le déplia.

Il n'y avait que trois mots, une signature tout en fioritures et une date.

Ho he trobat!
A Gaudi, 1883

« Qu'est-ce que ça veut dire ?

– Je ne sais pas, mais dépêchons-nous de remettre la dalle. »

Ils remirent le tout en place, enlevant les doigts au dernier moment de peur de les écraser.

Tandis qu'ils travaillaient, Griggs les observait à travers la fenêtre grillagée.

Arthur se glissa prudemment dehors pour chercher un peu de terre à mettre à la place du faux mortier.

Il entendit un petit bruissement, mais pensa que ça devait être le vent qui soufflait doucement dans les arbres.

Une fois qu'ils eurent plus ou moins remis l'endroit en état, il appuya sur les jointures et déclara que c'était le mieux qu'ils pouvaient faire pour le moment. Ils déroulèrent le tapis et quittèrent la chapelle ; ils se tenaient à présent sous les cyprès, dont les pointes paraissaient jaunes sous le clair de lune.

Arthur avait une application de traduction sur son téléphone portable, et il inscrivit le message de trois mots dessus.

C'était du catalan.

Je l'ai trouvé !

Arthur murmura :

« Il était là ! »

Griggs s'était retiré un peu plus haut, à une cinquantaine de mètres, il avait pris appui sur un petit muret en hauteur, à la limite du monastère.

Il leva son fusil et regarda à travers la lunette. Avec de petits mouvements d'habitué, il appuya sur le laser et enleva la sécurité.

Hengst apparut à ses côtés.

« Qu'est-ce que tu fous ?

– Il a trouvé quelque chose, dit Griggs.

– Le Graal ?

– Je m'en fous. Il est temps de se débarrasser de lui.

– Pas si on n'est pas sûrs que c'est bien le Graal. »

Griggs mit le doigt sur la détente.

« Casse-toi. »

Arthur et Claire étaient à l'extérieur de la chapelle à murmurer quand, tout à coup, elle s'arrêta de parler, stupéfaite, en voyant la petite lumière rouge danser sur sa tempe.

Avant qu'elle puisse réagir, Hengst attrapa le fusil et l'écarta de Griggs. Le bruit du coup avorté fut à peine audible, mais la balle vint s'écraser dans un bloc de calcaire.

« Baisse-toi ! cria Claire en se jetant contre lui.

– Qu'est-ce que c'était ? demanda Arthur en tombant par terre, dans l'herbe, avec elle.

– Il y avait un laser pointé sur toi ! »

Griggs tenait bon pendant que Hengst tirait sur son arme en essayant de l'assommer avec la crosse. Hengst poussa un grognement et tomba au sol.

Griggs se repositionna sur sa cible.

« Où est-ce que tu es passé, nom de Dieu ? » murmura-t-il.

Arthur et Claire étaient près de la porte de la chapelle, protégés de Griggs par le bâtiment.

« Si nous essayons de rentrer au dortoir, il va tenter de nous tirer de près, dit Arthur.

– On ne peut pas rester là !

– Il faut que j'essaie de l'avoir, continua-t-il.

– Non !

– Tiens. Prends le message et les clés de la voiture. Si je ne reviens pas, pars dès ce soir. Rentre en France. Oublie tout ça.

– Arthur... »

Il s'accroupit, sentit les mains de Claire se détacher de ses épaules et se dirigea vers le coin de la chapelle. Puis, après avoir repris son souffle à plusieurs reprises, il courut aussi vite qu'il le put vers le mur d'enceinte.

Griggs continua à scruter les chemins qui allaient de la chapelle aux bâtiments. Il était sur le point de se rendre à la chapelle lorsque Arthur le vit arriver, à contre-jour dans le clair de lune. Il trouva un caillou de la taille d'un œuf et le lança dans l'obscurité. La pierre atterrit bruyamment juste à gauche de Griggs, ce qui attira son attention.

Arthur courut vers le tireur aussi vite que possible, sans réfléchir, luttant pour sa survie.

Griggs l'entendit juste avant qu'Arthur fonde sur lui, et il se retourna, son fusil à la main, quelques secondes trop tard. Arthur enfonça son poing dans l'abdomen dur de son attaquant et, emporté dans son élan, fut entraîné dans sa chute.

Arthur l'entendit jurer. Il essaya désespérément, à coups de poing, de le maintenir au sol, mais Griggs n'allait pas se laisser faire aussi facilement. Il tenait encore le fusil, lui aussi, et il tira d'un coup sec vers le haut, le viseur s'enfonçant dans les côtes encore douloureuses d'Arthur.

Tandis qu'Arthur se pliait en deux, Griggs essayait de se remettre debout. S'il se relevait, c'était fini. Il lui mettrait le canon contre la tête et ce serait la dernière rafale fatale. Arthur se redressa en premier et envoya désespérément son poing sur le côté de la tête de son adversaire.

Sa main explosa de douleur. C'était comme de taper contre un mur de briques, et cela n'empêcha apparemment pas Griggs de se relever. Arthur s'attendait plus ou moins à ce qu'il fasse comme si de rien n'était et se mette à rire, mais ce ne fut pas le cas.

Griggs cessa de bouger. Son fusil s'échappa de sa main. Sans dire un mot, il tituba et tomba en arrière contre le mur, puis fit une chute de trois cents mètres jusqu'en bas de la montagne, son corps sans vie s'écrasant finalement dans une petite forêt dense.

Arthur entendit des branches d'arbre craquer. Il regarda au-dessus du mur, mais ne vit rien d'autre que le précipice.

Il retourna en courant à la chapelle, où il retrouva Claire qui sanglotait sans pouvoir s'arrêter.

« Dieu merci ! J'ai eu tellement peur !

– Viens, dit-il en la poussant vers le dortoir. Il faut qu'on quitte cet endroit. »

Hengst frotta sa joue endolorie et se dirigea vers le mur par-dessus lequel Griggs était passé. Il remit son pistolet dans son étui, son silencieux encore chaud de la rafale de 9 mm.

Le fusil de Griggs était dans l'herbe, à côté du mur. Hengst le ramassa et enclencha la sécurité.

« Cool. »

Il fut réveillé par son téléphone mobile crypté à 3 heures du matin. Il alluma la lampe de chevet. Sa femme dormait dans une autre chambre, dans une autre aile du manoir. Ils préféraient tous les deux cet arrangement.

« Oui ? répondit-il d'une voix rauque, mal réveillé et encore soûl de brandy.

– Je suis désolé de vous réveiller, c'est Peter Hengst. Griggs a essayé de tuer Malory. J'ai dû le descendre.

– Griggs ? Vous avez descendu Griggs ?

– Oui.

– Il est mort ?

– Il est mort.

– Et Malory va bien ?

– Oui. Il a la trouille, j'imagine, mais ça ne l'avance à rien, à mon avis.

– Je savais bien que je ne pouvais pas faire confiance à Griggs. Le salaud. Où êtes-vous ?

– Toujours à Montserrat. Je crois que Malory a trouvé quelque chose. Dans une petite chapelle du monastère. »

Il ferma les yeux très fort et demanda :

« Est-ce que c'est le Graal ?

– Je ne crois pas. J'ai entendu Malory dire un truc du genre : "Il était là." »

Il ouvrit les yeux, déçu.

« Bon, faites-moi le ménage dans tout ça. Vous savez ce que vous avez à faire. Continuez à les suivre. J'imagine que vous comprenez ce que ça veut dire ?

– Non, monsieur, quoi donc ?

– Vous venez d'avoir une promotion. »

23

Ils conduisirent sans dire un mot, hébétés, regardant la montagne disparaître peu à peu dans le rétroviseur.

Enfin, Arthur rompit le silence.

« J'ai tué quelqu'un.

– Tu n'avais pas le choix.

– Je ne pensais pas l'avoir frappé aussi fort. »

Il serrait tellement le volant qu'il en avait mal à sa main blessée.

« Tu veux que je conduise ? demanda-t-elle.

– Non, ça va aller. Il faut que je me concentre sur quelque chose.

– C'était celui qui a tué ton ami ?

– Je ne suis pas sûr. Il faisait nuit. C'était peut-être lui, oui.

– Alors c'est peut-être lui qui a tué Tony aussi.

– Peut-être.

– Eh bien, je suis contente qu'il soit mort, alors. J'espère que c'est fini. J'espère que tu ne seras plus suivi, maintenant.

– *Les parties intéressées*, dit Arthur d'une voix monocorde. C'est ce qu'il a dit, ce soir-là. Ce n'est pas fini, Claire. Ils sont plus d'un. Ça ne s'arrêtera que quand on trouvera le Graal. »

En conduisant sur l'autoroute déserte, il essaya d'évacuer la pensée de l'homme qui tombait en arrière et de se concentrer sur ce qu'ils avaient trouvé.

Antoni Gaudi.

Il en savait très peu sur cet homme. Il était architecte ; un génie qui avait construit certains des bâtiments les plus importants de Barcelone.

Je l'ai trouvé !

Il fallait qu'ils aillent à Barcelone.

La route était dégagée. Il était certain que personne ne les suivait. Mais en même temps, il était sûr que personne ne les avait suivis jusqu'à Montserrat.

Il passa son téléphone à Claire. L'écran luisait dans le noir tandis qu'elle lisait à voix haute les descriptions d'hôtels situés dans le centre-ville. Arthur en choisit un, et Claire appela. Un réceptionniste de nuit leur dit qu'ils pouvaient prendre une chambre avant le lendemain.

Ils arrivèrent dans le quartier gothique, juste à côté de Las Ramblas. L'hôtel España avait semblé être un bon choix à Arthur, puisqu'il avait été conçu par un contemporain de Gaudi, Lluís Domènech.

Arthur se rendit à la machine à glace dans le couloir de leur étage pour refroidir sa main enflée.

« Tu crois qu'elle est cassée ? demanda Claire.

– Je ne pense pas. Je me suis déjà cassé des os en jouant au rugby. D'une manière générale, si l'os ne ressort pas, ce n'est pas trop grave. »

Ils étaient trop fatigués pour se déshabiller. Pendant les cinq heures suivantes, ils dormirent profondément, et si Arthur n'avait pas mis son réveil, ils auraient dormi tout l'après-midi.

Quand ils se réveillèrent, ils demandèrent au concierge où ils pouvaient trouver une bonne librairie dans le quartier.

La librairie La Central del Raval était une église rénovée du XVIIe siècle, qui n'était pas très loin à pied de l'hôtel. Elle était spacieuse, avec une grande diversité d'ouvrages, et un café plein à craquer, mais, après quelques minutes de recherches infructueuses, ils décidèrent qu'ils avaient besoin d'aide pour se repérer en catalan.

Le libraire, qui ressemblait à un universitaire avec ses cheveux dans tous les sens, leur proposa de les accompagner au rayon Gaudi.

« Sur son travail, sur l'architecture, nous avons cette sélection qui est traduite en anglais. Le meilleur, à mon avis, est celui qui a été écrit par le spécialiste de Gaudi, Esteve Vallespir. Ce ne sont peut-être pas les meilleures images, mais les analyses sont les plus riches. Celui-ci, en revanche, a de plus belles photos. Il est très beau, mais c'est davantage un livre d'art, pas quelque chose qu'on peut emporter avec soi. »

Arthur les prit tous les deux, tandis que Claire ajoutait :

« On aimerait aussi des livres sur sa vie. Nous voulons aussi le comprendre, pas seulement voir ses bâtiments. »

Le libraire acquiesça d'un air appréciatif.

« Des biographies, oui, c'est vrai que c'est nécessaire pour complètement comprendre Gaudi. Je pense que vous n'êtes pas des touristes ordinaires. J'ai seulement deux biographies en anglais. Celle-ci, écrite par un auteur néerlandais, est excellente ; et celle-ci, plus ancienne, est traduite du catalan, et elle soulève aussi des points intéressants, je trouve. »

Pendant que le libraire enregistrait leurs achats, Arthur dit :

« Vous nous avez été très utile. À part les livres, pouvez-vous nous indiquer quelqu'un ici, un conservateur, un universitaire à qui nous puissions parler et poser quelques questions ? »

Le jeune homme se gratta le front.

« Eh bien, je vois quelqu'un, c'est la bibliothécaire de la bibliothèque Enric Casanelles, au musée de la Maison de Gaudi. Ce n'est pas accessible au public, mais vous pouvez peut-être essayer par téléphone.

– Vous n'auriez pas le numéro, par hasard ? demanda Claire.

– Peut-être quelque part, oui.

– Vous pensez qu'ils parlent anglais ? » insista Claire en lui souriant gentiment.

Le libraire poussa un soupir.

« Vous voulez que je parle à la bibliothécaire de votre part ? Elle vient souvent ici. Je la connais.

– Vous êtes génial ! » dit Claire, ce qui le fit rougir.

Quelques minutes plus tard, il ressortit de son bureau en souriant. La bibliothécaire, Isabelle Bellver, les verrait cet après-midi, exceptionnellement.

De retour à l'hôtel, ils se mirent sur leur lit, commandèrent du café et se partagèrent les livres qu'ils avaient achetés, passant les deux heures suivantes à s'en lire certains passages.

« Gaudi est né en 1852, donc, en 1883, il avait 31 ans.

– Après avoir fréquenté l'École d'architecture de Barcelone, il s'est rapproché d'un groupe, les modernistes, qui cherchaient à retrouver l'identité catalane à travers l'architecture.

– Il explique que Gaudi s'est débarrassé des formes traditionnelles de l'architecture, les cubes, les sphères et les prismes, et les a remplacées par les formes géométriques courbées que l'on trouve dans la nature, comme les fleurs, les os, les tiges des plantes.

– Écoute ça. En 1883, il fut recommandé pour un projet de construction de cathédrale en l'honneur de la sainte famille, la Sagrada Familia. Gaudi ne voulait pas le faire, au départ. Il a résisté, mais, sans qu'on sache pourquoi, il a changé d'avis et il y a travaillé jusqu'au jour de sa mort, quarante-trois ans plus tard. Depuis, les travaux n'ont jamais cessé. Elle ne sera terminée qu'en 2026, aussi fou que ça puisse paraître.

– 1883. Tu crois que c'est une coïncidence ?

– Qui sait ?

– Et aussi, à peu près à la même époque, il est devenu plus ou moins l'architecte familial d'Eusebi Güell, un riche industriel, et il a construit des bâtiments et des jardins pour sa famille pendant toute sa carrière. On va au parc Güell, cet après-midi. Gaudi et Güell ont habité dans des maisons voisines, pendant un certain temps. La maison de Gaudi est devenue le musée, maintenant.

– Lorsque Güell est mort, en 1918, Gaudi n'a plus pris de commandes et a uniquement travaillé à la Sagrada Familia. Il a ensuite emménagé dans son atelier à la cathédrale et il y a vécu jusqu'à sa mort.

– En 1926, il revenait de la Sagrada Familia, où il était allé à la messe, quand il fut percuté par un tramway. La police, au départ, crut que c'était un clochard, et ils l'emmenèrent à l'hôpital public où il mourut quelques jours plus tard. Ses funérailles furent parmi les plus fastueuses que Barcelone ait jamais vues. Il y eut un débat pour savoir où il devait être enterré, et finalement il reçut une dispense spéciale de l'Église pour être enterré dans la crypte de la Sagrada Familia.

– En 1936, pendant la guerre civile espagnole, son atelier et ses archives à la Sagrada Familia furent mis à sac, et la plupart de ses papiers personnels, de ses plans architecturaux et de ses modèles réduits furent détruits. »

Lorsqu'ils eurent fini, ils avaient extrait l'essence de sa vie comme si c'était le jus d'un citron, mais il ne leur restait que des faits et des dates, et cela ne les aidait pas à comprendre le *Je l'ai trouvé !*

Après le déjeuner, ils prirent un taxi et se dirigèrent vers le nord, la colline d'El Carmel. Il leur restait une heure avant le rendez-vous avec la libraire, ils se disaient donc qu'ils pouvaient commencer par faire un tour dans le parc Güell d'abord.

Tout à coup, Claire saisit le bras d'Arthur et lui montra quelque chose. C'étaient les clochers de la Sagrada Familia.

« On y va d'abord ? demanda-t-elle.

– On a juste le temps de jeter un coup d'œil, alors. »

Le chauffeur les déposa sur la place à côté de la façade de la Nativité, et ils levèrent la tête, émerveillés.

Il était difficile d'imaginer l'échelle, la complexité et l'audace de la cathédrale de Gaudi. Huit des dix-huit tours prévues s'élançaient à des hauteurs vertigineuses dans le haut ciel bleu, seules les grues des travaux les dépassaient. La façade de la Nativité et ses clochers, dont la première partie était terminée, semblaient à la fois familiers et étranges. Ils paraissaient à la fois aussi durs que la pierre dans laquelle ils étaient faits, et aussi mous que des confiseries en train de fondre au soleil.

Bien que la cathédrale fût ancrée dans le sol, comme n'importe quelle structure faite par l'homme, elle semblait pourtant être en train de pousser alors même qu'on la regardait. Sur chaque colonne, sur chaque arche et chaque clocher se détachaient les symboles les plus complexes, inspirés par le monde naturel : des tortues, des caméléons, des bœufs, des mules, des serpents, des oiseaux, des œufs ; les signes du zodiaque. Puis il y avait les plantes : des feuilles, des frondaisons, des branches et des tiges, des cyprès entiers. Et une statuaire humaine qui semblait sans fin. Des anges musiciens. Des bergers en adoration. Les trois rois d'Orient. Marie, couronnée par Jésus sous les yeux de saint Joseph. Et malgré la densité des détails, aucun élément n'était en concurrence avec un autre : tous s'harmonisaient, comme la myriade d'instruments d'un orchestre symphonique.

Arthur et Claire en firent le tour, se frayant un passage parmi les touristes et regardant la façade de la Passion à l'est et la façade de la Gloire au sud. Claire prit des photos avec son portable. Ils restèrent silencieux, conscients du fait que de simples mots d'enchantement ou de surprise pourraient rendre leur expérience moins poignante.

C'est seulement une fois qu'ils furent dans le taxi que Claire s'exclama :

« Mon Dieu ! Comment un homme a-t-il pu construire cela ? Quel genre d'esprit a bien pu concevoir cela ? »

24

Barcelone, 1883

Il était assez impressionnant, ce jeune homme de 30 ans qui trouvait sa voie dans le monde difficile et compétitif de l'architecture professionnelle, dans une ville qui se définissait comme le joyau de l'architecture européenne.

Il était déjà présenté comme un architecte en pleine ascension, et il se tenait droit, les épaules relâchées, et marchait d'un pas délibérément sûr. Bien qu'il ne fût ni beau ni grand, il faisait tourner les têtes. C'était son attitude confiante, ses cheveux auburn, sa barbe imposante et ses yeux d'un bleu perçant.

Il sortit de son immeuble, savourant le doux air de l'automne avec ses odeurs de pain cuit et de viandes rôties, et se mit à descendre l'étroite Carrer del Call. Il avait une heure devant lui avant son rendez-vous dans le quartier de l'Eixample et il ne se hâta donc pas.

« Bonjour, *señor* Gaudi », lui lança un tailleur depuis la devanture de son magasin.

Il était perdu dans ses pensées et il répondit en sursautant :

« Bonjour. Oui, c'est un beau jour. Une bien belle journée. Pas un seul nuage. »

Il était préoccupé. Depuis qu'il avait obtenu son diplôme cinq ans auparavant, les nouvelles commandes architecturales se bousculaient. L'une était une coopérative de travailleurs, la Obrera Mataronense ; une autre, Casa Vicens, était une grande résidence privée dans le quartier de Gracia ; et il y avait aussi un pavillon de chasse pour un industriel puissant, Eusebi Güell, qui sous-entendait qu'il pourrait y avoir d'autres projets familiaux si tout se passait bien. Aujourd'hui, son rendez-vous ne l'amusait guère. C'était un marchand de livres nommé Bocabella, qu'il n'avait jamais rencontré mais qui passait pour un excentrique flamboyant qui avait lancé un projet ecclésiastique qu'il avait financé personnellement : une nouvelle cathédrale, dans une ville qui en avait déjà une, la vénérable cathédrale de la Sainte-Croix et de Sainte-Eulalie.

Apparemment, il y avait eu un problème avec le premier architecte embauché pour le projet. Francisco de Paula del Villar n'avait tenu qu'un an, et avait fini par jeter l'éponge, de frustration, à cause de ses rapports avec Bocabella. Joan Martorell, l'un des anciens professeurs de Gaudi et défenseur des immenses talents du jeune homme, avait avancé son nom, et Gaudi, par pur respect, avait accepté un rendez-vous avec le marchand de livres.

En s'approchant du chantier, juste au nord de l'Avinguda Diagonal, avec ses calèches et ses magasins de mode, Gaudi vit plus d'une centaine de travailleurs en train de trimer au milieu d'un grand terrain vague. Une fondation partielle avait été posée, mais il était impossible de s'imaginer une forme quelconque. Il avait très vaguement entendu parler d'une structure néogothique, mais il ne s'était posé aucune question ; il avait ses propres projets à gérer.

Bocabella l'aperçut en premier et se précipita vers son visiteur.

Il cria de loin :

« Vous devez être Gaudi : on m'a dit que vous étiez roux, et vous êtes le seul homme roux que je vois par ici ! »

Bocabella avait une tignasse de cheveux blancs et une moustache blanche très fournie. Il avait le double de l'âge de Gaudi, mais il se déplaçait comme quelqu'un de beaucoup plus jeune, avec de petits pas rapides et une énergie apparemment inépuisable. Quand il fut à distance de poignée de main, il s'arrêta pour le regarder.

« C'est la providence, *señor*, il n'y a pas d'autre explication ! L'autre nuit, j'ai justement rêvé que l'homme qui viendrait sauver mon projet, que cette fripouille de Villar a tenté de détruire, aurait les yeux bleus ! Vous avez les yeux du plus beau bleu que j'aie vu ! »

Gaudi ne savait pas comment réagir autrement qu'en disant simplement :

« Eh bien, je suis content de vous rencontrer, monsieur. Je suis au courant de votre travail et de votre mécénat pour l'Église. »

Bocabella était le fondateur de l'Asociacion Espiritual de Devotos de San José, un groupe qui vouait un culte à saint Joseph et qui déplorait qu'il n'ait jamais reçu le même niveau de dévotion que la Vierge Marie.

« Toute la famille est importante ! s'écriait Bocabella avec passion. Ce n'est en aucun cas pour minimiser le rôle de la sainte Mère et du saint Enfant. Mais Joseph était le mari de Marie, et rien n'est plus important que la famille dans notre mode de vie chrétien. C'est encore plus important pour les malheureux et les pauvres autour de nous. Ce sera un temple pour les pauvres ! »

Son église s'appellerait Basilica i Temple Expiatori de la Sagrada Familia, bien que tout le monde l'appelât déjà par son abréviation. Les travaux avaient commencé en 1882. Villar avait conçu l'église comme faisant partie de la vague néogothique, avec une forme de cathédrale classique.

On amena Gaudi faire un tour du chantier. Il regarda la coquille vide que formait la crypte à l'air libre, inspecta les fondations et nota les habitudes de travail déplorables des maçons qui étaient là.

« Oui, *señor*, acquiesça Bocabella. Ces hommes sont comme un bateau sans gouvernail. Je ne peux pas inspecter leurs travaux. Je ne connais que les livres. Je ne connais pas les pierres. »

Gaudi regarda les plans architecturaux de Villar et les jugea ordinaires et insipides. Gaudi avait déjà un sens esthétique prononcé, qui exploitait les possibilités du modernisme et s'aventurait même au-delà en incorporant des formes plus naturelles. Il ne pouvait pas passer dans un parc sans cueillir une tulipe pour examiner sa tige, ou tomber sur un oiseau mort sans s'arrêter pour étudier ses ailes. Un ami physicien l'avait déjà fait entrer dans les locaux d'anatomie d'une école médicale pour voir les muscles à nu.

À la fin de la visite, Bocabella lui offrit impulsivement le projet.

« Vous êtes l'homme qu'il me faut pour ça, *señor* Gaudi. Aucun doute là-dessus. Voulez-vous construire ce temple ? Voulez-vous m'aider à réaliser ma vision ? »

Gaudi répondit poliment qu'il considérerait cette offre, mais dit à Bocabella qu'il était très occupé, et pas du tout sûr qu'il serait à même de réaliser un projet de cette envergure, et que, s'il acceptait tout de même, il ne voulait pas être esclave des plans de Villar. Il faudrait qu'il ait carte blanche sur le plan architectural.

Bocabella accepta avec empressement.

« Quand pourrai-je avoir votre réponse ?

– Je vais respirer quelques jours à Montserrat, répondit Gaudi. Vous aurez ma réponse à mon retour.

– Montserrat ! s'exclama le marchand de livres. Mon cher Gaudi, je savais que vous étiez l'homme envoyé par la providence ! Je fais de nombreux pèlerinages à Montserrat, tous les ans, et c'est lors de l'un de ces pèlerinages, en regardant une peinture de la Sainte Famille, que j'ai eu une révélation : il fallait que je construise un temple en son honneur. Allez à Montserrat et priez. Je suis sûr que vous me rapporterez de bonnes nouvelles. »

Gaudi ne prit qu'un petit sac à dos pour son voyage. Après une demi-journée de calèche et une longue marche sur le chemin très emprunté de la montagne, il se retrouva au monastère où l'abbé, Miguel Muntadas, l'accueillit chaleureusement. Muntadas était aussi ancien que le sanctuaire, aimait-il à dire. Cela faisait trente ans qu'il était abbé, c'était un visionnaire qui avait su reconstruire le monastère après sa destruction par les Français. L'armée de Napoléon avait incendié et fait exploser un groupe de bâtiments en 1812, laissant le sanctuaire en ruine. Quelques années plus tôt, Muntadas avait appris que ce jeune pèlerin enthousiaste était architecte, et il lui avait parlé et demandé son avis à chacune de ses visites.

Avant même que Gaudi puisse poser son sac à dos et se rafraîchir un peu, l'abbé, qui était alerte pour son âge, le tira par la manche pour lui montrer les nouveaux plans. Ici, un funiculaire pour emmener les touristes, là, la nouvelle basilique.

« On m'a dit que le pape Léon est en train de délier sa bourse pour nous, dit gaiement l'abbé. Un comité a été nommé. Le choix de l'architecte pour la basilique s'est porté sur Villar. J'ai parlé de vous, mais ils voulaient quelqu'un de plus expérimenté, j'imagine. Vous aimez bien le travail de Villar ? »

Gaudi grogna.

« Il fera du bon travail.

– Peut-être qu'en creusant pour faire la nouvelle crypte nous retrouverons le Saint-Graal ! » dit l'abbé pour reprendre le cliché.

Alors que la plupart des pèlerins étaient dans des tentes et se débrouillaient tout seuls, Gaudi avait le privilège d'avoir une chambre à lui dans le dortoir des moines, où il défaisait à présent ses maigres bagages et dépliait le matelas par terre pour se reposer.

À son grand étonnement, il se retrouva en train de pleurer. Il arrêta le flot de larmes à la force de sa volonté et serra les poings contre sa propre faiblesse.

Il fallait qu'il la sorte de sa tête, et vite !

Il avait toujours été introverti, et n'était pas très loquace, il préférait lire et faire des esquisses que discuter. Et il n'était pas un séducteur, loin de là. À vrai dire, il n'avait jamais été avec une femme. Pourtant, sa vision de la vie avait changé lorsqu'il était devenu l'oncle protecteur de sa petite nièce Rosita, et l'idée d'avoir la compagnie d'une femme et de fonder une famille avait commencé à faire son chemin dans son esprit.

Un ami à lui, Salvador Pages, de Mataro, l'avait présenté au *señor* Moreu, qui avait deux filles célibataires. Il avait rencontré Josefa, une svelte beauté qui se faisait appeler Pepeta. Gaudi s'était épris d'elle. Pepeta avait les traits réguliers et des cheveux blond vénitien, presque acajou. Elle chantait, jouait du piano et faisait du sport : elle adorait nager dans l'océan, ce qui était hardi, pour une fille, disaient certains ; et c'était une libre-penseuse qui lisait même des journaux républicains !

Bien qu'il fût extrêmement timide, Gaudi avait réussi à prendre son courage à deux mains pour la demander en mariage ; c'est alors qu'il avait appris qu'elle était déjà fiancée à un autre, un marchand de laine prospère. Dévasté, il était retourné à son monde intérieur pour ruminer son chagrin, et il se flagellait par la prière, non pas avec des orties ou des fouets, mais en s'admonestant par la pensée.

Il n'était pas digne d'elle. Si Pepeta le rejetait, il rejetterait les femmes. Et il irait encore plus loin. Il adopterait le style de vie des mystiques espagnols, qui épousaient la Flamme vivante d'amour, la voie spirituelle qui menait à Dieu à travers l'abstinence. Il éviterait la présence des femmes pour toujours. Il jeûnerait et il ne mangerait pas de viande. Il se purgerait en buvant beaucoup d'eau. Et surtout, il travaillerait !

Et quand il sentait monter les larmes, sur un amour perdu ou la route qu'il n'avait pas prise, il se forçait tout simplement à ne plus y penser.

Il sortit de son lit et se mit à prier.

Dans la quiétude du crépuscule, après la prière du soir avec les moines, dans leur église de fortune, Gaudi fit un court tour à pied pour se rafraîchir. Tandis qu'il marchait dans la végétation sauvage aux abords du monastère, il repensa à la remarque de l'abbé sur le Graal.

Le fait que Montserrat fut l'un des endroits possibles où le Graal aurait pu être enseveli n'était un secret pour personne. À vrai dire, les moines et même l'abbé n'avaient pas hésité à faire valoir cette idée pour que les pèlerinages et les donations augmentent. Gaudi nota mentalement qu'il fallait qu'il revienne quand les travaux sur les fondations reprendraient, pour pouvoir regarder dans les profondeurs du sol.

Sa promenade le mena à la chapelle de Sant Iscle, l'un de ses endroits favoris sur la montagne. Il trouvait cette petite structure parfaite à tout point de vue, un exemple primitif d'architecture, qui n'avait qu'un seul but qu'il remplissait brillamment : créer un espace simple à la gloire de Dieu pour communier dans la prière. Il savait qu'il pouvait rester aussi longtemps qu'il le voulait, puisque les moines allaient se retirer pour la nuit. Avant d'entrer, il écrasa son cigare et le laissa sur un gros caillou plat.

Comme il faisait de plus en plus sombre, il chercha dans sa poche des allumettes, et en gratta une pour allumer une bougie. Comme d'habitude, il n'y avait pas d'endroit pour s'asseoir. Les moines s'agenouillaient et se prosternaient devant l'autel, et il faisait de même. Mais le tapis était roulé contre un mur, et il voyait bien pourquoi : l'un des bouts était brûlé, probablement, pensa-t-il, à cause d'une bougie qui s'était renversée. L'un des avantages d'une structure en pierre, c'était qu'il n'y avait pas beaucoup à brûler.

Il alluma les bougies de l'autel et admira la simplicité primitive de la grande croix en fer. Il n'y avait rien pour le distraire de sa dévotion, pas même la vision du Christ souffrant pour les péchés de l'homme. Il décida de faire une dernière prière personnelle. Comme Pepeta s'était introduite dans ses pensées, il se sentait particulièrement faible et avait besoin d'une bonne dose de force morale.

En s'inclinant sur les pierres fraîches, il baissa la tête, mais quelque chose vint le distraire avant qu'il ait pu dire son premier « Je vous salue Marie ». Les doigts de sa main droite s'étaient insinués dans une inégalité de l'un des pavés de pierre, et quand il se redressa pour voir de quoi il s'agissait, il aperçut une deuxième cavité du côté gauche.

Curieux, il se redressa, et ses yeux entraînés virent immédiatement, à la distance d'un corps d'homme, deux autres creux sur les pierres adjacentes. Il prit l'une des bougies de l'autel et éclaira les cavités tandis qu'il les touchait. Elles étaient clairement faites par la main de l'homme, précises, taillées et polies.

Puis une autre anomalie retint son attention. C'était un maître de la couleur, de la texture, qui avait été brillamment éduqué aux techniques de la construction. Le mortier entre les pierres n'était pas normal. Il était plus rugueux que le mortier habituel, et un demi-ton plus clair. Il mit la bougie sur sa base, sortit son couteau de poche et utilisa la petite lame pour gratter le mortier. Il était friable et s'en allait par petits paquets. Le joint à sa droite était aussi solide que la pierre elle-même.

Il se leva de nouveau et replia le couteau.

Il regarda les creux, et, quand il eut la révélation, il alla vérifier à la porte de la chapelle que personne n'était dans les parages.

Couché sur les pavés, il se cala dans les cavités avec chaque pied et chaque main. Puis il tira à la force de ses bras, comme s'il se hissait au sommet d'une falaise.

Il sentit le mortier craquer, et redoubla d'effort. Les pierres près de l'autel commençaient à bouger, et, tout à coup, l'un des bouts tomba dans une des cavités, ce qui le fit glisser la tête la première.

Étonné, il se leva et attrapa la bougie.

Un trou rectangulaire !

De toute sa force, il tira la lourde pierre et la mit sur le côté.

Il introduisit sa main à l'intérieur et sentit quelque chose de lisse, quelque chose de chaud, de plus chaud que sa propre main. Il le sortit et le plaça sur ses genoux en approchant la lampe.

Instantanément, il sut ce que c'était.

Ça ne pouvait être que ça.

« Mon Dieu, sanglota-t-il, mon Dieu ! »

Il respirait si fort qu'il se demanda s'il n'allait pas s'évanouir.

Il s'efforça de reprendre ses esprits, luttant pour savoir quelle décision prendre.

Comme mû par l'instinct, il déchira une feuille de papier du carnet qu'il avait toujours sur lui et écrivit quelques mots, plia le papier et le plaça dans le trou. Puis il replaça la dalle de pierre et, en utilisant ses connaissances, il mélangea les restes du faux mortier avec du sable qui venait de l'extérieur de la chapelle et de la salive. Il lissa le nouveau mortier avec son couteau de poche, mit le calice sous sa veste et rentra pratiquement en courant à sa chambre.

Il allait vivre une vie de pénitence pour ce qu'il avait fait ce soir-là. Il n'aurait pas dû le prendre, ni l'avoir en ce moment même, mais, seul dans sa chambre de moine, il resta assis toute la nuit à le regarder et à s'émerveiller de ses propriétés extraordinaires.

Était-ce par hasard qu'il l'avait retrouvé ?

Ou était-ce la providence divine ?

Bocabella ne l'avait-il pas plus tôt contacté pour faire ce qu'aucun autre homme n'avait fait, construire une nouvelle cathédrale, qu'il l'avait aussitôt retrouvé !

C'était certainement un signe qu'il était appelé à faire de grandes choses.

25

Situé sur les hauteurs d'une colline qui surplombait la ville, le parc Güell devait être en pleine campagne à l'époque de Gaudi, mais il était désormais dans les faubourgs de Barcelone. En grimpant en haut de la colline depuis la station de taxis, Arthur et Claire sentirent que la brise devenait plus forte et l'air plus frais.

Le musée était dans la maison où Gaudi avait vécu avec sa nièce pendant vingt ans. Elle était rose et tropicale, avec des volets vert anis et une sorte de clocher décoré d'une croix. Elle n'était pas très grande en comparaison de celle d'Eusebi Güell, et elle était seule face à un vaste paysage maritime. Le parc faisait partie des rares investissements ratés de Güell : conçu comme un site pour construire des habitations pour les riches citadins, il y avait soixante maisons qui n'avaient pas trouvé d'acheteur. Même la maison rose n'avait pu être vendue, et Güell avait persuadé Gaudi de l'acheter à un prix défiant toute concurrence.

Ils avaient quelques minutes devant eux, ils firent donc la visite des pièces qui avaient été habitées et les trouvèrent très belles, dans un genre ascétique et minimaliste, avec des crucifix sur les murs. À l'heure convenue, ils se présentèrent à la femme qui se tenait à la réception, et on leur indiqua que les archives étaient à l'étage.

Isabelle Bellver était seule dans la bibliothèque Gaudi. Il y avait des étagères blanches remplies de livres protégés par des panneaux de verre sur toutes les surfaces verticales possibles de la pièce, et s'il n'y avait pas eu de hauts plafonds à poutres et une belle vue de la ville, on se serait senti un peu claustrophobe.

La bibliothécaire, qui avait la soixantaine, des cheveux blancs attachés en queue-de-cheval et une robe à la mode, était juste assez polie pour recevoir des visiteurs, mais elle leur fit comprendre que prendre rendez-vous à la dernière minute n'était pas la manière appropriée de procéder.

« Généralement, on nous envoie des demandes formelles, par écrit ou sur notre site, par avance, avec des explications sur les raisons de consulter les archives. Nous approuvons toutes les demandes raisonnables, bien sûr, mais comme vous le voyez, nos locaux sont réduits, il nous faut donc limiter le nombre de visiteurs.

– Je comprends tout à fait », dit Arthur avec son plus beau sourire.

La bibliothécaire se radoucit.

« Alvar, le libraire, est quelqu'un de très gentil, j'ai donc bien voulu lui rendre ce service. Par chance, il n'y a pas de chercheurs cet après-midi, comme vous le voyez. Dites-moi, comment puis-je vous aider ? »

Claire avait la note pliée dans son sac à main.

« Nous avons un document, commença Arthur. Nous pensons qu'il est de la main de Gaudi, et nous espérons l'authentifier et essayer d'en savoir plus au sujet de ce message. »

Le sourcil levé, Bellver prit la note, la déplia et la regarda fixement.

« C'est extraordinaire ! s'exclama-t-elle. C'est bien sa signature. Vous vous rendez compte à quel point ceci est précieux ? Nous n'avons sa signature que sur un petit nombre de documents, puisque ses papiers ont été perdus pendant la guerre civile. Où avez-vous trouvé cela ? »

Ils avaient inventé une histoire qui n'avait rien à voir avec la vérité. Elle sembla l'accepter sans se poser de question.

« Eh bien, 1883 était une année importante pour Gaudi, mais à quoi ceci peut-il bien se référer : “Je l'ai trouvé” ?

– C'est ce que nous essayons de comprendre, dit Claire.

– Nous espérions pouvoir jeter un œil à des papiers que vous avez ici pour voir s'il y a une référence à cette note, ajouta Arthur. Dans n'importe quel contexte.

– Nous n'avons aucun document de sa main, ici, expliqua-t-elle. Je peux vous montrer des reproductions dans de nombreux ouvrages, mais je peux vous assurer qu'aucun ne fera la lumière sur la note que vous avez ici. Ils sont si peu nombreux que je les connais tous. Voici une entrée signée pour l'Exposition universelle de Barcelone de 1888, une collection limitée de ses projets d'école et ses bulletins datant de l'époque où il était encore étudiant en architecture, un très petit nombre de lettres personnelles qui parlent de choses complètement triviales, des lettres professionnelles qui font référence à des changements de plans, des factures impayées pour divers bâtiments ou projets, et, vers la fin de sa vie, un legs au bénéfice de sa mère, ses dernières volontés et un testament où il lègue toutes ses possessions à l'archevêque de Tarragone et au recteur de Riudoms. J'ai bien peur que ce soit tout.

– Où sont ces documents ? demanda Claire.

– Dans différentes archives : certains à la bibliothèque nationale, la Biblioteca de Catalunya, les autres ici et là. »

Elle soupira.

« Je suis désolée de ne pas pouvoir vous aider davantage. Comme je vous le disais, j'ai des reproductions de certaines de ces lettres, et je peux vous aider à les traduire, si vous ne parlez pas catalan.

– C'est très aimable à vous, dit Arthur. Mais je n'ai pas l'impression que ça va nous être très utile. Vous ne connaissez pas quelqu'un, qui que ce soit, qui puisse nous aider à comprendre ce message ? »

Elle soupira de nouveau, plus profondément encore.

« Écoutez, voilà ce que je vous propose : faisons un marché. Je vais essayer de demander un très grand service à un bon ami à moi, qui ne sera probablement plus un aussi bon ami après ce coup de fil. Cet homme, Esteve Vallespir, est l'expert mondial le plus renommé sur Gaudi.

– Nous avons acheté un de ses livres, aujourd'hui.

– Oui, il en a écrit beaucoup. Il est très âgé et il n'aime plus tellement recevoir, mais je pense qu'il s'intéressera à votre document. Je vais essayer de vous obtenir un rendez-vous.

– Vous avez parlé d'un marché, dit Arthur.

– Je voudrais vous acheter votre document. Je ne sais pas combien ça vaut, ni combien je peux vous payer, mais j'aimerais pouvoir l'acheter, s'il est à vendre. »

L'Escola Tecnica Superior d'Arquitectura de Barcelona à l'Universitat Politecnica de Catalunya était, comme la bibliothécaire le leur avait dit, l'une des universités d'architecture les plus prestigieuses d'Espagne, et il n'était pas étonnant que Gaudi continuât à y être étudié et admiré.

Le bâtiment de Vallespir à l'université, au nord de Barcelone, le long de l'artère Avinguda Diagonal, était bas, moderne et sans particularités pour l'université d'architecture d'une ville aussi férue d'art que l'était Barcelone. Un étudiant leur indiqua le chemin, et ils trouvèrent son bureau au deuxième étage.

Vallespir s'y tenait seul, sans secrétaire, sans assistant ; un vieil homme voûté dans un bureau très encombré. Il ressemblait un peu à Gaudi lui-même sur les photographies prises à la fin de sa vie. Il avait une barbe blanche broussailleuse, qui n'avait pas été taillée depuis un moment, ce qui détournait l'attention de son crâne dégarni. Son pantalon était un peu trop court, sa chemise blanche était usée jusqu'à la corde au niveau du col, et sa cravate était de travers.

Vallespir parlait avec autorité, et un accent très marqué en anglais.

« Je ne voulais pas vous voir. Franchement, je n'ai envie de voir personne en ce moment, mais Isabelle a su me convaincre. Entrez. Je vous donne cinq minutes. Je dois bientôt rentrer à la maison. Je ne suis pas très en forme, voyez-vous.

– Nous sommes vraiment désolés de vous déranger, dit Arthur. Nous allons essayer d'être aussi brefs que possible. Nous essayons d'obtenir des informations sur un document de la main de Gaudi que nous avons trouvé récemment.

– Où l'avez-vous eu ? » demanda le vieil homme.

Claire raconta leur mensonge.

« J'étais en train de regarder un livre sur l'architecture moderniste qui appartenait à ma grand-mère, et il y avait une lettre dedans.

– Quel livre ?

– Je ne me souviens plus du titre, dit-elle, un peu gênée. Il était assez vieux, c'était un titre en français.

– La France ?

– Oui. Elle était de Toulouse. »

Le professeur secoua la tête.

« Gaudi n'avait aucun lien avec Toulouse. Faites-moi voir le papier. »

Pendant que Vallespir lisait, Arthur regardait s'il voyait une réaction sur son visage ridé, mais le vieil homme demeurait impassible.

« "Je l'ai trouvé", je n'ai aucune idée de ce que ça peut vouloir dire, bien que, je vous l'assure, c'est véritablement la signature de Gaudi. Toulouse, vous dites ? »

Claire confirma.

Vallespir répéta que Gaudi n'avait aucun lien avec des gens de Toulouse ou de cette région en France, et il leur rendit le document d'un air un peu bourru, en leur disant qu'il ne pouvait pas les aider.

Arthur réfléchit rapidement. Il était en présence du plus grand spécialiste mondial de Gaudi, et il ne lui restait plus beaucoup de temps. Si cette piste n'aboutissait pas, ils ne sauraient plus où se tourner.

« Professeur, je suis désolé, mais nous ne vous avons pas dit la vérité. La vérité est un peu plus, disons, problématique. »

Vallespir leva un sourcil.

« Allez-y.

– Nous l'avons trouvé à Montserrat. »

Le vieil homme se raidit et eut l'air profondément choqué.

« Comment peut-on trouver quelque chose de ce genre à Montserrat ?

– Je ne peux pas vraiment vous le dire, pour le moment.

– Qui êtes-vous ? Vous l'avez volé ? À la bibliothèque du monastère ?

– Nous voulons simplement que vous nous aidiez à le comprendre, dit Claire d'un ton calme.

– Je devrais appeler la police. C'est ça que vous voulez que je fasse ?

– Nous avons lu que Gaudi était très pieux, continua Claire en essayant d'apaiser sa colère. Vous avez déjà été en pèlerinage à Montserrat ? »

Effectivement, cette question le calma.

« Oui, Montserrat était un endroit particulier, pour lui. Il y est allé de très, très nombreuses fois. Jeune, plus âgé... toute sa vie, à vrai dire. C'est un endroit particulier pour tous les Catalans.

– Que pensez-vous qu'il aurait pu trouver, là-bas ? » demanda Arthur prudemment.

Le vieil homme soupira.

« Je suis désolé, mais je ne connais pas du tout vos intentions. Et je ne sais pas du tout qui vous êtes. Vous êtes chercheurs ? Vous êtes de l'université ?

– Je suis un descendant de Thomas Malory, celui qui a écrit *Le Morte d'Arthur.*

– Et vous ? demanda le professeur à Claire.

– Je le soutiens moralement. Je suis physicienne. »

Vallespir ouvrit les bras en signe de confusion.

« Qu'est-ce qu'un descendant de Thomas Malory peut bien avoir à faire avec Antoni Gaudi ?

– Pour être parfaitement honnête, professeur, je m'intéresse au Saint-Graal. »

Le vieil homme regarda sa montre et se hissa hors de sa chaise.

« Ce n'est pas un sujet que je connais bien. Je suis architecte et historien de l'art. Peut-être que vous devriez parler à quelqu'un de notre département d'histoire médiévale ou d'études religieuses. Là, ma femme m'attend à la maison.

– Est-ce que je peux vous donner mon numéro de téléphone, au cas où vous penseriez à quelque chose ? »

Il écrivit son numéro sur un bout de papier de l'hôtel.

Vallespir le regarda.

« Ah, cet hôtel a été conçu par Domènech. Voilà un sujet que je connais. »

Arthur et Claire retournèrent à l'hôtel, un peu découragés ; ils déambulèrent dans le marché La Boqueria pour trouver un endroit où déjeuner. Deux tabourets en métal se libérèrent au bar Pinoxto, qui était noir de monde, et ils prirent des tapas et discutèrent, sans faire attention au bruit alentour, juste un homme et une femme à la fin d'une aventure épuisante.

« Eh bien, quelle histoire, dit Arthur.

– Tu es sûr que c'est fini ?

– Pour le moment, en tout cas. Je vais rentrer chez moi ; enfin, il faut que je trouve un chez-moi. J'essaierai de faire plus de recherches sur Gaudi. Mais si le spécialiste mondial de Gaudi n'a rien à nous proposer sur la question, il faut que nous acceptions le fait que nous sommes allés aussi près du Graal que nous avons pu.

– Tu penses qu'ils vont te laisser tranquille ? »

Arthur secoua la tête.

« Je ne sais pas. J'espère. Mais j'ai tué l'un d'entre eux, Claire.

– Je vais rentrer chez moi, moi aussi.

– Ce qui compte, c'est que tu sois en sécurité. »

Une fois à l'hôtel, ils réservèrent des vols pour l'Angleterre et la France. Puis ils firent leurs bagages et appelèrent un taxi.

Arthur paya la note. Tandis qu'il glissait un petit billet au portier, une femme de la réception sortit de l'hôtel et leur fit des signes de la main.

« Excusez-moi, monsieur Malory, mais quelqu'un vient d'arriver pour vous. »

Arthur eut l'air inquiet.

« Qui ?

– Une femme. Je suis désolée, mais je n'ai pas compris son nom. »

Claire sortit de la voiture, et ils retournèrent dans l'entrée de l'hôtel.

Une femme élégante d'une soixantaine d'années s'y tenait. Arthur l'avait vue arriver tandis qu'ils partaient, mais il n'y avait pas prêté attention. La réceptionniste désigna Arthur et murmura quelque chose à la femme en catalan.

Elle s'avança et dit en bon anglais :

« Je suis Elisenda Vallespir. Vous avez rencontré mon mari, ce matin. Puis-je vous parler quelques instants ? »

Arthur essaya de ne pas s'emballer. Le bar de l'hôtel était vide.

« On peut peut-être aller là. »

Ils prirent place et commandèrent un café. Arthur présenta Claire.

« Oui, Esteve m'a parlé de vous deux. Il était particulièrement agité quand il est rentré à la maison.

– J'en suis désolé, dit Arthur.

– Il se laisse facilement déborder, je le crains. Il n'a jamais été facile. Maintenant qu'il est âgé, il a encore moins de patience qu'avant.

– Je suis navrée que nous l'ayons perturbé, dit Claire.

– Le problème, avec mon mari, c'est qu'il fait comme si Gaudi était encore vivant. Ici, on est amené à penser constamment à lui. Pour voir un Picasso ou un Miro, il faut entrer dans un musée ou dans une galerie. Pour voir un Gaudi, il suffit de marcher dans la rue. Esteve baise la terre sur laquelle il a marché, et il protège férocement son héritage et sa réputation. Ce n'est pas que je ne partage pas ce respect ; j'étais moi-même l'élève d'Esteve avant de devenir sa femme, et son assistante de recherche. On peut dire que ça a été un ménage à trois, avec Gaudi toujours là. Mais mon mari a un cancer. On ne lui en donne plus pour longtemps.

– Je suis désolé », dit Arthur encore une fois.

Elle hocha la tête.

« Je sais pourquoi il a refusé de vous aider, mais je ne suis pas d'accord avec lui. Il est têtu comme une mule. Je me suis demandé : quel est l'intérêt s'il l'emporte dans sa tombe ? »

Arthur se garda bien de l'interrompre. Il valait mieux la laisser parler.

« Gaudi était très proche d'un prêtre qui s'appelait Mossèn Gil Parés. C'était le premier prêtre de la paroisse de la Sagrada Familia. Il prêchait pour les ouvriers et leurs enfants. Gaudi a personnellement financé et construit la fameuse Escuelas pour les enfants, que vous pouvez voir aujourd'hui à côté du temple. Tous les deux, Gaudi et Parés, ont construit une sorte de communauté chrétienne utopique, là-bas. Lorsque Gaudi mourut, en 1926, Parés fut l'exécuteur de son testament. À la fin de la dictature de Primo de Rivera, Parés fut limogé de son poste pour nationalisme catalan. Malheureusement, il fut assassiné en 1936, pendant la guerre civile, avec douze autres martyrs de la Sagrada Familia. Récemment, son corps a été enterré auprès de celui de son ami Gaudi, dans la crypte de la Sagrada Familia, et le Vatican a initié un processus de béatification. »

Elle s'arrêta pour s'éclaircir la gorge juste au moment où les cafés arrivaient. Claire lui servit de l'eau.

« La raison pour laquelle je vous dis cela, continua-t-elle, c'est que nous possédons une lettre que Gaudi a écrite à Parés en 1911. Gaudi avait contracté la brucellose, et il était très malade. Son ami et médecin, le docteur Santaló, l'avait envoyé dans les Pyrénées pour quelques mois de convalescence. C'est un miracle qu'il ait survécu et qu'il ait recouvré la santé. La lettre que j'ai écrite à l'en-tête de l'hôtel de Gaudi. »

Elle la sortit de son sac.

« Que les choses soient bien claires, dit-elle en regardant Arthur, puis Claire, avec un regard insistant. Esteve n'a jamais publié cette lettre. Il l'a eue il y a bien des années par le frère de Gil Parés. Elle est écrite sous la forme d'une confession. Je pense que Gaudi devait souvent se confesser à Parés et, de son lit de mort présumé dans les Pyrénées, il désirait soulager son âme une dernière fois. Nous n'avons jamais compris quel était le sujet de cette lettre. Et voici le problème. Mon mari a toujours révéré Gaudi au point qu'il en est venu à penser que ce serait trahir sa mémoire que de publier cette confession écrite, même tant d'années après la mort des concernés. Pour moi, c'est au contraire trahir la recherche, mais bon, c'est Esteve qui a toujours décidé de tout. Mais le document que vous avez trouvé à Montserrat, c'est comme une pièce du puzzle qui manquait et, grâce à elle, on peut peut-être comprendre de quoi il s'agit. C'est pour cela que j'ai décidé de venir vous voir. »

Elle chercha ses lunettes de lecture dans son sac à main. Arthur ne pouvait qu'échanger des regards avec Claire, en essayant de respirer calmement et sans bouger.

« Il y a des passages qui ne sont pas intéressants. Je ne vous lis que ce qui compte... Voilà, à la deuxième page.

Tu sais, cher ami, de quoi je parle, car je me suis confessé, et si j'étais avec toi en ce moment, je te demanderais de recueillir ma confession une dernière fois. Cette lettre suffira. Tu sais que je l'ai trouvé. Et tu sais que je l'ai volé, ce qui est un grand péché, que j'ai porté comme un lourd fardeau, bien que, dans les moments de désespoir, il m'ait apporté un réconfort infini.

Je lui ai donné ma vie, et j'espère que je lui ai fait honneur. J'ai discuté avec toi plusieurs fois de ce que je voulais lorsque je serais mort. Seul toi peux le faire advenir. Ton ami éternel dans le Christ. A. Gaudi. »

Claire murmura :

« Mon Dieu. »

Arthur avait pris un stylo et prenait des notes à toute vitesse au verso de la note d'hôtel.

« Pourrions-nous en avoir une copie ? demanda-t-il rapidement.

– J'en ai fait une pour vous. »

Elle chercha de nouveau dans son sac.

« Ne la publiez pas sans ma permission, je vous en prie.

– Bien sûr que non, lui assura Arthur. Je ne sais pas comment vous remercier. J'aimerais pouvoir remercier aussi votre mari.

– N'y pensez plus. Pensez plutôt à la quête que vous semblez être en train de poursuivre. Dites-moi, continua-t-elle, et sa voix se cassa un peu, cet objet que Gaudi a trouvé. Il semble maintenant certain qu'il venait de Montserrat. Est-ce que vous pensez, monsieur Malory, qu'il se pourrait que ce soit le Saint-Graal ? »

26

BARCELONE, 1926

Le dernier des amis proches de Gaudi était mort six mois auparavant. Le sculpteur Llorenç Matamala mourut à Noël, mais quand sa santé avait commencé à se dégrader, il avait fait une dernière visite à la Sagrada Familia pour pousser le confesseur de Gaudi à l'action.

« Il dort à peine, le seul moment où il ne travaille pas, c'est pour faire ses allers-retours quotidiens à San Felipe Neri, et il ne mange que des amandes et du raisin ! Pourriez-vous faire quelque chose pour le faire ralentir un peu, se comporter comme un homme de son âge, manger un bon repas et peut-être prendre un peu de vacances, mon père ? »

Le prêtre, Mossèn Gil Parés, avait haussé les épaules à cette suggestion.

« Il est aussi rigide dans ses habitudes que l'un de vos moulages en plâtre. Et puis vous pouvez parler, Matamala. Vous vous êtes pratiquement tué à la tâche, et de votre plein gré. »

Matamala avait été le principal collaborateur de Gaudi, le sculpteur qui avait tiré de ses dessins des modèles d'argile et de plâtre pendant quarante-deux ans.

Leur collaboration avait commencé en 1883, quand Gaudi lui avait dit :

« Venez travailler au temple avec moi, *señor* Llorenç, vous aurez du travail à vie. »

Leur collaboration s'était terminée un peu moins d'un an auparavant, lorsque le cancer du visage de Matamala l'avait forcé à arrêter le travail. Sentant que ce serait sa dernière visite à la Sagrada Familia, il avait pris le prêtre à part pour plaider sa cause. Son élocution était rendue difficile par sa langue déformée et il ne cessait d'essuyer sa salive à l'aide de l'un des nombreux mouchoirs qu'il avait tout le temps sur lui.

« Quand même, essayez de le raisonner. Il faut que quelqu'un s'occupe de lui, mon père. Vous avez de l'influence sur lui. Je l'attendrai à l'atelier, avait dit le sculpteur en se tapotant le menton. Je ne sais pas si mon point de vue change du fait que j'arrive à la fin de ma vie, mais je trouve que le temple avance lentement.

– Vous savez ce que dit toujours Gaudi, Llorenç, lui avait répondu le prêtre. Mon client n'a pas de date prévue pour la fin des travaux. »

Gaudi avait pleuré à l'enterrement de Matamala, et maintenant, au printemps 1926, c'était un vieil homme de 73 ans, seul au monde, qui trouvait un certain confort dans sa routine aussi huilée qu'une mécanique de montre.

Seulement un an auparavant, Gaudi avait déménagé de sa maison du parc Güell pour loger dans une chambre de fortune à côté de son atelier à la Sagrada Familia, mais il se consacrait déjà exclusivement au temple depuis la mort de son mécène Eusebi Güell, en 1918. Il se levait tous les matins à l'aube pour trimer dans son petit atelier, ne s'arrêtant que pour grignoter des noix et des fruits rouges, et boire du lait avec des feuilles de laitue qu'il avait choisies car elles faisaient d'excellentes cuillères naturelles. Tous les soirs, il faisait le trajet de quarante-cinq minutes jusqu'à l'église San Felipe Neri, puis le trajet du retour pour rentrer à son atelier. Il lui était difficile de marcher à cause de son arthrite, mais il était trop têtu et n'avait pas suffisamment d'argent pour prendre le tramway. Et tous les soirs, il faisait appeler Parés, qui habitait à côté, pour qu'il prenne sa confession, bien que les deux hommes dussent admettre que, pour un ascète comme Gaudi, les péchés en action étaient quasiment inexistants, et les péchés en pensée restaient aussi raisonnables. Mais Gaudi, comme un grand-père qui raconte toujours les mêmes histoires, confessait chaque jour un péché vieux de quarante ans, le vol d'un objet sacré, pris dans son sanctuaire de Montserrat.

Lorsque Gaudi se confessa pour la première fois, Parés se demanda ce qu'il devait faire. Ce vol du Graal, ce n'était pas rien. Il lui demanda de penser aux conséquences de cet acte, de rendre l'objet à Montserrat, mais Gaudi refusa, arguant du fait qu'il avait certainement été choisi par Dieu pour honorer l'objet. Ce vol pesait néanmoins lourdement à l'architecte, et il tenait à se confesser tous les jours.

Leur dialogue était toujours le même :

« Si ça te pèse tant que ça, Antoni, pourquoi ne le ramènes-tu pas à Montserrat ? L'abbé, loin d'être fâché, sera sûrement enchanté d'avoir la relique la plus précieuse de la chrétienté.

– Tu ne comprends pas, disait Gaudi. C'était la providence divine ! On m'a proposé le projet de la Sagrada Familia. Je ne voulais pas accepter. Puis, quelques jours plus tard, je l'ai trouvé. C'était écrit. Dieu me disait de construire le temple. Il me disait de le construire pour le Christ et pour la Sainte Famille. Il me disait d'honorer le Saint-Graal. Je suis le gardien du Graal, mon père. Cette responsabilité m'a été donnée par Dieu, et je ne me déroberai pas à mon obligation divine. Vous avez vos vœux, j'ai les miens.

– Je suis prêtre, répondait Parés en soupirant. La confession est sacrée. Je n'ai d'autre choix que de porter ton fardeau comme si c'était le mien. »

Maintenant, après tant d'années, quand il entendait la confession de Gaudi, Parés lui disait simplement d'un air las :

« Dix "Ave Maria". »

Puis il poursuivait :

« Même si Dieu t'a déjà pardonné, Antoni, et je te l'ai déjà dit mille fois, mais je te le répète encore : tu l'as honoré par ta vie et ton travail d'une façon que peu d'hommes peuvent égaler.

– Souviens-toi de ce que je t'ai demandé, répondait Gaudi.

– Oui, bien sûr, je n'oublie pas. Mais tu n'es pas encore prêt pour cela. Tu as encore des choses à faire sur cette terre. »

Le travail sur le temple avançait ; et, jour après jour, semaine après semaine, année après année, la vision de pierre et de verre de Gaudi prenait forme. La crypte était finie, la façade de la Nativité pratiquement terminée, et quatre tours campaniles s'élevaient peu à peu au-dessus d'elle. L'espace intérieur était dégrossi, quoique surtout sous forme de plans et de modèles, et l'école réservée aux enfants des ouvriers était construite. L'ensemble était terminé à hauteur de vingt pour cent, peut-être allait-il falloir que d'autres reprennent le flambeau, longtemps après sa mort.

Les travaux continuèrent au milieu de tensions politiques et sociales graves. L'anticléricalisme à l'origine des morts et de la destruction qui avaient eu lieu lors de la Semaine tragique de 1909 ne disparut pas, ce qui rendit la collecte de fonds pour le temple difficile. Cependant, Gaudi devait tout de même être soulagé que la Sagrada Familia ait été épargnée par les ravages provoqués par les émeutes. Un mouvement en plein essor pour l'indépendance de la Catalogne fut à l'origine de grèves générales. Les troubles sociaux s'étendirent, mais furent stoppés net par le coup d'État réussi de Primo de Rivera en 1923. Depuis son perchoir de dictateur à Madrid, il envoya des décrets et des soldats pour donner le coup d'arrêt au mouvement d'indépendance catalan et interdire la langue catalane.

Gaudi, globalement, ne fit pas de vagues, continuant à vivre selon ses habitudes, à l'écart des tourbillons de violence extérieurs. Et quand les gens comme il faut de Barcelone le croisaient dans la rue, ils changeaient souvent de trottoir, comme s'il allait leur mendier quelques pesetas pour réussir à payer ses maçons.

Enrique Sanchez Molina ne s'était jamais senti à l'aise à Barcelone. Il était né à Madrid et y avait passé sa jeunesse, et il n'appréciait pas le fait de se sentir étranger dans une Espagne qui aurait dû, à son avis, être unifiée. Il n'y connaissait rien en politique, mais il méprisait tout de même les courants séparatistes catalans, et préférait ne pas se mêler de ces questions épineuses ; il avait ses propres problèmes à régler.

Il était physicien, et c'était une période faste pour cette matière. Professeur à l'Universidad Central de Madrid, Molina était un chercheur espagnol en physique expérimentale de premier plan, et il avait eu l'honneur d'accueillir le grand Albert Einstein lors de sa visite en Espagne en 1923. Après des siècles d'obscurité, la théorie de la relativité générale d'Einstein éclairait soudain l'univers.

C'était le moment idéal pour être un Khem.

Molina attendit à l'intérieur de la caverneuse Estació de França que le train pour Paris arrive, et il regarda attentivement les passagers, cherchant un visage qu'il connaissait. Très vite, Gustav Ergma, le grand physicien estonien, apparut ; il ressemblait à une fouine et était habillé trop chaudement pour un jour d'été, aussi arriva-t-il en transpirant et en grimaçant.

« Molina, emmenez-moi dans un endroit plus frais, je vous en prie, dit-il dans leur seule langue commune, qui était l'anglais. Il faisait une chaleur insoutenable, dans ce train.

– Vous pourriez peut-être commencer par enlever votre manteau, Gustav, répondit Molina. Venez, nous allons commencer par boire une bière fraîche. »

Une belle Hispano-Suiza décapotable noire et blanche attendait à côté du trottoir, et les deux physiciens montèrent dans les spacieuses places arrière tandis que le chauffeur s'occupait des bagages.

« J'ai réservé des chambres au Majestic, dit Molina. Nous y serons en moins de temps qu'il ne faut pour le dire. »

Ergma montra le chauffeur, qui était de dos.

« On peut parler devant lui ?

– Carlos n'est fait que de muscles, et en plus il ne parle pas un mot d'anglais. Donc, parlez librement.

– Je suis très occupé, Molina, mais je me suis senti obligé de prendre en considération votre télégramme et de faire ce long voyage. Nous avons traversé une période difficile. Depuis que je suis à la tête des Khem, je n'ai pas eu une seule information crédible sur le Graal, ce qui nous empêche d'agir. Êtes-vous sûr de vos renseignements ?

– Je ne veux pas donner l'impression d'exagérer, Gustav, mais c'est assez intrigant, et ça aurait été irresponsable de ma part de ne pas vous en parler. Il semble que, à Noël dernier, un homme soit mort du cancer dans un hôpital local. Il s'appelait Matamala, et c'était un sculpteur célèbre. Avant sa mort, un certain docteur Simo, l'un des seuls à utiliser cette technique à Barcelone, a traité son cancer du visage avec des radiations. La semaine dernière, ce Simo est venu à Madrid pour participer à une conférence sur l'utilisation du radium à la clinique, et j'ai fait un exposé sur la physique de la radiation. Nous nous sommes retrouvés au bar et nous avons pas mal bu. C'est quelqu'un de jovial. Eh bien, il semble que ce patient, ce Matamala, sous l'effet de fortes doses de morphine, ait parlé d'une relique que l'architecte Gaudi posséderait. Il a dit qu'il avait trouvé un jour une boîte en bois dans l'atelier de Gaudi, avec une gravure de la montagne de Montserrat sur le couvercle. Il l'a ouverte, sans lui demander la permission. »

Ergma devint plus attentif à la mention de Montserrat.

« Qu'y avait-il, dans la boîte ?

– Apparemment, dans son état second, tout ce qu'il a dit, c'est que c'était aussi chaud que la chair humaine. »

Ergma haussa ses fins sourcils.

« Il a dit ça ?

– C'est ce qu'on m'a rapporté.

– Vous avez essayé de voir ce Gaudi ?

– Non, j'attendais que vous arriviez. J'ai entendu dire que c'est un véritable excentrique, un misanthrope, un homme difficile. Je me suis dit que nous n'aurions peut-être qu'une seule chance de le faire parler, et j'ai pensé que vous voudriez être présent lors, disons, de cette entrevue.

– Très bien. Vous avez bien fait, Molina. Comment pensez-vous procéder ?

– Demain, nous l'intercepterons dans la rue. Il a ses habitudes. Nous l'emmènerons dans le garage de Carlos. Il y a des batteries de voiture, là-bas. Si l'on applique de l'électricité sur les parties fragiles du corps de quelqu'un, il devient plus bavard. En tout cas, c'est ce que j'ai entendu dire. »

Le soir du 7 juin 1926, Gaudi posa ses crayons. Il était 17 h 30, l'heure à laquelle il fallait qu'il parte pour faire les trois kilomètres jusqu'à San Felipe Neri pour assister à la messe. Bien qu'il fît doux ce soir-là, à cause de son état d'amaigrissement le vieil homme frissonna comme il le faisait toujours dès qu'il était dehors.

Il avançait à petits pas dans ses chaussons dont les semelles étaient retenues par des élastiques, sur la Carrer de Bailen puis la grande avenue de Corts Catalanes.

Une voiture était garée dans l'avenue, près de l'intersection ; c'était une Hispano-Suiza blanche et noire.

« C'est lui, dit Molina depuis la banquette arrière.

– C'est vrai ? s'exclama Ergma. Cet homme-là ? Il est vieux et faible. Nous n'aurons même pas besoin de Carlos pour le faire parler. »

Quand Gaudi commença à traverser le Corts Catalanes, le robuste chauffeur sortit, vérifia qu'aucune voiture n'arrivait et s'approcha de lui alors qu'il était au milieu de la route.

« Bonjour, *señor*, je voudrais vous parler. »

Gaudi ne releva pas la tête et ignora le malotru.

« Eh ! Venez ici. »

Carlos l'attrapa par la manche de son manteau et tira un peu, mais il fut surpris par la force et la violence de la réaction du vieil homme.

Bien que Gaudi ne prononçât pas une parole, l'affront fit exploser les pensées dans sa tête.

Laissez-moi tranquille ! Lâchez-moi ! Je vais à la messe !

Carlos avait une bonne prise sur la manche de Gaudi, et, malgré la résistance du vieil homme, il n'était pas près de lâcher. Il tira encore un peu, mais le tissu était tellement usé qu'il se déchira et que la manche resta dans la main de Carlos, ce qui le fit reculer d'un pas tandis que Gaudi était propulsé en avant.

Pile à ce moment-là, le tram numéro 30 passa avec fracas. Le chauffeur ne réussit pas à freiner à temps pour éviter le vieil homme qui trébuchait sur les rails. Gaudi fut jeté à terre et resta là, immobile, du sang coulant de son oreille.

Des piétons accoururent, et Carlos regarda d'un air impuissant Molina, qui lui fit signe de rentrer dans la voiture.

« Démarre, ordonna Molina.

– Il avait l'air en piteux état », dit Carlos en s'éloignant.

Molina secoua la tête.

« Je ferai fouiller son logement. Nous réussirons peut-être à le retrouver sans lui. »

Le visage d'Ergma tourna à l'aigre, comme du lait caillé.

« Dites-moi, Molina, quand part le prochain train pour Paris ? »

Gaudi fut pris pour un clochard sans abri. Il n'avait pas de papiers sur lui. Ses poches étaient pleines de noix. Ses habits étaient sales et usés, ses chaussures un véritable désastre. Ses jambes étaient bandées pour qu'elles ne gonflent pas à cause de son arthrose. Personne ne savait qu'il était l'un des hommes les plus admirés de tout Barcelone.

L'ambulance le conduisit à l'hôpital pour les pauvres, l'établissement médiéval de Santa Cruz, où on lui diagnostiqua des côtes cassées et une contusion cérébrale. Il fut placé dans le lit 19 de la salle commune, et il passa la nuit à perdre et à reprendre connaissance, seul au monde.

Le père Parés le retrouva plus tard dans la nuit et resta à son chevet pour le veiller.

Gaudi fut transporté dans une chambre privée, et, le lendemain, les couloirs de l'hôpital se remplirent d'évêques, d'hommes politiques, de poètes et d'architectes.

Puis il mourut deux jours plus tard, et son corps fut transporté dans un corbillard tiré par des chevaux de l'hôpital à la Sagrada Familia. Les rues débordaient de monde, tous endeuillés et respectueux.

Tandis qu'il gisait, mourant, le cerveau enflé par le traumatisme, ses pensées étaient folles et fragmentées ; mais, à certains moments rares, lucides et bénis du ciel, Gaudi crut voir le Graal, aussi noir que la nuit, chaud et luisant, flotter au-dessus de son lit ; et pas une seule seconde il n'eut peur de la mort.

27

Il était en train de parcourir ses terres avec son régisseur lorsque son portable sonna. C'était la saison des semailles, et ils essayaient une nouvelle variété d'orge. Il mitraillait son employé de questions sur ses qualités de résistance aux maladies. Il décrocha, l'œil fixé sur son chien qui s'était accroupi dans le trou rectangulaire au milieu du champ. Il grimaça et se dit qu'il fallait qu'il le fasse mieux reboucher par son employé.

Il s'excusa et s'éloigna de quelques mètres pour prendre l'appel. C'était Andris Somogyi.

« C'est Somogyi. Je ne vous dérange pas ?

– Non, Andris, pas du tout.

– J'ai parlé à Stanley Engel, pour des raisons professionnelles. La ligne n'était pas sécurisée, donc il a seulement dit qu'il y avait des nouvelles intéressantes et qu'il fallait que je vous appelle.

– Oui, très bien, j'allais justement vous appeler. Malory a bien travaillé et il a obtenu ce que j'appellerais des résultats. C'est presque dommage – et j'insiste sur le presque – de devoir le tuer.

– Comme vous le savez, Stanley préférerait ne pas le faire.

– Stanley préférerait ne pas faire beaucoup de choses. Et vous, Andris, qu'en pensez-vous ?

– La même chose que vous. Donnez-moi des détails.

– Malory et Pontier sont à Barcelone en ce moment, et ils avancent vite, j'espère. On m'a dit qu'ils avaient rencontré des experts sur l'architecte espagnol, Antoni Gaudi.

– Est-ce que nous avions déjà repéré Gaudi ?

– Bonne question. Je me la pose régulièrement depuis hier. C'est l'un de nos problèmes à nous autres, Khem. Nous avons toujours compté sur la tradition orale. Nous ne pouvons pas aller chercher des références dans les rayons des bibliothèques. Vous vous souvenez du vieux professeur Hoyt, d'Oxford ?

– Bien sûr.

– C'était le mentor de mon mentor.

– Roy Higgins.

– Oui. Hoyt a proposé à Roy de devenir un Khem, et c'est Roy qui m'a recruté. Je me souviens d'avoir bu un verre avec Roy dans son club, il y a longtemps. Il était déjà à la retraite et il était en mauvaise santé. Ça avait quelque chose de très émouvant. Il savait qu'il ne verrait jamais le Graal de son vivant, mais il m'a dit que ce n'était pas grave, car au moins il avait eu le privilège d'être un des maillons d'une chaîne de deux mille ans qui allait finir par le retrouver. Enfin, si je vous dis cela, c'est parce que si je me souviens bien, il a effectivement dit qu'un Khem plus âgé lui avait parlé d'une rumeur selon laquelle, dans les années 1910 ou 1920, un architecte espagnol avait des informations sur le Graal.

– Et ?

– Cela n'a rien donné, apparemment. À vrai dire, je suis même assez surpris de me souvenir de cette discussion. C'était un point mineur, comme une note de bas de page.

– Vous avez une mémoire d'éléphant.

– J'en conviens. Écoutez, Andris, je crois que nous en sommes à un moment crucial. La piste que nous suivons, je pense, va très vite finir en cul-de-sac ou déboucher sur quelque chose. Dans ce cas-là, il faudra être prêt à se rendre à Jérusalem immédiatement pour vivre le plus grand moment de l'histoire depuis la résurrection du Christ. »

Arthur et Claire avaient repris la même chambre d'hôtel, et ils étaient à présent allongés sur le lit, face à face. Elisenda Vallespir ne leur avait pas apporté de réponses, mais au moins ils avaient de l'espoir.

« On dirait que notre aventure va durer un peu plus longtemps que prévu », dit Arthur. Il reprit ses notes.

« Voici la partie cruciale de la lettre. Gaudi écrit : *J'ai discuté avec toi plusieurs fois de ce que je voulais lorsque je serai mort. Seul toi peux le faire advenir.* Que peut-on vouloir quand on est mort ? »

Claire chercha.

« Eh bien, on peut vouloir que les gens nous honorent, qu'ils se souviennent de nous, qu'ils écrivent sur nous. Laisser un héritage honorable.

– Gaudi semble être trop modeste pour cela. Regarde, ce type, le père Parés, c'était son ami, mais aussi son confesseur. À son confesseur, on dévoile ses secrets. Quel pouvait être, à ton avis, le plus grand secret de Gaudi ?

– Le Graal, bien sûr. Tu penses qu'il lui a parlé du Graal ?

– Je suis prêt à parier que oui.

– Si c'est le cas, alors peut-être que ce qu'il voulait à sa mort, c'est que le Graal soit caché en lieu sûr, dans un endroit adapté. Peut-être qu'il a demandé qu'il soit rapporté à Montserrat. »

Arthur secoua la tête.

« Si c'était le cas, Parés l'aurait vraisemblablement rapporté dans la chapelle où Gaudi l'a trouvé. Ou bien le monastère aurait construit une chapelle pour l'abriter. Or, nous savons que ça n'a pas été le cas.

– Eh bien, peut-être qu'il voulait qu'il revienne au Vatican.

– Tu ne crois pas qu'on serait au courant ? Le Vatican en aurait fait toute une histoire. À l'heure actuelle, il serait à Saint-Pierre, derrière une vitre. Ce serait la plus sainte de toutes leurs reliques. »

Arthur descendit du lit et sortit la photocopie que Vallespir avait faite de la lettre de Gaudi. Elle faisait deux pages, sur de petites feuilles de papier à en-tête de l'hôtel Europa. Le passage que la femme de Vallespir leur avait lu était sur la deuxième page. Il regretta de ne pas avoir la traduction du premier feuillet. Peut-être qu'il y avait quelque chose d'important qu'elle n'avait pas vu. Il prit la page où la lettre était signée, et il remarqua une inscription qui le laissa perplexe.

« Qu'est-ce qu'il y a ? demanda Claire.

– Regarde ici, au-dessus de l'en-tête Europa. Je pensais que c'était du griffonnage, mais ce sont des lettres. »

A Ω JHS

« Fais voir, lui dit Claire, et elle le rejoignit sur le lit. Ah oui, sans aucun doute, poursuivit-elle en scrutant l'inscription d'un air concentré, ce sont des lettres. Les deux premières sont alpha et oméga, la première et la dernière lettre de l'alphabet grec. Les trois dernières sont J-H-S.

– Des initiales, peut-être ? demanda Arthur.

– Peut-être. Et si c'était quelque chose de significatif ? Si cela faisait partie du message adressé au père Parés ? Pour renforcer ce que Gaudi voulait après sa mort. »

Arthur acquiesça.

« Peut-être bien. J-H-S. Il faut qu'on trouve de qui il s'agit. »

Claire prit de nouveau l'air concentré, et Arthur la vit sauter du lit d'un bond pour aller prendre son sac à main. Elle revint avec son téléphone et se mit à chercher dedans.

Lorsque Arthur lui demanda ce qu'elle faisait, elle lui intima de se taire.

Tout à coup, il l'entendit crier « Oui ! », et elle lui lança le téléphone.

«Je me disais bien que ça me rappelait quelque chose. Regarde ! C'est l'une des photos que j'ai prises hier à la Sagrada Familia. »

Arthur poussa lui aussi un cri de triomphe.

En haut de l'une des façades de la cathédrale, flanquée de deux anges et sous un pélican blanc en train de nourrir ses petits, on voyait une grande croix grecque sur laquelle était inscrit J-H-S.

Arthur se précipita vers leur pile de livres sur Gaudi, les jeta sur le lit, et ils se mirent tous les deux à les feuilleter frénétiquement.

« Voilà ! dit-elle à Arthur en lui montrant un chapitre sur l'utilisation des symboles par Gaudi. Il est écrit que J-H-S veut dire *Jesus Hominum Salvator*. Jésus, le Sauveur de l'Humanité. C'est une croix grecque parce que les quatre branches égales sont les plus à même de symboliser la conjonction des contraires sur le monde terrestre. Et, Arthur, regarde ces photos. On ne le voit pas sur la mienne. Aux deux bouts de la croix, il y a les lettres grecques alpha et oméga. »

Arthur se leva et se mit à faire les cent pas.

« Tout s'explique, Claire. Gaudi a commencé par refuser la commande en 1883. Nous savons aussi qu'il trouve le Graal en 1883 et qu'il change d'avis. Il décide d'accepter le projet. Ici, dans sa lettre, il dit : *Je lui ai donné ma vie, et j'espère que je lui ai fait honneur.* Peut-être que c'est ainsi qu'il a décidé de lui faire honneur, en concevant le plus grand hommage au Christ qu'il y ait eu depuis les grandes cathédrales médiévales. »

Claire acquiesça.

« Il passe les dernières années de sa vie dans la cathédrale. Et où se fait-il enterrer ?

– Dans la cathédrale, dit Arthur en regardant Claire droit dans les yeux. Il rappelle au père Parés qu'il souhaite être enterré là. Ce n'était pas évident. Ce n'était pas préparé par avance. Lorsqu'il mourut, le seul qui était dans la crypte, c'était Bocabella. L'évêque s'est laissé convaincre d'y enterrer Gaudi aussi. Qui l'en a convaincu ? Je suis sûr que c'était Gil Parés.

– Il voulait être enterré à côté », dit-elle dans un murmure.

Arthur commença à enfiler ses chaussures.

« Il faut que nous allions à la crypte. »

Ils attendirent sous un ciel menaçant pendant plus d'une demi-heure pour acheter leur billet d'entrée à la Sagrada Familia. Peut-être que c'était la pluie imminente qui faisait que les touristes se pressaient à la cathédrale si tard dans la journée. Ils passèrent enfin les portillons à 18 h 30. La cathédrale fermait à 20 heures. Arthur avait un petit sac à dos. Même s'il y avait eu des contrôles de sécurité plus stricts, avec des détecteurs de métaux et des fouilles de sacs, ses affaires n'auraient pas attiré l'attention. Deux petites lampes de poche, un outil multiusage, des bouteilles d'eau et des barres chocolatées.

Lorsqu'ils entrèrent dans l'église, ils tombèrent tous les deux en arrêt devant son immensité et sa complexité presque inhumaines. Il y avait une telle densité de détails qu'il était impossible de se concentrer sur l'un d'eux sans être immédiatement attiré par un autre. Elle était, comme la plupart des cathédrales chrétiennes, en forme de croix latine représentant un corps humain avec les jambes collées l'une contre l'autre et les bras en croix, comme dans une crucifixion. Gaudi avait dit qu'il voulait que l'intérieur du temple ressemble à une forêt, et il y était parvenu. Lorsqu'on regardait vers le haut depuis le milieu de la nef centrale, c'était comme de regarder les cieux à travers le dais majestueux d'une forêt ancienne.

Les colonnes le long de la nef ressemblaient à de très gros palmiers qui s'élevaient à quarante-cinq mètres de hauteur, mais plutôt que de former un plafond, comme on aurait pu s'y attendre, elles se divisaient en arabesques kaléidoscopiques de formes géométriques. Rien n'était plat. Il n'y avait pas d'angles droits, ni même d'arches conventionnelles. Il n'y avait qu'un amoncellement de formes douces ou dures, et des angles semblables à ceux des tiges d'une plante, ou à la partie longitudinale d'un coquillage.

On pouvait presque ignorer que l'église était aussi un chantier en construction. Bien que des progrès énormes aient été faits durant les dernières années sur les structures intérieures, il y avait encore beaucoup à faire : on voyait de nombreux échafaudages et monte-charges, délimités par du gros scotch jaune.

Ils se dirigèrent tout d'abord vers l'abside, en prenant leur temps, la tête en l'air et les yeux écarquillés. Pour y arriver, ils passèrent sous la voûte croisée, qui était plus élevée que la nef, à soixante mètres de hauteur. Et là, le génie de Gaudi brillait tout autant que dans le reste de la basilique. La voûte de la crypte était entourée de fenêtres vitrées et arquées qui rentraient dans le sol de l'abside et s'élevaient dans le presbytère à hauteur d'homme. Cela permettait aux fidèles de regarder vers le ciel et la voûte lumineuse, là où résidait Dieu, mais aussi de regarder vers le bas, vers la crypte où reposaient les hommes dans la mort.

Arthur parla pour la première fois depuis qu'ils étaient entrés.

« C'est là. Allons-y. »

En cherchant comment accéder à la crypte, ils passèrent devant un groupe de touristes avec un guide qui parlait anglais, et ils ralentirent pour attraper des bribes de ce qu'il disait.

« Bien qu'elle ait été conçue comme une cathédrale et que la plupart des gens l'appellent ainsi, au regard de l'Église, ce n'en est pas une, puisqu'elle n'est pas le siège d'un évêché. Cet honneur revient à la cathédrale de la Sainte-Croix de Barcelone. La basilique a été consacrée en 2010 par le pape Benoît devant une assemblée de six mille cinq cents fidèles, dont le roi et la reine d'Espagne. Cela lui a permis d'être utilisée pour célébrer des services religieux, qui se déroulent généralement encore dans la chapelle de l'Assomption de la Vierge. Suivez-moi maintenant vers l'atelier, où nous verrons que Gaudi a utilisé un treillis de ficelles et de fils de fer pour concevoir ses formes géométriques, et que les artisans d'aujourd'hui utilisent la conception et la fabrication par ordinateur pour poursuivre son travail au XXIe siècle. »

Ils se séparèrent discrètement du groupe. Un large escalier de pierre menait à la crypte. Là, il y avait moins de touristes qu'à l'étage principal, et pas de gardiens.

Arthur était tellement excité qu'il en avait presque le tournis. La tombe de Gaudi se trouvait dans un recoin isolé, mais ils firent l'effort de ne pas s'y diriger directement.

Au contraire, ils firent le tour de la crypte en commençant par le côté opposé, gardant sa tombe pour la fin.

L'espace central était dominé par l'Annonciation, avec un magnifique autel sculpté par Josep Llimona. Des deux côtés de l'autel, il y avait quatre chapelles : l'une abritait la tombe de Gaudi, dédiée à Notre-Dame du Carmen ; une autre était dédiée à Jésus-Christ ; la troisième à Notre-Dame de Montserrat ; et la dernière au Saint Christ. Celle-ci abritait la tombe de Josep Maria Bocabella. Trois autres chapelles complétaient le périmètre, ce qui portait le nombre total à sept.

Ils tombèrent dans un recoin où était apposée une plaque qui indiquait le tombeau du prêtre martyr Gil Parés ; puis, ayant terminé le tour de la crypte, ils se retrouvèrent devant la chapelle qui abritait la tombe de Gaudi.

C'était sans doute l'endroit le plus simple, le moins décoré de la crypte, et même de l'église tout entière. Il y avait une petite plate-forme en marbre blanc, à hauteur de cheville, sur laquelle reposait une plaque de granit gris entouré de marbre rose. Sur le granit était gravée l'épitaphe de Gaudi. À la perpendiculaire, un mur fait de gros blocs de calcaire était encadré de chaque côté par deux autres murs semblables formant un angle oblique, ce qui attirait l'attention vers le tombeau. Sur le sol, des rails de fer forgé entouraient la tombe comme un ruban ; ils étaient destinés à accueillir des chandelles votives, mais étaient à présent vides. En revanche, une simple rangée de bougies rouges était allumée au pied de la tombe. Au-dessus, sur un petit piédestal, il y avait une gracieuse statue de la Vierge à l'enfant. Contre les murs de calcaire, quatre colonnes sur piédestal s'élevaient jusqu'au sommet de la crypte, encadrant trois grandes arches qui dépassaient dans la nef au dessus.

La tombe de granit était décorée de bouquets de fleurs fraîches placés soigneusement de manière à ne pas cacher l'inscription, qui disait : *Hinc cineres tanti hominis resurrectionem mortuorum expectant rip.*

Arthur entendit Claire la lire à haute voix puis la traduire : « Ici, les cendres d'un grand homme attendent la résurrection des morts. Qu'il repose en paix. »

Une larme coula sur sa joue.

Il toucha sa main, puis se mit à étudier la tombe jusque dans ses moindres détails, assailli par ses réflexions, jusqu'au moment où il fut distrait par un groupe de touristes japonais qui les encerclèrent en parlant fort et en faisant crépiter les flashs de leurs appareils photo. Il fit un petit signe à Claire et ils s'éloignèrent.

Il était 19 heures, une heure avant la fermeture.

Il fallait qu'ils trouvent un endroit pour se cacher, idéalement dans la crypte elle-même, puisque Arthur ne savait pas du tout si les accès qui y menaient étaient fermés la nuit.

Mais celle-ci était assez ouverte, avec peu d'endroits où l'on puisse se dissimuler. Il n'y avait qu'une entrée, un grand portail doré qui menait à la sacristie. Tandis que Claire faisait le guet, Arthur essaya de l'ouvrir, mais il était fermé à clé.

Ils refirent le tour de la crypte. La seule cachette possible était l'une des sept chapelles : celle de saint Joseph.

Elle était conçue de la même manière que celle de Gaudi : un recoin entouré de trois murs, une plate-forme en pierre et, encore mieux, un grand autel en marbre massif qui semblait pouvoir les abriter. De nouveau, pendant que Claire guettait, Arthur sauta sans bruit sur la plate-forme et jeta un coup d'œil derrière. Là, entre l'autel et le mur, il y avait juste assez de place pour cacher deux personnes. Maintenant, ils n'avaient plus qu'à agir.

Comme ils avaient une heure à tuer, ils retournèrent à l'étage et se mêlèrent aux touristes, se promenant dans l'atelier et le musée, et allèrent aux toilettes, certainement pour la dernière fois jusqu'au lendemain. À 19 h 45, ils retournèrent dans la crypte, flânèrent jusqu'à ce qu'il ne reste plus qu'eux, puis se glissèrent derrière l'autel de saint Joseph, qui avait inspiré à Bocabella la cathédrale splendide qui se dressait majestueusement au-dessus de leurs têtes.

28

Hengst eut des palpitations.

Ses cibles venaient de se volatiliser.

Il les suivait pile à la bonne distance, ni trop près, ni trop loin, habillé de manière à ne pas attirer l'attention : un jean, un polo, des lunettes et une casquette américaine. Il était sûr de ne pas s'être fait repérer.

Quand Malory et Pontier étaient retournés dans la crypte, il avait laissé passer quelques minutes avant de les suivre, se disant que comme il y avait de moins en moins de monde, il fallait rester prudent. Mais lorsqu'il descendit l'escalier qui y menait et vit que la crypte était vide, il pensa qu'ils étaient descendus par l'autre escalier.

Pourtant, à l'étage, ils n'étaient plus là, et il dut revenir sur ses pas plusieurs fois, sans parvenir à les retrouver. Finalement, il retourna dans la crypte juste avant l'heure de la fermeture et il essaya d'ouvrir le portail qui menait à la sacristie, au cas où ils y seraient entrés, mais il était fermé à clé. Un gardien qui faisait un dernier tour lui désigna sa montre. Il fut obligé de partir.

Une fois sur la place, Hengst regarda les derniers touristes s'en aller et les portes se fermer pour la nuit. Il fit le tour de la cathédrale et passa un coup de fil délicat ; ce fut avec beaucoup d'anxiété qu'il informa son patron qu'il avait perdu Malory.

D'abord, les lumières s'éteignirent dans la crypte, puis dans la basilique tout entière. Claire et Arthur n'étaient pas complètement dans le noir, parce que les lumières rouges des issues de secours brillaient faiblement. Ils avaient les jambes engourdies d'être restés accroupis derrière l'autel, mais ils n'osèrent pas bouger pendant une bonne heure pour être sûrs d'être véritablement seuls. Claire tremblait un peu dans le froid souterrain, et Arthur la tint contre lui jusqu'à ce qu'elle soit réchauffée.

Arthur se redressa et regarda par-dessus l'autel. Il tapota la tête de Claire pour lui signifier qu'elle pouvait aussi se relever.

« Tu penses qu'il y a un garde de nuit ? chuchota Claire.

– Je n'en sais rien, dit Arthur. J'espère que non, mais il faut rester sur nos gardes. »

Ils s'avancèrent à pas de loup devant l'un des escaliers qui se trouvaient entre leur cachette et la tombe de Gaudi, en tendant l'oreille pour détecter d'éventuels bruits de pas. Le silence régnait dans la crypte.

Arthur passa une lampe torche à Claire, et ils commencèrent à disséquer visuellement la tombe en évitant soigneusement de faire dévier leurs lampes. Une lumière filtrant de la crypte à travers les fenêtres en ogive serait visible de l'étage supérieur.

« S'il est ici, dit finalement Arthur à voix basse, il est forcément soit sous le sol, soit dans les murs. »

Claire pointa brièvement sa lampe sur la statue de Marie.

« Ou bien derrière la statue ?

– Elle est fixée au mur. »

Claire éclaira de nouveau la tombe.

« La crypte a été terminée en 1891. Il est mort en 1926. Il aurait fallu qu'il cache le Graal bien avant d'être mis en terre. Donc, il ne peut pas être au-dessus du cercueil. Et de plus, nous savons que la tombe a été profanée en 1936, pendant la guerre civile espagnole, et que la foule a peut-être déterré ses os. Or le Graal n'a pas été retrouvé.

– S'il est enterré sous la structure qui soutient le cercueil, dit Arthur, on n'a aucune chance. Il nous faudrait un véritable équipement pour l'atteindre. »

Il essaya tout de même de faire pivoter le bloc de granit et le marbre qui l'entourait avec ses doigts repliés, en vain.

Claire ne tenta même pas de l'aider.

« Si tu as raison, le seul endroit où nous puissions fouiller, ce sont les murs. »

Il se releva et massa ses doigts endoloris.

« C'est ce que je pense aussi.

– Réfléchissons, continua-t-elle. Il le cache, peut-être dans les années 1890, pendant que la crypte est en construction, mais comment savoir s'il n'aura pas à le changer de cachette ? Le projet aurait pu capoter faute de financement. Il aurait pu y avoir un incendie. Il fallait trouver un moyen pour qu'il soit préservé. »

Les blocs de calcaire qui formaient les murs de la chapelle étaient rectangulaires, mais pas uniformes. Les plus gros étaient de la taille d'un micro-ondes et les plus petits la moitié. Ils étaient tous parfaitement fixés les uns aux autres et les joints étaient étroits, avec une toute petite bande de mortier.

Arthur utilisa son outil multiusage pour sonder chacun des blocs, en commençant par le bas et en remontant aussi haut qu'il le pouvait. Ils semblaient tous faire le même son, même si lorsqu'il tapait sur les blocs sur lesquels étaient fixés des chandeliers en fer, ils produisaient de faibles vibrations métalliques.

Il fit un pas en arrière et, de nouveau, il éclaira les murs. Chacun des trois murs convergents qui délimitaient la chapelle faisait environ cinq mètres de largeur, et chaque rangée de maçonnerie était faite de deux, trois ou quatre blocs de calcaire.

«J'essaie de voir s'il y a un motif, dit-il.

– Tu veux dire avec les blocs ?

– Oui. Si tu recules, est-ce que tu vois un motif ?»

Elle secoua la tête.

«Non, ils ont l'air d'avoir été faits au hasard.

– C'est ce qu'il me semble aussi. Bon, et ces chandeliers en fer, alors ? Ils ont l'air assez uniques, en leur genre.

– Eh bien, c'est vrai qu'ils sont très jolis, ils ressemblent à des rubans. Je n'ai jamais vu ça ailleurs, mais il y a un million de choses dans la Sagrada Familia que je n'ai jamais vues ailleurs. La tombe de Gaudi n'est pas la seule à avoir des chandeliers. Celle derrière laquelle nous étions cachés en avait aussi.»

Arthur fit la moue.

«Dommage. Je n'avais pas remarqué. Donc, ce n'est pas ça non plus.»

Il éclaira les fixations en fer qui maintenaient les chandeliers sur les murs de calcaire.

«À moins que...»

29

Les chandeliers installés sur les murs obliques, de chaque côté du bloc de granit de la tombe de Gaudi, étaient faits de deux rangées de rubans, avec des coupes régulièrement espacées pour mettre les bougies. Celui qui était sur le mur du milieu, perpendiculaire au bloc, était fait d'un seul ruban fixé au mur de chaque côté par une grosse barre de fer.

Arthur finit par dire :

« Regarde cette rangée de blocs, derrière le chandelier. Elle est faite de trois blocs, pas de deux ni de quatre. Le plus gros est au milieu, et tu vois, là et là ? Les piques sont fixées aux deux blocs plus petits qui l'entourent.

– Tu penses la même chose que moi ?

– Peux-tu déplacer les fleurs ? »

Une fois les fleurs mises de côté, Arthur put se tenir entre le bloc de granit et le mur, solidement planté sur ses pieds. Il enroula les mains autour du côté droit du chandelier, au plus près de la barre de fer, et tira dessus.

Rien ne bougea.

« Il va falloir faire mieux que ça », dit-elle, ce qui le fit grimacer.

Il tira encore une fois en poussant un grognement, sans résultat.

« Je croyais que tu faisais du rugby ?

– Bon, ça y est, je vais m'énerver. »

Il prit appui avec les pieds contre le mur, et, en changeant de prise, le repoussa avec les hanches en y mettant toute sa force, au point qu'il entendait le sang cogner dans ses oreilles.

De nouveau, il ne se passa rien, sauf que ses mains rouge betterave furent prises de spasmes. Il enleva sa veste et l'enroula autour de la structure en fer, puis il recommença à tirer de toutes ses forces en grognant.

Quelque chose céda, avec un petit bruit satisfaisant de raclement de pierre.

Il relâcha sa prise et fit un pas en arrière.

« Regarde, dit-elle dans un cri étouffé. Le bloc a un peu bougé ! »

Il se pencha pour l'examiner de plus près. Elle avait raison : il s'était déplacé de quelques millimètres.

« La pierre est nue. Il n'y a pas de mortier. Les blocs sont simplement posés l'un contre l'autre. Je vais essayer de l'autre côté. »

Le côté gauche du chandelier était fixé à un plus petit bloc, et quand il enroula les mains autour et utilisa son dos et ses hanches pour tirer, celui-ci bougea encore plus que l'autre.

Avec une excitation grandissante, il concentra ses efforts sur la fixation droite, et lorsque celle-ci bougea encore un peu, Claire s'y mit aussi et agrippa la gauche avec la veste d'Arthur. Il ouvrit et referma ses mains pleines de crampes et reprit sa prise sur la droite.

Ils se coordonnèrent en comptant jusqu'à trois pour tirer ensemble, de toute leur force.

Le chandelier céda nettement de cinq bons centimètres, entraînant avec lui les blocs qui étaient de chaque côté.

« Mon Dieu, soupira Arthur lorsqu'ils s'arrêtèrent pour inspecter le résultat de leurs efforts.

– C'est forcément fait exprès, dit Claire. Il ne peut pas en être autrement.

– Bon, reprit-il, pantelant. Si on le dégage complètement, il va être beaucoup trop lourd. Si l'on ne contrôle pas le poids, les blocs vont tomber et s'abîmer, ou même se briser en mille morceaux. Donc, la prochaine fois, il faut qu'on tire d'abord vers nous, puis tout de suite vers le haut dès qu'ils seront dégagés.

– Tu es prêt ?

– Oui. »

Ils se coordonnèrent de nouveau pour tirer un grand coup, et les blocs sortirent du mur, encore accrochés au chandelier, mais l'ensemble était beaucoup plus léger que ce à quoi ils s'attendaient. Ils purent le soulever facilement et le déposer délicatement sur la plate-forme de marbre.

« Ce ne sont que des demi-blocs ! s'exclama Arthur. Ils ne font qu'une vingtaine de centimètres de profondeur. Tout le système a été conçu pour qu'on puisse les desceller relativement facilement.

– Ce n'était pas si facile, je trouve. »

Arthur désigna du doigt la nef et les clochers.

« Il y a beaucoup de poids, au-dessus de nous. Beaucoup plus que quand la crypte a été construite. »

Il y avait à présent deux trous dans le mur de chaque côté du troisième bloc, le plus gros de la rangée. Claire mit la main dans le trou de gauche pendant qu'Arthur tâtonnait dans celui de droite.

Ils sentirent tous les deux un support angulaire en fer qui soutenait le gros bloc, et se rendirent compte simultanément que ce n'était pas du tout un bloc, mais une simple dalle de cinq centimètres d'épaisseur.

Les trous étaient trop petits pour qu'on puisse rentrer la tête dedans ou les éclairer sous le bon angle, alors ils continuèrent à tâtonner avec leurs doigts.

« C'est juste une façade, Claire. Je crois que les supports sont articulés. En tout cas, on dirait qu'il y a une articulation.

– Oui, je la sens aussi.

– En haut de la dalle, il n'y a rien.

– Alors, il faut tirer par le haut, et elle devrait se détacher.

– Exactement. Tu es prête ? »

Avec une bonne pression, le dessus de la dalle s'avança, exposant sa surface supérieure. Elle était conçue de manière astucieuse, avec un angle aigu et ciselé de façon à dégager le bloc du dessus, tout en paraissant complètement alignée lorsqu'elle était en place.

« Tu crois qu'il est là ? chuchota Claire.

– Il n'y a qu'une façon de le savoir. »

Il éclaira l'intérieur et il la vit.

Une boîte. Une boîte en bois.

Il fut surpris de se sentir aussi calme en la sortant de sa cachette.

Elle était de la taille d'une cave à cigares, faite de bois de rose poli d'un brun profond avec de beaux reflets et de belles veines. Sur le couvercle, il y avait une très belle gravure en relief de Montserrat avec une inscription en dessous.

Gracies a Deu.

« Grâce à Dieu », murmura Claire.

Arthur plaça la boîte sur le bloc de marbre qui se trouvait juste au-dessus des os de Gaudi et, sans hésiter, souleva le couvercle.

Il était là.

Le Graal.

Le bol était calé dans un creux de satin rembourré.

Il était noir de jais, brillant à force d'avoir été poli, avec des bords épais et arrondis, un bol on ne peut plus simple fait pour être tenu dans le creux des deux mains.

Mais ils étaient sidérés par ses autres caractéristiques.

Il était nimbé d'une sorte de zone d'invisibilité de l'épaisseur d'un doigt.

« Mon Dieu, regarde, Arthur ! Regarde ! » chuchota Claire.

Arthur se sentit paralysé par l'énormité de la situation.

Ils venaient de parvenir au terme d'une quête vieille de deux mille ans.

Une quête qui avait consumé des hommes comme le roi Arthur et ses chevaliers, Thomas Malory, des écrivains et des bardes ; Andy Holmes, Tony Ferro, devraient être là, pensa-t-il. Un poète devrait être là pour décrire ce moment.

Je ne suis qu'un homme comme les autres.

Pourquoi moi ?

Claire brisa le silence et dit, comme si elle lisait dans ses pensées :

« Tu l'as trouvé. C'est toi qui l'as trouvé.

– Je suis désolé, dit-il soudain.

– Pourquoi es-tu désolé ? »

Ses yeux étaient humides.

« Je suis désolé, *señor* Gaudi, reprit-il en s'adressant aux restes terrestres du génie. C'est une violation. Je suis vraiment désolé.

– Prends-le, l'encouragea Claire. Tu veux le prendre en premier ?

– Non, vas-y, toi. »

Elle le souleva très délicatement et le prit entre ses deux mains, et ses doigts disparurent en partie dans son halo étrange et éthéré.

« Il est chaud, dit-elle. La pierre a l'air froide, mais elle est chaude, c'est comme toucher quelqu'un. »

Elle le rapprocha de son visage. Il vit qu'elle était sur le point de pleurer. Cela commença tout doucement, puis sa poitrine fut secouée de sanglots.

« Arthur... ça ne ressemble à aucune substance que je connais. »

Il avala sa salive.

« Ce n'est pas une matière terrestre. »

Ils passèrent la nuit assis contre le mur de la chapelle de saint Joseph, prêts à se cacher derrière l'autel si un gardien venait faire sa ronde dans la crypte. Ils n'avaient eu aucun mal à replacer le chandelier et les blocs de calcaire, et lorsqu'ils eurent fini, la tombe de Gaudi était exactement comme ils l'avaient trouvée.

Ils restèrent silencieux pendant une bonne partie de la nuit, tous deux perdus dans leurs pensées. Ils attendraient que la Sagrada Familia ouvre de nouveau le matin et que les touristes descendent dans la crypte avant de trouver le bon moment pour se mêler à eux et s'en aller.

Mais pendant la longue nuit noire, ils se passèrent le Graal, en le tenant contre eux pour s'imprégner de sa chaleur.

30

La boîte en bois de rose rangée dans le sac à dos d'Arthur lui donnait une forme carrée. La fermeture éclair ne se fermait pas complètement, il couvrit donc le trou avec une carte dépliée. Avec l'attitude nerveuse d'un couple qui est en train de quitter une scène de crime, ils montèrent dans un taxi sur l'Avinguda de Gaudi et retournèrent à leur hôtel.

Hengst attendait près de l'entrée de l'hôtel, dissimulé sur le pas de la porte d'un magasin de piercing sur la rue Sant Pau. Il tenait un journal devant lui pour cacher ses yeux fatigués et son air épuisé.

Il était monté à leur chambre plusieurs fois, et il était satisfait de voir qu'ils n'étaient pas rentrés de la nuit. Donc, tout ce qu'il pouvait faire, c'était les cent pas dans la ruelle étroite et déserte ; une ronde de nuit énervée.

Lorsque Arthur et Claire sortirent de leur taxi et s'engouffrèrent dans l'entrée de l'hôtel, Hengst eut un soupir de soulagement et passa un coup de fil.

Une fois dans leur chambre, Arthur mit son sac à dos sur le fauteuil, et ils s'assirent tous les deux sur le lit en le regardant.

Après un moment qui sembla durer une éternité, il finit par demander :

« Qu'est-ce qu'on fait, maintenant ? »

Elle ne répondit pas.

Il se sentait engourdi. L'exaltation n'avait pas duré longtemps. La quête était finie.

Qu'est-ce qu'on fait, maintenant ?

Les mots sortirent automatiquement, dans un monologue éteint, tandis qu'il gardait les yeux fixés sur le fruit de leur quête.

«Je voudrais en parler à Andy et à Tony, mais ils sont morts, hein ? C'est à cause de ça qu'ils ont été tués. Ils vont vouloir nous tuer, nous aussi. Claire, il faut que tu rentres chez toi, que tu t'éloignes de tout ça, que tu t'éloignes de moi. Tu devrais partir maintenant. Tu veux bien ?»

Elle était morte de fatigue, elle aussi.

«Je ne sais pas.

– Je ne crois pas que nous ayons été suivis, mais peut-être que si. Pourquoi le veulent-ils à tout prix, Claire ? Il doit y avoir autre chose que sa valeur monétaire.

– Je ne sais pas. La pierre a des propriétés exceptionnelles.

– Quel genre de propriétés ?

– Je n'en peux plus. Il faut que je réfléchisse, d'accord ?»

Il acquiesça d'un air las.

«Je ne sais vraiment pas quoi faire. Plus tôt nous annoncerons publiquement que nous l'avons trouvé, plus tôt nous serons en sécurité. Faut-il le rendre à la Sagrada Familia ? À Montserrat ? À l'Espagne ? Au Vatican ? C'est bête, hein ? Je ne sais même pas comment on organise une conférence de presse. J'ai rêvé de ce moment toute ma vie. Trouver le Saint-Graal...»

Sa voix se cassa.

«Que fait-on quand on a réussi l'impossible ? Que fait-on du reste de sa vie ?»

Il sentit qu'elle lui serrait fort la main.

« Tout ce que j'ai envie de faire, c'est de l'apporter au pub, commander une tournée de bières et le montrer à Sandy Marina, à Aaron Cosgrove et aux autres Fondus. J'ai envie de le poser sur la table à côté de la canne d'Andy. Après, j'imagine que je saurai quoi faire.

– Tu ne veux pas dormir un peu ? » demanda-t-elle avec tendresse.

Elle enleva le dessus-de-lit.

« Je vais prendre un bain. Et puis je te rejoins. Après ça, tout deviendra plus clair. »

Il acquiesça, se déshabilla et se glissa entre les draps.

Dans la salle de bains, Claire ôta ses vêtements, et pendant qu'elle attendait que la baignoire se remplisse, elle alluma son téléphone portable, qu'elle avait éteint pendant la nuit. Il y avait plusieurs appels manqués, tous de ses parents.

Inquiète, elle les rappela.

Un quart d'heure plus tard, elle sortit en se séchant les cheveux avec une serviette.

Arthur était encore éveillé.

« Tout va bien ? Je t'ai entendue parler à quelqu'un. »

Elle avait l'air inquiète.

« C'était ma mère. Mon père n'était pas très bien. Il a fait un malaise. Ils sont allés à l'hôpital. Ils ont essayé de me joindre. Mais ça va, il est rentré à la maison, maintenant.

– Qu'est-ce que c'était ?

– Peut-être une petite attaque. Il va faire des examens complémentaires.

– Je suis désolé. Faut-il que tu rentres ?

– Ils m'ont dit que non. »

Elle vint se mettre à côté de lui et passa ses bras autour de sa taille.

« Dans le bain, je pensais... il faudrait qu'on essaie de comprendre le Graal, les propriétés qu'il possède. L'effet sur la lumière, la chaleur qu'il produit. En tant que physicienne, j'ai envie d'en savoir plus, qu'il m'apprenne des choses. Tu ne crois pas qu'il faudrait qu'on l'étudie avant que tu fasses ta conférence de presse, pour que nous puissions le décrire correctement ?

– L'étudier comment ?

– Je peux faire des tests dans mon laboratoire. À Modane. On est vendredi, aujourd'hui. On peut y aller cet après-midi, dormir chez moi et aller au labo demain. Il n'y aura personne.

– Qu'est-ce que tu penses que c'est ?

– Je ne sais pas trop. C'est exotique.

– Dormons d'abord, dit-il, tombant de sommeil. On en reparlera après. »

Un peu plus d'une heure après avoir quitté l'hôtel, ils passaient la frontière française. Arthur avait accepté de passer le week-end à Modane, pour essayer de mieux comprendre les propriétés du bol avant de le montrer au monde entier. Par ailleurs, il n'avait pas envie de quitter Claire. Pas encore.

Elle était assise à côté de lui, la boîte en bois de rose dans un sac posé sur ses genoux. Il ne semblait pas convenable de le mettre dans le coffre ou sur le siège arrière. Et elle sentait une légère chaleur en émaner, chaleur qu'elle trouvait inhabituellement réconfortante.

31

Ils arrivèrent à Modane en début de soirée, très peu de temps avant que les sommets enneigés disparaissent dans la nuit. Son appartement se trouvait dans un immeuble situé près du centre-ville, les pièces étaient petites, et les meubles jolis mais sans valeur. C'était un endroit de transition qui ressemblait davantage à l'appartement d'une étudiante qu'à celui d'une adulte.

Ils étaient fatigués. Ils restèrent chez elle, réchauffèrent des surgelés au four à micro-ondes et partagèrent une bouteille de vin. Puis elle le laissa seul et appela ses parents depuis la cuisine. Il l'entendait parler à travers les murs fins, pas ce qu'elle disait, mais son ton. Elle avait l'air perturbée, et, quand elle revint, elle paraissait inquiète.

« Comment va-t-il ? demanda-t-il.

– Ça va. C'est ma mère. Elle ne réagit pas bien à ce genre de choses.

– Tu devrais peut-être aller à Toulouse ?

– Ça ne servirait à rien. Ses examens ne sont que la semaine prochaine. Elle ne s'inquiétera pas moins juste parce que je suis là. Je la connais. »

Dans la chambre, elle dit :

« Je veux juste le voir avant de dormir. »

La boîte en bois était sur la commode. Elle ouvrit le couvercle, contempla longuement le Graal et le toucha, en regardant le bout de ses doigts disparaître dans le halo.

Le samedi matin, ils se réveillèrent tôt mais durent attendre avant de partir. Le labo n'ouvrait qu'à 9 heures le week-end.

À l'entrée du tunnel du Fréjus, l'artère principale entre la France et l'Italie, ils s'arrêtèrent au bâtiment administratif du laboratoire souterrain de Modane.

Claire laissa Arthur dans la voiture et revint quelques minutes plus tard.

« Personne d'autre ne s'est inscrit. Nous serons seuls, au moins pour un moment. De toute façon, il n'y a pas beaucoup de monde, en général, le samedi.

– Et moi, il ne faut pas que je m'inscrive ?

– Non, ce n'est pas sécurisé à ce point-là. J'ai une carte d'accès, évidemment, mais si j'amène un visiteur, ce n'est pas très grave. Je suis surtout contente que Simone ne soit pas là. »

Claire prit le volant. Le tunnel traversait le col du Fréjus, dans les Alpes cottiennes, entre Modane et Bardonecchia, en Italie. Ils le prirent et firent six kilomètres et demi jusqu'à son centre, où ils se trouvaient à mille sept cents mètres sous terre. Elle mit son clignotant, prit la sortie indiquée pour le labo, sortit de son sac des vestes en nylon rouge et dit à Arthur d'en mettre une. C'était le protocole, du fait qu'ils devaient traverser deux voies rapides pour arriver à l'entrée.

Arthur marqua un temps d'arrêt : l'entrée était construite à l'intérieur de la montagne, tout près d'une autoroute. À côté d'un accès plus grand pour les véhicules, il y avait une porte vert pâle. Claire l'ouvrit en glissant sa carte devant, et ils se retrouvèrent à l'intérieur.

Le labo n'était pas très accueillant, avec peu de confort matériel. Les murs et les sols étaient en béton coulé couleur d'avoine. Ils mirent des casques, qui étaient obligatoires, passèrent par une pièce d'ingénierie pour la fabrication et la réparation d'instruments, et ils entrèrent dans le hall principal : là, il y avait des cuves, de toutes les tailles, entourées de tuyaux au milieu d'un entassement d'équipement électronique. Les plus grandes avaient des plates-formes d'accès. Cela fit penser Arthur à un décor de film de James Bond, le repaire souterrain d'un ennemi fou.

Claire se dirigeait rapidement dans le complexe, en ramassant des outils en passant. Il était à sa merci, dans son monde à elle, et tout ce qu'il pouvait faire, c'était admirer son efficacité. Sa seule mission était de porter le Graal, et il tenait le sac bien serré contre lui. Ils allèrent tout au bout du labo et entrèrent dans une pièce tellement encombrée d'instruments et d'outils qu'il y avait à peine la place pour y poser un ordinateur. Au milieu trônait une grande cuve cylindrique en cuivre.

« C'est là que vous brassez la bière ? demanda Arthur.

– Pas tout à fait. Je te présente EDELWEISS-II. Expérience pour détecter les WIMP en site souterrain. C'est ici que j'ai passé mes journées, ces dernières années. Elle, c'est mon bébé.

– Elle ?

– Je devrais peut-être dire lui ; en tout cas, elle est à la retraite, mais elle n'est pas fermée. Dans l'autre aile du labo, son successeur est en train d'être mis au point. Il est bien plus grand, avec de meilleurs pouvoirs de détection. Il s'appelle EURECA. Simone travaille à présent sur ce projet ; et moi aussi, la plupart du temps. Nous, on va utiliser EDELWEISS. Cela va prendre une heure pour la mettre en marche et faire des réglages. Tiens, il y a une chaise, là. Il n'y a pas de café, par contre, désolée. J'aurais dû apporter une thermos. Là-bas, il y a les toilettes. Rien d'autre.

– Je vais simplement regarder ce que tu fais, alors. Dis-moi ce que nous recherchons. »

Elle se mit à parler tout en travaillant.

« Les astronomes sont à peu près certains, grâce à l'observation des galaxies et la déduction de l'impact de la gravité sur elles, que la matière ordinaire visible – celle qui forme les étoiles, les planètes, les arbres, les éléphants, toi et moi – ne représente que quatre pour cent de la masse et de l'énergie de l'univers. Ce qui laisse quatre-vingt-seize autres pour cent qui restent à expliquer.

– Tu penses que le Graal n'est pas fait de matière ordinaire ?

– Je ne sais pas. C'est pour ça que nous sommes ici. Il y a une force que l'on appelle l'énergie sombre, et qui représente soixante-treize pour cent du reste de l'univers. C'est la propriété de l'espace vide, la constante cosmologique d'Einstein, l'énergie qui est à l'origine de l'expansion continuelle de l'univers. Ça laisse encore vingt-trois pour cent. Ça, c'est l'antimatière. C'est presque trop excitant d'y penser, mais je me demande si le Graal n'a pas quelque chose à voir avec cette substance. L'antimatière, pour ce que nous en savons, n'irradie pas de quantité visible de lumière, ni n'émet quelque radiation que ce soit. Elle est complètement invisible.

– Mais le Graal, nous le voyons.

– Oui, mais voilà ce que je pense : et si le Graal était fait d'une sorte d'amalgame entre la matière ordinaire et l'antimatière, formé, peut-être, peu de temps après le big bang, quand les températures étaient extrêmement élevées et que les différentes formes de matière ont pu interagir différemment que dans un univers bien plus froid ? Et s'il était venu sur Terre il y a des milliards d'années, sous la forme d'un météorite exotique ? En tout cas, ce que je veux dire, c'est que peut-être que nous voyons la matière ordinaire de la pierre, mais pas l'antimatière.

– Comment expliques-tu le halo qui l'entoure ?

– Peut-être que c'est une déformation gravitationnelle de la lumière à la surface, un peu comme la déformation gravitationnelle autour des galaxies que produit l'antimatière et que les astronomes peuvent détecter avec leurs télescopes. Ça paraît fou, je sais, mais l'antimatière n'a jamais été étudiée jusqu'à présent.

– Pourquoi ? Si elle est tellement courante, pourquoi n'y en a-t-il pas tout autour de nous ?

– Ah, mais il y en a tout autour de nous ! Nous sommes inondés par ces particules d'antimatière, sans doute des milliards et des milliards chaque jour. Mais elles sont aussi très difficiles à trouver. Je vais essayer de t'expliquer. Quelqu'un de très intelligent a dit un jour que la matière ordinaire lumineuse est comparable à une mince couche de glaçage sur un énorme gâteau cosmique sombre. L'antimatière est probablement distribuée dans tout l'univers, peut-être de manière uniforme en certains endroits, peut-être en agglomérats dans d'autres. Peu de temps après le big bang, les régions où la densité était plus grande qu'ailleurs ont pu attirer l'antimatière, qui s'est agrégée et qui est devenue quelque chose qui ressemble à une crêpe. À l'intersection de ces crêpes, on obtient des groupes de longs filaments d'antimatière. Des groupes de galaxies se sont ensuite formés aux nœuds des réseaux cosmiques où ces filaments s'entrecroisent. En tout cas, comme je l'ai dit, il y a sans doute de l'antimatière tout autour de nous. Le problème, c'est qu'elle obéit à des règles physiques différentes de celles de la matière ordinaire. Toutes les particules élémentaires subatomiques qui composent la matière ordinaire – tu sais, les leptons et les quarks, etc. – sont reliées par la force nucléaire. On a décidé d'appeler les particules d'antimatière les WIMP[1].

– Les physiciens ont vraiment le chic pour trouver des noms. »

Elle sourit.

« Eh bien, c'est un domaine qui est dominé par les hommes. Cela signifie Weakly Interacting Massive Particles[2]. Comme la matière ordinaire, ces particules ont une masse, elles réagissent à une gravité extrêmement faible, mais comme elles n'obéissent pas aux forces nucléaires, elles n'interagissent et n'entrent quasiment jamais en collision avec la matière ordinaire.

– Elles nous passent à travers ?

– Elles passent à travers tout ce que nous connaissons et tout ce que nous voyons. Les collisions avec des particules ordinaires sont tellement rares qu'elles sont quasiment impossibles à détecter. C'est pour ça que, depuis une vingtaine d'années, les laboratoires du monde entier cherchent des preuves expérimentales de la présence des WIMP et essaient de les définir. C'est ce que nous faisons ici. Tous les détecteurs d'antimatière sont placés profondément sous la terre, dans des montagnes comme à Modane et à Gran Sasso, en Italie, ou dans des mines comme à Boulby, en Angleterre. La probabilité qu'une particule WIMP interagisse avec le proton ou le neutron d'un noyau atomique est

1. En anglais, *a wimp* veut dire une mauviette.
2. Particules massives à interaction faible.

tellement faible, et le produit de cette réaction tellement microscopique, que, pour pouvoir la mesurer, toutes les radiations extérieures qui pourraient ressembler à une collision de WIMP et fausser les calculs doivent être minimisées. En souterrain profond, on peut énormément réduire les rayons cosmiques, qui nous bombardent en continu depuis l'espace. Après, il faut aussi que les instruments soient protégés de la radioactivité naturelle qui provient des rochers. Ces instruments sont extrêmement sensibles. Pour trouver des WIMP, ils cherchent à déceler le scintillement, la très faible lumière et la très faible chaleur qui sont produits lors d'une collision avec une particule ordinaire.

– Ces WIMP, y en a-t-il plusieurs sortes qui composent l'antimatière ou une seule ?

– Celle sur laquelle je fonde le plus d'espoirs, et je ne suis pas la seule dans ce cas parmi les physiciens des particules, c'est le neutralino. Cela n'a jamais été prouvé. On a prédit son existence à partir de modèles mathématiques qui sont fondés sur la théorie de la supersymétrie. On pense que ses interactions seraient très faibles, comme on s'y attendrait de la part d'une WIMP, et que sa masse serait très importante, de cinquante à mille fois la masse d'un proton. Si j'étais joueuse, je serais prête à parier que le Graal contient des neutralinos.

– Pourquoi est-ce qu'il produit cette chaleur ?

– Je me pose vraiment la question. Sincèrement, je ne sais pas encore. Mais tout pourrait s'expliquer par les neutralinos. La théorie de la supersymétrie implique aussi que les neutralinos sont leurs propres antiparticules. Quand les particules et les antiparticules entrent en collision, elles produisent de l'énergie. Les modèles indiquent que lorsque les neutralinos entrent en collision, ils s'annihilent les uns les autres et produisent une autre sorte de particule, les neutrinos. Je vais chercher des neutrinos, aussi. »

Elle commença à travailler sur ses instruments, tout en commentant ses gestes pour qu'Arthur comprenne ce qu'elle faisait et pourquoi. Le plus gros problème était de décerveler le détecteur, comme elle disait, pour qu'il fasse exactement l'opposé de ce pourquoi il était programmé, à savoir détecter les collisions extrêmement rares. Il fallait qu'elle voie s'il était possible de le régler de manière à ce qu'il soit moins sensible, pour ne pas être inondé par les collisions fréquentes qu'elle espérait trouver.

EDELWEISS-II, lui dit-elle, n'avait eu qu'un succès limité pendant ses années de service. Une poignée de collisions de neutralinos potentielles avaient été détectées, littéralement, une poignée. On avait observé cinq collisions hypothétiques avec une détermination de masse de 20 GeV : la taille d'une particule massive, à peu près vingt-cinq fois celle de la masse d'un proton. Malheureusement, c'était plus que ce que les modèles mathématiques avaient prévu, et cela semblait indiquer une contamination par des radiations extérieures. EURECA était conçu pour pallier les déficiences d'EDELWEISS. Selon Claire, la véritable masse d'un neutralino devait se situer entre 7 et 11 GeV.

Les réglages prirent deux fois plus de temps que prévu, et ils regardaient tous les deux régulièrement derrière eux pour voir si quelqu'un entrait. Claire avait préparé une histoire qui convaincrait tous ceux qui étaient associés à d'autres projets, mais qui semblerait un peu bizarre, admettait-elle, à ceux qui travaillaient sur les WIMP.

« Et Simone ? demanda-t-il.

– Ce serait encore plus bizarre, dit-elle en gardant les yeux fixés sur l'écran.

– Je ne peux pas m'empêcher de voir un lien. Simone travaille aussi dans ce domaine, si j'ai bien compris.

– Oui, c'est ça.

– Et il est en relation avec un groupe de gens qui cherchent le Graal et qui sont prêts à tuer pour l'avoir. »

Elle poussa un soupir profond et douloureux.

« Oui.

– Alors, ces gens ont peut-être des raisons de croire que le Graal a quelque chose à voir avec l'antimatière, dit-il.

– Je ne sais tout simplement pas quoi dire. Je reconnais qu'il est difficile de croire que ce soit une simple coïncidence. »

Enfin, elle fut prête.

Elle avait besoin du Graal.

Arthur le sortit de sa boîte et le plaça délicatement sur la paillasse du laboratoire. La première chose qu'elle fit le surprit. Elle prit un gros aimant.

« Environ six pour cent des météorites contiennent du fer ou un alliage de fer et de nickel. Je ne sais pas quel est le pourcentage de matière ordinaire et d'antimatière dans le bol, mais s'il contient du fer, cela va créer des problèmes avec les détecteurs. J'espère pouvoir corriger cela. »

Elle passa l'aimant sur le bol et déclara qu'il n'y avait pas de fer dedans.

« Maintenant... la partie délicate. »

Il vit ce qu'elle s'apprêtait à faire et lui recommanda d'y aller doucement.

« Je n'ai besoin que de très peu de matière. Je pense la prendre à la base, non ? »

Il acquiesça et s'assit à côté d'elle devant la paillasse. Elle mit des gants en latex, sortit une boîte de Petri de son emballage et demanda à Arthur de tenir le bol au-dessus. Puis elle mit en route un Dremel avec la plus petite molette possible et effleura délicatement le dessous du bol, une tâche qui était rendue difficile par le halo qui l'entourait. Il fallait qu'elle se repère au toucher et au son, et lorsqu'elle eut l'impression de l'avoir atteint, elle éteignit l'outil.

Elle glissa un petit carnet noir sous la boîte de Petri, et ils l'inspectèrent tous les deux. Il y avait de tout petits bouts opaques, de microscopiques halos, qui ressortaient sur le fond noir.

« Bon, je pense que nous avons ce qu'il faut, dit-elle. On peut y aller. »

Elle tira un module électronique d'un instrument attaché à la grosse cuve cryogénique de cuivre. C'était un bolomètre, lui dit-elle, des cristaux de germanium combinés avec un thermomètre ultrasensible, reliés à un microprocesseur. Elle plaça la boîte de Petri sur la plaque de germanium, remit le module à sa place et se pencha sur l'ordinateur.

L'écran s'illumina de points densément regroupés de lumières rouges et vertes.

« Qu'est-ce que tu vois ? » lui demanda-t-il.

Elle ne leva pas les yeux.

« Rien pour le moment. Il faut encore que je fasse des réglages.

– Désolé... »

Elle pianotait sur le clavier. Les écrans de données se succédaient les uns aux autres, jusqu'à ce qu'enfin elle clique sur la souris et s'adosse sur sa chaise.

Elle avait fait une capture d'écran sur une zone en particulier. Arthur ne voyait pas tellement la différence avec les autres, mais elle semblait hypnotisée.

« Qu'est-ce que c'est ? »

Elle mit le doigt sur l'écran pour désigner une masse de points rouges.

« Mon Dieu, Arthur. Voilà, c'est ça. Un pic énorme d'activité thermique et de scintillement. Alors que les réglages sont au plus bas, il est à un niveau inouï. Il est à 9,4 GeV. C'est le neutralino, Arthur. C'est de l'antimatière. »

Il lui mit la main sur l'épaule.

« Et là, ces points verts qui apparaissent au coin de cette zone, dit-elle en les lui montrant, ce sont des neutrinos à 2,2 GeV. Ils sont très nombreux. Tout concorde. »

Elle se tourna vers lui et enfouit son visage dans sa chemise.

Arthur ne pouvait qu'attendre pendant qu'elle se dépêchait d'imprimer des captures d'écran, de nettoyer les détecteurs, de réinitialiser les réglages et d'éteindre les instruments avant que quelqu'un arrive.

Cela leur prit encore une demi-heure, mais ils avaient fini.

Elle éteignit les lumières en passant jusqu'à ce qu'il ne reste plus que la salle d'ingénierie d'allumée. En entrant dans la pièce, elle se tourna vers Arthur pour lui dire qu'il fallait qu'elle passe à l'admin...

Un bras sortit de nulle part et l'attrapa par le cou.

Arthur n'oublierait jamais l'expression de peur qu'il lut sur son visage. Hengst apparut derrière elle, dans la lumière jaune fluorescent. Il avait un pistolet dans sa main libre et il le pointa sur Arthur.

« Donne-le-moi », dit-il.

Arthur eut un goût métallique dans la bouche et il sentit sa peau le picoter. Il l'avait déjà vu quelque part.

Hengst mit le pistolet sur la tempe de Claire.

« Cinq secondes. C'est tout ce que je te donne.

– Arthur, le supplia-t-elle, la voix étouffée par la prise de Hengst.

– D'accord, je te le donne.

– Fais-le glisser vers moi. »

Arthur posa le sac par terre et s'accroupit pour le pousser.

Dès qu'il eut quitté les mains d'Arthur, Claire tenta soudain quelque chose. Sans se retourner, elle saisit l'entrejambe de Hengst et serra très fort.

Il laissa échapper un grognement primitif et lui frappa la mâchoire.

Elle tomba par terre, et Arthur chargea en se jetant sur lui à hauteur des cuisses, le plia en deux et le souleva avant de le jeter sur le sol en béton. Le pistolet noir lui échappa et tomba un peu plus loin.

Hengst se défendait, essayant de contrer Arthur en lui assénant de gros coups de poing. Arthur avait du sang dans la bouche, mais il ne le lâcha pas, et maintint sa prise tout en se redressant un peu pour essayer de lui bloquer les bras.

Hengst lui mit un coup sur la tempe et le blessa. Puis un coup de pied dans l'entrejambe. Il grogna, desserra sa prise un instant et sentit que Hengst lui échappait.

Dans un brouillard de douleur, il entendit son nom et vit Claire lui envoyer une grosse clé à molette en la faisant glisser par terre. Elle atterrit contre sa jambe. Il s'en saisit. Pendant que Hengst se tournait vers la gauche pour récupérer son pistolet, Arthur se mit à genoux et cogna fort.

L'outil heurta l'arrière de la tête de Hengst et du sang gicla sur le sol. Il tomba tête la première, son corps soudain immobile.

« Il faut qu'on s'en aille, cria Claire. Maintenant ! »

Arthur envoya d'un coup de pied le pistolet sous un banc et s'enfuit avec Claire, renonçant à regarder si l'homme était encore en vie. Il essaya de se rappeler où il l'avait vu auparavant et, tandis que Claire et lui boitillaient vers le tunnel plein de gaz d'échappement, cela lui revint.

C'était le responsable de la sécurité au domaine, dans le Suffolk.

L'homme de Jeremy Harp.

32

Claire tremblait trop pour pouvoir conduire, Arthur prit donc les clés. Dès qu'il le put, il s'engagea en trombe dans le flot dense de voitures à l'intérieur du tunnel.

« Ça va ? lui demanda-t-il.

– Et toi ? »

Il ne répondit pas. Il avait mal partout, et il se doutait bien qu'elle aussi.

« On ne peut pas retourner chez toi.

– Tu crois qu'il est mort ? demanda-t-elle dans un frisson.

– Je ne sais pas. Peut-être. J'aurais dû l'aider.

– Il voulait nous tuer. »

Il regarda dans le rétroviseur. Personne ne les suivait.

« Comment a-t-il pu entrer dans le labo, Claire ?

– Il a dû se procurer une carte d'accès. Ce n'est pas possible autrement.

– Comment a-t-il pu l'avoir ?

– Peut-être qu'il l'a volée. Peut-être que...

– Simone ? »

Elle se mit à pleurer.

« On nous a suivis, dit Arthur. Tout le temps. Stoneleigh. Montserrat. Barcelone. Ici.

– Qu'est-ce qu'on fait ? Où est-ce qu'on peut aller ? »

Il essaya de mettre de l'ordre dans ses pensées, mais son esprit continuait à les mélanger.

« Ta visite a été enregistrée, les autorités sauront donc que tu étais là quand ils le retrouveront. Ils vont te rechercher. Est-ce que tu as enlevé les plaques d'immatriculation de la voiture de location ?

– Non.

– Déjà, il y a ça. Claire, il faut que je te dise quelque chose. Je l'ai reconnu. »

Elle eut l'air choquée.

« Qui était-ce ?

– Je ne me souviens pas de son nom, mais il travaillait comme agent de sécurité pour Jeremy Harp. Je t'en ai parlé.

– Celui de ton entreprise. Celui qui t'a fait licencier parce que tu avais donné une mauvaise image de lui. »

Il acquiesça.

« Lorsque j'ai dîné avec Harp la veille du jour où j'ai trouvé le trésor, il voulait parler du Graal. Il a dit qu'il avait lu dans le bulletin d'information de notre entreprise que je m'y intéressais. Il savait beaucoup de choses dessus, vraiment. Cela m'a surpris. Nous avons parlé d'Andrew Holmes et de Montserrat. Il est aussi physicien. Comme Simone. Bon Dieu, Claire, Jeremy Harp est après le Graal. »

Il y avait un panneau devant eux, dans le tunnel : « Bardonecchia 3 km ».

Il demanda d'une voix assourdie :

« Je suppose qu'on va en Italie ? »

Arthur et Claire ne parlèrent quasiment pas pendant l'heure qui suivit. Il conduisit sans but dans Turin, puis prit soudain la décision de s'arrêter dans le parking d'un hôtel situé sur une colline. Il dit à Claire qu'il avait besoin de se reposer, de réfléchir, d'élaborer une stratégie, et elle acquiesça d'un air las. Ils se rendirent à l'hôtel Parco Europa. Il fallait présenter leurs passeports. Ils donnèrent donc leurs vrais noms à contrecœur.

Leur chambre donnait sur un jardin. Claire voulait prendre un bain. Il s'allongea en réfléchissant à ce qu'ils pouvaient faire, le Graal sous le lit.

Il entendit le téléphone de Claire sonner dans la salle de bains. Elle prit l'appel. Inquiet, il ouvrit la porte. Elle était dans la baignoire, le téléphone à l'oreille, flottant à moitié, la peau rosie par l'eau chaude. Elle était toute fragile et très belle, comme une nymphe des eaux.

Elle éloigna le téléphone et lui dit :

« Ne t'inquiète pas. C'est juste ma mère. »

Il la laissa seule et alluma la télévision pour voir s'il y avait un reportage sur Modane.

Elle sortit en peignoir, se séchant les cheveux.

« Comment va ton cou, et ta tête ?

– Ça va. Et toi, ta tête ? Fais-moi voir ta bosse.

– Ce n'est qu'un petit bleu.

– Je vais chercher des glaçons.

– Ne t'embête pas, viens là. »

Elle s'allongea à côté de lui, et ils regardèrent tous les deux le plafond. Elle se mit à trembler, et il la prit dans ses bras.

« Du nouveau ? Pour ton père ?

– Non, mais ma mère me rend folle. C'est trop, en plus de tout le reste. C'est trop.

– Je suis désolé de t'avoir embarquée dans tout ça.

– Arrête. Je t'aime. »

Ils dormirent une heure, et quand ils se réveillèrent, Arthur commanda du café. Ils s'assirent sur le petit balcon qui donnait sur le jardin.

« Je sais ce que je veux faire, dit-il.

– Dis-moi.

– Je veux retourner en Espagne. Je téléphonerai à un journal pour qu'ils organisent une conférence de presse. Je raconterai tout. Les papiers de Thomas Malory, l'épée, Montserrat, Gaudi, la Sagrada Familia. Je serai honnête et je me séparerai du Graal. Je me rendrai à la police pour tous les crimes que j'ai pu commettre en Espagne. Les Espagnols décideront de ce qu'il adviendra du Graal. Il est à eux, pas à moi. Je l'ai trouvé, maintenant je n'en ai plus besoin. Une fois que tout se saura, ils n'auront plus de raison de me faire tuer. Il faudra que je trouve une manière de dénoncer le rôle qu'a joué Harp dans tout cela, mais je le ferai plus tard.

– Mais il ne suffit pas de le trouver ! répondit Claire, soudain animée, d'un ton brusque. Ce n'est pas seulement une relique sacrée. C'est de l'antimatière ! Sa valeur scientifique est peut-être encore plus grande que sa valeur religieuse et culturelle. On ne peut pas le donner comme ça à des gens qui n'auront aucune conscience de ses propriétés. Il faut que je puisse expliquer aussi ce que je sais.

– C'est trop dangereux. Je ne veux pas que tu restes avec moi. Il faut qu'on se sépare. Tu devrais aller à Toulouse, rejoindre ta famille. Prends un avocat, va voir la police ; dis-leur que tu as été attaquée au labo par un inconnu. Ne dis rien sur le Graal. C'est le seul moyen. »

Elle avait retrouvé ses esprits et était de nouveau calme.

« Non, je suis désolée, mais il y a un autre moyen, quelque chose qui serait mieux pour nous deux. Il faut qu'on reste ensemble. Il faut que je sois à tes côtés à cette conférence de presse. Il faut que j'explique ce que je sais, en tant que physicienne. Peut-être que je perdrai mon emploi pour avoir utilisé les locaux sans autorisation, mais ce n'est pas grave.

C'est trop important. Et moi aussi, je me sentirai mieux de faire savoir la vérité. Le Graal sera rendu, nos rôles à tous les deux seront connus, je ne vois pas qui voudrait encore me faire du mal.»

Il avala son café et regarda les rangées symétriques de buissons dans le jardin.

«D'accord. Nous le ferons ensemble.

– Mais pas tout de suite», dit-elle avec insistance.

Il posa sa tasse et la regarda. Ses lèvres étaient serrées.

«Pourquoi ?

– Il y a quelque chose que tu oublies de prendre en compte. Tu es persuadé que c'est le véritable Graal. Je le crois aussi. Mais pourquoi les autres le croiraient-ils ? Ce ne sont peut-être que des coïncidences. Peut-être que le roi Arthur était persuadé que le Graal avait été retrouvé, mais comment aurait-il pu en être sûr ? Peut-être que Gaudi a cru avoir retrouvé le Graal, mais comment aurait-il pu le savoir ? Ils voulaient y croire, voilà tout. Nous aussi, nous voulons y croire. Mais il n'y a rien, absolument rien, qui relie ce bol au Christ. Nous ne pouvons tout simplement pas être sûrs que c'est vraiment le calice que le Christ a utilisé lors de la Cène, tu ne crois pas ?

– Non, c'est vrai. C'est de la spéculation. Nous, nous allons juste dire ce que nous savons. Les experts pourront s'en donner à cœur joie, après.

– Oui, de la spéculation. Mais nous savons avec certitude qu'il contient de l'antimatière et qu'il émet des neutrinos. Et si l'on associait ce que l'on sait scientifiquement et ce que l'on sait par la Bible ?

– Comment ça ?

– Lorsque j'étais au CERN pour mon postdoc, mon professeur et mentor était une physicienne des particules israélienne, Neti Pick. Elle était très brillante et charismatique, et puis, en tant que femme, elle a vraiment été une inspiration, pour moi. J'en parle parce qu'elle avait d'autres centres d'intérêt que la physique. Elle était aussi archéologue amateur, et s'intéressait aux études bibliques et à l'aspect scientifique des recherches archéologiques et bibliques. L'une de ses véritables passions était le saint suaire de Turin, que nous pourrions même aller voir aujourd'hui si nous avions le luxe d'être de simples touristes. Elle fait partie de ceux qui pensent qu'il est authentique.

– Ah bon ?

– Oui. Elle a participé à une commission scientifique organisée par le Vatican, et n'était pas du tout convaincue par la datation au carbone 14 qui le faisait remonter seulement à l'époque médiévale. Je ne me souviens plus des détails de son argumentation, mais elle pensait que l'image sur le suaire pouvait avoir été formée par un neutrino qui aurait explosé au moment de la résurrection. Tout cela était très hypothétique, et beaucoup de gens la prenaient pour une physicienne excentrique, mais, Arthur, avec le Graal, on a une machine à neutrinos. »

Il s'avança sur sa chaise.

« Qu'est-ce que tu proposes ?

– Je vais l'appeler. Allons la voir. Elle est à l'université hébraïque de Jérusalem, maintenant. Je veux lui montrer le Graal, lui parler de ce que nous avons trouvé, voir si elle peut nous aider à boucler la boucle. On pourrait prendre des instruments et les apporter aux endroits où Jésus a pu être enterré. Recueillir des échantillons de l'air, peut-être du calcaire, pour voir s'il y a encore des traces de neutralinos et de neutrinos. Si ça marche, on pourrait relier scientifiquement le bol à Jésus sans aucune équivoque. Cela prouverait que c'est le véritable Graal. Ce serait incontestable. Ce serait une découverte magnifique. Tout prendrait enfin sens. Qu'est-ce que tu en penses ?

– Je ne sais pas, Claire. Je te comprends, mais je crois qu'il faut arrêter le carnage. Mettre le danger à distance. Je ne pourrai jamais me le pardonner s'il t'arrive quelque chose. »

Elle fronça les sourcils et hocha la tête.

« Comme tu veux, Arthur. Mais je suis prête à prendre le risque. »

Ils gardèrent le silence un bon moment. Il étudiait son visage. Elle semblait courageuse et déterminée. On voyait bien qu'elle n'avait pas envie de mettre un terme à la quête avant ce qu'elle considérait être la ligne d'arrivée. Il sentit sa détermination vaciller.

« Peut-on lui faire confiance pour ne rien dire à qui que ce soit ? »

Un sourire illumina son visage.

« Absolument. C'est comme une deuxième mère, pour moi. »

Jeremy Harp se tenait dans le hall des arrivées du terminal 5 à l'aéroport de Heathrow, il attendait que les passagers du vol de la British Airways depuis Los Angeles aient passé la douane.

Stanley Engel arriva enfin, l'air ennuyé, en poussant son petit chariot.

« Bienvenue, Stanley, dit Harp. Le vol s'est bien passé ?

– C'était long. Ce n'est pas franchement le moment pour moi d'être loin de l'université. »

Harp fit signe à son chauffeur, qui prit les bagages. Les deux physiciens le suivirent dans le parking.

« Vous n'aviez pas vraiment le choix, si ? demanda Harp.

– C'est vrai. Alors, on l'a retrouvé ?

– On n'en est pas encore complètement sûrs, mais je crois que oui, ce jour est enfin arrivé.

– Dites-moi ce qui se passe.

– Il y a eu des complications. Mon homme, Hengst, les a suivis jusqu'à Modane. Simone lui a donné une carte d'accès. Hengst a attendu que Pontier ait fini son analyse, mais quand il a essayé de s'en emparer, ils se sont battus. Hengst a été blessé. Assez gravement. Malory n'est pas si inoffensif qu'il en a l'air. Simone a trouvé Hengst et l'a emmené à l'hôpital, où il a été opéré en urgence du cerveau. Il n'y survivra sans doute pas, ce qui n'est pas plus mal étant donné que cela nous enlèvera une épine du pied.

– D'accord, d'accord. Je me fiche de votre agent de sécurité. Qu'est-il arrivé à Malory et à la fille ? Et où est le Graal ?

– Ils sont partis avec.

– Et ?

– Simone est retourné au labo. Il a eu accès aux copies de sauvegarde des résultats qu'ils ont trouvés sur EDELWEISS. Il contient des neutralinos, Stanley. Des neutralinos !

– Mon Dieu, exactement ce qu'on pensait. Il y avait aussi des neutrinos ?

– Oui. Plein. »

Engel leva le poing en signe de victoire.

« Jackpot.

– Oui, jackpot.

– Et maintenant ? On sait où ils sont ?

– Ne vous en faites pas pour ça. On les retrouvera bien assez vite. Après, on pourra passer à l'étape suivante. Venez, j'ai loué une maison tout près d'ici. Tout le monde est là, ou en train d'arriver. J'ai mon jet qui est prêt. Lorsqu'il sera temps, nous voyagerons tous ensemble pour accomplir notre destinée commune. »

À l'aéroport Malpensa de Milan, Arthur laissa la voiture de location dans un parking longue durée. Il avait pris sa décision en marchant seul dans le jardin, en contemplant les montagnes qui se découpaient sur un ciel bleu magnifique.

Il avait passé l'après-midi à tout planifier. En cherchant sur Internet, il avait trouvé le nom d'une journaliste importante du quotidien de Barcelone, *El Periodico de Catalunya*, qui était spécialisée dans les thèmes religieux. Ce serait elle qu'il faudrait contacter depuis Jérusalem. Il inviterait tous les Fondus à cet événement. Il dédierait son intervention à Andrew et à Tony.

Claire lui avait assuré que puisque le Graal ne contenait pas de fer, il passerait sans problème à travers les contrôles de sécurité de l'aéroport. Il s'arrangea pour que l'hôtel envoie par la poste la boîte en bois de rose à Sandy Marina, emballa le Graal dans ses habits et le mit dans son sac à dos. Puis il réserva un vol de Milan à Tel-Aviv pour le soir même.

Ce ne fut que lorsque l'avion quitta le sol qu'Arthur put enfin se détendre un peu ; il but un verre et prit la main moite de Claire.

33

Ils arrivèrent à Tel-Aviv à 3 heures du matin, et le temps qu'ils passent la douane, louent une voiture et conduisent jusqu'à Jérusalem, le ciel était déjà en train de devenir plus clair. Par stratégie, Arthur espérait que s'ils descendaient dans un hôtel de luxe, on ferait moins attention à leurs bagages, ils se rendirent donc au Roi David, qu'Arthur connaissait déjà pour y être allé en voyage d'affaires pour Harp Industries.

Le douanier israélien n'avait pas fouillé leurs sacs. Le Graal était de retour à Jérusalem.

« Nous sommes heureux de vous revoir au Roi David, monsieur Malory, lui dit le réceptionniste.

– Merci, je suis content d'être de retour. »

Quand Neti Pick arriva plus tard dans la matinée, il vit que c'était un sacré personnage. Petite et trapue, la soixantaine, elle avait les cheveux d'un noir de jais et une coupe courte qui la rajeunissait. Sa robe noire arrivait bien au-dessus des genoux. Elle était couverte de bijoux en or. Lorsqu'elle aperçut Claire dans l'entrée de l'hôtel, elle lui fit de grands signes de la main, et bientôt l'embrassa sur les deux joues.

« Et vous devez être Arthur », lui dit-elle avec un fort accent israélien en serrant longuement sa main entre les siennes.

Puis elle chuchota :

« Où est-il ? »

Arthur montra son sac à dos.

« Bien. Ne le lâchez pas des yeux. Allons quelque part où l'on pourra le regarder. Et puis ensuite, on pourra discuter un peu. »

Elle les accompagna dans leur chambre. On voyait par les fenêtres la vieille ville et le mont des Oliviers, baignés d'une lumière matinale, tout en camaïeux de brun et de jaune. Claire mit le dessus-de-lit afin que Neti ait un endroit pour s'asseoir.

Lorsque Arthur plaça entre ses mains le bol noir, son visage s'éclaira de surprise et de joie.

« Ma chérie, dit-elle à Claire. Donne-moi un mouchoir pour m'essuyer les yeux. Je ne veux pas lâcher cette splendeur.

– Qu'en pensez-vous ? demanda Arthur.

– Ce que j'en pense ? Je pense que je suis morte et que je suis montée au paradis. Il est aussi chaud que le derrière d'un nourrisson, et regardez comme mes doigts disparaissent quand je le touche. C'est un trésor, que vous avez trouvé, le plus grand des trésors. Et il est si simple. Juste un petit bol noir tout lisse, fait de la matière la plus précieuse qu'on puisse trouver. Tenez, reprenez-le et prenez-en bien soin, Arthur. Maintenant, Claire, montre-moi les résultats des analyses. »

Arthur remit le Graal dans son sac à dos, et les deux femmes assises côte à côte sur le lit examinèrent les résultats de Modane. Il ne comprenait pas grand-chose de ce qu'elles disaient, mais il était clair que l'universitaire était d'accord avec l'interprétation de Claire. Le bol contenait de toute évidence de l'antimatière. La conversation s'orienta vers les expériences supplémentaires qu'elles allaient devoir faire, et Arthur se rendit sur le balcon pour regarder sur son portable s'il y avait des nouvelles de Hengst et de Modane. Pourquoi n'y avait-il rien ? Avait-il guéri de sa blessure à la tête ? Se pouvait-il qu'il soit encore après eux ? C'était perturbant, mais au moins Claire et lui n'avaient pas l'air d'être des fugitifs recherchés dans le monde entier.

Claire le rappela à l'intérieur.

« Neti a quelques idées. »

Arthur s'assit sur la chaise de bureau.

« Claire vous a dit que j'ai deux passions, commença Neti, la physique et l'archéologie. La première, je la tiens de mon père, qui était un physicien renommé, l'autre de mon mari, paix à son âme, enfin pas une paix complète, parce que, pour tout vous dire, il n'était pas toujours très gentil avec moi. Il était archéologue à l'université hébraïque et travaillait sur Jérusalem à l'époque romaine. Je me suis naturellement intéressée à son sujet d'étude, et j'ai voulu appliquer la physique à certaines des choses qu'il étudiait. Pour un Juif, je dois dire qu'il était assez obsédé par la recherche de la tombe de Jésus, et c'est grâce à lui que je me suis penchée sur le saint suaire de Turin.

– Claire m'en a parlé, dit Arthur. Mais je croyais que la datation du suaire, il y a quelques années, mettait en doute son authenticité.

– C'est vrai, répondit-elle, que la datation au carbone 14 qui a été faite en 1988 sous la supervision du Vatican le situe au XIIIe ou au XIVe siècle, mais il y a eu beaucoup de critiques sur des erreurs d'échantillonnage, des problèmes de contamination, et peut-être même la possibilité qu'ils aient daté une pièce de patchwork médiéval. Mais il y a des caractéristiques, comme la technique de couture du tissu et les particules de calcaire qui sont prises dedans, qui sont les mêmes que celles des tombes romaines, qui indiqueraient plutôt qu'il date du Ier siècle. Mais de mon point de vue, il n'y a pas de technique artistique crédible qui pourrait simuler cette image d'un homme crucifié sur un bout de tissu. Ces techniques étaient inconnues au Ier siècle, elles étaient inconnues au XIVe, et je ne crois pas que qui que ce soit pourrait le faire au XXIe siècle. C'est pour cela que je pense qu'il est authentique.

– Et vous croyez que les neutrinos ont quelque chose à voir avec la formation de l'image ? demanda Arthur.

– Cela a toujours été mon hypothèse de travail. À vrai dire, je ne vois pas comment l'image aurait pu se former autrement. On peut appliquer un morceau de tissu sur le cadavre d'un homme ensanglanté, lui appliquer de l'huile, le laisser dans un endroit chaud, dans un endroit frais, n'importe où, ça ne va pas produire ce genre d'image parfaite, presque un négatif de photographie d'un corps qui porte les stigmates de la crucifixion, les marques de la flagellation, du flagrum, le fouet romain, et les traces de sang et de sérum à l'endroit où son poumon a été perforé par la lance.

– Les neutrinos pourraient produire une image sur du tissu ?

– Tout à fait. Une explosion de neutrinos émanant d'un corps oxyderait la couche de cellulose du tissu et produirait l'exacte image en négatif du corps contre lequel se trouve le tissu. Mais les neutrinos sont des particules à interaction très faible, donc rien d'autre ne se passerait. Maintenant, avec le Graal, ça devient une explication plausible, non ? »

Claire acquiesça.

« La masse d'antimatière avec ses collisions de neutralinos et d'antineutralinos est une source constante de production de neutrinos. Si Jésus a bu dans le calice et a ingéré suffisamment de ces particules fondamentales, qui se sont répandues dans ses tissus, l'afflux de neutrinos après sa mort pourrait expliquer l'image sur le suaire. »

Neti ajouta :

« Pas besoin de dématérialisation pour expliquer le suaire.

– Mais sa tombe était vide, dit Arthur. Et la résurrection ?

– Vous n'êtes pas juif, si ?

– Anglican. »

Neti haussa les épaules.

« Je ne veux pas me mettre en porte-à-faux avec votre religion. Peut-être que les récits des Évangiles ont été inventés pour promouvoir une nouvelle religion. Peut-être que son corps a été volé. Peut-être que la résurrection a réellement eu lieu. Tout ce que je dis, c'est que ma théorie des neutrinos et du suaire concorde très bien avec votre Graal. Donc, je suis d'accord avec Claire. Il est possible d'aller plus loin et de boucler la boucle.

– C'est pour cela que nous sommes ici, dit Arthur.

– Je m'occupe de l'organisation. Nous utiliserons mes instruments sur les sites de la vieille ville les plus susceptibles d'avoir accueilli le tombeau du Christ. Si nous détectons des neutralinos et des neutrinos, j'irai avec vous à Barcelone, et, tous les trois, nous pourrons donner la conférence de presse la plus extraordinaire de tous les temps. Ça vous va ?

– Je vous suis extrêmement reconnaissant pour votre aide, professeur, vraiment, mais cela fait une semaine qu'on nous suit. Il y a déjà eu trois morts. C'est dangereux. »

Neti se leva et rajusta sa robe.

« Claire m'a raconté tout ça. Oui, je sais, mais je suis trop vieille et trop têtue pour avoir peur. Ça ne m'étonne pas qu'il y ait des gens qui veuillent à tout prix se procurer le Graal. C'est un objet très précieux que nombre de personnes cherchent depuis le jour, peut-être, où Jésus est devenu plus qu'un simple fauteur de troubles qui a été exécuté. Réfléchissez-y tous les deux. Il faut que j'aille donner mon cours. Tu m'appelles dans quelques heures, Claire ?

– Sans faute. »

Arthur se dirigeait vers la porte quand Neti lui dit tout à coup :

« Dites-moi, Arthur, vous avez déjà entendu parler d'un groupe qui se fait appeler les Khem ? »

34

Arthur sursauta en entendant cette question. « Oui, j'en ai entendu parler, en effet.

– Que savez-vous sur eux ? demanda Neti.

– Seulement qu'un de mes parents éloignés, Thomas Malory, celui qui a écrit *Le Morte d'Arthur*, a rapporté qu'il avait été harcelé par des hommes qu'il appelait les Qem, Q-E-M, dans les années 1450. Il était aussi à la recherche du Graal, et ils le suivaient. »

Elle poussa un profond soupir et se rassit sur le lit.

« Quand j'étais jeune, et que j'ai présenté mon futur mari à mon père pour la première fois, je me souviens de les avoir écoutés parler et apprendre à se connaître. Mon père ne s'intéressait pas tellement à l'archéologie, qu'il considérait comme une science molle, mais quand il comprit qu'Ari étudiait des choses liées à Jésus de Nazareth et l'occupation romaine de la Judée, ils se mirent à parler du Graal. Apparemment, mon père avait connu un physicien, quand il était encore étudiant, en Union soviétique. Il disait que ce physicien – je ne vais pas réussir à me souvenir de son nom – était très intéressé par le Graal. Mon père avait entendu dire qu'il faisait partie d'un groupe secret qui s'appelait les Khem. Ils étaient tous physiciens, et ils étaient tous à la recherche du Graal, et, d'après ce que disait mon père, ce n'était pas quelqu'un de bien, et ces Khem n'étaient pas très recommandables.»

Arthur se sentit troublé. Jeremy Harp était aussi physicien, tout comme l'ex de Claire, Simone.

«Est-ce qu'il a dit ce qu'ils voulaient faire du Graal ?

– Ils l'appelaient la pierre de résurrection. C'est tout ce que je sais, mais ce nom peut suggérer toutes sortes de motivations possibles.»

Arthur dit sans réfléchir :

«Jésus, la résurrection...»

Dès qu'il eut prononcé ces mots, l'ironie de cette juxtaposition le frappa.

«Alors, Arthur, continua Neti, si ces Khem étaient déjà là dans les années 1450 et qu'ils prospéraient encore dans les années 1950, comme mon père le disait, peut-être qu'ils sont encore là aujourd'hui. Je veux que vous soyez très prudents, tous les deux. Claire est ma petite princesse. Je veux que vous la protégiez.

– Je compte bien le faire.

– Après mon cours, je vais passer des coups de fil. Je connais tous les groupes qui s'occupent des tombeaux putatifs de Jésus, et j'essaierai par tous les moyens d'obtenir d'y accéder en dehors des heures de visite, si possible dès ce soir.

– Combien y a-t-il de sites ?

– Seulement deux qui soient sérieux, ceux que les véritables universitaires, dont mon mari, Ari, considèrent comme possibles : le calvaire de Gordon et l'église du Saint-Sépulcre. Je vais commencer à m'activer pour obtenir les permissions et préparer mes instruments transportables. On fait ça ?»

Arthur et Claire acquiescèrent tous les deux.

«D'ici là, restez à l'hôtel, c'est plus sûr.

– Oui, je pense que c'est une bonne idée, dit Arthur.

– Si nous allons à l'une des tombes ce soir, prenez le Graal avec vous. Ne le laissez pas dans votre chambre. Pas même dans le coffre s'il rentre dedans. Il n'est pas si difficile de pénétrer par effraction dans une chambre d'hôtel. Ne confiez à personne quelque chose d'aussi précieux.

– Il ne va pas interférer avec vos mesures ? demanda Arthur.

– Ça me plaît qu'il soit aussi intelligent, répondit Neti en touchant le bras de Claire. J'apporterai une boîte spéciale entourée de plomb pour qu'il ne détraque pas mes instruments. »

Le calvaire de Gordon était dans Jérusalem-Est, juste à l'extérieur des murs de la vieille ville et de la porte de Damas. Neti vint les chercher à leur hôtel en voiture, et, comme elle l'avait dit, elle avait apporté une boîte entourée de plomb pour y mettre le Graal. Arthur laissa Claire s'installer devant, mit son sac à dos avec le Graal dans la boîte et la ferma soigneusement. Il était 10 heures du soir, il faisait assez doux pour être en manches courtes, et il n'y avait quasiment personne dans les rues. Ils arrivèrent en quelques minutes. Neti se gara dans le parking réservé aux propriétaires du tombeau, un organisme caritatif protestant basé en Angleterre. Arthur sortit l'équipement de Neti du coffre de la voiture et porta les instruments les plus lourds. Claire prit la boîte du Graal. Neti les guidait à l'aide d'une lampe de poche, les clés du portail de l'enceinte entourée de murs à la main.

Une fois à l'intérieur, Arthur trouva que le jardin était une oasis tranquille dans une ville en ébullition. Il y avait une odeur de lys dans l'air et les arbres bruissaient doucement dans le vent. Dans la pénombre, il ne distinguait pas tout à fait l'affleurement rocheux qui dominait le jardin, et qui était connu pour sa forme particulière de crâne humain. C'était précisément cette sculpture naturelle frappante qui avait poussé Charles Gordon, un général britannique qui visita Jérusalem en 1883, à explorer davantage le site. Comme le disent les Évangiles, à propos de Jésus et de la crucifixion :

Et lui portant lui-même sa croix, sortit de la ville pour aller au lieu-dit du Crâne, en hébreu Golgotha (Jean, 9, 17).

Au pied du mur de la carrière, Gordon avait découvert un tombeau ancien creusé dans le calcaire, avec une petite entrée dotée d'une fente qui devait être là pour y rouler, avait-il pensé, la pierre fermant l'entrée du tombeau de Jésus. Pour Gordon, tout concordait avec l'image biblique du véritable tombeau de Jésus, car Jean avait aussi écrit :

À l'endroit où il avait été crucifié, il y avait un jardin, et dans ce jardin un tombeau neuf; personne n'y avait encore été mis (...) c'est là qu'ils déposèrent Jésus (Jean, 19, 41-42).

Gordon avait fondé la société à qui appartient encore le tombeau aujourd'hui, et, depuis ce temps, les archéologues et les historiens de la Bible n'ont cessé d'étudier le site et de débattre sur son authenticité.

Ils se tenaient devant le mur vertical où était creusé le tombeau, que Neti éclairait à présent avec sa lampe. Une grande porte qui menait à ce que l'on appelait la chambre des larmes avait apparemment été agrandie plus récemment : elle faisait trois fois la taille de l'originale et était plus compatible avec les descriptions bibliques de Jean et de Marie-Madeleine se penchant pour regarder à l'intérieur. À droite de la porte, il y avait un *nephesh*, une fenêtre de l'âme, à travers laquelle, selon la tradition juive, l'esprit des morts se glissait dehors au bout du troisième jour dans la tombe.

Neti entra en premier et installa une grande lampe qui illumina d'une lumière crue la chambre des larmes. Elle était petite, mais assez grande pour que les femmes décrites dans la Bible y aient prié et se soient lamentées devant le corps de Jésus. On passait un portail bas et descendait un escalier en pierre avant d'arriver devant quatre petites chambres funéraires, la plus grande dans le coin nord-est étant celle où Jésus était censé avoir été placé.

Arthur se pencha pour entrer et s'étonna de la simplicité de la chambre funéraire : un banc sculpté à la main dans une chambre creusée à la main, un endroit où honorer les morts, un lieu qui avait peut-être servi aux besoins de l'âme la plus vénérée de tous les temps. Sa rêverie fut interrompue par l'annonce de Neti.

« Bien, dit-elle. Je ne sais pas si c'est le bon endroit, mais c'est ce pour quoi nous sommes là. Je vais mettre un détecteur ici, à l'emplacement potentiel où Jésus a été enterré, et un autre dans la chambre des larmes.

– Où est-ce que je mets le Graal ? demanda Arthur.

– N'importe où. Il est protégé. Vous pouvez le mettre dans la chambre funéraire. »

Les instruments étaient des boîtiers électroniques avec des antennes de détection fixes, que Neti plaça sur de petits trépieds. Tandis qu'elles mettaient en place les instruments, Arthur demanda comment ils fonctionnaient, et il eut droit à un long discours dense du professeur sur les plaquettes de germanium, les électrodes de palladium, les champs ioniques et toutes ces sortes de choses. Quand il haussa les yeux au ciel derrière son dos, Claire sourit faiblement et continua à pianoter sur le clavier de l'ordinateur. Neti déclara enfin que tout était prêt et prit le contrôle de l'ordinateur, qui avait été installé dans la chambre des larmes sur une petite table portable, avec une chaise pliante.

« Combien de temps cela va-t-il prendre ? demanda Arthur.

– Pourquoi ? Vous avez rendez-vous quelque part ? répondit Neti.

– Cela dépendra sans doute de la quantité de neutralinos et de neutrinos qu'il reste dans l'air, expliqua Claire. Ce sera peut-être immédiat, ou cela peut prendre des heures, si tant est qu'on trouve quelque chose. »

Arthur se faisait du souci pour Claire. Elle lui semblait apathique et fatiguée. Elle avait toutes les raisons du monde de l'être : le stress, le manque de sommeil, le coup qu'elle avait pris, son père. Il lui avait demandé si elle se faisait du souci pour lui, et elle avait répondu que oui. Dès qu'ils auraient fini à Barcelone, il se promettait de l'emmener à Toulouse pour qu'elle puisse s'occuper de sa famille.

Ils avaient pris avec eux des bouteilles d'eau. Arthur proposa à Claire de boire un peu. Elle but avidement et s'essuya les lèvres du revers de la main.

Une demi-heure passa, puis une heure. Arthur savait qu'ils cherchaient des points rouges ou des points verts sur l'écran, mais il ne se passait rien. Il se tenait derrière Neti tandis que Claire était accroupie dans la chambre funéraire.

Après un long silence, il demanda à Neti :

« Quelles sont les chances que ce soit le tombeau authentique du Christ ?

– Eh bien, tout d'abord, le site se trouve clairement à l'extérieur de l'enceinte de la vieille ville, là où toutes les exécutions et les enterrements se faisaient, à l'époque. La forme de crâne du rocher en fait un bon candidat pour le Golgotha de la Bible, et il y a des preuves que cette carrière était un lieu d'exécution romain, près des portes de la ville et de la route principale du nord. Cela faisait un très bon lieu pour que les passants voient les crucifixions et apprennent à obéir à leurs maîtres romains. Quant au tombeau lui-même, il a les caractéristiques d'un tombeau réservé à un riche Juif comme Joseph d'Arimathie, parce qu'il y a cette chambre des larmes séparée, et elle est creusée de la même manière que les tombes des anciens du sanhédrin du Ier siècle, dans les vallées de Kidron et de Hinnom. Mais d'un autre côté, certains experts pensent qu'il y a des éléments, comme les niches funéraires multiples, suggérant qu'il date de bien plus tôt que le Ier siècle, ce qui est en contradiction avec le fait que c'était un tombeau récent à l'époque des Évangiles. Mais si l'on regarde la niche de Jésus, elle est mieux finie que les autres, ce qui pourrait vouloir dire que c'était un tombeau récent lorsqu'il y a été enterré. Et vous voyez l'endroit qui a été creusé et élargi là où il y aurait eu la tête ? C'est le signe que la personne qui a été placée là était trop grande pour l'emplacement d'origine, et devinez quoi ? La longueur des pieds à la tête est exactement la même que celle de l'image sur le suaire de Turin. Pas mal, non ?

– Est-ce que votre mari pensait que c'était le vrai tombeau ?

– Quand je lui posais ce genre de questions, il me répondait : "Je ne suis qu'un archéologue. Donne-moi une machine à remonter le temps et on en reparle." »

La nuit continuait à passer lentement, et l'écran était toujours statique. Arthur était assis sur le sol frais de la chambre des larmes, adossé au mur rugueux. Claire restait dans la chambre funéraire, assise à côté de la niche de Jésus, et ils échangeaient des regards et de petits gestes à travers le portail.

« Donc, le Graal n'a pas perturbé les instruments ? demanda-t-il soudain.

– Non, comme vous pouvez le voir, répondit Neti en montrant l'écran vide. Je ne détecte rien qui ressemble de près ou de loin à nos particules insaisissables.

– Il y a quelque chose que vous avez dit ce matin et qui m'a fait réfléchir.

– Ah oui ? Quoi donc ? demanda Neti.

– Vous avez dit que la composition du Graal signifiait qu'il n'y avait pas besoin de dématérialisation pour expliquer le suaire.

– Oui, c'est vrai. Les neutrinos...

– Ce n'est pas à cela que je pensais, l'interrompit Arthur. C'est au concept de dématérialisation. Partons du principe que le corps de Jésus n'a pas été volé par un de ses disciples, ou par qui que ce soit d'autre. Disons qu'il a réellement disparu de son tombeau. Est-ce qu'il y a une base scientifique rationnelle expliquant comment cela pourrait arriver à un corps ? À son corps ?

– À part *Star Trek* ? plaisanta Neti.

– Dans le monde réel, dans la vraie physique.

– De nombreuses possibilités intéressantes sont apparues récemment en physique théorique. De nombreuses possibilités se cachent sous les équations de modèles de supersymétrie et de la théorie des cordes. Je suis physicienne des particules, une expérimentaliste, et une partie des maths m'échappe, mais je peux entrevoir les contours de ce qui est possible.

– C'est-à-dire ?

– Le pluridimensionnel », répondit Claire de la chambre funéraire.

Arthur rit.

« Non, mais franchement ? »

Neti regarda par-dessus ses lunettes vers la chambre funéraire.

« Claire peut sans doute l'expliquer mieux que moi. C'est une théorie moderne, et, comme elle est jeune, cela lui parle sûrement plus qu'à moi.

– Je ne suis pas une experte non plus, dit Claire, mais ce sont des concepts qui viennent de la théorie des supercordes, dont nous avons parlé à Modane : c'est la tentative mathématique de réunir la mécanique quantique et les particularités de la gravité dans la théorie insaisissable du tout. C'était quelque chose qu'Einstein espérait réussir à faire, mais il n'y est jamais parvenu. On pense que cela peut expliquer les propriétés des particules subatomiques en les voyant comme des vibrations différentes sur une corde, comme de microscopiques élastiques. Si la corde vibre d'une certaine manière, c'est une particule. D'une autre manière, c'en est une autre. »

Arthur hocha la tête.

« J'ai vu une émission, là-dessus. Mais ta voix est plus agréable à écouter que celle de Stephen Hawking.

– Oui, enfin, il est plus intelligent que moi, continua Claire. Selon cette théorie, les cordes ne peuvent vibrer que dans des dimensions spécifiques de l'espace-temps. À vrai dire, seulement dans onze dimensions. Une de plus, une de moins, et la théorie s'écroule sur un plan mathématique. Bien sûr, dans notre Univers, nous ne pouvons percevoir que quatre dimensions, donc les sept autres doivent être, eh bien, recroquevillées et inaccessibles à notre réalité, très difficiles à décrire par des mots, plus faciles à conceptualiser par des formules.

– Donc, il y a sept autres dimensions ? demanda Arthur.

– Ah, mais ce n'est pas tout, dit Claire. Les équations qui apparaissent dans la théorie des supercordes à onze dimensions indiquent quelque chose de plus fascinant encore. Il semblerait que l'Univers soit une membrane à trois dimensions qui flotte dans un espace-temps à onze dimensions, mais ne nous attardons pas sur ce concept impossible, car voilà ce qu'il implique : cela pourrait vouloir dire que notre Univers existe dans une multitude d'autres univers. Essaie de te représenter un vaste ensemble de bulles ou de membranes, chacune constituant un univers séparé, qui flottent dans une mer si grande qu'on ne peut l'imaginer, une sorte d'hyperespace à onze dimensions.

– Combien d'univers différents ?

– Un très grand nombre, répondit Neti.

– On estime qu'il pourrait y en avoir un googol, dit Claire. C'est-à-dire un suivi de cent zéros : des milliards de milliards de milliards. D'autres modèles disent que c'est encore plus, peut-être même infini.

– D'accord, je vois l'idée, acquiesça Arthur, mais je voulais en savoir plus sur la dématérialisation et la résurrection.

– Tu veux prendre le relais, Neti ? demanda Claire.

– Non, continue, répondit-elle. C'est bien que ton petit ami voie à quel point tu es intelligente. »

Claire secoua un peu la tête en entendant ce commentaire et poursuivit.

« Normalement, la communication entre les différents univers est impossible, car nous sommes collés à notre membrane à trois dimensions par les forces physiques de la mécanique quantique, comme une mouche sur du papier à mouches. Seule la gravité, qui est responsable de la déformation de l'espace-temps, peut passer d'un univers à un autre.

– À quelle distance sont-ils les uns des autres ?

– Peut-être plus proches que tu ne le crois. Bien plus proches. Des calculs concernant la gravité disent qu'il pourrait y avoir d'autres univers à seulement un millimètre de nous.

– Tu plaisantes ?

– Non, je suis tout à fait sérieuse. Les calculs sont très rigoureux, même si l'idée te paraît aberrante. On est peut-être à un fil d'univers parallèles entièrement différents. Mais on ne peut pas le traverser, seule la gravité peut le faire. À moins que...

– À moins que quoi ?

– À moins que l'antimatière ne serve de pont.

– Elle a fait un sans-faute, jusqu'ici, interrompit Neti.

– Continue, s'il te plaît.

– Il y a une théorie controversée, dit Claire, qui pose l'hypothèse que l'antimatière, qui est comme nous le savons invisible dans notre Univers, serait de la matière ordinaire d'un autre univers. Il y a aussi une théorie selon laquelle notre big bang serait le résultat d'une collision entre deux univers parallèles, et que c'est peut-être un parmi une infinité de big bang qui seraient arrivés dans la multitude d'univers. Alors, peut-être que les deux théories sont compatibles. Peut-être que l'antimatière, comme celle qui est contenue dans le Graal, nous vient d'une autre bulle.

– Tu as dit que c'était un pont», dit Arthur.

Claire haussa les épaules.

«Eh bien, je ne sais pas, mais peut-être qu'il est passé à travers la membrane, et peut-être qu'il peut la retraverser de nouveau.»

Arthur hocha la tête en commençant à comprendre.

«La pierre de résurrection.

– Bon, enfin, c'est simplement une théorie un peu folle», admit Claire.

Neti sourit.

« Ah, cette fois, je suis d'accord ! »

Arthur éprouva le besoin de se lever.

« Admettons que Jésus ait bu dans le Graal. Il est imprégné des particules exotiques de la pierre. Il meurt, il est enveloppé dans un suaire qui se retrouve marqué par les neutrinos qui s'échappent en formant une image sur le suaire, et l'antimatière dématérialise d'une façon ou d'une autre son corps et fait un pont vers un univers parallèle ? Tu veux dire que ce serait une explication physique de la résurrection ? »

Neti regarda sa montre.

« Oui, il est très tard, et on ne trouve rien, ici. Je pense qu'on peut dire que le calvaire de Gordon n'est pas intéressant pour nous. Reprenons nos affaires et partons. Demain – d'ailleurs, on est déjà demain –, je nous ai obtenu la permission de passer la nuit à l'église du Saint-Sépulcre. Quand vous serez rentrés à l'hôtel, j'espère que vous trouverez mieux à faire, jeunes gens, que de parler de la théorie des cordes et des multitudes d'univers. »

35

JÉRUSALEM, AN 30

Jésus était sombre. Il savait avec une clarté aveuglante que cela allait être très difficile pour lui. Il s'était fait des ennemis puissants parmi les anciens du sanhédrin avant même qu'il mette le temple à sac à cause des usuriers. Maintenant, ses ennemis étaient furieux, et les Romains allaient devoir intervenir. Et quand les Romains intervenaient, il y avait des morts.

Mais, curieusement, le fait que tout cela soit inévitable le calmait. Il savait qu'il ne pouvait pas s'enfuir, qu'il ne pouvait pas faire marche arrière. L'un comme l'autre auraient signifié l'anathème. Alors il était certain qu'il allait mourir. Et ce ne serait pas une mort rapide, une mort facile. Ce serait une mort pénible. Il allait souffrir. Mais il priait Dieu pour qu'elle ait un sens. Sûrement sa vie avait un sens, sûrement son message d'aimer Dieu et son prochain en avait un aussi. Serait-il un martyr de plus, écrasé par les puissants et les corrompus, oublié aussitôt que ceux qui l'avaient connu mourraient eux aussi, ou allait-il servir un but plus élevé, plus durable ? Si rien ne pouvait être fait pour changer sa destinée, il était certain que la tâche qui lui restait à accomplir, c'était de montrer à ses fidèles qu'il était en paix, leur montrer comment un homme bon et droit devait mourir.

Alors, au milieu de ses douze disciples les plus proches, des hommes qui avaient risqué leur vie pour le suivre et mettre en œuvre ses enseignements, il sourit, déterminé à profiter une dernière fois de la chaleur de leur amitié et à passer une magnifique Pâque entre amis.

Ils étaient à l'étage d'une belle maison sur la montagne de Sion, qui leur avait été prêtée pour la soirée par un homme riche qui, comme le leur avait dit Thomas, était un ami de leur ami, Joseph d'Arimathie. Joseph, bien qu'il ne fût pas complètement engagé dans les enseignements de Jésus, avait montré sa sympathie et faisait de temps en temps des donations pour permettre à la cause de continuer à progresser. Le repas, disposé devant lui sur une table basse, était simple mais nourrissant : de la viande, du poisson, du pain, des olives et du vin.

Ils mangèrent pratiquement en silence, car ses disciples aussi étaient au courant du danger qui le guettait, mais tout sentiment de désespoir qui aurait pu contaminer l'ambiance était effacé par la contenance joyeuse de Jésus lui-même, qui semblait apprécier les simples plaisirs de l'amitié et d'un bon repas.

Mais ils se turent soudain tous quand Jésus se leva brusquement et dit :

« L'un d'entre vous va me trahir. »

Les douze hommes échangèrent des regards, puis Pierre, et ensuite tous les autres, se mirent à exprimer des dénégations et des assurances ferventes de leur dévotion.

Jésus sourit et mit fin à la discussion en prenant un pain, en le bénissant, en le rompant en morceaux et en disant :

« Prenez ce pain, et mangez-en tous, car ceci est mon corps. »

Ébahis, ils firent ce qu'il leur disait de faire, et mangèrent leur morceau de pain.

Puis Jésus prit une carafe de vin et dit :

« Prenez, et partagez-le entre vous. Ceci est mon sang, qui sera versé en abondance. Après ce soir, je ne boirai plus du fruit de la vigne jusqu'au jour où j'en boirai de nouveau dans le royaume de Dieu. »

Les hommes se passèrent la carafe, et quand celle-ci revint de nouveau dans les mains de Jésus, Judas se leva et s'avança vers lui en tenant un bol noir et lisse.

« Je te prie de prendre ton vin dans ce calice, dit-il à Jésus. C'est une coupe sacrée qui vient de l'ancienne terre de Moïse. »

Jésus le prit, sentit sa chaleur et s'émerveilla de son halo.

« Comment t'es-tu procuré ce trésor ? demanda-t-il.

– Il provient d'un homme qui t'aimait. »

Jésus versa du vin dans la coupe et fit signe à Judas de s'approcher.

Il lui murmura à l'oreille :

« Je sais que c'est toi qui vas me trahir. »

Puis il prit le bol entre ses mains et but le vin jusqu'à la dernière goutte.

Judas ne parvenait pas à s'arrêter de trembler. Il avait couru tout du long depuis Gethsémani jusqu'à la pension près du Temple, où logeait Néhor. Celui-ci l'attendait là avec un compatriote égyptien, un jeune homme arrogant du nom de Sacmis, ce qui voulait dire, comme il aimait à le rappeler, « celui qui est puissant ». Alors que Jésus s'était entouré d'hommes honnêtes aux nobles idéaux, Néhor, au contraire, était suivi par des disciples bien différents, qui poursuivaient des buts plus vils. Sacmis partageait avec son maître une passion pour l'alchimie, et bien qu'il ne fût qu'un débutant, il se considérait, tout comme Néhor, comme un Qem, membre d'une société ancienne qui remontait au temps des pharaons.

Néhor proposa du vin à Judas pour le calmer, mais il refusa. Il ne pouvait même pas s'asseoir pour raconter ce moment atroce où il avait mené le groupe des anciens, des prêtres et des gardes prétoriens vers le paisible mont des Oliviers où Jésus dormait. Les disciples avaient fui, et Jésus avait été arrêté sans ménagement.

« Sais-tu ce qu'il a fait avant qu'ils l'emmènent ? demanda Judas. Il m'a embrassé. Qu'ai-je fait là ?

– A-t-il bu dans le bol ? s'enquit Néhor.

– Oui.

– Où est-il ? » demanda Sacmis.

Il était musclé et imposant. À côté de lui, Judas avait l'air d'un enfant.

Judas l'avait dans le sac qu'il portait à l'épaule.

« Le voici. »

Sacmis prit le sac, vérifia que le bol était dedans et le passa à Néhor.

« Tu as bien agi, dit Néhor.

– Non, je suis un traître. Il sait que c'est moi qui l'ai trahi, répondit Judas d'un ton plein de regrets. Je suis maudit à jamais.

– Jésus est tout sauf bête, continua Néhor. Il est supérieurement intelligent. Je suis sûr qu'il se doute que son martyre va faire avancer sa cause. C'est un homme de principes, tout comme moi.

– Et quels sont tes principes, Néhor ? siffla Judas. Tu as essayé d'étrangler la prostituée, Anah. Si Pierre et Matthieu n'étaient pas passés par là, tu lui aurais ôté la vie. Et à cause de cela, Jésus t'a justement rejeté de son cercle de proches. Je te le demande maintenant, Néhor, pourquoi as-tu essayé de commettre ce meurtre ?

– Parce que je voulais être sûr, Judas. Je voulais tester les pouvoirs de ma pierre de feu. Quand je l'ai trouvée dans le désert, j'ai su que c'était un objet étrange et merveilleux. Elle avait un halo. Quelle pierre peut bien avoir un halo ? Elle était chaude, même les nuits où il faisait froid. Quelle pierre peut bien se comporter de la sorte ? Je suis alchimiste. Je suis entraîné à manipuler les éléments du monde naturel. Alors j'ai su que ce n'était pas une pierre ordinaire, et je l'ai apportée avec moi d'Égypte jusqu'en Judée, où je suis venu faire fortune. Et ici, j'ai entendu parler de Jésus de Nazareth, le plus grand prédicateur qu'il y ait jamais eu, un homme qui est si saint qu'on dit qu'il accomplit des miracles. C'était un homme qu'il fallait que je rencontre. C'était un homme qui était plein de promesses.

– Donc, tu nous as rejoints pour profiter de lui ?

– Oui, même si, à certains moments, j'ai été moi aussi attiré par le pouvoir de ses mots. A-t-on jamais vu quiconque utiliser les mots de manière aussi magique ?

– Mais tu n'as jamais été un vrai croyant.

– Je ne crois qu'en moi-même, Judas. Je ne suis pas fait pour être un disciple. Je suis un meneur plus qu'un suiveur. Et un soir, il n'y a pas si longtemps de cela, après une soirée où j'ai eu la chance de boire beaucoup de vin, j'ai déballé ma pierre de feu et je lui ai dit : "Quels secrets caches-tu ? Que peux-tu faire pour me rendre riche ? Que peux-tu faire pour me rendre puissant ?" Elle avait vaguement la forme d'un bol, et comme je sais travailler le métal et la pierre, je l'ai taillée pour en faire une coupe alchimique afin de mélanger des substances diverses et pour voir si ses propriétés étaient susceptibles d'être intéressantes. Peut-être, pensai-je, que je réussirais à transformer du métal ordinaire en or. Tailler le bol était déjà une chose fascinante, parce que chaque éclat de la pierre que j'enlevais avait son tout petit halo. J'ai travaillé toute la nuit, et lorsque l'aube est arrivée, je me suis endormi par terre derrière cette maison. Je me suis réveillé sous une pluie battante, trempé jusqu'à la moelle, et quand je me suis relevé, j'ai vu un chien qui buvait de l'eau de pluie dans le bol. Un chien qui buvait dans mon bol précieux et sacré ! Alors je lui ai donné un coup de pied, puis un autre, et le deuxième coup lui a brisé la nuque, le tuant instantanément. J'ai jeté sa dépouille près d'une barrique d'eau, me suis retiré dans mon lit pour faire un somme digne de ce nom, et je n'y ai plus pensé jusqu'à ce que je me réveille et que je décide de pousser la bête plus loin dans l'allée pour que la puanteur de sa carcasse en décomposition ne me remplisse pas les narines. Mais elle n'était plus là, Judas. Elle avait disparu.

– Et alors ? dit Judas. Une autre bête l'a sûrement emportée.

– C'est ce que j'ai pensé, bien sûr. Jusqu'au jour suivant, où je me suis remis à tailler le bol pour le terminer et le polir. Je me suis levé pour me soulager contre le mur, et, quand je me suis remis au travail, le chien était là ! À côté de la barrique d'eau !

– Comment sais-tu que c'était le même chien ?

– Il avait la même marque blanche sur la truffe. C'était le même chien, je te dis, ressuscité ; et il semblait se souvenir de moi, car il m'a regardé et il s'est enfui en courant aussi vite que possible. Je ne l'ai plus jamais revu.

– Ce n'est pas possible, dit Judas. Seul un fou croirait ce que tu me racontes là. »

Cette remarque mit Sacmis en colère, et il le rabroua pour son insolence. Mais Néhor l'empêcha de frapper Judas.

«J'ai toute ma tête, Judas. Je sais ce que j'ai vu. Ce chien a bu dans mon bol et il est revenu du royaume des morts. Et j'ai su ce qu'il fallait que je fasse. Il fallait que je teste ses pouvoirs sur un homme, ou au moins sur une femme. Quand Pierre et Matthieu m'ont empêché de tuer la prostituée, Anah, j'ai pensé à Jésus. C'était presque trop facile. Je n'allais même pas avoir à le tuer moi-même, et c'était tant mieux, car je l'aime vraiment bien. Les Romains le feront pour moi demain. Je n'ai eu qu'à lui offrir du vin pour la Pâque.

– Mon Dieu, qu'ai-je fait là ? se lamenta Judas.

– Ce que tu as fait ? Si j'ai raison, tu lui auras donné le don de la résurrection. Et tu m'auras donné le don de l'immortalité.»

Jésus fut crucifié sur une croix en bois, un vendredi, sur le lieu d'exécution des Romains, juste en dehors de la ville, à l'endroit qu'on appelait le Golgotha. Shabbat approchait, il fallait trouver une place où mettre son corps brisé et ensanglanté, mais aucun de ses disciples n'avait les moyens de lui trouver un endroit où reposer en si peu de temps. Une solution apparut lorsque le riche prêtre du sanhédrin Joseph d'Arimathie se présenta et convainquit le gouverneur romain de Judée, Ponce Pilate, de le laisser se charger du cadavre. Jésus fut porté près de son lieu d'exécution, dans l'une des tombes vacantes de Joseph, qu'il avait fait construire pour les membres de sa famille vivant à Jérusalem. Après que le corps de Jésus fut rapidement lavé, huilé et enveloppé dans un suaire de lin par les femmes en pleurs dont il était proche, le tombeau creusé dans la pierre fut fermé par un gros rocher, et on le quitta pour célébrer shabbat.

Le dimanche matin, Néhor, nerveux, lisait des textes alchimiques égyptiens dans sa chambre lorsque Sacmis entra en trombe, transpirant et à bout de souffle.

« Ça y est ! dit-il.

– Raconte-moi.

– Les femmes, Marie-Madeleine et les autres, sont allées au tombeau ce matin pour terminer les rites funéraires. Le tombeau était vide ! Ça a marché ! »

Néhor reposa calmement son texte, se leva et enfila ses sandales. Son visage exprimait le sang-froid.

« Que disent-ils ?

– Certains, que son corps a été volé par les Romains. D'autres, que ce sont ses disciples qui l'ont pris. Mais certains disent qu'il est ressuscité. »

Néhor mit son sac sur son épaule et sentit le poids du bol contre son flanc. Il le tâta de la main droite.

« Viens, dit-il. Testons ses véritables pouvoirs. »

Une foule d'hommes et de femmes était rassemblée devant le tombeau vide de Jésus, et ils discutaient et s'agitaient en tous sens, soulevant la fine poussière blanche de la carrière. De loin, Néhor reconnut la plupart des disciples, et quand il s'approcha, Matthieu, un jeune homme blond et barbu aux cheveux longs, le montra du doigt avec le même air méprisant que lorsqu'il avait desserré les mains de l'Égyptien de la gorge de la prostituée.

« Comment oses-tu, Néhor ? Tu n'es pas le bienvenu, ici. Jésus t'a rejeté. »

Néhor répondit en s'inclinant en signe de respect.

« Je n'ai jamais cessé de l'aimer. Bien qu'il m'ait rejeté de son cercle de proches, il m'a pardonné pour mes péchés. Il a pardonné à tous les hommes pour leurs péchés et nous a appris qu'il faut se pardonner les uns aux autres. N'es-tu pas d'accord avec ses enseignements ? »

Matthieu se mit à pleurer et dit :

« Je te pardonne, Néhor. As-tu entendu ce qui est arrivé ?

– J'ai entendu. »

Néhor regarda autour de lui et vit que tous les disciples étaient là, sauf Judas. Il demanda prudemment où il se trouvait.

« Il est mort. Il s'est pendu hier soir. Il ne pouvait pas supporter ce qu'il avait fait. On lui a donné de l'argent pour trahir Jésus.

– Qui ?

– Les anciens du Temple, les prêtres, je ne sais pas.

– Certains disent que le corps de Jésus a été volé, dit Néhor.

– Pas par nous ! s'exclama Matthieu.

– Et les Romains ?

– Pourquoi auraient-ils fait cela ? Ils n'ont pas intérêt à l'élever en criant au miracle. Il n'y a qu'une explication, Néhor. Il a été appelé au côté de Dieu. Il est ressuscité. »

Pierre se dirigeait déjà vers la ville, tenant le suaire de Jésus contre sa poitrine. Thomas le suivait, puis Jacques, André, Jean et les autres.

« Je dois y aller, dit Matthieu. Nous allons nous retrouver dans une maison sur la montagne de Sion pour discuter de ce qui est arrivé, prier et remercier le Seigneur. C'est un moment exceptionnel. Jésus est ressuscité !

– Que porte Pierre ?

– C'est son suaire. Son image est apparue dessus comme si Dieu lui-même l'y avait peinte. »

Néhor et Sacmis restèrent en arrière et attendirent que la foule se disperse. Quelques-uns entrèrent et sortirent encore du tombeau, puis ils furent seuls.

Néhor passa par la chambre des larmes et s'arrêta pour entrer dans la chambre funéraire. Il faisait déjà jour et chaud, mais le tombeau en calcaire était frais et sombre. Dans le rai de lumière qui venait de l'ouverture, Néhor vit que le banc de pierre funéraire était taché de sang séché de la couleur de la rouille.

« Surveille la porte, dit Néhor à Sacmis. Je veux que personne ne rentre. »

Quand Sacmis fut à son poste, il sortit le bol de son sac et le posa délicatement sur le banc.

Il resta un moment sans bouger.

Il entendit une dispute. C'était Sacmis et un autre homme qui disait s'appeler Joseph, être le propriétaire du tombeau et vouloir reprendre possession de son bien.

Sacmis l'empêchait d'entrer, mais Joseph s'entêtait et essayait de le pousser.

Néhor regarda derrière lui et vit un homme au visage gras et à la barbe noire qui eut le temps de les apercevoir, lui et le bol.

Joseph cria :

« Que se passe-t-il ? C'est mon tombeau, ici ! Que fais-tu avec ce bol ? Est-ce de la magie ? De la sorcellerie ? Je sais qui tu es. Jésus t'a rejeté ! »

Mais il disparut, car Sacmis l'empêcha de nouveau d'aller plus loin. Néhor entendit une volée de menaces de part et d'autre, puis le son des sandales qui s'éloignaient quand, supposa-t-il, Sacmis avait sorti son poignard.

Néhor revint dans la chambre des larmes pour parler à Sacmis quand soudain quelque chose se passa derrière lui.

La chambre funéraire fut illuminée d'un seul coup, comme si le tombeau s'était soudain ouvert et qu'il se retrouvait en plein jour.

Il cria à Sacmis de rester là où il était et regarda la lumière en plissant les yeux.

La lumière s'évanouit progressivement, et il entendit quelque chose.

Était-ce une voix ?

Il écouta attentivement, et il perçut le mot « Seigneur ». C'était quelqu'un qui priait.

Le cœur battant à tout rompre, Néhor passa par la porte qui donnait dans la chambre funéraire, et là, il le vit, dans un doux halo de lumière.

Il était nu. Ses mains et ses pieds portaient les traces des clous, et sa poitrine celles de la flagellation. Mais il souriait chaleureusement, et il ouvrit les bras en signe de bienvenue.

« Jésus », murmura Néhor, stupéfait.

Et Jésus dit simplement :

« Je suis revenu. »

Néhor ne savait par où commencer ses questions. Il ne put que demander :

« Où étais-tu ?

– Dans le royaume de Dieu, notre Seigneur. »

Puis Néhor demanda :

« Comment était-ce ? »

Le sourire de Jésus s'élargit encore.

« Il appartient aux hommes justes et bons de le découvrir lorsque leur heure viendra. Ce n'est pas à moi de le leur dire. Où sont mes disciples ?

– Sur la montagne de Sion.

– Il faut que j'aille avec eux. Peux-tu me donner des vêtements ? »

Néhor enleva sa propre tunique, ne gardant qu'un bout de tissu autour de la taille.

Jésus enfila la tunique et vit le bol sur le banc, mais il n'était plus noir. Il était blanc et lumineux.

« Cette coupe, ce Graal, est sacrée, dit-il. Prends-en bien soin. »

Et Jésus vécut au milieu de ses disciples stupéfaits pendant quarante jours, en prêchant et en priant avec eux. Ils craignaient les Romains et essayaient de le cacher en lieu sûr, mais lui-même ne semblait pas avoir peur, et il allait et venait librement autour de Jérusalem et rencontrait ses adorateurs qui avaient entendu parler du miracle de sa résurrection.

Il ne dit à personne ce qu'il avait vu pendant sa disparition, mais il parlait d'un ton empreint de révérence des choses du royaume de Dieu. Il parlait du chemin qu'il faut suivre dans la vie pour être digne de la grâce de Dieu, et il ordonna à ses disciples de quitter Jérusalem et de se disperser pour prêcher sa parole de salvation à tous les peuples du monde.

Le quarantième jour, Néhor décida d'agir. Il était resté discret, à regarder Jésus de loin, se mêlant à la foule lors de ses apparitions publiques pour avoir la preuve de ses propres yeux que le miracle de la résurrection avait fait de Jésus, le prophète, quelque chose qui était bien plus proche d'une divinité.

Ce matin-là, il tendit un rouleau de papyrus à Sacmis.

« Donne ceci à Pierre et aux autres apôtres. Aujourd'hui, j'ai décidé de le renvoyer là d'où il est venu.

– Dis-moi comment, maître ? demanda Sacmis.

– Le Graal est ici, et Jésus est sur Terre. Comme tu le sais, je me suis dissimulé et approché de lui avec le Graal pendant qu'il prêchait dans des lieux publics. Pourtant, rien ne s'est passé. J'en suis venu à croire que la pierre de résurrection n'exerce ses pouvoirs que sur le lieu de la mort.

– Mais Jésus est mort sur la croix.

– Vraiment ? Peut-être qu'il était condamné mais encore vivant lorsqu'on l'a enlevé de la croix. Shabbat approchait. Son corps a été emporté à la hâte. Peut-être que personne n'a remarqué les derniers mouvements d'un cœur mourant. Peut-être que son esprit l'a quitté dans la tombe.

– C'est ce que tu penses ?

– Oui. Et c'est pour cela qu'il faut que je fasse retourner Jésus au tombeau. Quand ce sera fait, si tout se passe comme je le veux, je convaincrai les gens que c'est moi qui suis l'élu qui perpétuera son ministère sur la Terre. Nous allons fonder une nouvelle religion, Sacmis, qui s'inspirera de ce que Jésus a fait, mais qui sera fidèle aux grands Qem qui sont venus avant nous. Nous serons riches, nous serons puissants et, plus que tout, nous serons immortels.

– Comment vas-tu convaincre les gens que c'est toi l'élu ? demanda Sacmis.

– Je vais mourir et, comme Jésus, je vais ressusciter.

– Comment vas-tu mourir ? »

Néhor sourit.

« C'est toi qui vas me tuer. »

C'était le soir, et alors que le soleil descendait dans le ciel et se teintait de couleurs, Néhor attendait avec Sacmis devant le tombeau vide de Jésus. Ils virent au loin une petite procession, et, bientôt, sur la carrière du Golgotha, au-delà du site de son exécution, Jésus s'avança avec ses onze disciples restants, Joseph d'Arimathie et les femmes : Marie-Madeleine, Salomé, Jeanne et Suzanne.

Jésus avait le rouleau de Néhor à la main. Il s'approcha et dit :

« Je suis venu. Que veux-tu que je fasse ? »

Néhor sortit le Graal de son sac et le montra à Jésus. Après la résurrection, il avait retrouvé sa couleur noire d'origine.

« Est-ce bien le bol dans lequel tu as bu le soir de la Pâque ?

– Oui.

– Veux-tu entrer dans le tombeau avec moi pour que je te montre un autre miracle ? »

Jésus sourit et dit :

« Oui, je veux bien. »

Puis les disciples de Jésus lui crièrent de ne pas y aller, disant que Néhor était mauvais et que c'était un piège.

Mais Jésus leur dit :

« Je suis avec vous depuis quarante jours. Je vous ai livré mes derniers enseignements. Il est temps que je retourne au côté de Dieu. »

Puis il leva les mains pour les bénir et leur dit : « Que la paix soit toujours avec vous », et il suivit Néhor dans le tombeau.

Il y eut un vif éclair de lumière à l'entrée du sépulcre.

Les disciples et les femmes se protégèrent les yeux et tombèrent à genoux pour prier. Ils avaient du mal à distinguer ce qui se passait.

Puis un homme sortit du tombeau.

C'était Néhor, qui tenait le Graal dans ses mains, de nouveau blanc et lumineux.

« Il est parti ! leur cria-t-il. Il est monté au ciel. »

Les disciples se précipitèrent et entrèrent par petits groupes pour s'assurer de leurs propres yeux que le tombeau était vide, et qu'il ne restait plus que la tunique froissée que Jésus portait.

Pierre s'avança et demanda :

« Qu'a dit Jésus à l'intérieur ? »

Néhor sourit et proféra le mensonge qu'il avait préparé :

« Il a dit que c'est moi qui hériterai de son titre de Fils de Dieu. Mais il a aussi dit que je devais vous montrer, à vous, ses apôtres, que j'en suis digne.

– Et que dois-tu faire ? demanda Matthieu, sceptique.

– Il a dit que je devais aussi boire le vin du sacrement, que je devais souffrir et que moi aussi je ressusciterais. Alors vous saurez que c'est à moi de porter son message sur toute la Terre. »

Pendant que les disciples de Jésus parlaient et débattaient, Sacmis versa le vin d'une gourde dans le Graal, et Néhor le but d'une traite.

Ils regardèrent l'Égyptien, fascinés, et l'entendirent dire à Sacmis :

« Vas-y, maintenant. Que ce soit long, que ce soit douloureux. »

Et avant qu'ils puissent faire quoi que ce soit, Sacmis tira une courte épée romaine de sa ceinture et la planta dans le ventre de Néhor, en prenant soin d'éviter les organes les plus vitaux.

Néhor tomba à genoux et laissa échapper un cri de douleur atroce. Il mit les mains sur l'entaille, et elles se tachèrent de sang.

« Vous voyez ? dit-il. Je meurs. »

Le cercle d'hommes et de femmes se resserra autour de lui tandis qu'il perdait son sang. Néhor gardait les yeux rivés sur le Graal qui était posé juste à côté de lui.

Puis Joseph d'Arimathie éleva la voix :

« Il n'y a qu'un seul Fils de Dieu et c'est Jésus, notre Seigneur et notre Christ ! Je ne laisserai pas cet homme, Néhor, utiliser le calice saint du dernier repas de Jésus pour poursuivre ses vils projets ! Il n'est pas, et n'a jamais été, le messager de Jésus. Cette tâche vous incombe à vous, ses véritables apôtres ! »

S'élançant en avant, Joseph prit le Graal sur le sol poussiéreux et quitta la carrière en courant.

Les yeux de Néhor s'agrandirent de terreur et, tandis qu'il tombait sur le côté, il grogna dans un dernier souffle à Sacmis :

« Ramène-le-moi. »

Sacmis partit à la poursuite de Joseph en jurant, l'épée à la main, mais alors qu'il n'était qu'à quelques pas derrière le fuyard, il ne vit plus qu'une colline pierreuse, et rien d'autre.

Joseph avait disparu.

Sacmis le chercha toute la soirée et toute la nuit, et il continuerait à le chercher pour le reste de sa longue vie, en recrutant de nouveaux membres, de nouveaux Qem, à qui il raconterait l'histoire du Graal et les vastes pouvoirs que celui-ci donnerait à ceux qui le retrouveraient.

Joseph se terra comme un lapin ce soir-là dans l'un des nombreux tombeaux de la carrière. On ne retrouva jamais le corps de Néhor. Les disciples de Jésus se dirent que Sacmis l'avait emporté pour l'ensevelir ; comme ils le méprisaient, personne sauf Sacmis ne considéra la possibilité que lui aussi, comme Jésus, ait pu ressusciter. Quelques jours passèrent, et Joseph décida qu'il était temps de sortir de sa cachette et de fuir la Judée. Il consacra sa vie à garder le Graal et à prêcher la parole de Jésus.

Avant sa mort, Joseph confia le Graal à un groupe de chrétiens de la province romaine de Tarraconaise, qui gardèrent et vénérèrent la relique, mais qui comprirent grâce à son enseignement qu'il valait mieux cacher ses pouvoirs, de peur que des hommes mauvais s'en emparent pour l'exploiter.

Et des générations plus tard, le Graal monta, plus près de Dieu comme diraient certains, porté par des moines, jusqu'à un haut sommet en Hispanie, sur une montagne qui s'appellerait Montserrat.

36

« Quelle heure est-il ? demanda Arthur en clignant des yeux dans le noir.

– 4 heures.

– Du matin ou de l'après-midi ?

– De l'après-midi. »

Claire était déjà réveillée, elle regardait le plafond. Elle se leva et ouvrit les rideaux, inondant leur chambre d'hôtel de lumière.

Arthur s'enfouit dans les couvertures et demanda du café d'une voix faible.

Il y avait une machine à café dans la chambre. Elle lui en fit une tasse et se remit au lit à côté de lui.

« Quelle nuit ! dit-il.

– Oui, quelle nuit !

– Le temps de se préparer et de manger un peu, et on aura envie de recommencer. »

Elle but du jus d'orange et ne répondit pas.

« Tu as l'air fatiguée, dit-il. Tu as dormi ?

– Pas beaucoup.

– Tu as des nouvelles de ta famille ? Tout va bien ?

– Je ne sais pas, ils ne m'ont pas rappelée.

– Alors, qu'est-ce qu'il y a ? Tu n'as pas l'air d'être dans ton assiette.

– Je ne connais pas cette expression.

– Tu n'as pas l'air en forme. Tu n'es pas comme d'habitude. »

Son animation revint dans une crise de colère.

« Comment pourrais-je être en forme ? Chaque jour, on est de plus en plus en danger. On a failli se faire tuer à Modane ! »

Arthur reposa son café et dit, exaspéré :

« Claire, c'est toi qui as eu l'idée de venir en Israël, tu t'en souviens ? Ça te dit quelque chose ?

– Je sais, je sais, admit-elle en secouant la tête. Je pensais que c'était une bonne idée ; mais j'ai passé toute la nuit à me poser des questions. Je pense que j'avais tort. Rentrons à Barcelone maintenant, et puis après, quelque part où c'est beau, comme sur une île avec une plage, par exemple, pour apprendre à se connaître sans toutes ces aventures. Juste tous les deux. »

Il l'attira vers lui et l'enlaça, faisant tendrement glisser sa main de sa cuisse à son dos.

« C'est maintenant que tu prends conscience de ce qui est arrivé à Modane. C'est normal. Mais nous sommes ici, maintenant. Il faut finir ce qu'on a commencé. Une nuit de plus. Un tombeau de plus. Demain, nous irons à Barcelone. Nous ferons notre conférence de presse avec toutes les données que nous aurons. Nous nous occuperons de contacter les autorités à Barcelone et à Modane aussi vite que possible. Nous irons à Toulouse. Ensuite, je nous trouverai une île tropicale avec une plage paradisiaque où nous pourrons faire l'amour toute la journée et danser toute la nuit. Ça te dit ?

– Ce serait le rêve », répondit-elle.

Il l'embrassa.

« Demain. »

L'église du Saint-Sépulcre est située dans le quartier chrétien de la vieille ville, près du labyrinthe de ruelles de l'ancien quartier du Muristan. Érigée sur le site que beaucoup pensent être le véritable Golgotha de la Bible, l'église est aujourd'hui administrée conjointement par les orthodoxes d'Orient, les catholiques romains et les Églises arméniennes apostoliques, et Neti avait réussi à obtenir de ce triumvirat un droit de visite nocturne pour des études scientifiques.

Ils arrivèrent à 11 heures du soir, et Neti se gara dans un parking proche du parvis. Portant le même équipement que le soir précédent, ils entrèrent dans l'église surmontée d'un dôme, non pas par les grandes portes en bois de l'entrée principale, mais par une petite porte dérobée qui servait aux employés chargés de l'entretien. Neti, qui faisait le guide, leur fit traverser plusieurs pièces qui menaient à l'église, puis ils arrivèrent dans la chapelle de Marie-Madeleine et se retrouvèrent presque aussitôt dans la rotonde.

Quelques lumières avaient été laissées allumées pour eux, et bien qu'il ne fît pas très clair, Arthur commença à s'imprégner des caractéristiques de l'église qui la différenciaient de toutes celles qu'il avait visitées. Car sous le dôme orné de la rotonde, entouré de colonnes de marbre énormes, il y avait un bâtiment rectangulaire, de proportions modestes, avec une coupole ouvragée dotée d'un dôme en forme d'oignon.

« Voici l'édicule, dit Neti, attirant leur attention. C'est là qu'est le tombeau. C'est là que nous allons. »

Ils posèrent leur équipement et la boîte du Graal sur le sol en marbre.

Neti désigna la galerie centrale, le catholicon.

« Là, en haut des escaliers, il y a le sanctuaire du Calvaire : il y a une pierre avec un trou dedans, où la croix est censée avoir été placée. Cela ne ressemble pas au calvaire de Gordon, hein ? »

Arthur hocha la tête.

« C'est le jour et la nuit.

– Il faut garder à l'esprit que tout cela est construit sur une zone qui devait ressembler, en l'an 30, à l'endroit où l'on était hier soir. Il est impossible de se le représenter, car tout a été modifié pendant deux mille ans par des sanctuaires et des églises qui se sont succédé. Je crois que c'est pour cela que les gens ont en général un lien plus fort avec le calvaire de Gordon, alors que la plupart des experts considèrent que ce lieu a plus de chances d'être authentique. »

Il faisait sombre à l'intérieur de l'édicule. Neti entra la première avec l'une de ses grosses lampes, et Arthur et Claire la suivirent pour avoir une idée d'ensemble avant de rentrer avec les instruments de mesure. La première chambre, la chapelle de l'Ange, n'était pas plus grande qu'un généreux abri de jardin, son parquet incrusté de marbre orange, blanc et noir. En plein milieu, il y avait un autel carré en marbre, un piédestal recouvert d'une plaque de verre qui protégeait un morceau de pierre de la taille d'un échiquier.

« C'est censé être un morceau de la pierre qui a servi à fermer le tombeau, et qu'un ange a enlevée », expliqua Neti.

Arthur regardait plus loin, vers la porte qui menait à la deuxième chambre. Le passage en ogive, encadré de marbre couleur crème taillé soigneusement en forme de rideau, était bas de plafond, ce qui obligeait quiconque voulait entrer à se baisser.

Neti plaça une deuxième grosse lampe à l'intérieur, et Arthur la suivit en baissant la tête pour pouvoir se tenir debout dans la chambre du Tombeau. Cette pièce était deux fois plus petite que l'autre, et la moitié de la surface était occupée par la couche funéraire de pierre. Juste devant, partiellement cachée par Neti, Arthur vit une icône de la Vierge Marie qui était posée sur un placard, qui, lui dit-elle, pouvait être ouvert pour révéler une partie plus ancienne de l'édicule. À sa droite, à la hauteur du genou, un banc en marbre était surmonté de la dalle funéraire supposée du Christ. Au-dessus du banc, un plateau en marbre rouge supportait l'iconographie colorée des trois Églises qui contrôlaient le lieu.

« Entre donc, Claire, dit Neti. Il y a juste assez de place pour trois personnes, pas plus. J'ai dit que je ne poserai aucun instrument sur la dalle funéraire, mais on peut utiliser le sol.

– Vous pensez que cela pourrait être le véritable tombeau ? demanda Arthur.

– Eh bien, certainement plus que le calvaire de Gordon, répondit Neti, et les catholiques et les orthodoxes pensent que c'est le cas. L'histoire remonte au IVe siècle, quand Hélène, la mère de l'empereur Constantin, le premier empereur romain à embrasser le christianisme, est venue à Jérusalem pour chercher le tombeau. Tout le monde dit que c'était une femme intelligente, et on pourrait sans doute la décrire comme la première anthropologue, car qu'a-t-elle fait alors ? Elle a demandé aux gens de la région où ils pensaient que Jésus avait été enterré. Cela se passait moins de trois cents ans après la crucifixion, donc ce n'est pas absurde de croire que les gens pouvaient avoir leur petite idée. Et ils lui dirent : “Ici”, parmi les ruines d'un vieux temple de Hadrien, qui avait été érigé sur le site du Golgotha mais venait d'être démoli afin de construire une nouvelle église pour Constantin. C'est là, dit-on, qu'elle a retrouvé des morceaux de la vraie croix, la pierre du Calvaire, et ce tombeau.

– Mais on est à l'intérieur de la ville, objecta Claire.

– Aujourd'hui, oui. Mais en 30, toute cette zone était en dehors des murs de la vieille ville. »

Arthur jeta un coup d'œil autour de lui.

« Je regrette, mais ça ne ressemble en rien à un tombeau creusé dans la pierre.

– Non, c'est vrai, dit Neti. N'oubliez pas que cet édicule a été construit et reconstruit quatre fois au cours des siècles, et que l'église qui l'entoure a aussi connu des transformations très importantes. La structure dans laquelle nous sommes date du XIXe siècle. En fait, l'édicule est comme une poupée russe, une construction à l'intérieur d'une autre, et ainsi de suite. Le tombeau véritable est probablement sous nos pieds, mais il faudrait littéralement un tremblement de terre pour que les autorités responsables de l'église donnent l'autorisation de faire des fouilles archéologiques. Bien, allons-y, d'accord ? »

Arthur et Claire firent des allers-retours à la rotonde pour apporter le matériel et l'installer dans la chambre funéraire et l'antichambre. Elle restait silencieuse, ce qui ne lui ressemblait pas.

« Ça va ? demanda-t-il.

– Un peu fatiguée, c'est tout.

– Souviens-toi, demain.

– Oui, je sais. »

Neti était assise dans la chapelle de l'Ange, devant son ordinateur, et vérifiait les connexions. Elle regarda autour d'elle.

« Où est le Graal ? demanda-t-elle.

– Dans la rotonde, dit Arthur. Je le laisse là-bas ?

– Vous pouvez l'apporter ici. Ça ne pose pas de problème. »

Il partit et revint avec la boîte de plomb.

« Où est-ce que je le mets ?

– Sur l'autel de la pierre du tombeau. Ils n'ont pas précisé que je ne devais rien poser dessus. De toute façon, il est recouvert de verre et ne doit pas être si propre que ça puisque les touristes l'embrassent toute la journée. »

Arthur plaça doucement la boîte sur l'autel et s'assit sur le sol en marbre à côté de Claire. Il regarda le conduit d'aération et les quinze lampes à huile au plafond. Il se demanda comment ce serait si elles étaient toutes allumées et que les lampes à la lumière crue étaient éteintes.

Il aurait voulu voir Claire dans cette douce lueur.

Soudain, la chapelle s'éclaira un peu plus. Il crut que c'était son imagination qui lui jouait des tours, mais Claire et Neti l'avaient vu aussi.

Ils s'immobilisèrent lorsqu'ils comprirent d'où venait la source de lumière.

C'était le Graal.

Une lumière éclatante filtrait de la boîte de plomb.

Le visage de Neti se transforma. Elle eut l'air plus jeune et plus agressive.

« Ouvrez-la ! cria-t-elle. Allez-y, ouvrez cette boîte ! »

Arthur fit un pas hésitant en avant et défit les deux courroies. Là, le couvercle s'entrouvrit et la lumière se fit encore plus intense.

« Ouvrez-la complètement ! Soulevez le couvercle ! » commanda Neti.

En retenant son souffle, il le souleva, et la boîte fut entièrement ouverte. La pièce fut soudain aussi claire que s'ils étaient en plein jour.

Le Graal était aussi lumineux qu'un phare. Il avait changé de couleur et était blanc comme neige, et non plus noir.

Il sentit la présence de Claire à ses côtés, qui disait : « Oh, mon Dieu. »

Il avait peur de le toucher au cas où il serait trop chaud, mais quand il se rendit compte qu'il ne dégageait pas une chaleur intense, il approcha la main jusqu'à ce que ses doigts entrent en contact avec lui. Il était à la même température qu'avant.

Derrière lui, il entendit Neti dire : « Ça y est », et il pensa qu'elle leur parlait à eux, mais il se trompait. Elle s'adressait au microphone de son ordinateur portable.

« Ça y est quoi ? demanda-t-il.

– Vous allez voir ça. »

Claire eut l'air complètement affolée. Il était contaminé par sa peur.

« Claire, tu sais ce qui se passe ?

– Arthur, je... »

Elle ne finit pas sa phrase.

Un jeune homme brun pénétra en trombe dans l'édicule, puis dans la chapelle, un pistolet à la main.

Puis un deuxième homme entra, plus lentement, plus posément, lui aussi avec un pistolet.

Arthur le reconnut.

Jeremy Harp.

Il n'avait pas eu le temps de réfléchir, sans même parler d'agir. Arthur était paralysé, et il sentit Claire se raidir à côté de lui.

Harp se délectait de la vision du Graal.

« Donnez-le-moi, Malory », dit-il.

Arthur le fusilla du regard.

Neti répéta l'ordre de Harp.

« Il a dit, donnez-le-lui. »

Arthur la regarda avec mépris. *Elle est avec eux.*

« Bon, alors, Claire, donne-le-moi, toi, dans ce cas, dit Harp en pointant son pistolet sur la tête d'Arthur. Tu ne veux pas que je le tue sans autre forme de procès ? »

Arthur se sentait faible et désorienté.

« Comment connaît-il ton nom, Claire ?

– Claire, je ne le répéterai pas deux fois », dit Harp.

Claire glissa sa main dans la boîte et ramassa le bol. Elle le donna à Harp, qui mit son pistolet dans sa poche pour le saisir dans ses petites mains moites.

Claire fit un pas en arrière et se rapprocha d'Arthur. Ils étaient tous les deux d'un côté de l'autel de la pierre tombale, et Neti et les deux autres hommes de l'autre.

« Après toutes ces années, dit Harp au bord des larmes.

– Après tous ces siècles, corrigea Neti.

– Vous savez, Malory, l'une des clés de ma réussite, c'est que j'ai un certain talent pour choisir les bonnes personnes au bon moment. Après que vous avez rejoint les Fondus et que nous avons appris que vous étiez un descendant de Thomas Malory, je vous ai fait embaucher par Martin Ash. J'ai été patient. Je vous ai fait mettre sur écoute. Je vous ai fait cambrioler. Je vous ai fait licencier pour que vous n'ayez pas le choix. Je ne vous ai pas quitté d'une semelle, et j'ai bien fait. »

Simone avait son pistolet braqué sur Arthur.

« Claire aussi a bien fait. »

Il lui sourit.

« Tu m'as manqué. »

Elle fit la grimace et refusa de répondre.

« Tu as raison, Simone. Claire aussi a bien fait. Mais il a fallu la convaincre. »

Arthur ignora tout le monde dans la pièce, sauf Claire. Il se tourna vers elle et la força à le regarder.

« Toi aussi, tu es avec eux. »

Ses lèvres tremblèrent, et les larmes lui montèrent aux yeux.

« J'étais curieuse, et aussi très honorée qu'on me contacte pour en faire partie. Neti était mon mentor, et Simone, mon ami, enfin mon amant, c'est vrai ; les gens qui y étaient faisaient partie des plus grands physiciens vivants. Ils m'ont parlé du Graal en me disant des choses qui ont été transmises depuis deux mille ans, des alchimistes aux chimistes puis aux physiciens. Les Khem sont des gens rationnels et pragmatiques. Nous ne croyons pas à la magie, nous ne croyons pas aux choses mystiques. Nous croyons à la science, donc nous savions que le Graal avait des propriétés qui provenaient non de la Terre, mais du cosmos. Depuis que l'antimatière a été découverte, nous pensons que le Graal pourrait bien en contenir.

– Et maintenant, nous en sommes sûrs, dit Harp.

– C'est mon sujet d'étude, c'est ma passion, continua-t-elle, mais je...

– Tu quoi ? demanda tristement Arthur.

– Elle n'a pas eu le cran, dit Harp. Elle a voulu tout arrêter. Il a fallu qu'on lui remette les idées en place.

– J'ai décidé que ce n'était plus possible quand ils ont tué Tony. C'était de la folie. Et je suis tombée amoureuse... »

Simone rougit de colère.

« Arrête, Claire, ce n'est pas la peine, dit Arthur.

– Peut-être, mais c'est vrai. Et puis ils ont menacé ma famille, Arthur. Il y a quelqu'un qui les surveille en permanence. Ils ont dit qu'ils allaient les tuer. Je ne savais pas quoi faire.

– Ton père n'est pas malade...

– Non.

– Encore un mensonge, continua-t-il. Comme cette histoire de mettre le Graal dans une boîte. Le plomb ne bloque pas ces particules, c'est ça ?

– Non.

– Ça n'avait pas vraiment de sens, mais puisque vous le disiez, pourquoi me serais-je posé des questions ? Et ces instruments ? Ils ne font rien du tout, si ?

– Ce sont des détecteurs de rayons gamma. Rien à voir avec cet exercice.

– Et cet exercice, il consiste en quoi ? » demanda Arthur avec colère.

Harp répondit, les yeux rivés sur le bol blanc qu'il tenait entre les mains.

« Notre histoire orale remonte au temps du Christ. Un grand alchimiste du nom de Néhor a trouvé la pierre du Graal, qui était sans doute une météorite unique en son genre, et en a fait ce bol. Il a découvert qu'il fonctionnait comme une porte. De nos jours, on parle de la multitude d'univers. Nous reviendrons là-dessus. Jésus a bu dedans, de l'antimatière est entrée dans son corps, et nous connaissons la suite. Est-il allé au paradis ? Dans un univers parallèle ? Est-ce que ces deux choses ne font qu'une ? Vous voyez ce mélange de science et de théologie ? Néhor, dit-on, a fait comme Jésus, il a bu dans le Graal, dans le tombeau de Jésus, ou pas loin. On dit aussi qu'il a demandé à l'un de ses disciples de le tuer, mais que le Graal a été volé avant qu'il puisse être, eh bien, ressuscité. Cela fait deux mille ans que les Khem cherchent le Graal. Notre idée, c'était de le rapporter à l'endroit exact où Néhor est mort.

– Nous ne savons pas ce qui se passe lorsqu'on quitte notre dimension, dit Neti, mais, selon notre tradition orale, l'endroit où l'on revient doit forcément être le même que l'endroit où l'on est mort.»

Harp opina mollement du chef.

«La première étape, c'était de retrouver le Graal. La deuxième, de retrouver le véritable tombeau. Voyez comme la pierre réagit. C'est que nous sommes au bon endroit. Espérons que nous n'aurons pas à attendre trop longtemps le retour de Néhor, la deuxième grande résurrection de l'histoire.

– Et que se passera-t-il si Néhor se matérialise ? demanda Arthur avec mépris.

– Ce sera l'aube d'une ère nouvelle, voilà ce qui se passera ! cria Harp. On en aura fini avec toute cette bêtise et ces superstitions, et on sera dans une culture rationnelle fondée sur la science. Les Khem seront à la fois des disciples et des maîtres. Nous présenterons Néhor au monde entier, et il racontera son incroyable histoire. Nous sommes certains qu'il sera sage et qu'il s'exprimera bien, et il sera une source d'inspiration. Nous serons les gardiens du Graal, les chefs d'une nouvelle scientocratie, nous boirons dedans et nous serons dans une certaine mesure immortels. Quant à moi, j'ai hâte de savoir ce qu'il y a au-delà de ce monde-ci.»

Arthur secoua la tête.

«Et si c'est le Christ qui revient ?»

Harp sourit.

«Nous en avons parlé. Nous ne sommes pas tous d'accord, mais nous avons un plan de travail. Les autres Khem ne sont pas loin, prêts à parer à toute éventualité.

– Vous vous rendez compte à quel point vous êtes ridicule ? demanda Arthur. Un plan de travail ? Ce n'est pas une discussion de projet de groupe pour un labo ou une entreprise. C'est du christianisme, dont on parle ! Vous êtes vraiment un petit homme pathétique. Vous êtes aussi un meurtrier misérable et ordinaire. »

Les lèvres de Harp s'aplatirent, puis il fit une grimace. Il tendit le bol.

« Pouvez-vous me le tenir, Neti ? »

Elle le lui prit des mains.

Harp mit la main dans sa poche et tendit le bras, pointant son pistolet sur Arthur.

« Je n'ai jamais tué un homme de mes propres mains, mais il y a un début à tout, n'est-ce pas ? »

Tandis que Harp mettait son doigt potelé sur la détente, Claire se jeta entre Arthur et l'autel.

Il y eut un coup de feu, et la balle pénétra dans sa poitrine.

Elle tomba lentement, ses genoux ne la soutenant plus.

Tout ce qui arriva ensuite sembla se dérouler au ralenti.

Harp resta immobile, stupéfait de lui avoir tiré dessus, le bras encore tendu vers elle.

Arthur se précipita sur le pistolet. Il glissa facilement de la main moite de Harp. Alors que Claire continuait sa chute, Arthur la saisit et tomba par terre avec elle.

La base de l'autel devait lui fournir une sorte de protection, car il entendit un autre coup de feu, cette fois de la part de Simone, mais celui-ci eut pour seul effet de provoquer un gros bruit et une douche de fragments de marbre.

Arthur retourna le pistolet contre ses assaillants. Par terre, il ne pouvait viser que les jambes. Il tira de très près, jusqu'à ce que Harp et Simone s'écroulent à côté de l'autel en hurlant de douleur, lui offrant ainsi de bien meilleures cibles.

Neti poussa un cri de terreur. Bien qu'elle ne fût pas blessée, elle lâcha le Graal sur le corps de Harp et sortit de l'édicule, prise de panique.

Arthur avait les oreilles qui sifflaient, et il ne savait pas trop s'il était devenu sourd ou s'il n'y avait plus un bruit.

Il se traîna près des corps. Les blessures étaient abominables. Ils ne représentaient plus aucun danger.

Il entendit un gémissement.

Claire était encore vivante.

Il s'approcha d'elle et prit sa tête entre ses mains. Sa chemise était trempée de sang.

« Il faut que j'aille chercher de l'aide, dit-il d'un ton désespéré.

– Non, reste avec moi.

– Il faut que j'aille chercher une ambulance.

– C'est trop tard, Arthur. Je suis en train de mourir. Je le sens. »

Il mit sa main sur sa plaie et appuya, s'efforçant en vain de faire quelque chose. N'importe quoi.

« Je suis désolée, Arthur. Je t'aimais.

– Je ne peux pas te perdre ! »

Il regarda autour de lui et vit le Graal.

« Tiens le coup, je t'en prie », dit-il en reposant sa tête tout doucement par terre.

Il avait une bouteille d'eau dans son sac à dos. Il en versa dans le Graal et lui apporta.

« Il faut que tu boives ça. Tu vas y arriver ? »

Il lui souleva la tête d'une main et tint le bol de l'autre.

Elle but un peu, toussa et s'arrêta.

« Encore un peu, s'il te plaît. »

Elle le finit, le regarda une dernière fois, puis cessa de respirer.

Il posa le Graal par terre et la prit dans ses bras, l'allongeant sur ses genoux. Il ne pouvait pas la laisser partir ainsi. Elle était encore chaude, sa peau était légèrement rosée ; elle était encore très belle.

Il ferma les yeux et sentit les larmes commencer à déborder de ses paupières.

Il pria et la berça doucement dans ses bras.

Il était submergé par le chagrin, comme si une bombe avait explosé dans sa poitrine.

Soudain, à travers ses paupières fermées, il vit un éclair de lumière aveuglante.

Claire ne pesait plus rien.

Il n'avait plus que du tissu entre les mains.

Il ouvrit les yeux et se releva lentement, ne tenant plus rien que ses vêtements tachés de sang.

Elle avait disparu.

37

Il y avait du sang par terre, de petites rivières se formaient dans les interstices entre les pierres.

Un brouillard de poudre bleu-gris continuait de flotter dans la chapelle de l'Ange.

Claire avait disparu.

Arthur tomba à genoux à l'endroit où elle était morte, se retenant à grand-peine de plonger les mains dans la mare de sang, un peu comme on chercherait à tâtons une bague qui aurait glissé d'un doigt dans un étang plein de boue.

Voilà comment cela se terminait.

Il avait recherché quelque chose, il avait poursuivi une quête.

Il avait réussi là où ses ancêtres avaient échoué.

Il avait trouvé le Graal.

En était-il plus digne que le roi Arthur ? Que Thomas Malory ? Avait-il le cœur plus pur ?

Rien de tout cela n'avait d'importance.

Il avait trouvé quelque chose qui lui était plus cher que le Graal. Il avait trouvé l'amour, et maintenant il l'avait perdu. Claire avait traversé sa vie comme une étoile filante, elle avait scintillé, puis elle avait disparu.

Elle était ressuscitée.

Il allait avoir toute la vie pour réfléchir à ce qui s'était passé, à essayer d'en comprendre le sens. Il se releva, en colère et confus. Sa seule pensée fut qu'il fallait qu'il vide le tombeau. Les corps de Jeremy Harp et de Simone étaient horribles à voir.

Il sortit Simone de l'édicule par les chevilles et revint pour faire la même chose avec Harp, les laissant allongés sur le dos dans la rotonde. Il fit deux autres voyages pour enlever l'équipement inutile de Neti et la ridicule boîte de plomb. Il laissa tomber les pistolets de Harp et de Simone à l'intérieur après les avoir soigneusement essuyés pour enlever les empreintes digitales.

Il venait de tuer deux personnes.

Il n'y avait plus qu'une seule chose à faire.

L'air à l'intérieur de l'édicule devenait plus clair. Le Graal était là où il l'avait laissé, sur le piédestal de la pierre du tombeau, toujours blanc comme une colombe. Le tombeau semblait maintenant paisible et sacré, mais il ne pouvait pas rester. Il fallait qu'il parte et qu'il essaie au maximum de cacher son visage pour ne pas être reconnu. Il pensa à Barcelone, à la conférence de presse qu'ils avaient prévue. Cela attendrait. Il ne pouvait tout simplement pas retourner là-bas, pas sans Claire. Il rentrerait en Angleterre, apporterait le Graal au pub, le mettrait à côté de la canne de Holmes, raconterait son histoire aux Fondus et se soûlerait à mort.

Il jeta un dernier coup d'œil autour de lui et tendit la main vers le Graal, mais il la retira au dernier moment pour se protéger les yeux.

La porte d'entrée avait explosé dans une lumière blanche.

Il avança avec précaution et se baissa pour voir à l'intérieur, attiré et impuissant en même temps, comme une mouche face à une flamme. En gardant une main sur les yeux, il traversa le rideau de marbre et continua jusqu'à la chambre du Tombeau.

Un rai de lumière intense s'élevait du sol à côté de la plaque de marbre, obscurcissant l'icône de la Vierge, si vif qu'il lui faisait mal aux yeux comme si on y enfonçait de petits pics à glace.

Il les ferma de toutes ses forces. Il attendit une seconde pour regarder de nouveau, puis répéta le cycle, fermant et rouvrant les yeux jusqu'à ce que la lumière s'atténue suffisamment pour qu'il puisse regarder sans avoir mal.

Et dans le rai de lumière une silhouette humaine commença à apparaître.

Arthur tomba à genoux.

La silhouette était indistincte, opalescente.

Peu à peu, elle se matérialisa. Cela lui fit penser au polaroïd de son père et à la lenteur avec laquelle l'image se formait sur le papier glacé et brillant.

Ses mains se joignirent comme si elles étaient aimantées, instinctivement, dans une position de prière.

Qui était-ce ?

Était-ce le Christ ?

Néhor ?

Claire ?

Il garda les yeux rivés sur la forme qui se matérialisait.

Au fond de son cœur, il savait qui il voulait que ce soit, et il cria encore et encore : « Je t'en prie, mon Dieu, je t'en prie ! »

Et la résurrection advint.

MIXTE
Papier issu de
sources responsables
FSC® C003309

Les papiers utilisés dans cet ouvrage
sont issus de forêts responsablement gérées.

Mis en pages par DV Arts Graphiques à La Rochelle
Imprimé en Allemagne par GGP Media GmbH à Poessneck
Dépôt légal : octobre 2014
N° d'édition : 3977
ISBN 978-2-7491-3977-7